이미지에 속박당한 몸, 권력이 속박한 이미지

몸 이미지 권력

이 단행본은 2008년도 조선대학교 인문한국지원사업 기반 조성을 위한 학제 간 공동연구 지원으로 발간되었다.

이미지에 속박당한 몸,
권력이 속박한 이미지

몸 이미지 권력

조선대학교 인문학연구원 이미지연구소 편

앨피
book

■ 일러두기

원어 표기 인명이나 지명은 외래어 표기용례를 따랐다. 단, 널리 알려진 이름이나 표기가 굳어진 명칭은 그대로 사용했다.

출처 표시 주요 인용구 뒤에는 괄호를 두어 간략한 출처를 표시했다. 상세한 서지 사항은 장 뒤 〈참고문헌〉 참조.

도서 제목 본문에 나오는 도서 제목은 원 제목을 번역 표기하는 것을 원칙으로 하되, 국내에 번역 출간된 도서는 그 제목을 따랐다.

우리 삶을 규정하는 '이미지 권력'의 실체

현대사회는 이미지의 대량생산 및 유통, 소비의 시대이다. 이미지의 매개를 거치지 않고도 현실을 있는 그대로 직접적으로 경험할 수 있다고 믿었던 시대는 이미 지나갔다는 뜻이다. 이미지는 더 이상 우리의 감각기관에서 발생하는 단순한 물리적 착시 현상이 아니다. 그것은 우리의 삶 자체를 구성하는 지배적 인자가 되었다. 예컨대 우리는 특정 직업의 실상보다 그 이미지를 더욱 신뢰하며, 특정 지역 아파트 주거지의 이미지에 매료되고, 중년 여성은 이상적인 신체 이미지를 소비하려고 땀을 흘린다. 국가와 기업, 그리고 대학이 그 사회의 이미지를 제고하고자 필사적으로 전력투구하는 모습도 쉽게 확인할 수 있다. 상품을 고를 때 브랜드의 이미지가 얼마나 크게 작동하는지, 투표권을 행사할 때 해당 정치인들의 이미지가 얼마나 결정적인 역할을 하는지 우리는 잘 알고 있다. 이제 이미지는 우리의 삶 전체를 둘러싸고 있는 새로운 자연환경(ecology)이 된 것이다.

이처럼 이미지가 우리의 삶을 구성하는 필수 요인에 해당된다면, 우리 사회 각 분야에서 생산·유통되는 이미지의 권력적 구조를 해명하는 작업 또한 필수적이다. 이미지가 생산·유통·소비되는 과정에서 지속적인 권력의 개입이 불가피하게 발생하지 않을 수 없기 때문이다. 하지만 '부드럽게' 유포되는 권력의 위험성에도 불구하고, 우리가 거기에 크게 주목하지 않는다는 사실은 더 큰 문제를 낳는다. 이미지는 이미 우리의 '인공 피부'가 되었지만, 우리는 실상 이미지를 생산·유통·소비하는 데 '자연스러움'을 느낀다. 인공적인 피부를 자연스럽게 느끼게 만드는 과정에서 작동하는 것이 권력인데도, 그것을 크게 문제 삼지 않는다는 것 자체가 현대사회의 큰 문제점을 구성하고 있다.

특히 요즘처럼 빠른 속도로 다문화 사회로 진입하고 있는 상황에서 이미지에 개입하는 권력적 구조는 더욱 커다란 문제를 일으키게 된다. 세계화의 여파로 여러 이질적인 문화들이 한 장소에 공존할 수밖에 없는 상황에서, 우리 내부에서는 이방인과 타자에 대한 이미지를 통해 권력관계를 유지하려는 심리가 생겨날 수 있다. 특히 아시아 각국에서 유입되는 노동자들을 바라보는 우리의 시선에서 그러한 권력적 위계질서를 향한 욕망을 쉽게 확인할 수 있다.

우리가 외국인 노동자들의 이미지를 생산하는 바로 그 순간은 그들과 우리의 구별 의식, 그들에 비교해서 우리의 상대적 지위가 정립되는 때이기도 하다. 앞서 말했듯이 이미지는 우리의 몸을 구성하는 '인공 피부' 일 뿐 아니라, 더 나아가서 우리의 사고조차 지배하는 '인공지능'이기도 한 것이다. 어쩌면 우리는 모두 이미 이미지들의 복잡한 신경망 속에서 삶을 영위하고 있는지도 모른다.

이 책은 그러므로 우리의 육체와 정신을 구성하며, 자아와 타자의 정체성까지도 결정해 버리는 이미지의 권력 형성 방식을 다방면에 걸쳐서 해명하는 것을 목표로 삼는다. 이는 한국 사회의 현 주소를 진단하면서 미래의 다원 사회를 준비하기 위한 필수적 절차에 해당된다. 이러한 인식을 기반으로 하여 우리 연구소에서는 '몸·이미지·권력'이라는 주제로 연구팀을 꾸려서 집담회 및 학술대회를 개최한 바 있다. 이 책은 그러한 노력의 소박한 결실에 속한다. 우리 연구소는 우선적으로 학제 간 공동연구를 지향하기 때문에, 이 책에서도 문학과 철학·미술·영화·대중문화 등 다방면에 걸쳐서 이미지 권력의 작동 방식을 입체적으로 확인할 수 있는 기회를 마련하고자 했다.

이번 주제를 포함하여 우리 연구소는 장기적으로는 한국 사회 전반의 이미지 문화를 총체적으로 조망하고 점검하는 작업을 꾸준히 수행하려고 한다. '몸·이미지·권력'이라는 현재의 연구는 그 하위 주제에 해당한다. 이번 작업에 참여해 주신 여러분과 이 책자 제작의 기회를 만들어 준 조선대학교, 그리고 인문학연구원에 감사의 말씀을 전한다.

2010년 2월
조선대학교 인문학연구원 이미지연구소

| 차례 |

여성과 타자의 이미지

최근 한국 문학에 나타난 성·사랑·가족에 대한 단상

김 형 중

* 이 글은 『창작과 비평』 2006년 여름호에 '여성 · 이미지 · 타자 그리고 윤리'라는 제목으로 발표되었다.

여성의 몸에 잠재된 삶과 죽음

이견이 있을 수 있겠지만, 김훈의 「언니의 폐경」은 그 자체로는 흠잡을 데 없는 텍스트이다. 김훈 단편 특유의 구성력과 미문, 그리고 적절한 이미지 사용 능력은 이 작품에서도 여지없이 빛을 발한다.

언니의 등 뒤로는 매번 곱게 늙은 노을이 지고, 그 노을 속으로 물고기를 닮은 비행기가 뜨고 내리기를 반복한다. 붉게 물든 하늘 아래로는 강이 흐르고, 그 "강의 흐름이 두 번 뒤집히면 하루가" 간다. 달이 그 강의 흐름을 주관한다. 물론 언니의 몸도 주관하는데, 침대 시트를 생리혈로 더럽힌 정월 대보름 밤, 언니는 말한다. "얘, 커튼을 닫자. 달 때문이야."(26쪽) 침대 시트는 마른풀 서걱거리는 소리가 날 정도로 정갈하게 풀 먹인 옥양목, 주로 채식만 즐기는 언니가 그 위에서 잔다. 기도氣道에 가이바시가 걸려 숨을 못 쉬는 손자를 살려 내는 이도 언니고, 낙오한 조류鳥類와도 같은 인상의 '그이'를 품어 사랑하는 이도 언니다. 언니는 소설 말미 원효의 제자였던 사복의 어머니와 동일시되는데, 사복은 자신의 어머니가 죽자 이렇게 말했단다. "불경을 싣고 가던 우리 집 늙은 암소가 이제 죽었다."(57쪽) 월경月經의 '經'과 불경佛經의 '經'이 같은

---

1 김훈, 「언니의 폐경」, 『2005 황순원문학상 수상 작품집』(랜덤하우스중앙, 2005), 50쪽.

글자이니, 사복의 어머니처럼 언니도 부처의 풍모를 부여받는 셈이다.

언니 주변엔 몇 사람의 남성들이 있다. 그들은 모두(수컷들의 경쟁에서 낙오한 '그이'를 제외하고) 차갑고 단단한 금속성의 이미지들에 둘러싸여 있고, 위압적이고 무거운 검은색을 선호하며, 혈족주의와 배금주의의 신도들로 그려진다. 비행기 사고로 죽은 형부는 일중독자였고, 제철회사 인사관리 부서에서 일했다. 모든 가부장들이 그렇듯이 가문의 대소사에 아내를 대동해 체면 차리기를 즐기는 '나'의 남편, 그는 고향에 내려갈 때마다 8기통 검은색 승용차를 즐겨 탄다. 아마도 그 차는 항상 차갑고 빛나게 손질되어 있었을 것이다. 그 역시 인사관리 부서에서 일했는데, 낙오한 조류를 닮은 '그이'를 퇴출시킨 이가 바로 남편이다. 조카와 언니의 시댁 남자들은 형부가 남기고 간 20억을 두고 드잡이를 마다하지 않으며, 연방 "이래서 여자들한테 집안일을 맡길 수 없다니까."(54쪽) 따위의 말들을 남발한다.

이전의 단편들에서 그랬듯 김훈은 이 작품에서도 비행기의 상승과 하강, 물의 들고 남, 달의 차고 이지러짐 등 적절한 신화소와 상징, 이미지와 리듬을 긴밀하게 상호 조응시키면서 여성의 몸에 잠재된 삶과 죽음의 이중성이란 테마를 관념의 노출 없이 효과적으로 전달한다. 언니는 여성성의 화신으로서, 남성 인물들은 언니의 이미지와 대조되는 차갑고 위압적인 이미지들이 계열을 이루면서 '남성성/여성성'의 차이가 선명하게 부각된다. 「언니의 폐경」은 '잘 빚어진 항아리'다.

남성들의 실현되지 못한 꿈, 여성성

그러나, 정말 여성은 꽃이거나 젖일까? 우물이거나 달일까? 꽃처럼 곱고, 우물처럼 깊고, 달처럼 풍요롭고, 대지처럼 넉넉한 여성, 그러나 그토록 우주화된 이미지로 치장된 여성은 남성이다.[2] 아도르노는 말한다. "본능에 근거한다는 모든 유의 여성성이란 항상 모든 여성이 폭력적으로 강요당해야만 했던 것이다. 여성은 남성이다."[3]

'여성성'이란 여성의 본능으로부터, 여성의 생물학적 특징에서 파생된 것이 아니다. 여성성이란 최종심에서는 남성 중심적인 사회의 이러저러한 담론들이 여성에게 강요한 자질이자 가공된 이미지이다. 여성성에 대한 사유가 지극한 회의와 자성이 동반되지 않는 한(동반된다 하더라도), 거의 자동적으로 남성적일 수밖에 없는 것도 이런 이유 때문이다. 이는 심지어 여성 자신에게도 마찬가지인데, 성차에 대한 지배 담론은 여성을 여성 주체로 호출하는 데 일조한다. 여성 또한 그렇게 남성이 된다.

여성이라는 "성별은 항상 헤게모니적인 규범들의 반복으로서 산출된다."[4] 물론 헤게모니는 남성 중심 사회의 것이다. 여성이 꽃이고 밥이고 달이거나 물일 때, 남성들은 꽃을 꺾고, 밥을 먹고, 달빛을 거닐고 오래오래 양수 속을 유영한다. 미화된 여성성의 이미지들은 남성들의 실현되지 못한 꿈이다.

김훈만을 두고 하는 얘기가 아니다. 금홍이는 이상(「날개」)의, 안지야는 장용학(『원형의 전설』)의, 은혜는 최인훈의(『광장』), 심청은 황석영(『심청』)의, 정희남은 김성동(『꿈』)의, 리엔은 방현석(「랍스터를 먹는 시간」)의 실현되지 못한 꿈이다. 물론 신경숙을 필두로 여성성의 이상화에 편승했던 90년대의 많은 여성 작가들 또한 (비록 그들이 구부린 남성적 막대의 경사를 인정한다 하더라도) 이런 비판에서 자유로울 수는 없다.

---

[2] 1990년대 이후 한국 소설과 비평에 나타난 '여성성'에 대한 이와 같은 비판은 심진경의 「새로운 여성성의 미학을 찾아서」(『문예중앙』, 2005년 겨울호) 참조.

[3] T. W. 아도르노, 최문규 옮김, 『한줌의 도덕』(솔, 1995), 136쪽.

[4] J. 버틀러, 김윤상 옮김, 『의미를 체현하는 육체』(인간사랑, 2003), 203쪽.

타자와 이방인

　여성은 이를테면 성기의 두 음순으로부터 나오는 확산된 성욕과, 남
근 중심적 담론과 같이 동일성만을 요구하는 가설 내에서는 이해도 표
현도 될 수 없는, 리비도적 에너지의 다중성多重性을 경험한다.[5]

다소 생물학주의적인 냄새가 나지만, 로잘린드 존스Rosalind Jones의 이
말은 남성으로서 글을 쓰는 이들에겐 가히 치명적이고 절망적이다. '여
성성'이란 남근 중심적 동일성 담론으로는 애초에 이해도 표현도 불가능
하다. 남성들의 이미지 체계 안에(그리고 어쩌면 여성들의 이미지 체계 안
에도) 여성을 위한 자리는 없다. '여성은 없다'. 그런 판에 여성성을 말
하기란 쉬운 일이 아니다. 남성 작가가 자신이 기반하고 있는 사유의
틀 자체에 대한 회의 없이 여성을 말하는 것은 더욱더 그렇다. 그것은
거의 불가능할 뿐만 아니라 비윤리적이기도 하다.
　가라타니 고진柄谷善男의 어법을 빌리자면, '비윤리적'이란 말은 '윤리
가 발생하지 않는다'는 의미에 가깝다. 그렇다면 윤리는 언제 발생하는
가? 타자의 외부성을 용인할 때 발생한다. 말하자면 타자를 연민과 동정
의 대상, 혹은 질시와 모멸의 대상으로 '이방인화'하지 않을 때 윤리가
발생한다. 고진의 말이다.

　여기서 '타자'의 개념에 대해 확실히 해 둘 필요가 있다. 인류학자나
문화기호론자는 공동체 바깥에 있는 타자에 대해서 말하고 있다. 하지
만 그 이방인異者은 공동체의 동일성·자기 활성화를 위해 요구되는 존
재이므로, 공동체의 장치 내부에 있다. 공동체는 그 이방인을 희생양으

---

[5] A. R. 존스, 「몸으로 글쓰기」, 『여성해방문학의 논리』(창작과비평사, 1990), 176쪽.

피카소의 스케치(위)와 일본 음화. "이방인은 공동체의 동
일성·자기 활성화를 위해 요구되는 존재이므로, 공동체
의 장치 내부에 있다." 파블로 피카소는 에도시대의 일본
음화淫畫에서 많은 영감을 받은 것으로 알려져 있다.

로 배제하거나 '성스러운' 자로서 영입한다. 실상 공동체의 외부로 보이는 이방인은 공동체의 구조에 속해 있는 것이다. 따라서 이런 의미의 타자는 그 어떤 타자성도 지니지 않는다.[6]

롤랑 바르트Roland Barthes와 피카소Pablo Picasso에 의해 일본이, 매스미디어와 하리수에 의해 트랜스젠더가, 휴먼 TV 프로그램 '느낌표'에 의해 이주 노동자들이 타자성을 박탈당한 채 동정이나 동경의 대상이 되고 가공된 이미지가 된다. 일본은 성스러워지고, 소수자들에겐 온정의 손길이 넘치지만, 타자와의 교통交通은 발생하지 않는다. 동일자는 결코 자신은 타자화하지 않은 채 '이방인'을 맞아들이거나 배제한다. 여성에 대해서도 마찬가지다.

남성 중심 사회와 언어가 여성을 성스러운 자로서 영입한다고 해서, 여성이 타자의 지위를 벗고 정당하게 복원되거나 평등한 지위를 확보하게 되는 것은 아니다. 차라리 그런 행위는 동일자에 의한 타자의 포섭에 가까울 텐데, 그럴 때 타자는 '이방인'이 된다. 타자란 근본적으로 동일자의 언어 밖에 있는 자, 절대적 외부성을 용인하지 않는 한 항상 이방인으로 배척받거나 과장되게 이상화되어 버리고 마는 자이다. 여성도 마찬가지일 것이다. 여성성을 언어화하려는 순간, 여성을 이상화하고 신화화하는 순간, 여성은 윤리와 교통의 대상으로서의 타자가 아닌, 구원자나 희생양이 된다. 받아들여진, 혹은 배제당한 이방인이 된다.

---

[6] 가라타니 고진, 이경훈 옮김, 「교통 공간에 대한 노트」, 『유머로서의 유물론』(문화과학사, 2002), 34쪽.

다시 한 달을 가서 설산을 넘어도

이런 맥락에서 보면, 김연수는 남성 작가들 중 유독 윤리적이다. 죽음을 불사하고, 다시 한 달을 가서 설산을 넘어도, 김연수의 주인공은 '동녀국東女國'에 도달하지 못한다. 그는 자신이 읽고 있는 『왕오천축국전』의 저자 혜초 역시 여자가 왕인 이 나라에 가 보지 못했음을 안다. 혜초는 자신이 가 본 나라를 다룰 때 예외 없이 사용했던 종從, 행行, 일日, 지至 등의 글자를 동녀국을 묘사할 때는 사용하지 않았다. 그러나 그걸 알면서도 김연수의 주인공은 다시 한 달을 간다. 설산 너머를 꿈꾼다.

그는 꿈에 보았던 여자 친구의 오아시스에 대해서도 종내 기억해 내는 것이 없다.

> 여자 친구는 차근차근 오아시스에 대해 설명했다. 둘이서 함께 가 본 적이 있는 그 이상한 나라에 대해. 누이와 결혼하고 어머니를 아내로 삼는 나라에 대해. 함께 갔었잖아. 여자 친구가 말했다. 우리가 언제 그런 곳까지 갔었어? 아무리 기억해도 그는 그런 나라에 가 본 일이 없었다. 우리가 사랑하는 동안에. 우리가 사랑하는 동안에? 하지만 그는 기억할 수 없었다. 꿈속이었지만, 그 사실이 무척이나 괴로웠다.[7]

"누이와 결혼하고 어머니를 아내로 삼는 나라". 덜 자란 남성들(남성성이란 항상 유아성의 다른 이름 아닐까?)의 천국인 그 나라에 김연수의 주인공은 결코 가 본 적이 없다. 가 본 적이 없으므로, 그는 그 나라에 대해 말하지 않는다. 다만 그 나라에 도달할 수 없음을 안타까워한다. 그러나 그 나라에 다다르려는 노력을 포기하지는 않는데, 오로지 여자 친

---

[7] 김연수, 「다시 한달을 가서 설산을 넘으면」, 『나는 유령작가입니다』(창비, 2005), 131쪽.

구의 죽음을 이해하기 위해 그는 사력을 다해 그녀에 대한 소설을 쓰고 (그 소설의 첫 문장은 이렇다. "패배는 내 안에서 온다. 여기에 패배는 없다."), 죽을힘을 다해 그녀가 마지막으로 읽은 『왕오천축국전』의 나라 '동녀국'으로 떠난다. 도달 불가능성을 알면서도 굴하지 않고 행해지는 그의 '등반登攀'은, 자주 그의 소설 쓰기, 곧 '등단登壇'과 교차된다. 소설 쓰기는 그에겐 동녀국이 있다고 적혀 있는 낭가파르밧 너머에 대한 탐사와 등가이다. 그리고 죽은 여자 친구의 진실, 곧 여성성에 도달하려는 노력과도 등가이다. 등반과 글쓰기는 몇 줄의 이해할 수 없는 문장을 남기고 자살해 버린 여자 친구를 이해하는 과정 그 자체이다. 그에게 여성성은 항상 저 설산 너머 도달하지 못할 외부, 언어의 외부에 있다.

아마도 타자에 대한 윤리는 이렇게 발생할 것이다. 우선 타자의 절대적 외부성을 인정해야 한다. 그리하여 언어로도 등정으로도 도달할 수 없는 곳이 바로 타자의 처소란 사실을 용인해야 한다. 그러면 내가 속한 처소, 내가 속한 관습과 문법과 에피스테메가 어느 순간 회의의 대상이되고, 상대화된다. 그렇게 나 또한 타자성을 획득한다. 타자가 나에게 완벽한 외부이듯이, 나는 타자에게 완벽한 외부이다. 나는 타자의 타자가 됨으로써 타자와 동등해지고, 동등해진 두 타자 간의 목숨을 건 교통 시도가 윤리를 낳는다. 김연수의 연애담들(『7번 국도』, 『사랑이라니 선영아』, 「쉽게 끝날 것 같지 않은 농담」, 「하늘의 끝, 땅의 귀퉁이」, 「첫사랑」, 「뿌넝쉬」, 「연애인 것을 깨닫자마자」 등)이 다 그랬지만, 그렇게 읽을 때 「다시 한달을 가서 설산을 넘으면」은 그중에서도 유독 윤리적이다.

어떤 모성은 잔인한 과대망상이다

시인들, 특히 요즈음의 젊은 여성 시인들이 요구하는 것이 바로 그런 윤리다. 그들은 남성들의 언어로 자신들이 말해지는 것을 원치 않는다. 자신들이 남성들의 관찰 대상이 되어 그들의 시선 앞에 주눅 들게 되는 것을 원치 않는다. 그들은 타자성을 요구한다.

> 감탄부호를 앞지르는 그녀들//지느러미가 하느작거리는/어느새 꼬리를 보이며 등 돌리는/아가미를 따라 할딱거리다/Accelerator를 밟고 만다 전신이 퉁겨지는//순간,//부레가 떠오르고 그는 매어달린다/필사적으로//비웃듯 물방울로 흩어지는/그녀들,//결코 따라잡을 수 없다.[8]

> 참 아름답군요 딱 한번 스쳤을 뿐인데 양파 같은 눈이 보기 좋군요 끝없이 즙을 짜는 세월의 물컹한 살점이 도려내기 좋군요 당신은 안경을 벗고 나는 창문을 벗어요 당신은 바지를 끄르고 나는 계단을 끌러요 당신은 가랑이를 벌리고 나는 활주로를 벌려요 당신은 혀를 내밀고 나는 비행기를 내밀어요 당신은 내 몸을 올라타고 나는 구름숲을 올라타요[9]

진수미의 시나 이민하의 시 모두 여성 특유의 성 체험과 관련되어 있다. 그리고 두 시 모두 일종의 조롱하는 어조를 취하고 있다. 절정의 순간 '그'는 필사적으로 매달리지만, 로잘린드 존스의 말 그대로 그녀들은 "비웃듯 물방울로 흩어"진다. 그들의 언어와 시선은 그녀들을 결코 따라잡을 수 없다. 왜냐하면 그녀들은 그들과 언어가 다르고 지각 방식이 다른 타자이기 때문이다. 고작해야 그들의 눈은 "끝없이 즙을 짜는 세월의 물컹한 살점"(남근이 아닌가!)에 불과해서 그가 안경을 벗는 순간 나는 창문을 벗어난다는 사실, 그가 바지를 내리는 순간 나는 계단을 내려간

---

[8] 진수미, 「자정의 젖은 십자로」 부분, 『달의 코르크 마개가 열릴 때까지』(문학동네, 2005), 31쪽.

[9] 이민하, 「안경을 벗은 당신」 부분, 『환상수족』(열림원, 2005), 23쪽.

다는 사실, 그가 가랑이를 벌리는 순간 나는 이미 활주로를 달리고, 그가 혀를 내미는 순간 나는 이미 비행기를 타고 구름숲에 오른다는 사실을 보지 못한다. 그들의 구심력과 그녀들의 원심력은 서로에게 애초부터 절대적 외부이다. 그 사실을 용인하지 않는 한, 그들의 시선과 언어는 결코 윤리를 발생시키지 못한다.

남성 중심적인 사회의 시선을 벗어난 그녀들에 의해 모성·여성성의 신화는 파괴된다. 여성은 더 이상 밥이나 꽃이나 물이나 강이 아니다. 자궁은 물론 생명의 시원도 돌아갈 안식처도 아니다. 김이듬은 말한다. "어떤 모성은 잔인한 과대망상이다".[10] 김민정은 분노와 조롱이 가득 섞인 목소리로 여성성이란 모성이고 모성이란 잉태와 생명의 생산에 있다는 종래의 관념을 폭파한다. "내 꿈은 지상 모든 꽃모종에 껌을 씹어 붙이는 일/내 꿈은 세상 모든 인큐베이터에 사제폭탄을 장착하는 일/설사 내 자궁에서 근종 덩어리 하나 자라고 있다 한들".[11] 근종은 물론 태아일 것이니 시적 화자는 잉태에 대해 이물감 외에는 어떠한 자부심도 느끼지 않는다. 게다가 종종 그녀들은 '남성/여성'의 이분법적 성차를 부인하기도 한다.

유리창 밖으로 붉은 눈발 날린다/커다란 칼을 들고 다정한 눈망울로 바라보는 수소를 힘껏 내리치던/때가 있었지, 요즘엔 아무 일도 없다./ 냉기로 달아오르는 난로 옆에서 그녀는 중얼거린다/천장에 오래 켜놓은 형광등이 깜빡인다, 칼은 녹슬었고//오늘밤에는 들판에 나가야겠다/풀 먹힌 하얀 앞치마에 가득이 떨어지는 별을 받으러./장미성운에서 온 것

---

[10] 김이듬, 「거리의 기타리스트-돌아오지 마라, 엄마」 부분, 『별 모양의 얼룩』(천년의시작, 2005), 9쪽.

[11] 김민정, 「가위눌리다 도망 나온 새벽」 부분, 『날으는 고슴도치 아가씨』(열림원, 2005), 74쪽.

들이 쇠 다듬는 데 최고라니까/그녀는 왼쪽 유방의 부드러운 뚜껑을 열고/하얀 재를 한 움큼 쥐어본다[12]

커다란 칼로 수소를 내리치던 여자가 오늘 밤에는 들판에 나가 앞치마에 별을 받는다. 태몽은 아니다. 장미성운에서 온 그 별들로 그녀는 칼을 갈 테니.("쇠 다듬는 데 최고라니까") 칼을 휘두르는 여성성은 모성과 무관하다. 유방엔 하얀 재만 담겼으니 수유도 불가하다. 칼을 휘두르고 짐승을 잡는 자는 고래로 남성이었다. 그렇다면 이 여성은 남성인가, 여성인가, 아니면 양성구유적 존재인가, 남/여 성차의 이분법을 교란하는 자인가.

천운영의 거의 모든 단편들이 이렇게 씌어진다. 천운영의 단편에서 여성 주인공들은 모두 꽃도 밥도 우물도 대지도 아니다. 그녀들이 가진 것이 자궁이 맞다면, 그것은 씹어 먹는 자궁, 이빨 달린 요니(Vagina Dentata)다. 자신을 육식동물인 늑대의 일족으로 상상하는 주체(「늑대가 왔다」)를 고래의 어법에 따라 여성이라 부를 수는 없는 노릇이다. 또한 북두갈고리 같은 손으로 남편을 구타하고(「행복 고물상」), 무릎이 시큰거릴 때는 우족이나 스지를, 속이 불편할 때는 된장을 풀어 끓인 내장탕을, 심한 감기를 앓은 후에는 소의 허파를(「숨」) 탐하는 육체를 꽃이나 우물에 비유할 수는 없는 노릇이다. 요컨대 그들은 전통적인 성 구분법에 따르자면 양성구유적 존재들이다. 그들에게는 자궁이 있으나 그 자궁에는 이빨이 달렸다. 그것에 대한 탁월한 메타포가 여기 있다.

나는 그의 가슴에 새끼손가락만한 바늘을 하나 그려주었다. 티타늄으로 그린 바늘은 어찌 보면 작은 틈새 같았다. 어린 여자아이의 성기 같

---

[12] 진은영, 「정육점 여주인」 부분, 『일곱 개의 단어로 된 사전』(문학과지성사, 2003), 26쪽.

은 얇은 틈새. 그 틈으로 우주가 빨려들어갈 것 같다. 그는 이제 세상에서 가장 강한 무기를 가슴에 품고 있다. 가장 얇으면서 가장 강하고 부드러운 바늘.[13]

옆집 남자의 가슴에 새겨 준 바늘 문신, 그것은 남성 상징이면서 여성 상징이다. 그것은 작중 화자가 전쟁 박물관에서 보았던 미사일이나 기관총처럼 남근을 상기시키는 무기이다. 그러나 그것은 또한 여리고 얇은 여자 아이의 성기이기도 하다. 생김새도 그렇지만, 바늘이란 항상 조각난 것들을 온전하게 꿰매고 치유하는 여성적 도구가 아니었던가? 그러므로 이 바늘은 천운영이야말로 신화소 차원에 이르기까지 '남/여' 성차에 관한 이분법을 교란하는 급진적 성정치학자임을 여실히 보여 주는 바늘이다.

요약컨대, 우리 시대의 젊은 문학은 더 이상 우물 안에 있지 않다. 우물 밖으로 나온 여성 주체들이 신화화된 여성성과 모성의 벽을 허물면서 타자의 윤리를 요구한다.

'시코쿠'가 요구하는 새로운 윤리

말을 갖지 못한 타자, 그래서 '남/여'의 이분대당에 기반한 사회에 윤리를 요구해야 할 주체들이 여성들만은 아닐 것이다. 남자 아니면 여자(이 역시 남자일 텐데)의 자명한 성차 구분법은 제2, 제3, 아니 무수한 복수 젠더들을 용인하지 않는다. 정상성은 항상 비정상성을 생산하고, 거꾸로 비정상성을 통해서만 자신의 정상성을 재생산한다. 이분대당 너머

---

[13] 천운영, 「바늘」, 『바늘』(창비, 2001), 33쪽.

엔 항상 이방인들이 산다.

반갑게도 우리는 이즈음 그 이분대당을 넘어선 성적 주체들을 종종 만난다. 황병승의 몇몇 작품들은 성적 소수자 문제를 정면에서 다룬 흔치 않은 예에 해당한다. 가령 「커밍아웃」의 동성애자 화자는 독자에게 제안한다. "저처럼 부끄러운 동물을/호주머니 속에 서랍 깊숙이/당신도 잔뜩 가지고 있지요."[14] 이 말은 지극히 정상적이다. 단일한 하나의 젠더로 고정되기 전에 우리는 남성도 여성도 아니었을 터이니, 우리는 모두 다소간은 게이이거나 레즈비언일 것이다. 아니 더 정확히는 꼬리표 붙이기 식의 젠더 구분 너머에서 우리 모두 더 생각 깊숙이 정상성으로부터 이반離叛하고픈 욕망을 간직하고 있음이 틀림없다. 사람은 모두 성적으로 단일하지 않다. 엄밀하게는 남성도 여성도 아닌, 아니 남성이면서 여성일 뿐 아니라 그 외에 다른 무수한 성적 취향의 조합으로 이루어진 고유명사가 바로 우리이다. 황병승의 시코쿠가 요구하는 윤리가 그것이다. 남성적이거나 여성적인 섹슈얼리티는 없다. 다만 개별자들의 수만큼 많은 성적 정체성이 존재할 따름이다.

윤리란 그런 것이다. 타자에게 나의 관습에 따라 정체성을 부여하고 그로써 낯익은 존재를 만들어 동일자에 포섭하는 것이 아니라, 타자의 절대적 외부성을 용인한 채로 나 또한 그에게 타자가 될 때에만 윤리는 발생한다. 그럴 때 우리는 외형상 '남성'이라 지칭되는 어떤 주체가 "열두 살, 그때 이미 나는 남성을 찢고 나온 위대한 여성/미래를 점치기 위해 쥐의 습성을 지닌 또래의 사내아이들에게/날마다 보내던 연애편지들"[15]이라고 말하거나, 분명 처남이 틀림없는 이가 친구들을 누나라 불러도 좋겠냐고 묻거나,[16] 이제 갓 스물을 맞이한 청년이 거울에 비친 자

---

[14] 황병승, 「커밍아웃」 부분, 『여장남자 시코쿠』(랜덤하우스중앙, 2005), 18~19쪽.

[15] 황병승, 「여장남자 시코쿠」 부분, 앞의 책, 43쪽.

신의 영상을 보고 "괜찮아요 매니큐어를 처음 바를 땐 누구나 어색하죠/
여자들도 그런걸요"[17]라며 말을 걸 때도 하등의 민망함과 혐오 없이, 그
것을 흔하디흔한 '차이들' 중 하나로 받아들일 수 있게 될 것이다. 그럴
때 고민할 것은 그들을 어떻게 나의 언어로 정의할 것인가가 아니다.
정작 고민할 것은 그들과 함께 윤리적으로 살아갈 수 있는가이다. 새로
운 주거 공간이 필요하다.

타자들이 거주하기에 적합한 '비합리주의 주거 공간'[18]

받아들임이나 배제를 통해 타자들을 이방인화하지 않고, 그들과 윤리적
으로 함께 살아가는 세상을 위해 문학이 할 수 있는 일은 무엇일까? 상
식과 달리 문학은 세상을 크게 바꿔 놓지 못한다. 재빨리 바꾸지는 더
더욱 못한다. 건강한 영혼을 가진 작가가 현실의 모순을 찾아 투명한
언어로써 총체적이고 정확하게 반영한 후(물론 대안을 제시하면서), 그것
을 역시 건강한 영혼을 가진 독자가 읽고 공감하고, 그러고 나서 현실
의 변혁에 나선다는 식의 선형적 영향 모델은 너무도 순진한 계몽주의
의 산물이다. 문학은 일차적으로 세상이 아니라 문학을, 그리고 문장을
변혁한다.

만약 문학이 타자에 대해 윤리적이고자 한다면, 스스로 삭제해야 할
것들이 많다. 타자를 이방인으로 만들고야 마는 완고한 배제의 논리는
문장 수준에서도 작동된다. 가령 민족은 언어를 지배한다. 국적도 언어

---

16 황병승, 「불쌍한 처남들의 세계」 부분, 앞의 책, 85쪽.
17 황병승, 「셀프 포트레이트 스물」 부분, 앞의 책, 86쪽.
18 김이듬, 「공사의뢰인」, 앞의 책, 21쪽.

를 지배한다. 게다가 우리는 문장에도 성별이 있다는 사실을 잘 안다. 그러나 예외가 있으니 그것이 바로 배수아의 문장이다. 배수아의 소설 문장에는 국적의 흔적도 민족의 흔적도 성차의 흔적도 존재하지 않는다. 다음 구절은 이성애자들의 사랑 장면인가, 동성애자들의 사랑 장면인가?

> 젊은 커플이 살고 있었던 적도 있다. 그들은 보조간호사와 쇼핑센터 모자 코너의 여종업원이었다. 좀 독특한 형태이기는 했으나 그들은 서로 사랑했고 그것이 오래 지속되리라 생각했다. 서로 고유한 이름을 갖고 있기는 했으나 그들은 서로에게 이름을 선물했고 같이 있는 동안 서로를 그것으로만 불렀다. 이곳은 그들의 첫 보금자리였다. 보조간호사는 소심하고 내성적이면서 고독한 성격이었고 쇼핑센터의 여종업원은 그 반대의 성향이었다. 그들은 서로의 발가락을 간질이기도 하고 작은 침대 속에서 소리내어 책을 읽어주거나 텔레비전의 쇼핑 채널을 보면서 밤을 보냈다. 보조간호사는 새로운 형식의 머리 세팅롤을 갖고 싶어 했고 쇼핑센터의 여종업원은 좀 비싸지만 히말라야의 여행 상품권을 탐냈다. 그들은 잡지의 사교란에 실린 광고를 통해서 서로 만나게 되었다. 그리고 만나자마자 함께 살게 되었다.[19]

물론 배수아는 소설이 끝날 때까지 이들을 두고 '동성애자'란 호칭을 사용하지 않는다. 그것이 아무런 의미도 없기 때문이다. 두 사람이 사랑했다란 말이면 충분하기 때문이다. 그 사랑이 어떤 성별 간의 사랑인지는 전혀 중요하지 않기 때문이다. 배수아는 사실 이런 작업을 오래전부터 수행해 왔는데, 문장 단위에서부터 각인되는 관습적인 성차가 그녀의 소설에서는 맥을 못 춘 지 오래다. 『동물원 킨트』의 화자는 무성 아

---

[19] 배수아, 「마짠 방향으로」, 『훌』(문학동네, 2006), 139~40쪽.

니면 중성이다. 『이바나』의 K는 생물학적으로는 여성이지만 젠더는 남성으로 읽힌다. 『독학자』의 두 남성은 다분히 동성애적이다. 그리고 『에세이스트의 책상』의 주인공 M의 성별을 두고 벌어진 몇 차례의 논란[20]은 익히 아는 사실이다.

성별만이 아니다. 인물들은 자주 국적이 불분명하고(「양곤에서 온 편지」, 「양의 첫눈」), 배경 또한 한국인지 독일인지 확인이 힘든 경우가 잦다. 문장은 종종 한국어 문법을 벗어난다. 외국어로 씌어진 소설의 번역이라 해도 무방할 만큼 무국적적이다. 시제 또한 미래인지 과거인지(「회색時」) 밝히기 힘들다. 시점은 어떤 경우 비인칭의 건물(「마짠 방향으로」)이 된다. 물론 배수아의 이런 특징은 단점이 아니다. 오히려 윤리적이라 할 만한데, 그 문장들 속에서는 그 어떤 주인공도 자신의 성별과 국적과 혈통 때문에 배제당하거나 동정받지 않기 때문이다. 그들은 모두 유일무이한 단독자들일 뿐, 이성애자라서 떳떳하고, 동성애자라서 부끄럽고, 소수민족이라서 이방인 취급을 당하지 않는다. 내가 아는 한, 배수아의 문장들은 타자들이 거주하기에 가장 적합한 비합리적 주거 공간이다.

이방인도, 비정상도 없는 '하이브리드 가족'

"오늘도 쥐약 먹은 개처럼 날뛰"[21]던 아버지가 죽자, 김민정의 시적 화자는 아버지의 관에 못을 박으며 이렇게 말한다. "下官은 이제 끝났어요, 아버지 그만 아가리 닥치고 잠이나 퍼 자요".[22] 아버지에 대해서만 그렇

---

[20] 졸고, 「민족문학의 결여, 리얼리즘의 결여」, 『창작과비평』(2004년 겨울호) 참조.
[21] 김민정, 「그러나 죽음은 定時가 되어야 문을 연다」 부분, 앞의 책, 76쪽.

게 쓰는 것이 아니다. 진수미는 어머니에 대해 이렇게 쓴다. "생시의 엄마는 모두 계모야/죽은 엄마가 진짜지."[23] 나아가 그들의 분노는 가족 전체에 이른다. 진은영은 가족에 대해 이렇게 쓴다. "밖에선/그토록 빛나고 아름다운 것/집에만 가져가면/꽃들이/화분이//다 죽었다."[24], "집이 아니야 짐이야/그 짐 속에는 아버지가 주무시고/어머니가 손톱을 깎으신다/동생은 수학 문제를 풀고/아버지 돌아가셨으면 좋겠어요/어머니 외출하셨으면 좋겠어요."[25]

왜일까? 우리 시대의 젊은 시인들이 가족에 대해 이토록 공분公憤하는 이유 말이다. 그러나 곰곰 생각해 보면, 어려울 것도 없다. 한국의 '가족'처럼 비윤리적인 주거 공간이 또 있을까? 민족주의와 국가주의와 혈통주의와 성 역할의 이데올로기가 가족을 통해 견고해지고 확장된다. 가족은 작은 민족이고, 국가이며, '우리' 안에 우리를 가두는 법을 가르치는 곳이자, 여성성과 모성을 학습시키는 장소다. 새로 등장한 (비)주체들이 이 공간을 견뎌 낼 리 만무하다. 성도 젠더도 남성인 일부一夫와, 성도 젠더도 여성인(이라고 믿는) 일처一妻가, 훈육과 도덕으로 계급과 주체를 재생산하는 이데올로기적 국가기구가 가족이다. 이 고상(약)한 공간은 모든 법의 종료 지점으로부터 자신만의 법을 다시 세우고자 하는 다양한 복수 젠더들과 단독자들에겐 최악의 주거 공간이다. 이즈음 우리 시에 몰아친 반가족주의 열풍은 그렇게 해석된다.

그렇다면 좀 더 윤리적인 가족은 존재할 수 없을까? 타자들이 함께 기거할 수 있는 비합리주의 주거 공간으로서의 가족 말이다. 우선은 윤

---

[22] 김민정, 「마지막 舌戰」 부분, 앞의 책, 69쪽.

[23] 진수미, 「거대한 오프너」 부분, 앞의 책, 53쪽.

[24] 진은영, 「가족」 전문, 앞의 책, 19쪽.

[25] 진은영, 「달팽이」 부분, 앞의 책, 41쪽.

성희의 의사가족pseudo-family이 있다. 윤성희 소설의 가족들이 의사가족
인 것은 혈연이나 성차가 가족 구성의 결정적인 요소로 작용하지 않기
때문이다. 가령 「감기」[26]의 세 남성 가족을 보라. 한 여자를 사랑한 두
남자와 그중 한 남자의 아들로 이루어진 가족을 우리는 그간 상상이라
도 해 본 적이 있던가? 그 반대라면 모르겠지만 말이다. 그러나 그들은
잘 산다. 그때 문제가 되는 것은 혈연이나 섹스가 아니라 동성들 간의
우애이다.

　다른 예로 「유턴 지점에 보물지도를 묻다」[27]가 있다. 가족을 모두 잃
고, 다니던 여행사도 그만둔 '나'는 부산행 새마을호(아버지가 죽었던 좌
석)를 탄다. 그렇게 서울-부산을 일곱 차례 왕복하다 만난 사람이 Q다.
그는 지하철 기관사였다. 사고로 여자를 치고 기관사를 그만둔 그의 손
을 '나'가 잡아 주자 둘은 가족이 된다. 둘은 중국집 주방에서 같이 일한
다. 그러던 어느 날 목욕탕에 갔다가 우연히 발을 밟아 친해진 사람이
W다. 존재감이 없어 항상 '유령'으로 불렸던 W도 가족이 된다. 이번엔
셋이서 찜질방엘 갔다가 고스톱을 치던 중, 고등학생 여자애 하나가 그
들 사이에 끼어든다. 역시 가족이 된다. 넷으로 불어난 가족이 보물지도
를 찾으러 가고, 실패하고, 그러다 일하던 중국집 주방장이 도망가는 바
람에 음식점을 떠맡고, '미친 쫄면'을 개발해 불티나게 판다. 종종 일찍
죽은 쌍둥이 언니를 추억하며, 고속도로 휴게소에서 혼자 어묵 국물을
마시는 버릇이 있긴 하지만, '나'는 이 혈연도 없고, 섹스도 없고, 그래서
서로가 서로에게 아무런 억압도 되지 않는 가족들과 잘 산다. 어떠한 인
연도 없었던 네 사람이 우연히 만나 우애를 나누고 가족이 되어 살아가
는 이 모습은 관습적인 의미의 가족이 아니다. 차라리 일종의 타자들의

---

[26] 윤성희, 「감기」, 『문예중앙』(2005년 봄호).

[27] 윤성희, 「유턴지점에 보물지도를 묻다」, 『거기, 당신?』(문학동네, 2004).

연대 집단이라고 해야 맞을 듯싶다.

강영숙이 『리나』[28]에서 그려 낸 가족은 여기서 한 발 더 나아간다. 탈북자로 보이는 '리나'가 국적 불명의 나라와 도시들을 가수로, 노동자로, 여급으로 유랑하며 만난 이들과 가족을 이룬다. 그중 '삐'는 남자다. 이국 청년 삐는 처음엔 리나에게 동생이었다가, 연인이었다가, 남편이 되기도 하고, 동료가 되기도 한다. 함께 탈출했던 방직공장 언니도 가족의 성원이 되는데, 그녀와 리나는 동료이자 자매이자 동성애 연인들이다. 잉태와 양육의 경험이 없는 늙은 이국 가수 할머니와 그녀를 사랑하는 철없는 할아버지도, 한국 소설에 등장하는 노인들답지 않게 들큰한 사랑을 나누고, 또 리나와 한 가족을 이룬다. 외국 사내와 사랑에 빠진 방직공장 언니가 아이를 낳자 청각장애를 가진 그 아이도 가족의 일원이 된다. 성과 양육과 생계를 공유하고 한 주거 공간에 사는 이들은 분명 가족임이 틀림없다. 게다가 이들은 지극히 윤리적인 가족이기도 한데, 국적과 성차와 나이와 불구는 이들이 가족으로서의 연대감을 형성하는 데 하등의 고려 사항이 되지 않기 때문이다. 그 가족 내에 이방인은 없다. 비정상도 없다. 그들이 공유하는 단 한 가지 유일한 것, 그것은 그들이 모두 가난한 자들이고 노동자들이라는 사실뿐이다. 비록 어떠한 전망이나 대안도 없이 나날의 비참한 일상을 겪느라 여념이 없긴 하지만, 나는 현재 한국 문학이 상상할 수 있는 그 어떤 '집단적 주체'도 이들보다 더 진보적일 수는 없을 거라고 믿는 편이다.

---

[28] 강영숙, 『리나』, 『문예중앙』(2005년 여름호부터 연재).

타자들이 거주할 문장

어떻게든 한국 사회도 (내부에서 배제되었건 외부로부터 유입되었건 간에) 타자들과 함께 살고 있고, 또 앞으로 그들이 차지하는 비중은 점점 높아질 것이다. 그럴 때 문학이 할 수 있는 것은 그들이 거주할 문장을 만들고, 윤리적으로 그들과 기거할 수 있는 방식을 미리 보여 주는 것 외에 없다. "하위주체는 말할 수 있는가?"라는 스피박의 본원적이고도 결정적인 질문에 대한 답은 그 후에 생각해도 늦지 않을 것이다.

타자들은 그들이 우리의 언어 밖에 있기 때문에 타자다. 그런 이유로, 그들은 어쩌면 우리가 알아들을 수 있는 언어로는 영원히 발화할 수 없을지도 모른다. 그러나 그들의 발화 가능성을 전제하고, 우리의 언어가 그들의 언어에 대해 절대적 외부에 있다는 사실을 용인함으로써, 항상 우리의 언어를 상대화할 수 있을 때 윤리는 발생한다. 물론 그것은 사력을 다해 다시 한 달을 가서 설산을 넘는 것보다도 고역일 테지만, 그렇다고 미리 절망할 필요도 없는 것이, 우리 문학은 벌써 그들을 위한 몇 개의 문장을 준비해 두고 있기 때문이다.

2

이미지 혹은 현대성의 발견

오문석

이 글은 조선대학교 인문학연구원, 『인문학연구』, 제37집(2009년 8월)에 발표되었다.

동양과 서양이 마주 보이는 '마술 거울'

20세기 시문학은 '이미지의 발견'과 더불어 시작된다. 영미英美의 이미지
즘 시운동도 그렇고 대륙의 초현실주의 또한 이미지의 가능성 속에서
'현대성modernity'을 발견하였다. 물론 '이미지의 발견'은 비단 시에만 한
정되는 것이 아니다. 소설에서는 '의식의 흐름'으로, 영화에서는 '몽타주
기법'으로, 그리고 미술에서는 '오브제의 발견' 등으로 다양한 예술 분야
에서 이미지는 현대성을 실현하는 통로로 인식되었다. 이미지를 통하지
않고서 20세기 초창기의 다양한 예술운동을 이해한다는 것은 거의 불가
능할 정도이다.[1]

　이러한 사정은 식민지 상황에서 시작된 우리의 근대 시문학사에서도
예외는 아니다. 식민지 시기 한국의 근대 시문학사는 1930년대를 기점으
로 중대한 변화를 맞게 되는데, 그 변화의 계기가 '이미지의 발견'과 관
련되어 있다. 구체적으로 살펴보면 1930년은 현대 시 이론가 김기림이
등장하여 이미지의 중요성을 설파하던 때로, 시문학 동인지 『시문학』이

---

[1] 물론 '이미지의 발견'이 20세기 초창기에만 한정되는 것은 아니다. 그 후에도 미술 분야에서
　가상이나 시뮬라크르 등으로 변주되면서 이미지의 자기 갱신이 꾸준히 이어졌고, 한국 현대
　시에서도 정현종, 오규원으로 이어지는 이미지 예찬론이 비교적 최근까지 이어진 바 있다.

창간되면서 탁월한 이미지스트인 정지용이 부상하여 이미지가 작품으로 실현되는 과정을 보여 준 시점이기도 하다. 여기에다 초현실주의자 이상이 시도한 '초현실적 이미지'를 포함한다면, 우리 문학사에서 1930년대를 기점으로 현대성과 이미지의 밀접한 관련성이 시작되었음을 쉽게 알 수 있다.

이처럼 식민지 조선의 시문학은 1930년대를 기점으로 시에 이미지를 도입함으로써 현대성의 확인 도장을 받을 수 있게 되었다. 이때부터 이미지의 도장이 찍히지 않은 시를 가지고서 현대성을 실현하는 것은 어려운 일이 되었다. 시에 도입된 이미지는 시의 현대성을 드러내는 일종의 징표처럼 인식되었기 때문이다.

그렇다면 식민지 조선의 시인들에게 '현대성'이란 무엇을 의미했을까? 그것은 일차적으로 서구 유럽의 문학과 시대를 공유한다는 의식을 뜻했다. 현대성은 일차적으로 서양과 동양의 '동시대성'을 확인하는 방식이었다. 다시 말해서 식민지 조선의 시인들에게 현대성을 확보한다는 것은 세계 문학의 흐름에 동참한다는 것을 뜻했다. 후진적인 동양의 문학이 선진적인 서양의 문학을 추종하고 따라잡는다는 것이다. 이처럼 현대성은 동양과 서양의 시간적 차이를 '확인'해 주는 것이자, 곧이어 그 차이를 서둘러 '봉합'하는 정신 현상을 가리킨다. 궁극적으로는 서양과 동양의 시간적 차이를 부정하는 방식이다. 현대성의 관점에서 모든 차이는 이미 부정적이며, 현대성을 향한 욕망은 차이가 배제되어 있는 동일성의 일원적인 세계로 향해 있다.

그 욕망의 한가운데에 '이미지'가 놓여 있다. 현대성을 확보하려 한 식민지 조선의 시인들에게 '이미지'는 단순한 시적 기교가 아니었다. 그것은 동양과 서양 사이의 문화적·문학적 차이를 봉합할 수 있는 방법과 관계가 있었다. 시적 이미지는 시의 현대성을 확인받는 도장일 뿐 아니라, 서양과 동양의 동시대성을 확인해 주는 환각제이기도 했다. 이때 현대성의 확인과 확보는 서양에서 제시하는 현대성의 기준을 만족시키는 데서부터 시작되었다. 현대성의 기준을 제시하는 측은 언제나 서양이기 때문이다. 그러므로 시적 현대성의 징표인 '이미지'가 서양에서 유래한다는 생각은 자연스럽다.

널리 알려졌다시피 한국의 근대 시문학사에서 '이미지의 발견'은 영미에서 한때 유행한 이미지즘imagism(1912~1917)과 밀접한 관련이 있다. 이미지즘을 도입하면서 비로소 이미지는 시적 현대성의 조건으로 관심을 끌게 된 것이다. 그것은 앞서 말했듯이 동양과 서양의 동시대성, 즉 동양의 현대성을 확보해 주는 기회이기도 했다. 그런데 동양과 서양의 동시대성을 확보하려는 욕망은 필연적으로 양자 간의 '차이'를 전제하게 된다. 이미지를 발견하려면, 그전에 '후진적 동양의 발견'이 선행되어야 한다는 것이다.

> 대체로 동양인은 사물을 전체적으로 통솔하는 지성이 결여한 것이 통폐다. 서양인의 '피아노'는 '키'가 수십 개나 되는데 동양인의 피리는 구멍이 다섯 개밖에 아니 된다. '타고어'가 그만한 성공을 한 것은 우연하게도 그가 위대한 우울의 시대를 타고난 까닭인가 한다. (중략) 내가 기회 있는 대로 지성을 고조하고 '센티멘탈리즘'을 배격하려고 하는 것은 이 순간에 있어서의 모든 모양의 육체적 비만과 동양의 성격적 결함으로부터 애써 도망하려는 까닭이다.[2]

1935년에 씌어진 김기림의 진술에서는 동양의 발견이 먼저 서양과의 '차이'를 통해 이루어진다. 이 '차이'를 봉합하려면 "동양의 성격적 결함"을 극복해야만 한다. 김기림은 여기에서 동양의 '센티멘탈리즘'과 서양

---

[2] 김기림, 「동양인」, 『김기림 전집 2』(심설당, 1988), 161~162쪽. 이하 『전집 2권』으로 표기.

의 '지성'을 대립시킨다. 동양의 성격적 결함에 관련되어 있는 센티멘탈리즘을 극복하고 서양적 지성으로 재무장하는 것이 현대성의 조건인 셈이다. 현대성이란 동양의 결함을 극복하고 서양과의 차이와 격차를 줄이는 데서 달성된다. 그런 의미에서 1920년대의 시문학을 주도하는 센티멘탈리즘은 동양의 성격적 결함에 근접해 있다. 이를 극복하고 현대성을 확보하는 것이 1930년대 시문학의 과제인 것이다.

이처럼 1920년대 시문학과 1930년대 시문학의 성격 차이는 그것을 동양과 서양의 문화적 차이에 견주었을 때 더 잘 이해된다. 1920년대 시문학의 극복은 동양 정신의 부정을 의미하며, 1930년대 시문학에 대한 옹호는 서양 정신의 긍정을 내포한다. 이때 김기림이 옹호하는 서양적 지성의 핵심에는 '이미지'가 놓여 있다. 이미지(이미지즘의 '지성')의 도입은 동양과 서양의 문화적 차이를 드러내면서 그것을 서둘러 봉합하게 해주는 유일한 방법인 것이다. 이처럼 이미지가 동양과 서양 사이에서 차이와 봉합의 이중적 작용을 한다는 사실은 1930년대에 시적 현대성의 조건으로 부상한 이미지의 독특한 성격을 말해 준다.

그러나 여기에서 충분히 점검되지 못한 사실이 있다. 그것은 이미지가 현대성의 징표로 정착하기까지의 과정에 관련된 문제이다. 서양에서 이미지를 시적 현대성의 조건으로 발견했다는 것도 중요한 사실이지만, 그 발견의 계기에 놓여 있는 '동양의 흔적'에도 주목할 필요가 있다. 여기에는 정반대의 사실이 서로 마주하고 있다. 하나는 식민지 시대에 조선을 비롯한 동양이 서양에서 '현대성'을 도입하여 동양적 전통을 청산하고자 했다는 사실이다. 다른 하나는, 동양이 청산하고자 했던 바로 그 전통을 이용하여 서양이 제 전통 문화를 청산할 현대성의 에너지를 생산했다는 사실이다. 말하자면 동양은 서양을 이용하여 제 전통을 극복하고자 했고, 서양은 동양을 이용하여 제 전통을 극복하고자 했던 것이다.

여기서 중요한 사실은 동양의 청산 대상이었던 동양적 전통이 서양을 우회하면서 현대성의 모습으로 재도입되었다는 점이다. 동양으로서는 제 전통에서 추출된 현대성으로 자신의 전통을 청산하는 역설적 장면을 연출한 것이다. 물론 여기에는 반드시 타자의 매개를 통해서 우회해야 한다는 조건이 달려 있었다. 그러므로 현대 시의 조건인 이미지에는 동양과 서양이 서로 마주하는 '마술 거울'의 요소가 내포되어 있다고 할 수 있다. 그 마술 거울에서는 자신의 이미지와 타자의 이미지가 겹쳐지면서 변형되는 장면이 연출된다. 조선의 근대 시문학사에서 우리는 그 과정의 일부를 보게 된다.

이미지즘이 30년대에 개화한 까닭

앞에서도 언급했듯이, 식민지 조선의 시문학사에서 이미지는 1930년대를 기점으로 본격적으로 도입된다. 이 시기는 대략 모더니즘의 시작점과 일치한다. 1930년대는 주지주의主知主義 혹은 이미지즘으로 알려진 시적 모더니즘이 광범위하게 도입된 시점이다. 여기서 이런 질문이 가능하다. 1920년대에는 이미지즘이 전혀 알려지지 않았다고 할 수 있는가?

그렇지 않다. 1920년대에는 아직 이미지를 '운동'의 차원으로 생각하지 못했을 뿐 이미지즘의 존재 자체를 몰랐던 것은 아니다. 세계사적 동시대성이란 채널을 통해서 이미지즘의 존재는 이미 알려진 상태였다. 영국에서 에즈라 파운드Ezra Pound가 이미지즘이라는 명칭을 공식적으로 사용한 해가 1912년이고, 미국에서 일군의 시인들이 마지막으로 세 번째 『이미지스트 시화집Some Imagist Poets』을 발간한 해가 1917년이라는 사실을 참조하면 이를 충분히 짐작할 수 있다.

이른바 이미지즘의 절정기(1912~1917)는 이미 일본 내부의 여러 대학에 포진해 있던 한국의 유학생들이 여러 경로를 통해 서구 문학의 동향

1909년 에즈라 파운드(왼쪽)가 런던의 시인클럽에 가담하여 '이미지즘'이라는 명칭을 만들고 그 이름으로 1914년 시선집을 출간한 시점까지가 '전기 이미지즘'이라면, 1915년부터 1917년까지 에이미 로웰(오른쪽)을 중심으로 한 시기를 '후기 이미지즘'이라고 할 수 있다.

을 충분히 파악하고 있었던 때이다. 근대 시문학사에서 이 시기는 일종 의 '근대시의 잠복기'에 해당한다고 할 수 있다. 당시 한국의 유학생들 은 흩어져 있던 유학생 기관지들을 통합하여 1914년 《학지광學之光》이라 는 소식지를 만들었으며, 서구 문학의 최신 경향을 소개하려는 의도로 1918년부터 《태서문예신보泰西文藝新報》를 발간하기도 하였다. 이 두 개 의 잡지가 발간된 시점은 이미지즘이 절정에 달했던 시기와 겹친다.

따라서 1920년을 전후로 해서 이미지즘이 '사상파寫象派'라는 명칭으로 소개된 것은 자연스러운 일이었다. 예컨대 황석우는 「조선시단의 발족 점과 자유시」(1919)에서 우리의 시단이 자유시에서 출발하여 "상징시, 혹 민중시, 인도시, 혹 사상시"로 순차적으로 진행되는 방향을 제안하는 데, 이는 운동의 측면에서 '사상시寫象詩'의 가능성을 확인한 것이다. 이 후 1924년 김억도 번역 시집 『잃어진 진주』 서문에서 '표상시Imagist'라는 명칭으로 영국의 이미지스트 올딩턴Richard Aldington과 미국의 로웰Amy Lowell을 소개했으며, 같은 시기 박영희도 '사상주의자寫象主義者'라는 명 칭으로 로웰을 비롯하여 둘리틀Hilda Doolittle, 올딩턴, 플린트F. S. Flint 등 주요 이미지스트들을 소개했다. 이처럼 1920년대를 전후한 시기에도 이 미지즘의 지향점과 구성원에 대한 정보는 이미 공식적인 지식으로 유통 되고 있었다.[3]

그중에서 주요한이 남긴 사례는 주목할 만하다. 당시 그는 일본 유학 생 신분이었으나, 일본의 구어자유시 운동 단체인 '서광시사曙光詩社'의 동인으로 참가하였다. '서광시사'는 새로운 시가의 창작과 연구를 목적 으로 1918년 2월부터 『현대시가現代詩歌』란 동인지를 발간했는데, 여기에 주요한은 창간호부터 1919년 5월호까지 여러 편의 일어 현대시를 선보

---

[3] 한국에 유입된 이미지즘의 성격에 대해서는 홍은택, 「영미 이미지즘 이론의 한국적 수용 양 상」, 『국제어문』, 2003 참조.

였다.[4] 조선의 문예 동인지 『창조』(1919)에 「불놀이」를 게재하기 이전부터 일본에서 현대 시인으로 활약하고 있었던 것이다.

일본의 『현대시가』는 새로운 시가의 창작과 연구를 위한 잡지인 만큼 최근의 서구 시 동향을 소개하는 데도 충실하여, 창간호의 '휘트먼' 특집을 필두로 2호(1918년 3월)에서는 '이미지즘'을 소개하는 발빠른 모습을 보인다. 특히 이미지즘을 다룬 2호는 1915년부터 1917년까지[5] 발간된 『이미지스트 사화집』에 실렸던 연구 논문들을 싣고, 그 대표작을 발췌 번역하여 이미지즘을 일본에 처음으로 소개하는 역할을 담당했다. 서광시사 동인들은 이미지즘의 단순한 소개에만 그치지 않고 실제 시 창작에서도 이미지즘에 경도되는 모습을 보이는데, 주요한 또한 여기에서 자유롭지 못하였다. 주요한은 이미 초기작들인 「여인」, 「잠자는 여인」, 「식탁」 등을 통해 회화적 스케치 같은 언어 감각을 선보인 바가 있었다. 1919년 2월 「불놀이」를 발표하기 전부터, 그리고 국내에 사상파가 소개되기 전부터 주요한은 이미 '이미지즘'을 실험하고 있었던 것이다.[6]

하지만 주요한의 실험은 오래가지 못했다. 『창조』이후 한국에도 문단이 성립하고, 본인이 그 문단의 주요 인물로 참가하면서 주요한은 이미지즘을 떠났다. 그 후 10년이 지나서야 조선의 근대 시사에 이미지즘이 화려하게 재등장한다. 조선의 이미지즘은 1930년대에 '비로소' 등장한 것

---

[4] 주요한과 '서광시사' 동인의 관계에 대해서는 양동국, 「曙光詩社'와 한일 근대시의 이미지즘 수용」, 『일본문화학보』, 2007 참조.

[5] 앞으로 살펴보겠지만, 이 시기는 이미지즘이 '후기'에 접어든 시기이다. 이 시기는 흄T. E. Hulme과 파운드가 주도한 '전기'가 마감되고, 미국의 에이미 로웰이 주도하고 있었다.

[6] 김용직은 주요한의 초기작에서 이미지즘의 흔적을 읽어 낸다. 예컨대 1923년 발표된 「빗소리」를 분석하며 "주요한의 경우 「빗소리」처럼 견고한 언어로 작품이 이루어진 예는 아주 드물게 나타난다"(김용직, 『한국현대시사1』 (한국문연, 1996), 202쪽)며 이미지즘의 시도가 오래가지 못하고, "대부분의 작품은 감정의 방출이 앞서는 낭만파 기질로 지배되어 있"음을 지적한다. 주요한이 초기에 이미지즘을 실험한 이후 다시 낭만주의로 돌아섰음을 알 수 있다.

이 아니라 10년이라는 잠복기를 거친 다음 화려하게 개화한 것이다. 그렇다면 1920년대에 이미지즘이 조선에 정착하지 못한 까닭은 무엇일까?

언문일치운동이 강화시킨 민족주의

1920년대 시인들이 이미지즘에 매력을 느끼지 못했던 것은 언어의 문제와 관련되어 있다. 당시 개화기를 거치며 '말'과 '글'의 통일, 즉 언문일치가 보편적 지식으로 정착되었다. 그런 의미에서 1896년 『독립신문』의 순국문판 발행은 상징적인 사건이었다. 개화기 이래 국어국문운동[7]의 확산 과정에서 가장 큰 걸림돌이었던 한자의 배제를 실질적으로 선언했기 때문이다. 당시 한자는 말과 글이 불일치하던 시대, 다시 말해서 중국의 문화적 지배를 허용하던 시대를 상징했다. 따라서 말과 글의 확치確致운동은 조선이 중국의 속국에서 해방된 독립국임을 과시하는 의미도 띠었다.

이처럼 말과 글의 일치라는 초보적인 언문일치를 통해 구현된 민족주의 의식에는 한자와 중국의 배제가 반드시 필요했다. 그러면서 한문체에서 국한문체로, 다시 순국문체로 이행하는 매체 선별의 과정은 조선의 독립과 자주적 발전 과정과 겹치게 된다. 그런 의미에서 1920년대는 적어도 개화기부터 20여 년 동안 지속된 언문일치운동의 결정판에 해당된다. 말과 글의 일치는 당연하고 자연스러운 일이 되었다. 한자어에서 멀어질수록 근대적 언문일치의 언어관에 투철해지는 것이었다. 퇴행적 역주행은 철저히 금지되었다.

그리하여 1920년대 중반에 언문일치운동의 필연적인 결과라 할 '강화

---

[7] '국어국문운동'의 의미에 대해서는 권영민, 『한국현대문학사』(민음사, 2002)의 1장 참조.

된 '민족주의'가 대두하게 된다. 근대 시문학사에서 '민요시'가 광범위하게 부상한 시점도 이 무렵이다. 민요시는 그 명칭부터가 서양에서 유래한 '자유시'와 자국에서 유래한 '민요'를 결합하려는 욕망을 담고 있다. 외견상 서양의 자유시와 조선 민족의 민요를 결합시켜 동서융합의 결정체를 만들어 낸 것이다. 그런데 이러한 동서융합의 분위기가 고조될 당시에도 중국은 융합의 대상에서 제외되었다.

> 과거 우리 사회에 노래라는 형식으로 된 문학이 있었다 하면 대개 세 가지가 있었다 하겠습니다. 첫째는 중국을 순전히 모방한 한시요, 둘째는 형식은 다르나 내용으로는 역시 중국을 모방한 시조요, 셋째는 그래도 국민적 정조를 나타낸 민요와 동요입니다. 그 세 가지 중에 필자의 의견으로는 셋째 것이 가장 예술적 가치가 있다고 봅니다.[8]

이 글에서 열거된 한시, 시조, 민요와 동요 가운데서 한시와 시조는 "중국을" "모방"했다는 이유로 그 예술적 가치조차 인정받지 못할 처지에 놓인다. 이와 반대로 민요와 동요는 중국의 영향권에서 가장 멀리 떨어져 있다는 이유만으로도 "가장 예술적 가치가 있다"는 판정을 받게 된다. 이것이 한때 일본 문단에서 활약하며 이미지즘을 실험한 주요한의 견해라는 사실이 놀라울 따름이다.

실제로 주요한이 초창기에 선보인 이미지즘에는 '중국의 흔적'이 지워져 있다. 주요한에게 이미지즘은 서양에서 유래한 '자유시'의 일종이었다. 그는 인용한 글에서 서구적 자유시에 편향된 시단의 풍조를 반성하며, 그동안 배제되었던 민요의 중요성을 상기시킨다. 그러면서 같은 글에서 "조선말로 시험할 때에 자유시의 형식을 취하게 된 것은 그 시대

---

[8] 주요한, 「노래를 지으시려는 이에게①」, 『조선문단』, 1924. 10.

의 영향도 있었거니와 조선말 원래의 성질상 그러지 않을 수 없었"다면서 자유시운동에 소극적 긍정의 자세를 취한다. 하지만 서구에서 유래한 자유시에 일정한 거리를 유지하면서도, 중국은 배제한다. 서구의 자유시와 조선의 민요가 결합하는 동서융합의 가능성에서 '중국'은 아예 고려의 대상에서조차 제외되어 있는 것이다. 이처럼 "조선말 원래의 성질"을 중시하는 언문일치의 시인에게는 중국(한자)의 영향권에서 최대한 멀어지는 것이 자연스러운 일이었다.

식민지 조선의 초창기 근대 시문학사에서 한자(혹은 한시)가 배제된 것은 '언문일치'의 완성이라는 역사적 맥락에서 이해해야 한다. 이러한 분위기에서 이미지즘의 발생 배경에 잠재하는 중국의 독특한 문자 체계는 관심을 받을 수 없었다. 한자와 한시의 배제를 당대의 시대적 과제로 인식하는 이상, 한자와 한시의 긍정성을 재고할 여지는 없었다. 그러나 이미지즘을 수용하며 그것과 한자 및 한시와의 관련성을 참조하지 않으면 이미지즘의 본래 취지에서 멀어질 수밖에 없다. 그것은 또한 중국을 포함하는 '동양'이 차지하는 비중과 관련된 문제이기도 하다.

이미지즘의 망각된 기원 '하이쿠'

이미지즘에서 동양이 차지하는 비중을 가늠해 보려면 미국 시인 에즈라 파운드의 발자취를 추적해야 한다. 잘 알려져 있듯이 에즈라 파운드가 처음으로 '이미지스트Imagist'라는 명칭을 사용한 것이 1912년이고, 1914년 그의 탈퇴에도 불구하고 에이미 로웰에 의해 지속된 『이미지스트 사화집』의 최종 발간 시점이 1917년이므로, 이미지즘의 공식적 존속 기간은 1912년에서 1917년까지인 셈이다.[9] 그러나 이미지스트의 발생 시점을 최대한 소급해서 보면 에즈라 파운드 이전에 '시인클럽'을 주도했던 흄T.

E. Hulme[10]을 빼놓을 수 없다.

흄은 1908년과 1909년 두 차례에 걸쳐서 시인클럽을 결성하였는데, 이미지즘과 직접적으로 관련되는 것은 1909년 런던의 '에펠탑 레스토랑'에서 조직된 시인클럽이다. 이 두 번째 시인클럽에서는 히브리 성경에 사용된 시의 형식, 프랑스 상징주의 시, 그리고 일본의 하이쿠 등에서 사용된 이미지 기법과 간결하고 정확한 시어, 자유시 형식 등을 토론했는데, 에즈라 파운드는 그해 4월 이 시인클럽에 가담하게 된다. 그리고 1912년 시인클럽 회원들의 시선집詩選集 『반격The Ripostes』이 출간된다. 그 부록에 흄의 시 다섯 편이 실리고, 그 서문에서 에즈라 파운드가 '이미지스트'라는 명칭을 처음 사용한다.[11] 따라서 '이미지즘'이란 명칭이 탄생한 배경을 따진다면, 1909년 런던의 시인클럽에서 그 역사적 시발점을 찾을 수 있다.

하지만 이미지즘이 '운동'으로 공식화된 기점은 1912년 시선집의 출간으로 잡아야 한다. 이때부터 에즈라 파운드가 이미지즘운동을 주도하게 된다. 이어 1913년 3월 『시Poetry』 잡지에 '이미지즘 3원칙[12]'이 게재되면

---

[9] 이에 대해서는 여러 자료들이 일치한다. 개괄적인 설명으로는 홍은택, 앞의 글이 있고, 비교적 자세한 세부적 내막은 현영민, 「에즈라 파운드의 이미지스트 시학」, 『영어영문학연구』, 2004.; 이철, 「에즈라 파운드의 이미지즘 연구」, 『영어영문학』, 1995 등을 참조할 수 있다.

[10] 흄은 1917년 전쟁터에서 숨을 거두는데, 공교롭게도 그의 죽음은 곧 이미지즘의 상징적 소멸 시점을 가리켰다.

[11] 현영민, 앞의 글 참조.

[12] 이때 발표된 3원칙은 각각 회화시, 언어시, 음악시로 변형되어 여러 차례(1923년 「On Criticism in General」, 1929년 「How to Read」, 1951년 「ABC of Reading」) 반복되어 나타나며 에즈라 파운드 시론의 핵심 원칙으로 자리 잡게 되었다. 이때 파운드는 회화시, 언어시, 음악시의 통합을 이미지즘의 원칙으로 제시한 것인데, 지나치게 회화시에만 집중되는 이미지즘 설명에는 문제가 있다. 현영민에 따르면, "결국 파운드가 지향하는 이미지 시의 목표는 정확한 언어로(두 번째 원칙) 시각적 이미지를 창출하여(첫 번째 원칙) 음악적 효과를 달성하는 것(세 번째 원칙)"이라고 한다. 현영민, 같은 글, 220쪽.

서 이미지즘은 본격적인 '이즘'으로 세상에 알려지게 된다. 그해 『시』지를 보고 자신이 이미지스트라고 판단한 에이미 로웰은 곧장 런던으로 달려가 클럽에 가입한다. 그러나 1914년 에이미 로웰 등의 작품을 실은 『이미지스트』 시선집의 출간을 마지막으로 에즈라 파운드와 이미지즘운동의 관계는 종결된다. 이후에도 1915년[13]부터 1917년까지 에이미 로웰의 지원으로 『이미지스트 사화집』이 꾸준히 발간되지만, 에즈라 파운드는 그들을 일러 이미지즘이 아니라 "에이미지즘Amygism"이라는 비난을 남기고 클럽에서 탈퇴한다. 에즈라 파운드는 로웰 등이 이미지즘의 본질인 언어의 정확성, 명료성, 강렬성 등의 정신을 잃어버린 채 자유시에만 몰두하고 있다고 보았다.[14]

에즈라 파운드를 중심으로 이미지즘의 연대기를 정리한다면, 1909년 그가 런던의 시인클럽에 가담하여 이미지즘이라는 명칭을 만들어 내고 (1912), 그 이름으로 1914년 시선집을 출간한 시점까지가 '전기 이미지즘'이라고 할 수 있다. 그 이후 1915년부터 1917년까지 에이미 로웰이 중심이 된, 이른바 '에이미지즘'을 전기와 구별하여 '후기 이미지즘'이라고 할 수 있다.[15]

이러한 구별이 타당하다면, 적어도 1920년대 일본 유학생들이 소개한 이미지즘은 에이미 로웰이 주도한 '후기 이미지즘'(1915~1917)에 해당한다. 에즈라 파운드가 탈퇴한 다음에 형성된 이미지즘인 것이다. 따라서 일본 유학생 등이 받아들인 이미지즘에는 흄에서 파운드로 이어지는 이미지즘의 근본 취지에 대한 이해가 결여될 수밖에 없었다. 산문을 모범

---

[13] 1915년 첫 번째 사화집 서문에는 올딩턴과 로웰의 합작품인 '이미지즘 6원칙'이 게재된다.

[14] 이철, 앞의 글, 103쪽 참조. 흄과 파운드의 이미지는 "정확하고, 간명하고, 뚜렷한 묘사"라는 표현으로 집약된다.(현영민, 같은 글, 222쪽.) "accurate, precise and definite description". (T. E. Hulme, edit. Herbert Read, *Speculations*, Routledge & Kegan Paul Ltd, 1924. p. 132.)

[15] 전기 이미지즘과 후기 이미지즘의 구별에 대해서는 홍은택, 앞의 글 참조.

으로 하는 건조하고 견고한[16] 이미지의 추구, 그리고 경제적인 언어관 등이 전해지지 않았음은 말할 것도 없다. 이는 단순히 일본 유학생들의 정보력의 한계 때문만은 아니었다. 일본의 시단도 마찬가지 상황이었던 것으로 보이기 때문이다.

앞서 살펴보았듯이 1918년 일본에 처음으로 이미지즘을 소개했다는 동인지 『현대시가』조차도 이른바 '후기 이미지즘'에만 관심을 쏟고, 정작 흄에서 에즈라 파운드로 이어지는 이미지즘의 정신세계는 제대로 조명하지 않았다. 『현대시가』에 동인으로 참여한 주요한도 마찬가지였다. 그래서 그는 중국의 한시(한자)와 이미지즘의 관련성을 볼 수 없었다.

이처럼 에이미 로웰이 주도한 후기 이미지즘에만 관심을 집중하면 이미지즘의 '동양적 기원'은 시야에서 사라지게 된다. 다시 말해서 이미지즘의 기원에서 작동하는 동양과 서양의 이미지 교환의 문제가 포착되지 않는 것이다. 앞서도 말했듯이 흄에서 에즈라 파운드로 이어지는 시인 클럽에서는 일본의 '하이쿠(俳句)'[17]를 주된 연구 대상으로 삼았다. 낭만주의 이래 고착된 서양시의 자기 갱신을 위해 이미지스트들은 동양 시의 '이래질성'과 '타자성'을 도입하려 한 것이다. 따라서 에즈라 파운드의 이미지즘에는 동양과 서양의 이질성이 차이(와 오해[18])를 통해서 서로 융합

---

[16] "I prophesy that a period of dry, hard, classical verse is coming." T. E. Hulme, ibid., p. 133.

[17] '하이쿠'는 세상에서 가장 짧은 시로서, 5·7·5의 음절로 총 17글자로 된 한 줄짜리 정형시이다. 단 한 줄로 촌철살인의 경지를 보여 주며, 인간과 자연의 근본에 접근하는 특징이 있다. 본래 있었던 중세의 조렌가(長連歌)에서부터 귀족적인 정통 렌가와, 서민들의 해학성과 비속함이 반영된 하이카이 렌가(俳諧連歌)가 갈라지고 후자가 크게 유행하더니, 도입부에 해당되는 첫 구(홋구, 發句)만을 감상하는 사례가 늘자, 메이지 시대에 결국은 '렌가'에서 '홋구'가 떨어져 나와 '하이쿠'라는 독립된 장르로 정착한 것이다.

[18] 한자를 몰랐던 에즈라 파운드는 페놀로사의 원고에 의지하여 한시를 번역한다. 그가 중국어를 본격적으로 공부한 것은 1936년부터라고 한다.(이보경, 「한·중 언문일치 운동과 영미 이미지즘」, 『중국현대문학』, 2004. 39쪽. 각주 20번 참조). 파운드식 이미지즘은 한자 및 한시에 대

하는 문화적 혼종성이 자리하고 있다. 이것이 에이미 로웰이 중심이 되는 후기 이미지즘에서는 사라지고 만다.

이처럼 이미지즘이 조선과 일본에 들어오면서 이미지즘의 탄생 배경에 자리한 또 다른 동양적 기원인 하이쿠의 작용은 망각되었다. 이로 말미암아 일본과 조선의 초창기 근대 시단에서 이미지즘은 서양에서 유래한 낯설고 이질적인 조류로 인식되었다. 동양적 기원이 망각된 이미지즘은 기껏해야 서양의 최신 시운동일 뿐이었다. 그것은 이미지즘의 본래 취지와 멀어지고, 이미지즘운동이 지닌 운동으로서의 추진력을 빼앗아 갔다.

이미지와 한자의 충격적 만남

1913년 4월 『시』지에 에즈라 파운드의 유명한 시 「지하철 정거장에서In a Station of the Metro」가 게재된다. 이 시는 일본 하이쿠의 영향이 지대하게 담긴, 이미지즘 정신의 집약체라 할 수 있다.[19] 이 시를 인연으로 파운드는 이미 작고한 미국의 동양미술사학자 어니스트 페놀로사Ernest Fenollosa의 부인을 만나게 된다.

페놀로사는 일본 미술의 진가를 서양에 알리는 역할을 담당한 초창기 일본 미술계의 거목으로서, 그의 부인은 남편이 남긴 미완성 원고들을 에즈라 파운드에게 주었다. 그 원고들은 페놀로사의 전공 분야인 미술사가 아닌 일본 전통 가면극 '노能'의 초역본과 중국 한시의 초역본, 그리고 중국 문자에 대한 논문의 초고였다. 파운드는 그 원고들의 완성을

한 파운드의 오해에서 비롯된 측면이 많다.

[19] 최홍선, 「타자를 향한 번역-에즈라 파운드의 「중국」과 중국시 영역」, 『비교문학』, 2008. 266쪽.

맡게 되었다.

이때 에즈라 파운드는 중국 한자(및 한시)와 충격적인 조우를 경험하게 된다. 약속대로 1915년 파운드는 우선 노트에 초역된 150여 편의 한시 중에서 14편을 선정하여 『중국Cathay』이라는 번역 시집을 출간한다. 에즈라 파운드 이전에도 수많은 중국 한시 번역본이 나왔지만, 파운드의 한시 번역에 유독 큰 찬사가 쏟아졌다. 기존의 중국 한시 번역가들이 낯선 외국 시를 영어의 틀 안에서 익숙한 영시로 만드는 데 치중했다면, 파운드는 중국 시의 이질성을 충분히 이용하여 기존에 없던 낯선 영시를 만듦으로써 영어가 외국어에 영향을 받게끔 허용하는 '타자 지향적 번역'을 선보였기 때문이다.[20] 그는 타자의 이질적인 정신을 수용하여 자신의 언어를 동요시키고 낯선 것으로 만들고자 하는 열린 태도를 견지했던 것이다. 이처럼 파운드에게 중국 한시를 번역하는 일은 그 이질성으로 인해서 전혀 낯설고 새로운 영시를 개척하는 계기가 되었다.

파운드는 중국의 한자가 사물을 직접적으로 제시한다는 것, 그리고 한자의 제자制字 원리를 통해 구체적인 은유에서 추상적인 개념으로 상승하는 과정을 파악할 수 있다는 점, 또한 아무런 문법적 접사 없이 이미지들의 공존과 병치만으로 형성되는 한자의 구문적 특성에 매료되었다. 특히 영어와 같은 표의문자에서는 발견할 수 없던 이미지의 '병치'에서 무한한 영감을 받았다. 파운드에게 중국은 "새로운 그리스"였던 것이다.[21]

이때 중국의 한자와 한시, 그리고 일본의 노 연극의 이미지 병치 기법 등을 통해 '소용돌이 이미지'를 발견하면서 파운드는 초기 이미지즘의 단계를 넘어서 '소용돌이주의Vorticism'라는 전혀 이질적인 시운동으로

---

[20] 최홍선, 앞의 글, 269쪽.

[21] 현영민, 앞의 글, 212쪽.

옮겨 가게 된다. 결국 동양에서는 근대화 기획에서 가장 큰 걸림돌로 간주되었던 '한자'에서 에즈라 파운드는 역설적으로 서구 문명사 전체를 해체할 근거를 발견한 것이다.[22]

크게 보면 이미지즘은 동양을 거울 삼아서 서양에서 목격된 근대적 전통의 파산 장면을 닮았다. 그것은 동양에서는 근대화를 위해서 필연적으로 버릴 수밖에 없었던 한자라는 유산에서 발견된 새로운 가능성이었다. 이처럼 이미지즘에서 서구적 근대의 파산을 목격하고 난 1930년대에야 조선에서 이미지즘은 본격적으로 시작될 수 있었다. 그것은 서구적 근대의 파산, 그리고 동양에서 발견된 새로운 가능성의 교차가 발생한 시점이다.

다시 '전기 이미지즘'으로, 동양으로

1930년대에 접어들면서 후기 이미지즘에 대한 관심은 기울고, 다시 흄에서 에즈라 파운드로 이어지는 전기 이미지즘에 대한 관심이 증폭된다. 서양에서 제대로 공부한 영문학자들이 귀국하면서 벌어진 현상이었다. 물론 정인섭과 이하윤 등 여전히 후기 이미지즘에 집착하는 사람들도 있었지만, 최재서와 김기림은 흄에서 에즈라 파운드로 이어지는 초기 이미지즘의 정신에 밀착되어 있었다. 비로소 이미지즘이 본격적인 '운동'의 가능성을 내포하게 된 것이다.

그 가능성의 중심 동력은 동양과 서양이 서로 마주 보는 마술 거울의 구조에 있다. 이미지를 통해서 서양은 동양을 보고, 동양은 서양을 본다. 서양은 동양의 타자적 이미지를 보고 낯선 세계를 꿈꾸고, 동양은 서양

---

[22] 이보경, 앞의 글, 41쪽.

의 타자적 이미지를 보고 낯선 세계를 꿈꾼다. 이미지즘의 발생과 전파 과정에는 이처럼 상대방의 타자적 이미지를 통한 새로운 세계의 상상 가능성이 내재한다. 식민지 조선의 1930년대 이미지즘이 마주친 장면이 바로 '서구적 근대의 파산'이었다. 그리고 그것은 동양인으로서의 자기 반성으로 이어진다.

> 우리가 개화 당초부터 그렇게 열심히 추구해오던 '근대'라는 것이 그 자체가 막다른 한 골목에 부딪쳤다는 것이 바로 그 일이다. 그리하여 '르네상스' 이래 오늘날까지도 근대사회를 꿰뚫고 내려오던 지도원리라는 그 것에서 연역할 수 있는 모든 답안을 남김없이 끄집어 내놓아 보였다. 그 래서 얻은 최후의 해답이라는 것이 결국은 근대라는 것은 이 이상 발 하나 옮겨놓을 수 없는 상태에 다다랐다는 심각한 인상이다.[23]

흄에서 에즈라 파운드로 이어지는 초기 이미지즘은 중국의 한시와 일 본의 하이쿠 등의 동양적 이미지에서 서구 근대 시의 전통을 파괴할 만 한 에너지를 발견하였다. 한자, 한시, 하이쿠 등 동양의 전근대적 매체에 서 거꾸로 '탈근대'의 가능성을 보았던 것이다. 그것은 반드시 동양이 서 양이라는 '타자적' 거울에 반사되었을 때 나타나는 현상이었다. 전통과 단절하고 새로운 현대성으로 무장하기 위해서 필요했던 것은 외부의 충 격에 따른 '역사적 연속성의 단절'이었다. 1910년대 초창기 영미 이미지 즘은 그 단절점의 성격을 잘 보여 준다. 이는 이질적 타자의 도입을 통 한 성공적인 전통의 자기 갱신 사례에 해당한다.

이렇게 성공한 서구의 사례가 다시 동양으로 유입되는 과정은 더욱 복잡하다. 이미지즘 자체는 서구적 풍토에서 생산된 타자적 성격이 강

---

[23] 김기림, 「우리 신문학과 근대의식」, 『전집2권』, 48쪽.

하지만, 그 유래를 통해 알려지는 동양의 흔적은 여전히 문제적이기 때문이다. 서양의 거울에 비친 동양에 대해서는 여러 가지 반응이 가능하다. 한편으로 그것은 서양 근대의 파산을 무기한 연기하게 만들어 주는 동양적 에너지의 존재를 알려 주면서, 이미지즘 자체가 서양 제국주의의 식민지 개척 과정을 반복한다는 인상을 줄 수 있다. 다른 한편으로는 망각하고픈 동양의 전통을 다시 상기시킴으로써 끊어진 전통을 이어 '역사적 연속성의 회복'이라는 새로운 근대성의 모델을 구축하게 할 수도 있다. 이 경우에는 타자적 충격의 요소가 최소화되는 것이다.

이로써 탈근대의 명목으로 서구적 근대를 극복하고 망각된 동양의 전통을 계승하자는 '사이비 탈근대'의 가능성이 열리게 된다. 그것은 외적으로만 '탈근대'의 목소리를 높이면서, 내적으로는 '근대'를 구축하는 모순된 양면성을 취하게 만들었다. 김기림은 동양 정신에 대한 혐오를 통해서 그 가능성이 상쇄되는 모습을 보이지만, 정지용은 동양의 산수화와 고풍스런 서간체의 부활을 통해서 다른 가능성을 보여 준다. 그 가능성은 『문장文章』지에서 정점에 달하게 된다.

■ 참고문헌

권영민, 『한국현대문학사』(민음사, 2002).

김기림, 『김기림 전집2』(심설당, 1988).

김용직, 『한국현대시사1』(한국문연, 1996).

양동국, 「『曙光詩社』와 한일 근대시의 이미지즘 수용」, 『일본문화학보』, 2007.

오문석, 「한국근대시와 민족담론-1920년대 '시조부흥론'을 중심으로」, 『현대문학의 연구』, 2003.

이미순, 「김기림의 언어관에 대한 고찰」, 『우리말글』,

이보경, 「한·중 언문일치 운동과 영미 이미지즘」, 『중국현대문학』, 2004.

이철, 「에즈라 파운드의 이미지즘 연구」, 『영어영문학』, 1995.

전미정, 「이미지즘의 동양시학적 가능성 고찰-언어관과 자연관을 중심으로」, 『우리말글』, 2003.

최홍선, 「에즈라 파운드의 『중국』에 나타난 번역의 시학」, 이화여대 석사, 2006.

최홍선, 「타자를 향한 번역-에즈라 파운드의 「중국」과 중국시 영역」, 『비교문학』, 2008.

현영민, 「에즈라 파운드의 이미지스트 시학」, 『영어영문학연구』, 2004.

홍은택, 「영미 이미지즘 이론의 한국적 수용 양상」, 『국제어문』, 2003.

Hulme, T. E., edit. Herbert Read, *Speculations*, Routledge & Kegan Paul Ltd, 1924.

Pound, Ezra, edit. T. S. Eliot, *Literary Essays of Ezra Pound*, Faber, 1960.

3

이미지와 권력

이탈리아 르네상스 조각에 나타난 위정자의 덕목

전 한 호

권력은 유한하고 이미지는 영원하다

이미지는 원래原來 권력 친화적이다. 뭇 시선의 주목을 전제로 하기 때문이다. 이미지가 권력을 추구한다면, 권력은 이미지를 즐긴다. 권력이 이념과 체제의 홍보를 위해 이미지를 적극적으로 활용한 사례는 역사상 빈번하다. 권력은 속성상 현재적이다. 과거의 권력은 역사이고 신화일 뿐 현재까지 소용되는 힘, 영향력은 없다. 그러나 이미지는 시간의 흐름, 역사적 관계 속에서 그 의미를 변화해 가며 번성蕃盛한다. 따라서 권력은 유한하고 이미지는 영원하다.

　광장과 탑, 좁은 골목과 오래된 교회와 건물들이 있는 피렌체. 오늘날 피렌체를 찾는 방문객들은 아직도 이 도시가 500년 전 꽃피운 르네상스의 찬란한 예술품들을 곳곳에서 발견하게 된다. 특히 '꽃의 성모S. Maria del fiore'로 불리는 대성당과 94미터 높이의 망루가 있는 시청은 피렌체 르네상스 문화 창달에서 중요한 두 축을 이룬다.〈그림1〉 대성당은 종교적 신앙의 메시지를, 시 청사는 새로이 부상하는 시민계급의 정서를 앞세워 정치적 메시지의 전달을 위해 이미지를 적극 활용했다.

　오늘날에도 볼 수 있듯이, 시 청사 주변에 설치된 조각상은 건물 앞 광장에서 바라보아 왼쪽에 〈넵튠〉(분수상), 〈유디트와 홀로페르네스〉 오른쪽에 〈다윗〉과 〈헤라클레스〉가 자리 잡고 있다.〈그림2〉 이 가운데

〈그림1〉 피렌체 전경(위).
〈그림2〉 피렌체 시청 앞 시뇨
리아 광장.
〈그림3〉 시청 중앙 현관 양쪽
에 서 있는 〈다윗〉과 〈헤라클
레스〉.

시 청사의 중앙현관에 해당하는 출입구의 양옆에 서 있는 조각상〈그림 3〉은 왼쪽에는 미켈란젤로Michelangelo Buonarrorti(1475~1564)의 〈다윗〉, 오른편에 반디넬리Baccio Bandinelli(1493~1560)의 〈헤라클레스와 카쿠스〉이다. 4미터가 넘는 이 두 거인상像에 이르기까지 르네상스기 피렌체에서 제작된 조각상들은 권력과 이미지의 관계, 특히 권력의 부침浮沈과 함께 변화하는 이미지를 잘 보여 준다.

국가적 상징으로서 이미지

르네상스 이전

정치적인 엠블럼emblem으로서 이미지의 활용은 역사가 길다. 국가적 상징으로서 애호되는 이미지는 일반적으로 단순 명료한 것들이었다. 피렌체 역시 르네상스 이전부터 이 이미지를 자주 활용했는데, 13세기 이래 선호된 이미지들은 다른 도시들과 마찬가지로 문장紋章 같은 것들이 주를 이루었다.〈그림4〉 지금까지도 이러한 시市를 대표하는 문장들, 즉 시의 수호자로서 시comune, 국민popolo, 시의 구역quartieri, 행정관gonfaloniere의 문장들을 시 청사 건물의 외벽에서 볼 수 있다. 문장 이외에 피렌체의 상징적 이미지로는 사자상Marzocco을 들 수 있는데,〈그림5〉 그림에서처럼 피렌체 시의 문장을 들고 있는 모습으로 나타난다. 이러한 사자상은 일종의 엠블럼으로 도시의 이곳저곳, 특히 시 청사 주변에서 볼 수 있다. 이것은 정복지에 교화를 목적으로 맨 먼저 세워졌다가, 유사시 일차적으로 제거되는 국가적 상징물에 해당한다.[1]

---

[1] 현재 시 청사의 앞에 세워진 사자상은 1419년 교황 마르틴 5세의 피렌체 방문을 기념하여 도나텔로가 제작한 조각의 복제본이다. 원래의 사자상은 교황이 묵던 산타 마리아 노벨라의 사

〈그림4〉 시청의 외벽(맨 위).
〈그림5〉 도나텔로, 〈사자상Marzocco〉, 1418~20.
〈그림6〉 피렌체의 금화(Fiorino d'Oro), 1370년경.

피렌체를 상징하는 중요 인물로는 세례자 요한을 들 수 있다. 세례자 요한은 피렌체 시의 수호성인으로 13세기에서 19세기에 이르기까지 피렌체의 황금주화(Fiorino d'oro) 뒷면에 계속 등장한다.〈그림6〉

〈그림7〉 난니 디 방코(?), 〈헤라클레스〉, 1420년경.

특이한 것은 세례자 요한 이외에 13세기 말부터 헤라클레스와 같은 세속적인 고대 인물이 시의 문장에 등장하기 시작한다는 점이다. 피렌체의 문장으로 헤라클레스가 등장한 것은 1281년으로 추정되며,[2] 피덴차Fidenza 대성당에는 12세기, 13세기 중엽에는 피사Pisa 세례당의 강대단 조각에 등장한다. 물론 피사 세례당의 헤라클레스상은 국가적 상징은 아니며, 많은 난관을 극복하고 인간과 신께 봉사한다는 의미에서 구약성경의 삼손과 비교되어 종교적 덕목의 화신으로 나타난 것이다. 이러한 헤라클레스상은 피렌체에서도 14세기 이후 빈번히 묘사되었다. 대성당의 종탑에는 헤라클레스가 불을 뿜는 괴물인 카쿠스를 제압하는 모습이 새겨져 있으며, 대성당의 북문인 포르타 델라 만도를라Porta della Mandorla에는 식물 문양 장식 한가운데에서 영웅의 모습을 발견할 수 있다.〈그림7〉

제관 계단에 설치되어 있었는데, 이것을 1812년 무렵 베키오 궁 앞에 세웠다가 바르젤로 Bargello 미술관으로 옮겼다. 지금 설치되어 있는 것은 19세기 이후 제작된 복제본으로, 원래 사자상은 '연설자 무대'가 대대적으로 보수된 1349년 이래 설치됐던 것으로 추정된다. Joachim Poeschke, Die Skulptur in Italien, Bd. 1 : Donatello und seine Zeit, München 1990, p. 95.

[2] 그러나 실제 인장에 묘사된 인물이 헤라클레스인지는 분명치 않다. 고대의 인장을 인용한 것으로 보이는데, 손에 구부러진 물건을 들고 있어 사티로스란 설도 있다.

르네상스기

도나텔로의 대리석 〈다윗〉

피렌체 공화국의 정치적 상징이 처음 출현한 것은 15세기 초로, 이때 등장한 인물은 헤라클레스가 아닌 다윗이었다.〈그림8〉 대성당 참사위원회는 새로 완공된 성당의 부벽扶壁을 장식할 여러 성인상을 주문했는데, 1408~09년 도나텔로Donatello(1386?~1466)가 제작한 대리석 조각 〈다윗〉도 이때 제작된 여러 선지자 가운데 하나이다. 그러나 도나텔로의 작품은 난니 디 방코Nanni di Banco의 작품과 함께 크기가 작아서 높은 곳에 두면 시각적 효과가 떨어진다는 이유로 애초에 예정됐던 장소에 설치되지 못한다. 이후 작업장에 방치되어 있던 조각을 1416년 피렌체 공화국의 최고 행정기관인 시뇨리아Signoria가 사들여 일부 수정한 뒤 궁에 설치했다. 시뇨리아는 당시 베키오 궁에 장식되어 있던 고대 영웅 헤라클레스의 프레스코에 맞춰 구약의 영웅을 선택한 것으로 보인다.

피렌체 대성당이 아닌 베키오 궁으로 옮겨진 도나텔로의 〈다윗〉은 국가적 상징물로 부상하여 피렌체의 '덕목의 화신virtu fiorentina'이 된다.[3] 이것은 원래의 의도와 다르게 사후事後에 정치적인 목적을 위해 조각상의 용도가 변경된 것으로, 권력자의 의도에 따라 이미지의 내용이 바뀐 것이다. 이로써 〈다윗〉은 보는 이의 시선에서 멀리 떨어져 그 생동감 넘치는 모습과 위엄 있는 자태가 잘 드러나지 않을 것이란 이유로 원래 계획된 장소에 설치되지 못했다가, 오히려 피렌체 시에서 가장 중요한

---

[3] 시뇨리아가 도나텔로의 다윗상을 구입하여 자신의 궁에 설치하게 된 구체적인 배경은 명확히 밝혀지지 않았다. 중요한 동기의 하나로 당시 피렌체 공화국에 심각한 위협이 되었던 나폴리 왕국의 붕괴를 들 수 있다. 1414년, 그러니까 도나텔로의 다윗상이 세워지기 2년 전 나폴리가 페루자에서 피렌체를 공격하려던 시기에, 나폴리 국왕 란디스라우스Landislaus von Anjou-Durazzo가 죽어 피렌체는 가까스로 위험을 벗어나게 되었다.

〈그림8〉 도나텔로, 〈다윗〉, 1409~09.

위치에 설치되는 영광을 누리게 된다. 그 결과, 다윗은 마르초코 Marzocco, 세례자 요한, 헤라클레스 등 과거 피렌체를 상징하던 인물들보다 정치적으로 더 큰 의미를 지닌 피렌체 시를 대표하는 상징적 인물로 자리 잡게 된다.

구약성경에 따르면 다윗은 위기에 처한 이스라엘을 구한 소년 영웅이다. 어린 소년이지만 거구의 적장 골리앗을 물맷돌 하나로 물리쳐 극적인 승리를 이룬다. 이전 작품들에서는 소년이란 육체적 연약함을 하나님의 도움으로 극복한다는 종교적 시각이 주를 이루었지만, 1408년경 제작된 도나텔로의 〈다윗〉은 이와 같은 서사 구조에서 벗어나 독립적인 존재로 다루어지고 있다.

도나텔로의 〈다윗〉은 골리앗의 머리를 발치에 두고 시선을 정면으로 향하고 있다. 허리 위쪽으로 잔뜩 추켜올린 왼손과 앞으로 향한 자세에서 도전자의 의지와 승리자의 자랑스러움을 읽을 수 있다. 몸에 걸친 큰 옷은 골리앗의 것으로 전리품에 해당하며, 머리에 쓴 담쟁이덩굴과 편안한 자세의 오른손은 적을 제압한 뒤의 안전과 평화를 암시한다.

도나텔로의 작품에서 특기할 만한 사실은, 〈다윗〉이 더 이상 이야기를 전개하는 구성적 역할이 아니라 홀로 전체의 사건을 담당하고 있다는 점이다. 몸짓과 자세만으로 사건을 구체적으로 묘사하는 방식은 이전의 작가나 작품과 비교할 때 전혀 새로운 것이다. 우아함과 위엄을 갖춘 다윗은 더 직접적인 방식으로 관람자와 소통하게 된다. 덕분에 관람자는 이미 알고 있는 익숙한 이야기를 기억 속에서 되새기는 수동적인 방식의 감상이 아니라, 스스로 서사의 줄거리를 확인해 나가는 적극적 수용의 태도를 요구받게 된다.

이것은 순전히 도나텔로의 천재적 발상에서 나온 것이다. 도나텔로의 〈다윗〉은 단순 명료한 상imago, 즉 다윗이 골리앗의 목을 치거나 물맷돌을 던지는 장면 등 골리앗과 다윗의 싸움을 극적으로 다룬 작품들처럼 분명하게 메시지가 읽히지 않는다.〈그림9〉 다윗의 자세와 표정은 여러 가지 다양한 '해석historia'을 가능하게 한다. 이러한 새로운 예술 방식은 이후 피렌체, 더 나아가 르네상스 조각의 발달에 지대한 영향을 주었다.

<그림9> 안드레아 델 카스타뇨, 〈젊은 다윗〉, 1450년경.

도나텔로의 청동 〈다윗〉

제작자와 관람자 간의 수용 관계에 대한 적극적 고려는, 그로부터 30여년 뒤인 1444년 메디치 가에서 주문하여 궁전 안뜰에 세워 놓는 〈다윗〉 청동 조각상에서 정점을 이룬다.〈그림10〉 15세기 중엽은 메디치 가가 시정을 장악하는 한편 그동안 모은 사재를 투입하여 학예를 보호·장려하는 등 메디치 가가 피렌체 역사의 전면에 등장하는 때이다.[4] 조르조 바사리의 기록을 보면 후원자로서 도나텔로에 대한 메디치 가의 역할이 얼마나 각별했는지 알 수 있으며,[5] 도나텔로 또한 메디치 가를 위한 작품 구상과 제작에 매우 헌신적이었던 이유를 이해해 볼 수 있다.

고대 이래 최초의 자유입상自由立像으로 알려진 도나텔로의 청동 〈다윗〉은 대리석 〈다윗〉과 마찬가지로 골리앗을 제압한 소년 영웅의 승리

---

[4] 메디치Medici 가는 13세기부터 17세기까지 이탈리아 피렌체 지역에서 막강한 권력을 행사했던 가문으로 세 명의 교황(레오 10세, 클레멘스 7세, 레오 11세)을 배출하였으며, 특히 은행가와 정치가가 이 가문에서 많이 배출되었다. 특히 15~16세기에 보티첼리, 다 빈치, 미켈란젤로 등의 여러 예술가들을 지원하여 르네상스 문화 발전에 큰 역할을 하였다.

[5] 바사리, 이근배 옮김, 『이탈리아 르네상스 미술가전』(전3권)(탐구당, 1986). 메디치 가문과 도나텔로의 특별한 관계에 대해서는 바사리의 책 1권, 363쪽 참조.

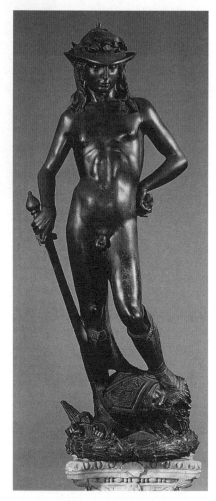

〈그림10〉 도나텔로, 〈다윗〉, 1444~46.

적 사건을 주제로 하고 있다. 여기서 주목할 것은 청동 〈다윗〉은 개인 사택을 장식하기 위한 작품으로, 메디치 가의 정치적 의도를 다분히 함축하고 있는 작품이라는 점이다. 당시 기록을 살펴보면 교권의 수장이던 교황 피우스 2세Pius II와 같은 당대의 권력자들이 메디치 궁을 방문했다는 것을 알 수 있다. 때문에 메디치 궁 안뜰에 자리한 〈다윗〉은 당시 한 개인의 심미적 향유 대상이었다기보다는 정치적 프로파간다의 목적으로 의뢰되고 제작된 것임을 짐작할 수 있다. 시뇨리아가 1416년 베키오 궁Palazzo Vecchio에 대리석 〈다윗〉을 설치하면서 의도했던 정치적 메시지가, 메디치 가에서 주문한 동일한 영웅상에도 담겨 있다는 것이다. 다른 점이라면, 골리앗을 제압하는 다윗의 이미지를 통해 시뇨리아가 외부의 적으로부터 조국을 수호하려는 공화국의 이상을 표현했다면, 메디치 가는 피렌체 시에서 메디치 가문의 역할을 부각시켰다는 것이다. 조각상에 새겨진 명문을 보면 이러한 메디치 가의 정치적 의도가 여실히 드러난다

VICTOR EST QUISQUIS PATRIAM TUETUR

FRANGIT IMMANIS DEUS HOSTUS TIS IRAS

EN PUER GRANDEM DOMUIT TIRANNUM

VINCITE CIVES

조국을 수호하는 자는 승리하리라. 적은 강하나 전능한 하나님의 화를 돌우리니. 보라, 어떻게 소년이 폭군을 제어했는지. 그대 시민들이여, 승리를![6]

명문에서 제시된 승리의 주체는 분명 국가가 아니라 시민이다. 따라

---

[6] Poeschke, 1990, pp. 111-112.

서 표면상 정치권력에서 벗어나 있는 메디치 가가 시민과 동일시되고 있음을 알 수 있다.

도나텔로의 〈유디트〉

피렌체에서 메디치 가의 번영이 정점으로 치달을 무렵인 1457년, 다윗상과 쌍을 이뤄 메디치 궁 정원에 설치될 또 하나의 청동상이 주문된다.〈그림11〉 도나텔로가 이번에 선택한 주제는 위험에 처한 조국을 구하는 유대의 과부 유디트Judith에 관한 것이었다. 유디트서는 베툴리아 Betulia 땅에 살던 유디트란 여인이 아시리아의 적장 홀로페르네스 Holofernes를 술 취하게 하여 살해한 뒤 적을 물리쳤다고 전한다. 도나텔로의 유디트는 다윗과 마찬가지로 조국을 구한 영웅으로 묘사된다. 보잘것없는 한 여인이 용기 있는 행동으로 아시리아라는 대제국의 적장을 물리친다는 일화는 도나텔로가 제작한 조각상에서 더욱 극적인 효과를 만들어 낸다. 발치에 새겨진 명문의 내용이 암시하듯, 덕목을 존중하는 공동체 국가는 어떤 큰 위험이 닥쳐도 물리칠 수 있다는 것을 〈유디트와 홀로페르네스〉은 역설한다.[7]

Salus publica. Petrus Medices Cos. fi. libertati simul et fortitudini hanc mulieris statuam, quo cives invicto constantique animo ad rem publicam tuendam redderentur, dedicavit

---

[7] 피에로 데 메디치 자녀들의 가정교사였던 젠틸레 벳치Gentile Becci가 지은 명문은 1495년 메디치 가가 축출되며 사라졌다. 다만 당시의 명문을 직접 베낀 것으로 보이는 글만 남아 있다. Ingeborg Walter, Freiheit für Florenz. Dpnatellos Judith und ein Grabmal in Santa Maria Sopra minerva in Rom, in : Festschrift für Horst Bredekamp, pp. 375-382. 인용된 문장은 p. 376. 문장을 베낀 이는 1464년 메디치의 정원에 있는 조각상의 받침대에서 명문을 보았다고 기록하고 있다. 반대로 1464년은 〈유디트〉상이 설치될 좌대가 마련되면서 이미 명문에 들어 있던 연도가 아닐까 추측해 볼 수도 있다.

〈그림11〉 도나텔로, 〈유디트와 홀로페르네스〉,
1456~57.

공공의 안녕이여. 코지모의 아들피에트로 데 메디치Pietro de Medici가 이 여인의 조각상으로 자유와 용기를 기렸으니, 타협할 줄 모르는 영원한 이러한 가치는 시민들을 공공의 의무를 다하도록 고무할 것이다.

두 번째 줄은 다음과 같다. "Regna cadunt luxu, surgunt virtutibus urbes : Cesa vedes humili colla superba manu."(부자들은 방탕으로 망하고, 도시는 덕목으로 번성한다. 여기 그대가 보는 것은 한 나약한 손에 의해 제거된 오만한 머리이다.)

명문 구절이 강조하고 있는 것은 개인의 안녕이 아닌 공공의 복지로, 이를 위해서 시민의 용기, 즉 시민의 자발적인 참여를 요구하고 있다. 이것이 바로 피렌체 시 정부가 국민에게 바라는 메시지에 해당한다. 결국 〈다윗〉과 〈유디트와 홀로페르네스〉의 두 영웅은 폭군의 압정과 외부의 적으로부터 피렌체라는 공동체를 보호하라고 주문된 것이다. 이는 조국을 위험에서 구한 인물에게는 하나님이 동행하신다고 암시하여 메디치 가가 당시 피렌체에서 이룩한 치적을 암시적으로 찬양하는 것이 된다. 메디치 가가 사자상 같은 상징물을 취하지 않은 것은, 결국 서사를 통한 은유가 나타나지 않는 단순함 때문이었다고 생각해 볼 수 있다.

그러나 1492년 메디치 가가 정쟁政爭으로 피렌체에서 축출된 이후 이 조각상들은 또 다른 국면을 맞이하게 된다. 피렌체에는 다시 공화정이 자리 잡고 메디치 가의 소장품들은 새 정부의 몫이 된다. 메디치 가가 주문하여 도나텔로가 완성한 〈다윗〉과 〈유디트와 홀로페르네스〉 청동상은 이때 베키오 궁으로 옮겨져 〈다윗〉은 안뜰에 〈유디트와 홀로페르네스〉는 링기에라Ringhiera, 곧, '연설자의 무대'로 알려진 궁 바깥 남쪽에 자리하게 된다. 이즈음 다윗상도 새로운 명문을 갖게 되었는지 분명하지 않지만, 유디트상은 새로운 명문을 얻게 된다. "EXEMPLUM SAL(UTIS) PUBL(ICAE)". '국가의 안녕과 복지를 위한 본보기'라는 뜻이니, 더 이상 메디치 가가 아니라 피렌체, 더 나아가 피렌체 시민은 〈유디트〉가 보여준 자유에 대한 용기를 본보기로 삼으라고 한 점이 새로워졌다.[8]

자유와 정의를 의미하는 〈유디트와 홀로페르네스〉의 주제는 시대가 바뀌어도 변하지 않았지만, 그 소유주가 바뀌어 베키오 궁에 세워지면서 오히려 메디치 가의 전제정치에서 벗어남을 상징하게 된 것이다. 결국 용기 있는 여인 유디트로 은유되던 메디치 가의 선정은, 그들이 피렌체에서 축출된 후 적장 홀로페르네스의 압제로 그 의미가 탈바꿈되고 만다. 이는 권력의 부침에 따라 이미지의 의미가 바뀐 역사의 아이러니라 할 수 있다.

미켈란젤로의 〈다윗〉

도나텔로의 〈유디트와 홀로페르네스〉가 피렌체 시 청사 앞에 설치된 후 다시 9년이 흐른 시점에, 폭군의 압제에 대한 정의의 승리를 상징했던 이 조각상은 또다시 새로운 장소로 이전해야 하는 운명을 맞게 된다. 현재 피렌체를 방문하면 볼 수 있는 것처럼 미켈란젤로의 〈다윗〉에게 자리를 내줘야 했기 때문이다.〈그림12〉

원래 미켈란젤로의 작품은 100년 전 도나텔로의 경우처럼 대성당의 외벽을 장식할 목적으로 제작 의뢰되었다. 그러나 당대의 다른 조각상들과는 현저히 다른 척도를 가진 이른바 '거인상Il Gigante'이 외벽 장식으로 적당한지에 대한 의문이 제기된다. 이 문제를 해결하고자 1504년 1월 25일 30명으로 구성된 위원회가 모여 '설치 위치의 적합성locum commodum et congruum'을 논의하게 된다.[9] 당시 의견이 분분했으나 결국

---

[8] Poeschke, 1990, pp. 117-118.

[9] Poeschke, 1992, p. 85. 설치 위치에 대해서는 Saul Levine, The Location of Michelangelo's David : The Meeting of January 25, 1504, in : The Art Bulletin 56, 1974, pp. 31-49.

〈그림12〉 미켈란젤로, 〈다윗〉, 1501~04.

지금의 시 청사 앞 '연사의 무대', 바로 〈유디트와 홀로페르네스〉 자리로 결정된다.[10]

당시 기록을 살펴보면 매우 흥미롭다. 기록에 따르면, 위원회의 구성원 가운데 단 한 명만이 원래 예정됐던 위치를 주장했다. 나머지는 더 효과적일 수 있는 위치를 모색하여 대성당 앞, 시청 앞 로지아Loggia 또는 시 청사 앞 〈유디트상〉 자리 등을 주장했다. 〈다윗〉의 설치 위치에 대한 논란과 관심은 미켈란젤로의 역량과 작품의 탁월성에 대한 찬탄에서 나온 듯 보이지만, 더 근본적인 이유는 당시 성서의 영웅을 국가적 영웅으로 둔갑시키려는 정치적 의도가 우세했기 때문으로 볼 수 있다. 이미 도나텔로의 두 〈다윗〉, 〈유디트와 홀로페르네스〉가 피렌체의 국가적 상징물, 곧 공화정의 덕목의 화신으로 이용된 사례가 있기 때문이다.

이러한 정치적 메시지의 전달이란 측면에서 미켈란젤로의 〈다윗〉을 좀 더 찬찬히 살펴보자. 미켈란젤로의 〈다윗〉은 다윗을 소재로 한 기존의 작품들과 비교할 때 여러 가지 면에서 새롭다. 무엇보다 미켈란젤로의 〈다윗〉은 더 이상 소년 다윗이 아니라 성년의 건장한 모습이다. 나약한 소년의 몸이 아닌 다부진 남성의 몸으로 표현된 〈다윗〉은, 단순히 육체적 강건함을 표현하는 것을 뛰어넘어 승리의 표상이 되기에 부족함이 없다. 이러한 의도적 과장은 비단 외적인 변화에만 국한되지 않는다. 미켈란젤로의 〈다윗〉은 골리앗의 머리를 발치에 둔 전형적인 승리자의 도상을 따르고 있지 않다. 미켈란젤로는 다윗이 싸워서 영웅이 된 다음이 아니라 싸움을 앞둔 모습, 즉 적의에 찬 눈길로 적을 노려보는 시점을 택했다.

이러한 새로운 점들로 인해 〈다윗〉은 성당의 외벽이라는 원래의 위치가 아닌 시청 앞 광장에 자리 잡게 되고, 성당을 장식하는 기독교적

---

[10] 미켈란젤로의 〈다윗〉에 관한 문헌은 Joachim Poeschke, Die Skulptur der Renaissance in Italien, Bd. 2 : Michelangelo und seine Zeit, München 1992 참조.

영웅이 아니라 광장을 굽어보며 군주의 덕목을 알리는 정치적 선전물로 그 용도가 변경되었다.[11] 성경 속 과거의 영웅이 16세기 초엽 피렌체의 인물로 부활한 것이다.

메디치 가가 피렌체에 다시 확고하게 기반을 다진 후인 1550년 바사리의 『미술가 열전』을 봐도 미켈란젤로의 〈다윗〉의 원래 위치에 대한 언급은 없다. 오히려 50년을 이어 오는 지금의 시 청사 앞이 원래 자리라고 기술하며, 피렌체 시의 위정자들도 적에게서 민족을 구한 영웅을 본받아 국민을 보호하고 공정한 정치를 펴려는 '시市의 표상insegna del palazzo'으로 〈다윗〉을 치켜세웠다. 바사리가 기록할 당시 공화정치는 이미 과거의 일이 되고 피렌체의 새로운 위정자는 다름 아닌 메디치 가였으니, 〈다윗〉은 다시 과거 전제군주라 일컬어진 위정자의 덕목을 구현한 조각상으로 부활한 셈이다.

반디넬리의 〈헤라클레스〉

이제까지 거론된 1416에서 1504년까지의 조각상들은 사후事後(ex post)에 정치적 내용이 부가되거나 바뀐 것이다. 그런데 미켈란젤로의 〈다윗〉과 짝을 이루어 오늘날 시 청사 현관을 장식하고 있는 반디넬리의 〈헤라클레스와 카쿠스〉〈그림13〉는 그 제작 과정에서부터 정치적 함의가 포함된 최초의 사례에 해당한다.[12] 주문자는 메디치 가의 교황 클레멘스 7세Clemens VII였다.

당시 미켈란젤로의 〈다윗〉은 피렌체의 상징물로서 21년 동안 시 청사의 중앙 문을 지키고 있었다. 피렌체 시는 새로운 국가적 이미지를 담

---

[11] 당시 피렌체 공화국은 밀라노 공국의 위협을 받고 있었다. 때문에 전방을 향하는 매서운 눈길의 다윗은 전운이 감도는 피렌체 시민에게 경각심과 용기를 심어 주기에 적당한 모범 exemplum으로 작용했다.

[12] 바사리와 달리, 조반니 캄비에 의하면 원래 주제는 〈헤라클레스와 안테우스의 싸움〉이었다 전해지기도 한다. 바사리 1986, 2권 3부, p. 1093.

〈그림13〉 반디넬리, 〈헤라클레스와 카쿠스〉, 1525~34.

은 상을 제작하기로 하고, 미켈란젤로에게 헤라클레스를 주제로 두 번째 주문을 의뢰한다. 헤라클레스는 이미 13세기 이래 피렌체 시의 인장에 등장했지만,[13] 피렌체 시는 이 영웅을 새롭게 차용하여 과거 공화정의 덕목과 피렌체 역사의 정통성을 계승한다는 입장을 공고히 하고자했다.[14] 그렇다면 다윗 같은 기독교적인 영웅이 아니라 헤라클레스와 같은 신화 속 영웅이 등장하게 된 배경은 무엇일까?

카쿠스를 상대하는 헤라클레스는 무엇보다 유디트나 다윗, 삼손과 달리 외부의 적에 맞서 조국을 수호하는 영웅이 아닌 내부적 질서, 즉 신이 부여한 사회질서를 문란하게 하는 행위를 처벌한다는 점에서 이전에 다루어진 인물들과 구분된다. 그리고 바로 이 점이 클레멘스 7세가 다른 인물이 아닌 〈헤라클레스〉를 주제로 작품을 주문한 이유일 것이다.[15]

그러나 1525년 미켈란젤로가 주문을 수락하여 작품 구상에 매진할 무렵, 돌연 제작자가 반디넬리로 바뀌게 된다. 이렇게 된 데에는 교황 클레멘스 7세의 요구가 결정적으로 작용했다. 그는 다음과 같은 이유를 들어 예술가 교체를 요구한다. 1. 미켈란젤로가 담당하고 있는 메디치 예배당이 현재 공사가 한창이다. 2. 마찬가지로 율리우스 영묘靈廟 작업에

---

[13] 1281년의 인장 참조.

[14] 시 정부는 1513년 완성되지는 못했지만 헤라클레스의 묘사가 있는 새로운 인장을 주문한다. 흥미로운 것은 1532년 코지모 공작도 동일한 모티브를 가진 인장을 주문했다는 사실이다. 이는 헤라클레스가 다윗과 달리 시민의 덕목이 아니라 군주의 덕목을 찬양하는 인물로서 애호되었음을 의미한다. 하지만 이 인장도 실제로 완성되지는 못했다. 코지모 이전에 알렉산드로도 자신의 초상 메달 뒷면에 헤라클레스와 안테우스의 싸움을 새겨 넣어 군주의 위상을 다진 적이 있다.

[15] 특히 반디넬리는 미켈란젤로를 능가하고자 주제뿐만 아니라 기술적 완성도를 위해서도 과도한 노력을 기울였다. 반디넬리의 미켈란젤로에 대한 견제는 테라코타 모델로 전해지는 두 거장의 작품 〈삼손과 필리스터〉와 〈헤라클레스와 카쿠스〉를 비교해 보면 명확해진다. 미켈란젤로의 뒤엉킨 두 영웅에서 전해지는 동세動勢와 아래쪽으로 가해지는 힘과 시선은 분명하게 반디넬리의 작품에서 재발견되는 요소이다.

도 열중하고 있다. 따라서 "공적인 작업"에 시간을 낼 여유가 없다. 즉, 미켈란젤로는 메디치 가의 영화를 드러내는 작업을 위해 다른 일을 돌볼 여력이 없다는 것으로, 그것은 특히 공적인 나랏일의 경우에 더욱 그렇다는 것이다.[16]

반디넬리는 클레멘스 7세가 추기경이었을 당시 줄리오 데 메디치 Giulio de'Medici(클레멘스 7세의 본래 이름)를 위해서도 이미 작업을 한 적이 있었다. 그래서 그런지, 정치적 메시지의 전달을 위한 이미지의 활용이란 측면에서 원래 구상과 완성된 작품을 비교해 보면 매우 흥미로운 점을 발견할 수 있다. 현재 독일 베를린 보데 미술관Bode Museum이 소장하고 있는 반디넬리의 초기 구상 작업을 보면 거구의 영웅이 카쿠스를 제압하는 장면을 볼 수 있다. 〈그림14〉 몽둥이를 치켜들고 적을 내리치는 영웅의 모습은 무기력하게 쓰러져 있는 카쿠스와 대조를 이룬다.

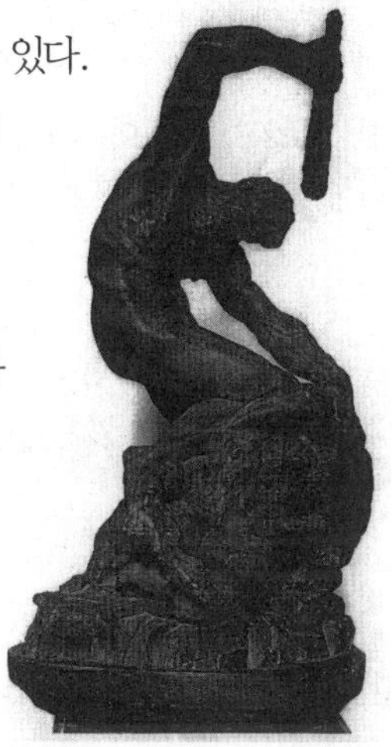

구상 단계에서는 헤라클레스의 압도적인 우세가 뚜렷하게 표현되어 있다. 바닥과 구분하기 어려운 카쿠스의 모습과 달리, 헤라클레스에게서는 몽둥이를 들고 활처럼 휜 육체의 현란한 구도를 통해 그 폭력적 행위, 강압적인 힘의 행사가 구체적으로 강조되어 나타난다. 그러나 초기 구상과 달리 완성된 작품에서는

〈그림14〉 반디넬리, 〈헤라클레스와 카쿠스〉를 위한 초기 모델 작업.

---

[16] 1527년 메디치 가가 다시 한 번 피렌체에서 축출되자, 미켈란젤로는 반디넬리가 작업을 시작한 대리석을 가지고 〈삼손과 필리스터〉로 주제를 바꾸어 작업을 속개한다. 묘사 대상을 왜 굳이 바꾸려 했는지는 의문이지만, 헤라클레스나 다윗은 당시 위정자의 수호성인처럼 너무 식상한 주제가 아니었을까 추정해 볼 수 있다. 그러나 메디치 가가 2년 만에 다시 돌아오는 바람에 대리석은 다시 반디넬리의 손으로 넘어가 1534년 지금의 형태로 완성된다.

동적인 움직임이 현격하게 줄어들었다. 테라코타 모델에서는 몽둥이를 크게 휘두르는 손으로 인해 전체적인 구도에 팽팽한 긴장감과 역동성이 부여되었다면, 광장에 세워진 완성작에서는 오히려 정지된 동작 속에 곧추선 영웅의 근육질 몸만 부각될 뿐이다.

어떤 이유에서 초기 모델의 구상이 완성될 수 없었을까? 주문자의 요구에 따른 선회였다면, 주문자가 이렇게 바꾼 이유는 무엇이었을까? 바사리의 기술에 따르면, 교황과 반디넬리 사이에 여러 차례 작품 초안에 대한 스케치가 오갔다고 한다. 반디넬리의 첫 번째 구상이 거부된 표면적인 이유는, 기술적인 복잡함도 있었겠지만 실제적으로는 작품에서 읽히는 이미지의 지나친 과격함과 폭력성 때문이라 할 수 있다.

주제를 다루는 이러한 형식적 변화는 무엇보다 조각상을 통한 위정자의 정치적 의도와 깊이 연관되어 있다. 우선 앞서 언급한 대로 카쿠스를 제압하는 헤라클레스를 주제로 택한 이유는 메디치 가가 피렌체에서 정적을 제거하고 다시 권력을 쟁취한 사실과 관련이 있다. 비록 완성된 작품에서는 역동적인 구성력이 결여되어 싸움의 긴장감이 느껴지지 않고, 두 인물이 각각 독립적인 존재로서 임의적으로 조합된 듯 맥이 빠져 보이지만, 클레멘스가 〈헤라클레스〉를 통해 의도한 메시지는 격렬한 싸움의 생생함이 아니라 이미 제압된 상대를 다루는 승리자의 태도였음을 추측해 볼 수 있다. 다시 말해 정적政敵을 제거한 뒤 권좌를 차지한 메디치 가에게 필요한 것은, 싸움을 위한 힘의 결속이 아니라 사회체제의 정비와 수습이었다.

반디넬리가 처음 계획한 테라코타상에서는 무력으로 적을 제압하는 모습이 지나치게 폭력적이었다. 이러한 과격한 표현은 메디치 가의 권위와 위엄과는 어울리지 않는 것이었고, 오히려 역효과를 나타낼 수 있었다. 바닥에 주저앉은 카쿠스는 두려움에 가득한 얼굴로 이미 전의를 상실한 상태이고, 한 손으로 그의 머리를 잡고 다른 손에는 거대한 몽둥이를 든 헤라클레스의 모습은 그 크기와 체구에서 충분히 위압적이다. 헤라클레스에 비하면 카쿠스는 차라리 부가물인 듯 종속적인 역할을 하고 있다.

헤라클레스의 단단해 보이는 몸은 무한한 힘의 상징으로서, 정면을 향해 선 꼿꼿한 자세에서는 위정자의 아비투스Habitus가 느껴진다. 또한 헤라클레스는 발치의 적이 아닌 먼 곳을 응시하고 있다. 이것은 원시안적인 시각이 위정자의 덕목임을 시사한다. 단순히 무력으로 적을 제압하는 모습이 아니라, 발치에 적을 둔 채 뭔가를 숙고하는 듯한 모습에서 위정자의 포용성이 읽힌다. 교황은 분명 위정자의 덕목으로서 객관적 판단 능력과 위엄이 표현되기를 요구했을 것이다. 결국 반디넬리의 〈헤라클레스와 카쿠스〉는 다른 영웅상과 비교할 때 그 크기나 의미는 비슷하다 할 수 있지만, 의뢰자의 제작 의도나 작품이 함축하고 있는 정치적 중요성은 다른 작품들과 분명히 다르다.[17]

반디넬리의 〈헤라클레스와 카쿠스〉가 설치된 해는 1534년이다. 그런데 이 작품을 본 피렌체 시민들이 심한 조롱과 야유를 퍼붓는 사태가 벌어진다. 그리하여 당시 알렉산드로Alessandro 공작이 공적인 예술품에 몰래 잠입하여 비방의 글을 붙이려는 시민들을 감금하기에 이른다.[18] 시민들이 이렇게 분노한 표면적 이유는 새로운 작품의 예술적 성과가 부족하다는 것 때문이었지만, 더 근본적 이유는 2년 전 메디치 가의 귀환으로 피렌체 정부의 지도력과 공화정의 정체성이 다시 위기에 처했다고 느껴졌기 때문일 것이다.[19] 이미 르네상스 예술의 정화精華를 경험한 피

---

[17] 때문에 바사리가 언급하고 있듯, 클레멘스 교황이 단지 대리석 작품의 규격만 문제 삼았는지 아니면 작품의 데코룸decorum에 대해서도 요구를 했는지 고려해 볼 필요가 있다.

[18] Poeschke, 1992, pp. 169-170; 바사리, 1986, 2권 3부, p. 1096.

[19] 알렉산드로 공작은 이러한 강력한 반대에 부딪혀 작품의 설치 시기를 다소 연기하려고 했다. 하지만 작품의 실제적 주문자였던 클레멘스 7세의 요구로 계획대로 설치되게 된다.

렌체 시민들이 보기에, 이 작품이 지닌 이미지의 위력은 자명한 것이었기 때문이다.

정치적 이미지? 단순한 것이 강한 것이다!

16세기 이탈리아는 이미지에 대한 요구가 다른 어느 지역, 어떤 시기보다 높았다. 르네상스 운동의 견인차 역할을 했던 인문주의자들은 새로운 교양과 지식을 겸비하면서 더 높은 차원의 이미지 프로그램을 요구했다. 특히 지식인의 전형을 강조하는 새로운 도상과 엠블럼과 같은 복잡한 프로그램들을 애호하게 된다.[20]

그러나 이와는 대조적으로 지금까지 살펴본 〈다윗〉이나 〈유디트〉, 〈헤라클레스〉 같은 정치적 이미지를 위해 동원된 작품들은 매우 단순하고 명백한 내용을 주제로 삼고 있다. 다윗은 구약성경의 인물로 적장 골리앗을 돌 하나로 제압하여 이스라엘을 구한 소년 영웅으로, 유디트는 연약한 몸으로 적장을 물리친 여인으로, 헤라클레스는 자신의 소를 약탈한 거인 카쿠스를 벌하는 모습으로 다루어졌다. 이 작품들의 공통

Poeschke, 1992, p. 170.

[20] 르네상스 말기에 나타나는 소위 매너리즘mannerism의 모호한 주제를 다룬 그림들은 당시 다수의 이해가 아닌 소수의 엘리트 집단을 감상 대상으로 삼았다는 점에서 이와 비교될 수 있다. 르네상스 시대의 지식인 사이에 확산되던 예술 향유의 극단적인 형태가 발전하여 굳어진 것이 매너리즘의 한 특성을 이룬 것으로 이해된다. 매너리즘은 19세기에야 비로소 한 예술 사조로 인정받는데, 특히 알로이스 리글Alois Riegl 등이 그 가치를 재발견하고, 아놀드 하우저Arnold Hauser에 의해 "현대 예술의 태동기"로 재인식된다. 르네상스 이미지에 대한 교권의 정책적 장려 사항은 파올로 코르테제Paolo Cortese의 "데 카르디날투De cardinaltu"를 참조할 수 있다. 이에 따르면, 추기경 예배실은 정책적으로 현학적이고 박식한 이미지가 요구되었다.

된 주제는 정의와 불의이며, 악을 멸하는 행위자로서 영웅은 선의 대리인이 된다. 이미지 자체에 의미가 덧씌워진 도나텔로와 미켈란젤로의 〈다윗〉, 〈유디트〉과 달리, 반디넬리의 〈헤라클레스〉는 메디치 가 출신의 교황 클레멘스 7세가 주문한 것으로 작품을 의뢰할 때부터 이미지의 구체적인 내용이 요구되었다는 점에서 다른 작품들과 구분된다. 교황은 당시 선호되던 복잡한 주제가 아니라 단순한 주제를 주문하는데, 그것은 바로 위정자의 덕목을 과시하려는 목적을 염두에 둔 것이었기 때문이다.[21]

그래서 메디치 가의 이념미술을 구현한 반디넬리의 〈헤라클레스〉는 원래 계획했던 폭력성과 큰 동세의 표현 대신 권위와 위엄을 갖춘 영웅의 모습으로 바뀌었다. 이것은 클레멘스 7세의 의도에 따라 위정자의 덕목을 드러내는 방식으로 애초의 복안腹案이 크게 선회했음을 말해 준다. 이렇게 정치적 의도가 예술의 옷으로 완벽하게 갈아입고 등장한 것은 이탈리아 안과 밖을 통틀어도 드문 사례에 해당한다. 피렌체 르네상스 조각상의 주제로 애호되던 영웅들은, 순수한 예술적 이상을 위해서가 아니라 정치적 이념을 전달하는 매개자이자 시대적 인물로 다시 태어났던 것이다.

---

[21] 예를 들어 클레멘스 7세는 1520년 로마의 몬테 마리오Monte Mario에 빌라 마다마Villa Madama를 위한 프레스코 작업을 지시할 때 당시 작업을 관장하던 아퀴노Aquino의 주교 마리오 마페이Mario Maffei에게 '너무 복잡한 것cose oscure'이 되지 않도록 당부하며, 예술가가 작품 옆에 "이건 말馬이다."라고 쓸 필요가 없도록 하라고 지시를 내린다. 이는 당시 감상하는 데 높은 지식이 동원되는 작품의 제작은 지양했음을 보여 주는 증거이다.

4

이미지 창작의 원동력, 멜랑콜리

아리스토텔레스의 『문제들』을 중심으로

김 동 규

* 이 글은 중앙철학연구소, 『철학탐구』 제25집(2009)에 '멜랑콜리-이미지 창작의 원동력 : 아리스토텔레스의 『문제들』을 중심으로'라는 제목으로 발표된 글을 수정·보완한 것이다.

이미지에 대한 어원적/신화적 접근

모두 알다시피 '이미지image'라는 용어는 우리말이 아니다. 어원적으로
살펴보면, '모방하다'라는 뜻의 라틴어 'imago' 'imitari'에서 온 말로, 이때
모방은 주로 시각적 모방을 뜻한다. 철학자 하이데거Martin Heidegger는
이미지의 라틴적 어원이 이렇듯 '모방하다'는 의미가 지나치게 두드러지
기 때문에, 이미지를 '창조적인 예술'을 해명하는 말로 사용하기에는 부
적당하며, 그래서 이미지라는 용어 대신 '빌트Bild'라는 고유 독일어를 사
용했다. 이미지와 구분되는 빌트는 옛 독일어 '필론pilon'과 그리스어 '에
이코εϊκω'의 의미에 상응한다고 보았다.

고고 독일어로 '필론'은 '부딪히다, 찌르다, 구멍을 뚫다, 밖으로 내몰
다' 등의 의미이며, 그리스어 '에이코'는 '어떤 것 앞에서 물러서지만 그
래서 이것 앞으로 다가서게 함'을 뜻한다.[1] 여기에 덧붙여 하이데거는
"이미지의 본질은 어떤 것을 보게 함이다."[2]라고 말한다. 첫 번째 '필론'
의 의미에 따르면, 이미지는 단순히 보이는 어떤 것이 아니라; 도리어
어떤 것을 보게 해 주는 것이다. 비유컨대 이미지란 마치 가시성을 차

[1] Martin Heidegger, *Aus der Erfahrung des Denkens*, 4. Auflage, Neske, Pfullingen, 1977. p. 103.

[2] Martin Heidegger, *Vorträge und Aufsätze*, 4. Auflage, Neske, Pfullingen, 1978. p. 194.

단시키고 있는 어떤 것을 찔러 구멍을 뚫는 활동, 또는 그렇게 해서 볼 수 있게 해 주는 어떤 구멍이다. 즉, 이미지는 그 자체로 보이는 어떤 것이 아니라, 그것을 통해 무엇인가를 볼 수 있게 하는 작은 구멍[3]인 셈이다.

이미지는 그 속에 등장하는 것들이 생생하게 살아 움직여서 그림을 박차고 나올 수 있게 해 주는 것이다. 존재하는 것들을 내몰아 현상하게 하는 것, 그래서 보이게 하는 것이 이미지의 본질이다. 이미지에 대한 이런 규정은 어두운 공간에 빛을 침투시키는 작은 구멍, 카메라 옵스쿠라의 구멍 또는 극장 스크린에 빛을 투사하는 영사기를 연상시킨다. 또는 조명 속에서 사건들을 보여 주는 연극 무대나 극장의 스크린이 떠오르기도 한다. 하지만 이런 모든 연상적·유비적 이해에는 한계가 있다. 특히 이런 이해는 이미지의 운동성을 빠트리고 있다. 하이데거는 이미지를 역동적인 개념으로 파악한다. 다시 말해서 이미지는 명사적 실체이기 이전에 역동적인 움직임 자체, 그 작용을 뜻한다. '에이코'와 관련

---

[3] '구멍'과 '뚫기'라는 이미지의 어원적 내용에 좀 더 철학적으로 천착한 사람은 롤랑 바르트일 것이다. 바르트는 사진 이미지를 분석하면서 '스투디움'과 '푼크툼'이라는 두 개념을 고안해 낸다. 지식이나 교양을 통해 알 수 있는 문화적인 스투디움studium과 대비되는 푼크툼 punctum은 라틴어로 '뾰족한 도구에 의한 상처, 찌름, 상흔', '작은 구멍, 작은 반점, 작은 홈'으로서 스투디움을 깨뜨린다고 한다. 또한 푼크툼은 "내가 이 요소를 찾는 게 아니라, 그 것 스스로 마치 화살처럼 그 장면을 떠나 나를 꿰뚫기 위해서 오며", 주사위 던지기와 같은 우연적인 것이며, "그 때문에 나의 시각은 변화되는 것을 느끼며, 내 눈에는 그 사진이 탁월한 가치를 지니게 되고 새롭게 보여지는 것"이고, 결국 "매개체로서 스스로를 무화하고 의미가 아닌 사물 그 자체가 되는 것"일 것이라고 생각하게끔 하는 부분이다. 바르트의 논의를 확대 해석해 보자면, 진정한 이미지란 이런 푼크툼이 있어서 보는 이의 가슴에 꽂혀 강렬한 감동을 자아내는 이미지이고, 한갓 제작된 산물이 아니라 또는 인간의 손이 미치지 않은 사물 자체(자연)로까지 격상될 수 있는 이미지다. Roland Barthes, *La Chambre Claire*, (*Camera Lucida : Reflections on Photography*), trans. by Richard Howard, Hill and Wang, New York, 1981. p. 26 이하 참조.

된 이미지에 대한 두 번째 어원 규정에 따르면, 이미지의 운동은 역방향으로 동시에 진행된다. 말하자면 어떤 것을 현상하게 하는 이미지의 전진 운동은 뒤로 빠지고 물러서는 이미지의 후진 운동을 전제한다. 이런 이미지의 전후前後 · 부침浮沈 운동이 일으키는 요철(凹凸)에서, 즉 상반相反 운동을 통해 생겨난 균열 속에서 이미지는 어떤 것을 볼 수 있게 해 주는 것이다.

하이데거는 라틴적 어원보다는 독일어와 그리스어 어원이 이미지에 대한 심오한 의미를 함축한다고 보았다. 굳이 그런 식의 비교를 해야 한다면, 개인적으로는 한국어 어원이 그보다 더 심원한 의미를 담고 있다고 생각한다. 우리말의 어원을 생각해 보면, '그림', '글文', '그리다畵', '그리다慕', '그립다'라는 말은 모두 밀접한 관계가 있다. 백문식에 따르면, "그림과 글文은 '긁다搔 · 刮'에 어원을 둔 동사 '그리다畵'에서 갈라져 나왔다. '그림을 그리다'는 행동은 글을 쓴다는 행동보다 먼저 있었던 것으로 보인다. '그리다'는 선사시대 벽화를 그릴 때 손톱이나 날카로운 쇠붙이 끝으로 바닥 또는 벽면을 긁어 파는 원초적인 동작과 관련이 있다. …… '그리다'는 형용사 '그립다'로 발전하였으며, 그립다에서 '그리움' (그리는 마음이 간절함)이 전성되었다. '그리움'의 어원적 의미는 '마음에 그림으로 떠오르는 것'이다. 결국 '그리다畵'는 연모戀慕의 대상을 상상하여 그리워하는 행위와 연결된다."[4]

한국어의 어원 역시 서양의 어원과 마찬가지로 깊이 있는 이미지 해석의 단초를 던져 준다. 그 해석을 정리해 보면, 이미지는 일종의 그림인데, 근본적으로 그림은 그리움에서 유래한다. 이미지는 사랑하는 대상이 부재할 때, 마음 둘 길 없는 그리움이 그려 낸 그림이다.

---

[4] 김민수 편, 『우리말 어원사전』(태학사, 1997), 140쪽. 백문식, 『우리말의 뿌리를 찾아서』(삼광출판사, 1998), 56~57쪽.

회화적 이미지의 시원이라고 불리는 라스코 동굴벽화에는 동물을 사냥하는 사람의 모습이 그려져 있다. 보통 풍성한 사냥을 기원하는 그림으로 해석되는 이미지다. 그런데 조르주 바타유Georges Bataille가 지적한 것처럼, 그렇게만 해석할 수 없는 부분이 그 이미지 속에 담겨 있다. 바로 동물 앞에 성기가 발기된 채 죽어 누워 있는 남자이다.[5] 이것을 어떻게 해석할 것인가? 바타유는 이 이미지를 에로스와 타나토스를 연결짓는 모티브로 삼는다. 그에 따르면 에로스와 죽음은 서로 상반되는 것처럼 보이지만, 결국 하나로 연결되어 있다.

에로스가 지향하는 것은 상호 간의 합일이고, 이는 곧 개별적인 개인의 죽음을 뜻한다. 또한 섹스에서 완전한 합일은 성적 긴장의 해소를 뜻하는데, 달리 말하자면 성적 욕망은 욕망의 자기부정(욕망이 더 이상 불가능한 지점; 오르가즘)을 지향한다는 말로, 결국 에로스는 타나토스를 지향한다는 말이다. 대립과 긴장의 에로스는 그것의 완전한 해소, 곧 죽음을 향해 간다. 이런 의미에서 그는 성적 오르가즘을 '작은 죽음La petite mort'이라 부른다. 만일 그렇다면, 라스코 동굴벽화는 인간이 만든 현존하는 가장 오래된 이미지일뿐만 아니라, 인류 역사상 처음으로 이미지의 기원과 본질을 암시적으로 그린 그림이라고 평가할 수 있을 것이다.

라스코 벽화가 회화적 이미지의 기원을 이해하는 실증적인 자료라면, 신화나 전설은 상상적·집단 무의식적 자료, 그래서 다양하게 해석되어야 될 인문학적 자료이다. 모든 기원에 대한 이야기는 신화 또는 전설로만 남고 그런 것으로 남을 수밖에 없다. 어느 누구도 기원을 직접 보고 확인할 수 없기 때문이다. 이제 예술적 이미지의 기원에 대한 전설을 두 가지만 살펴보기로 하자. 하나는 회화적 이미지의 전설 부타데스

---

[5] Georges Bataille, *Les Larmes D'Éros*; 『에로스의 눈물』, 유기환 옮김(문학과의식, 2002). 30~34쪽 참조.

라스코 동굴벽화(위)와 동물 앞에 성기가 발기된 채 죽어 누워 있는 사내의 모습. 프랑스 아키텐 주의 베제르 계곡 근처의 몽티냐크 마을에서 발견된 라스코Lascaux 동굴벽화. 빙하기 말기에 인류의 조상들이 살았던 곳으로 추정되는 이곳에서 2,000여 점에 달하는 벽화와 암각화가 있는 25개의 동굴이 발견되었다.

부녀의 이야기[6]이고, 다른 하나는 시와 음악의 전설, 오르페우스 이야기이다. 전자는 헤어질 연인의 모습을 실루엣으로 남긴 것이 이미지의 기원이 되었다는 이야기이고, 후자는 죽은 연인을 살리기 위해 부른 노래가 시와 음악의 기원이 되었다는 이야기다.

오르페우스 신화에서 죽음의 신을 감동시킨 오르페우스의 노래 가사에는 이런 구절이 있다. "나는 선물이 아니라, 대여를 원하는 것입니다."[7] 오르페우스의 노래는 연인의 궁극적인 소유권은 죽음의 신에게 돌리지만, 잠시 동안만 자신에게 애인을 빌려 달라는 간청이었던 것이다. 지하 세계를 지배하는 왕 플루토는 오르페우스의 노래에 감동받아 에우리디케라는 '지옥의 유령'[8]을 대여해 주지만, 지상으로 가는 도중 뒤를 돌아보지 말아야 한다는 조건을 건다. 잘 알려진 바대로 오르페우스는 아직 '유령'인 애인의 얼굴을 보고 싶은 욕망을 참지 못하고 뒤를 돌아보고 만다. 죽은 유령의 이미지는 오르페우스를 강렬하게 유혹한다. 연인의 죽음의 이미지가 한순간, 연인의 생명보다 더욱 강렬하게 오르페우스를 유혹한다.

이 두 전설의 골격을 이루는 공통된 모티브는 세 가지이다. 1)사랑하는 연인-사랑, 2)이별, 상실-죽음, 3) 회화, 음악-유령, 이미지, 유혹, 예술이 그것이다. 이 전설들이 말하는 이미지의 기원은 사랑과 죽음에 있다. 사랑하는 사람의 죽음이 이미지를 만들게 한다는 것이다. 사랑의 힘으로, 죽음 앞에 선 에로스의 힘으로, 죽음의 무화 작용에 맞서는(또

---

[6] Ernst Kris, Otto Kurz, *Die Legende vom Künstler*; 『예술가의 전설』, 노성두 옮김(사계절, 1999), 124~125쪽 참조. 플리니우스의 『박물지』에는 다음과 같은 글이 실려 있다고 한다. "회화의 기원에 관한 문제는 밝혀져 있지 않다. …… 그러나 한결같이 사람의 그림자 윤곽선을 베껴 그린 데서 회화가 비롯했다고 보고 있다." 124쪽 각주(역주) 재인용.

7 Ovid, 『오비드 신화집 : 변신이야기』, 김명복 옮김(솔, 1993), 384쪽.

8 Ovid, 같은 책, 385쪽.

는 그것과 공속하는) 사랑의 힘으로 이미지가 탄생되었다는 것이다. 결국 옛 전설에 따르자면, 상실한 무엇인가를 혹은 누군가를 그리워하며 그려 보는 마음, 그 그리움이 유령 같은 이미지 제작의 궁극적인 동력이라고 요약할 수 있을 것이다. 이미지는 사랑의 대상이 부재한 자리에 들어서는 유령이고 대체 환영이다. 이미지는 사랑과 사랑 대상의 부재가 주조해 낸 사랑의 검은 그림자다.

모든 비범한 시인은 멜랑콜리커다

이미지의 원천에 대한 어원적 탐구와 신화적 상상력에 대한 검토는 이 정도로 마무리 짓기로 한다. 언어와 신화는 그 자체로 무진장無盡藏한 영감의 보고이지만, 그것만으로 사태의 진상을 면밀하게 살펴보는 데에는 한계가 있기 때문이다. 이 글에서는 이미지에 대한 어원적이고 신화적인 앞선 이해를 바탕으로 아리스토텔레스의 『문제들』에 등장하는 멜랑콜리와 이미지가 어떤 관계를 맺고 있으며, 그 결과 어떤 점에서 멜랑콜리가 이미지 창작의 원동력이 될 수밖에 없는지에 대한 철학적 논의를 소개하고자 한다. 이 작업을 통해서 1) 멜랑콜리 담론의 효시가 되는 텍스트의 내용을 검토하고, 2) 멜랑콜리와 (예술적) 이미지의 내적 관계를 고찰하며, 3) 그럼으로써 이전의 아리스토텔레스 시학에서 해명되지 못한 부분, 즉 은유적 이미지 제작론에 대한 미진했던 해석을 보충할 수 있을 것이다.

인문학, 특히 철학의 영역에서 멜랑콜리에 관한 담론은 아리스토텔레스에게서 시작된다. 아리스토텔레스는 『문제들』이라는 책에서 멜랑콜리를 다룬다. 사실 이 저작을 아리스토텔레스가 직접 썼는지는 불분명하다. 아리스토텔레스가 아닌 그의 제자의 작품이라는 설이 유력하다. 아리스토텔레스를 추종하는 페리파토스Peripatos 학파의 대표자인 (레스보스 섬에 위치한) 에레소스Eresos의 테오프라스토스Theophrastos(기원전 390/371~ 287)가 『문제들』의 저자로 간주된다.[9] 그러나 여기서는 이 책의 실제 저자가 누구인지는 크게 중요한 문제가 아니다. 여기에서 중요한 것은, 아리스토텔레스 철학에 기반을 두고 있는 사람이 이 텍스트를 저술했다는 점이다. 후대의 수많은 사람들이 '아리스토텔레스'라는 '이름'에 이 책을 귀속시켰으며, 지금까지 아리스토텔레스라는 이름의 권위에 멜랑콜리에 관한 모든 인문학적 연구 성과가 집중된 까닭에, 그 저작과 아리스토텔레스라는 이름을 분리시켜 생각하기 어렵다. 그렇기 때문에 이 글에서는 이 텍스트의 저자를 '아리스토텔레스'로 부를 것이다.

저자가 찾아낸 해답은 물론 중요하다. 이전에 내놓지 못한 답을 제출하는 것은 중요한 학문적 업적이 아닐 수 없다. 하지만 답은 문제가 그려 놓은 특정한 지평 속에서만 제출될 수 있다. 그래서 더 중요한 것은 문제가 된 사태이고, 그 사태에 대한 문제 설정이다. 다시 말해서 이전과는 다른 문제를 제기하는 것, 또는 이전에는 명시적으로 제기되지 않았던 문제를 정식화하는 것이 중요하다. 왜냐하면 하나의 문제를 새롭게 정식화한다는 것은 사태로 향해 있는 사유의 지평을 달리 한정짓는 것이며, 이전과는 다른 문맥을 삽입/교차시키는 것을 뜻하기 때문이다.

아리스토텔레스는 히포크라테스 이후 전개된 의학적/자연과학적인 주제였던 멜랑콜리를 처음으로 인문학적·철학적 주제로 만들었다. 그의 이러한 새로운 문제 제기가 이후 인문학에 미친 영향은 이루 말하기 어려울 정도이다. 그럼 일단 그가 던진 문제를 살펴보기로 하자. 아리

---

[9] Helmut Flashar가 대표적인 사람이다. 아리스토텔레스를 번역한 문헌학자로 유명한 그는 이 텍스트에 대한 주석에서 이런 해석을 강력하게 주장한다. 그가 번역한 책의 주석은 참조할 만하다. Aristoteles, *Problemata Physica*, übersetzt u. erläutert von Helmut Flashar, Akademie Verlag, Berlin, 1991.

스토텔레스는 다음과 같이 문제를 제기한다.

　　철학과 정치, 시 또는 예술 방면의 비범한 사람들이 왜 모두 명백히 멜랑콜리커였을까? 더구나 헤라클레스의 영웅 이야기가 보여 주는 것처럼, 왜 몇몇 사람은 검은 담즙으로 야기된 질병 속에서 고통스러워했을 정도로 멜랑콜리커였을까?[10]

여기에서 아리스토텔레스는 당대 그리스인들의 인간 이해 방식이자 히포크라테스가 의학적으로 처음 정리했던 멜랑콜리 현상을 인문학의 영역, 즉 철학, 정치, 시, 예술의 영역과 접맥시킨다. 일단 물음의 요지는 간단해 보인다. 걸출한 철학자, 시인, 예술가, 정치가 혹은 영웅적 인물들이 멜랑콜리 기질을 가지고 있는 까닭을 묻고 있다. 이 물음에는 기정 사실처럼 두 가지가 전제로 깔려 있다. 하나는 탁월한 인물들이 '멜랑콜리커melancholiker'였다는 사실이고, 다른 하나는 멜랑콜리 기질이라는 것이 존재한다는 사실이다. 물음을 제기한 사람에게 두 전제는 매우 자명한 사실인 듯 보인다. 저자는 더 이상의 부연 설명이 필요 없다는 듯이 말한다.[11]

---

[10] Aristotle, *Problems II*, Book XXX, trans. by W. S. Hett, London and Cambridge, 1957. 953a. 한국어 번역은 영역본과 독역본을 모두 고려했다. 독역본은 다음의 책에 실린 번역본을 참조했다. Aristoteles, *Problemata Physica*, übersetzt u. erläutert von Helmut Flashar, Akademie Verlag, Berlin, 1991. Klibansky, R./ Panofsky E./ Saxl, F., *Saturn and Melancholy : Studies in the History of Natural Philosophy*, Religion and Art, London, 1964. 그리스어 원문은 다음과 같다. "Διὰ τί πάντες ὅσοι περιττοί(인용자 강조) γεγόνασιν ἄνδρες ἢ κατὰ φιλοσοφίαν ἢ πολιτικὴν ἢ ποίησιν ἢ τέχνας φαίνονται μελαγχολικοὶ ὄντες, καὶ οἱ μὲν οὕτως ὥστε καὶ λαμβάνεσθαι τοις ἀπὸ μελαίνης χολῆς ἀρρωστήμασιν, οἷον λέγεται τῶν τε ἡρωϊκῶν τὰ περὶ τὸν Ἡρακλέα;"

[11] 이런 자명성을 토이니센은 다음과 같이 표현한다. "부정적인 것이 실제로 긍정적인 것의 가

하지만 이에 동의하지 않을 수 있는 사람들을 위해 친절하게도 아리스토텔레스는 구체적인 인명까지 밝힌다. 그는 헤라클레스, 스파르타인 리산더, 아약스와 벨레로폰 등과 같은 영웅적인 인물들과 엠페도클레스, 소크라테스, 플라톤과 같은 철학자들이 멜랑콜리커였다고 주장한다. 두 번째 전제는 그에게 너무도 당연한 것이어서 특별한 부연 설명은 생략한다. 멜랑콜리는 이미 고대 그리스인들에게는 자명한 상식이었다. 그것은 의학적 상식인 동시에 인문학적 상식이었던 것이다. 아리스토텔레스는 단지 멜랑콜리와 유사한 간질병이[12] "성스러운 질병"이라 불렸다는 점만을 언급할 뿐이다.

페리토스-일탈과 과잉

아리스토텔레스의 이 물음은 이후 중요한 철학적·미학적 문제가 되었다. 그리고 예술의 영역에서 이 물음이 내포하고 있는 첫 번째 전제는 하나의 공식이 되었다. 즉, 위대한 예술가들은 멜랑콜리 기질이 있고,

---

능 근거임을 전제하고 있는 자명성이 놀라운 일에 속한다. 비범한 자들, 즉 르네상스식의 천재*ingeniosi*가 멜랑콜리커인지 아닌지가 질문에 붙여진 것이 아니다. 단지 그들이 멜랑콜리커라는 명백한 사태에 대한 이유만을 묻고 있다." 여기에서 토이니센은 그리스인들이 긍정적인 것(비범한 자들)의 가능 근거로서 부정적인 것(질병으로서의 멜랑콜리)을 자연스럽게 전제하는 모습을 주목한다. 물론 그 역시 '페리토이'의 양가성Ambivalenz을 고려하고 있다. Michael Theunissen, "Melancholie und Acedia : Motive zur zweitbesten Fahrt in der Moderne", in ; *Entzauberte Zeit - Der Melancholische Geist der Moderne*, hrsg. von Ludger Heidbrink, München : Carl Hanser Verlag, 1997, p. 17.

[12] 히포크라테스를 포함해서 고대 그리스인들은 간질병과 멜랑콜리를 거의 같은 것으로 이해했다. 양자의 차이는 단지 "동일한 질병이 간질병의 경우 육체를 공격하는 데에 반해, 멜랑콜리의 경우 정신을 공격한다는 점"에 있을 뿐이다. Klibansky, R./ Panofsky E./ Saxl, F., 같은 책, p. 54 각주 41번 참조.

그런 예술가가 되려면 멜랑콜리 기질을 가져야만 한다는 것이다. 이런 생각은 특히 르네상스와 낭만주의 미학에서 정점을 이룬다. 예컨대 낭만주의 예술에서 멜랑콜리는 천재의 증표로 이해된다. 오직 천재만이 예술가가 될 수 있으며, 멜랑콜리는 그런 천재의 고유한 정조이다. 낭만주의자들이 천재와 멜랑콜리를 곧바로 연결시킬 수 있었던 것은 아리스토텔레스의 물음에 있는 '비범한' 예술가라는 표현 때문이다. 낭만주의자들이 보기에, 아리스토텔레스의 '비범한' 자는 천재가 아닐 수 없고, 그런 천재는 멜랑콜리할 수밖에 없다.

　　그런데 이 지점에서 우리는 성급한 해석을 보류할 필요가 있다. 고전을 해석할 때, 너무 성급하게 후대의 해석에 의지해서는 안 된다. 이 부분에 대한 후대의 해석이 완전히 틀렸다고 말할 수는 없지만, 해석자 당대의 시대정신, 특히 낭만주의적 천재 개념이 투사되어 텍스트의 미세한 부분들이 은폐될 수도 있기 때문이다. 또는 차라리 낭만주의적 천재 개념을 아리스토텔레스 개념을 통해서 새롭게 이해할 수도 있다. 낭만주의 천재 개념 역시 확고하게 정립되고 선명하게 해명된 개념은 아니기 때문이다. 그리고 계보학적인 관점에서 아리스토텔레스의 개념은 당연히 낭만주의 천재 개념의 모체에 해당하기 때문이다. 따라서 아리스토텔레스가 말하고 있는 바를 그 자체로 좀 더 면밀하게 살펴볼 필요가 있다.

　　아리스토텔레스의 이 문구는 후대 학자들이 해석한 대로 천재와 영웅과 같은 사람들을 다루고 있다. 일단 그렇게 보이는 것은 사실이다. 해석의 관건은 '비범한'이라고 번역한 '페리토이περιττοί'라는 말에 달렸다. 사전적으로 형용사 페리토스περιττός는 첫째, '보통'의 숫자나 크기 이상인 것, 평범함에서 벗어난 것, 비범하고 특별한 것, 낯선 것, 이상異常한 것을 가리키며, 둘째, 충분한 상태를 초과하는 잉여, 과잉, 과도함을 뜻한다.[13] 다시 말해서 페리토스는 정상에서 벗어난 일탈성逸脫性과 어떤

기준을 초과하는 과잉성過剩性을 뜻한다. 페리토스의 이런 일탈성과 과잉
성은 일단 좋고 나쁨을 떠나 있는 말이다. 이 말은 때로 찬미의 수사로
도 사용되지만, 때로는 비난의 레토릭으로도 쓰인다. 다시 말해서 페리
토스라는 어휘는 호오好惡, 찬미와 비난이라는 양가적 의미를 모두 담고
있다. 또한 이 단어는 περί(주위, 주변), περάω(가로지르다, 통과하다, 뚫
다), πέρας(경계, 한계) 등의 말과 같은 어원에 속한다. 멜랑콜리커는 '정
상normal' 혹은 '중심center'의 바깥에 위치한 자들이다. 그들은 친숙한 세
계에서 추방되었거나 자발적으로 그것과 결별한 자들이다. 그래서 변방
의 세계, 후미진 주변부, 타자와의 경계 지대를 배회하며 광인이 되거나,
절묘하게 그 경계를 줄타기함으로써 패러다임을 바꿀 정도의 창조적 행
위를 하는 데 성공한 천재가 된다.

그렇다면 "철학과 정치, 시 또는 예술 방면의 비범한 사람들이 왜 모
두 명백히 멜랑콜리커였을까?"라는 말을 다시 떠올려 보자. 일단 '페리
토이'라는 말은 철학, 정치, 시, 예술의 영역에 종사하는 모든 사람을 수
식하는 말이다. 각각의 영역에 있는 사람들에게 일반적으로 요구되는

---

[13]
Greek-English Lexicon, (compiled by) Henry George Liddell & Robert Scott, Oxford, 1968. p.
1387. Franz Passow, Handwörterbuch der Griechischen Sprache, 2.Bd. 1. Abteil., Wissenschaftliche
Buchgesellschaft, 2004. '페리토스περιττός'는 '페리소스περισσός'의 아티카 방언이다. 이 단
어의 영어 번역과 뜻풀이에 따르면, ⅰ)beyond the regular number or size, prodigious ; out of
the common, extraordinary, strange ; of persons, extraordinary, remarkable, esp. for great
learning, ⅱ)more than sufficient, superflous ; useless ; excessive, extravagant ; of persons,
over-wise, over-curious이다. 독어 번역과 뜻풀이에 따르면, ⅰ)über die Zahl od. das Mass
od. die gewöhnliche Ordnung hinaus ; überviel, übergross, überschwänglich, gewaltig, reichlich, ;
ungewöhnlich, aussergewöhnlich, von besonderer Art, übermässig, allzugross, ⅱ)im Überfluss,
im Übermass, überreichlich, unnützerweise 등을 들 수 있다. 동사 'περιττεύω'는 단지 풍부함
만이 아니라 어떤 것에 있어서의 과잉을 뜻한다. László F. Földényi, Melancholie, (übersetzt
von) Nora Tahy, Matthes & Seitz, München, 1988. S. pp. 14-16 참조. 영어판 번역어로는
outstanding(oxford판) 독일어 번역어로는 hervorragend(C. Buschendorf/).

기준이 있다. 철학자가 철학자라고 불릴 수 있고, 정치가가 정치가로, 시인이 시인으로, 예술가가 예술가로 불리는 최소한의 기준이 있을 것이다. 먼저 페리토스는 이런 이름에 걸맞은 기준을 수식하는 말처럼 보인다. 그래서 그것은 철학자, 정치가, 시인, 예술가라고 칭할 수 있는 '보통'의 기준을 훌쩍 넘어서는 것을 의미한다고 볼 수 있다. 이런 점에서 그 기준에서 이탈한 과도過度의 상태를 지칭하는 말로 우선 해석된다. 이런 사람들은 일단 이상異常하고 특별하고 낯설어 보인다.

기준이나 함량이 문제시될 때, 페리토스는 그 기준과 함량의 초과치를 뜻한다. 기준과 함량의 잉여 지대가 페리토스의 영토이다. 그런데 이런 잉여와 과잉은 '쓸모없는 나머지'라는 의미가 아니라, '최소한의 수준을 만족시키고 난 다음 더 나아가 최대한 그것의 본질에 육박해 가는 잉여'라는 의미로 읽힌다. 때문에 개념의 경계 지점을 지나 철학자의 본질에, 예술가의 본질에 육박하는 잉여의 발걸음을 뜻한다. 다시 말해서 '비범한' 철학자와 예술가는 철학과 예술의 본질에 육박한 사람들을 가리킨다. 철학과 예술이라는 개념의 일상적인 경계를 단박에 뛰어넘어 그 중심으로 나아간 사람들이 '비범한' 철학자와 예술가들이다. 예술이나 철학의 경계에 접근하는 일도 쉬운 일이 아닌데, 하물며 그 경계를 넘어 미지의 중심으로 뛰어드는 일은 더더욱 드문 일이다.

이번에는 비범한 사람들을 특징짓는 멜랑콜리에 초점을 맞춰 보기로 하자. 비범한 사람들이 공통적으로 가지고 있다는 멜랑콜리, 과연 그것은 어떤 것일까? 어원적으로 멜랑콜리(atra bilis, μέλαινα χολή, μελαγχολία)는 '검은μέλας 담즙χολή'이란 뜻이다. 사전적으로 멜랑콜리는 우울하고 슬픈 정조를 말하며, 고대에는 검은 담즙이 과도한 사람의 기질을 가리키는 말이었다. 특히 우울함과 슬픔의 정도가 심해 광기로 번지는 질병으로 이해되기도 했다. 아리스토텔레스의 멜랑콜리는 "위대한 비극의 광기 표상Wahnvorstellung과 플라톤 철학의 마니아 표상Mania-Vorstellung"[14]의 연장선상에 있는 또 다른 이름의 광기다. 어둡고 음산한 영혼의 고뇌가 멜랑콜리의 핵심적 이미지다.

멜랑콜리라는 말은 처음 고대 그리스인들의 민간의학에서 출발했다고 보아야 할 것이다. 이후 히포크라테스는 멜랑콜리를 포함한 '네 가지 체액설quattuor humores'을 하나의 의학 이론으로 확립하였다. 고대 그리스인들은 인간의 몸속에 흐르는(흐른다고 여겼던) 체액Humour을 통해 인간을 네 가지 부류로 구분했다. 체액에는 "혈액, 노란 담즙, 검은 담즙, 점액"이라는 네 가지 체액이 있고, 그것들은 서로 다른 네 가지 기질을 형성한다. 이 네 가지 기질 가운데 하나가 멜랑콜리이다. 그리고 멜랑콜리커는 검은 담즙이 과도하게 넘쳐흘러서 어둡고 우울한 성격을 소유한 자다.

그런데 사실 현대 의학의 관점에서 볼 때, 검은 담즙은 존재하지도 않는 체액이다. 담즙은 검은색이 아니며, 체내에서 검은색으로 변색되지도 않는다. 그렇다면 왜 고대인들은 담즙을 검다고 상상했을까? 아마도 그것은 참기 힘든 어떤 고통으로 파괴된 내면의 어두움을 상징적으로 표현한 것이라고 할 수 있다. '검은' 담즙은 몸속에 흐르는 어두운 광기를 상징한다. 이런 까닭에 『문제들』에서 아리스토텔레스는 다음과 같은 호머의 이야기를 인용한다. "그러나 그(벨레로폰—인용자 첨언)가 모든 신들의 미움을 받았을 때, 그는 자신의 심장을 뜯어 먹고 사람들이 지나다니는 행로를 피해 다니며 홀로 아레이움 들판을 방황했다."[15] 이 인용문에서 알 수 있는 바와 같이 1)광기 어린 멜랑콜리커는 신들의 미움을 받은 '불운'한 사람이고, 2)신과 인간들에게 버림받아 '홀로' 아무도 없는 들판을 방황하는 사람이고, 3)자신의 심장을 뜯어 먹으며 '자기학

[14] Klibansky, R./ Panofsky E./ Saxl, F., 같은 책, 55쪽.

[15] Aristotle, *Problems II*, Book XXX, 953a.

대'를 일삼는 사람이다.

검은 담즙이 상상의 산물이라고 해서 검은 담즙의 작용으로 파악된 현상이 사라지는 것은 아니다. 앞에서 언급한 불운, 소외(고독), 자기학대 등은 인간의 삶 속에서 사라질 수 없는 것이기 때문이다. 때문에 검은 담즙이라는 체액이 존재하지 않는다 하더라도 멜랑콜리로 지칭되는 현상은 여전히 존재할 수밖에 없다. 그래서 검은 담즙의 존재 자체가 과학적으로 부인되는 오늘날까지도 멜랑콜리에 대한 관심은 수그러들지 않는 것이다.

포도주, 디오니소스 그리고 아프로디테

아리스토텔레스의 물음 후반부를 떠올려 보자. "헤라클레스의 영웅 이야기가 보여 주는 것처럼, 몇몇 사람은 검은 담즙에서 유래한 질병에 감염될 정도로 멜랑콜리한 것일까?" 여기에서는 비범한 또 한 명으로서 헤라클레스 같은 영웅이 등장하고, 그 영웅이 검은 담즙에서 유래한 '질병'으로 고통을 받았다는 구절이 등장한다. 히포크라테스에 따르면, 예로부터 멜랑콜리는 '성스러운 질병'과 동일시되었다. 그렇다면 왜 고대인들은 멜랑콜리를 '성스러운 질병'이라고 했을까?

아리스토텔레스의 해석에 따르면 '격분'과 '고통의 표출'이 극점에 이르러 광기에 빠져든 것처럼 보이기 때문이다. 고대인들에게 광기에는 신성이 어린 것처럼 보였다. 보통 사람들과는 다른 행동 방식을 보이기 때문이다. 이를 잘 보여 주는 것이 플라톤이 자주 언급하는 시인의 광기이다.[16] 플라톤이 보기에 궁극적으로 신적인 광기, 곧 '신적인 힘Θεια

---

[16] 시인의 광기 어린 목소리, 예술가의 낯선 목소리에 대한 미학사적·철학적 접근에 관해서는

δύναμις', 그것을 통해서만 비로소 시인이 된다.[17] 이 점은 아리스토텔레스도 마찬가지이다. 플라톤보다 좀 더 탈신화적이고 계몽적인 아리스토텔레스마저, 플라톤의 광기 대신 모방과 제작술로써 시를 설명하려던 그마저, 시인의 이런 모습을 전적으로 부인할 수는 없었다. 『문제들』에서 그는 시인들, 무녀들과 예언자들을 포함한 모든 영감에 찬 사람들이 멜랑콜리 기질을 가지고 있다고 말한다. 그리고 좋은 시인이 되는 데 멜랑콜리 증상으로 손꼽히는 몰아경沒我境을 필수 조건으로 제시한다. "시라쿠스 사람, 마라쿠스는 그가 몰아경에 있었을 때, 훨씬 더 좋은 시인이었다."[18]

아리스토텔레스의 물음 자체에서도 알 수 있듯이, 아리스토텔레스는 멜랑콜리와 연관된 현상을 두 가지로 구분한다. 하나는 질병으로서의 멜랑콜리이고, 다른 하나는 체질로서의 멜랑콜리이다. 전자가 특수한 몇몇 사람만이 걸리는 질병이라면, 후자는 많은 사람들이 공유하는 체질, 즉 검은 담즙의 과도함에서 유래한 자연적인 체질이다. 전자가 검은 담즙의 일시적인 과잉으로 생긴 병이라면, 후자는 자연적으로 검은 담즙이 양적으로 많이 분비되는 사람의 기질이다. 전자가 일시적인 비정상 상태라면, 후자는 지속적인 비정상 상태라고 할 수 있다. 그러나 둘은 검은 담즙에서 유래하는 자연현상이라는 점에서 동일한 기반에 있는 현

글쓴이의 다음 논문을 참조할 수 있다. 김동규, 「예술가의 자기 목소리-예술가의 양심」, 『하이데거 연구』, 제11집, 2005, 37~67쪽 참조.

[17] Platon, "ION," in Platon, Bd. I, Wissenschaftliche Buchgesellschaft, Darmstadt, 1977. p. 15. 533d. 또 플라톤은 소크라테스의 입을 빌려 이렇게 말하기도 했다. "뮤즈 여신들에게서 오는 광기 없이, 기술만 가지고도 충분히 시인이 될 수 있으리라 확신하고서 시작詩作의 문턱에 다가서는 사람이 있다면, 그는 그 자신도 완성에 이르지 못할뿐더러 분별이 있는 그 사람의 시작은 광기에 사로잡힌 자들의 시작에 가려 그 빛을 잃게 될걸세." Platon, 조대호 옮김, 『파이드로스』(문예출판사, 2008), 245a. 57쪽.

[18] Aristotle, Problems II, Book XXX, 954a.

상이다. 그래서 상대적으로 후자가 전자로 이행될 가능성이 많다고 보아야 할 것이다. 즉, 멜랑콜리 기질을 가진 사람은 멜랑콜리한 질병에 걸릴 가능성이 농후하다. 그렇지만 보통 사람들도 일시적으로 멜랑콜리한 질병에 걸릴 수 있는 반면, 멜랑콜리 기질을 가진 사람은 질병에 걸리지 않더라도 언제나 멜랑콜리한 성격을 가진다.

이런 두 종류의 멜랑콜리 현상은 모두 비범한 사람들에게 빈번히 나타난다. 정확히 말해서, 비범한 사람들은 모두 멜랑콜리 기질을 가지고 있으며, 그 가운데 몇몇은 멜랑콜리한 질병까지 앓는다는 것이다. 그래서 아리스토텔레스는 다음과 같이 이야기한다. "그런 많은 사람들(비범한 사람들—인용자 첨언)은 몸속의 이런 혼합물에서 야기된 질병들에 고통을 받았고, 다른 사람들은 그들의 자연적 본성이 명백히 이런 종류의 문제들을 갖게 되는 경향이 있었다. 이미 말했던 것처럼 어떤 경우든 모두 자연적으로 그렇게 형성되었다."[19]

아리스토텔레스는 멜랑콜리를 자연적인 기질로 이해한다. 기질이란 사람이 노력해서 얻을 수 있는 것이 아니다. 멜랑콜리는 자연이 우리에게 부여해 준 것이다. 멜랑콜리 현상을 신적인 광기로 되돌리는 대신에 아리스토텔레스는 당대 자연과학적 성과 위에서 그것을 합리적으로 이해하려고 한다. 물론 그의 설명에도 여전히 한계는 있다. 이성적 설명의 한계 개념인 신神 대신 자연自然으로 대치시킨 것에 불과하다고 볼 수 있기 때문이다. 그러나 멜랑콜리 현상을 검은 담즙으로 설명하려는 그의 기획에는 좀 더 세부적인 해명 가능성이 남아 있다. 예를 들어 그는 멜랑콜리를 포도주와 관련지어서 이해한다. 검은 담즙이라는 체액이 몸속에서 어떤 작용을 하는지가 포도주와의 유비 속에서 이해된다. 마치 포도주를 마셨을 때 인간 정념의 색깔이 바뀌는 것처럼, 멜랑콜리는 우

---

[19] Aristotle, *Problems* II, Book XXX, 953a.

리 몸속에서 그런 작용을 하는 체액이다. 포도주와는 달리 '꿀, 우유, 물' 등은 어떤 정념을 일으키거나 바꾸지 않는다.

무엇보다도 우리는 하나의 자연적 사례로서 '포도주οἶνος'를 사용하면서, 이것의 원인에 대해 생각해 보아야만 한다. 왜냐하면 광범위한 양을 섭취했을 때 포도주는 우리가 멜랑콜리에 귀속시키는 성격들을 만들어 내는 것 같기 때문이다. 그래서 술에 취하면 그것은 사람들을 언짢게 하거나, 친절하게, 자비롭게 또는 무모하게 만들면서 다양한 성질을 생산해 내기 때문이다. 그러나 꿀이나 우유, 물이나 그런 어떤 것도 이런 효과를 내지는 못한다.[20]

포도주가 다양한 정념들을 만들어 내듯이, 검은 담즙은 체내에서 인간의 다양한 성격을 만들어 낸다. 하지만 포도주가 일시적인 정념을 만들어 내는 데에 반해서, 검은 담즙은 지속적으로 정념을 산출함으로써 인간의 성격을 주조한다. 포도주가 만들어 내는 정념은 멜랑콜리와 유사하다. 그리고 일시적이기는 하지만 포도주는 "보통의 상궤에서 벗어난περιττόν"[21] 상태를 만든다. 때문에 보통과는 다른 성격을 만들어 내는 포도주가 검은 담즙을 설명하는 적절한 사례로 선택된다.

포도주를 마시는 사람은 체내에 얼마만큼의 포도주를 흡수하는지에 따라 다양한 반응을 보인다. 마치 다양한 사람들의 성격의 한 단면들을 차례로 보여 주는 것처럼, 취기의 정도에 따라 술 마시는 자는 변하기 시작한다. 예를 들어 말수가 적고 냉정한 사람이라도 포도주를 조금 마시면 수다를 떤다든지 열정적인 달변가로 변신한다. 거기에 좀 더 마시

---

[20] Aristotle, *Problems II*, Book XXX, 953a.

[21] Aristotle, *Problems II*, Book XXX, 953b.

면, 서슴없이 이야기를 하게 되며, 이어 무모한 지경에까지 이른다. 술로 인해 무모해진 사람이 더 마시게 되면, 결국 거만한 광인이 된다. 아리스토텔레스에 따르면, 인간 각각의 성격은 이처럼 포도주를 마시는 사람이 시시각각 갖게 되는 하나의 모습이 천성적으로 굳어진 것이다.

아리스토텔레스가 전하는 포도주의 효능에는 i)정념의 야기와 증폭, ii)일시적인 비범함의 제공 등이 있다. 그는 이런 효능은 포도주에 있는 열기 때문이라고 단정한다. 한 걸음 더 나아가 포도주와 검은 담즙은 모두 호흡하는 '공기'에 토대를 두고 있다. 이런 상상은 아마도 발작적인 멜랑콜리 질병, 예컨대 간질병에 걸린 사람이 발작할 때 담 근육과 혈관이 팽창하여 숨을 제대로 쉬지 못하는 증상을 보고 추측한 것이라고 볼 수 있다. 더구나 그 공기는 뜨거운 열기가 만들어 낸 공기이다. 아리스토텔레스는 들숨과 날숨으로 이루어진 공기의 호흡을 포도주가 발효될 때 일어나는 '거품'과 연관짓는다. 포도주에 거품이 많을수록 공기가 많이 함유된 것을 뜻하고, 그럴수록 포도주는 더 뜨거운 기운을 함유하고 있다.

『문제들』의 저자는 공기, 거품, 포도주를 성적 욕망과 연결시킨다. 이미지의 측면에서 성기의 팽창/수축은 공기가 들어오는 허파의 팽창/수축과 연결되고, 신화적인 측면에서 포도주의 신 디오니소스와 거품에서 태어난 아프로디테가 연결된다. 멀리 떨어진 개념의 연합과 이미지의 연상이 절묘하게 이어지는 대목이다. "그리고 포도주의 힘은 공기에서 기인한다. …… 거품은 포도주가 공기를 포함하고 있음을 보여 준다. 기름은 그것이 뜨겁다 하더라도 거품을 만들지 않지만, 포도주는 많은 양을 만든다. 그리고 백포도주보다 적포도주가 더 많은 양을 만든다. 왜냐하면 그것은 더 뜨겁고 몸에 더 많이 가득하기 때문이다. 이런 이유 때문에 포도주는 사람들을 사랑하게 한다. 디오니소스와 아프로디테는 올바르게도 서로 연합된다. 그리고 멜랑콜리커는 보통 호색가이다."[22]

그리스 신화 속에서 아프로디테Ἀφροδίτη는 거품ἀφρός에서 솟아 오른 아름다움의 여신으로 등장한다.[23] 그리고 이 경우 여신의 아름다움은 성적인 매력을 뜻한다. 그래서 고대 그리스어로 성적 흥분 또는 성교를 나타내는 말이 '아프로디시아스모스ἀφροδισιασμός'였다. 아프로디테가 아름다움의 여신인 반면, 디오니소스는 다리를 저는 추한 신이었다고 한다. 신화에 따르면, 그는 인간 세멜레와 신 제우스 사이에서 태어난 반신반인이다. 신의 얼굴을 보아서는 안 되는 규칙을 깨고 세멜레는 제우스의 얼굴을 보고자 갈망한다. 결국 사랑하는 연인이자 죽음의 피안에 있는 제우스의 얼굴을 보는 순간, 세멜레는 불타 버린다. 제우스는 세멜레의 뱃속에 있던 디오니소스를 구해 낸다.[24] 이후 디오니소스는 무질서와 도취의 신, 포도주의 신이 된다.

『문제들』의 저자는 포도주가 발효될 때 생기는 거품을 통해 아프로디테와 디오니소스 그리고 멜랑콜리를 절묘하게 연결시킨다. 아름다움, 특히 성적 아름다움은 도취의 대상이다. 멜랑콜리커는 그 아름다움에 도취된 자이다. 그래서 성적 아름다움에 중독된 그는 점점 커져만 가는 성적 욕망으로 고뇌하는 자이다. 그리고 신화에 따르면, 아름다움은 거세와 상실의 결과물이다. 과잉 성욕을 소유한 멜랑콜리커는 과잉 상실감이라는 고통의 무게를 짊어지지 않을 수 없다. 감당하기 어려운 상실, 결핍, 공복감 등으로 절망할수록 사랑의 대상은 더욱 아름답게 보인다.

---

[22] Aristotle, *Problems* II, Book XXX, 953b.

[23] 잘 알려져 있다시피 그리스 신화에 따르면, 크로노스는 당시 패권을 장악하고 있던 하늘의 신인 우라노스를 폐위시키려고 한다. 크로노스는 자신의 아버지인 우라노스를 제압하고 거세한 뒤, 자른 성기를 바다 속에 던져 버린다. 그때 일어난 거품에서 아프로디테가 탄생하였다고 한다: Hesiodos, *Theogonia*, 김원익 옮김, 『신통기-그리스 신들의 계보』(민음사, 2003), 32~37쪽 참조.

[24] Ovid, 같은 책, 114~118쪽 참조.

19세기 프랑스 화가 카나벨Alexandre Cabanel이 그린 〈비너스의
탄생〉.

이렇듯 멜랑콜리는 디오니소스적 도취 또는 성적 욕망의 과잉과 깊은 연관을 맺고 있다. 이런 발상은 비록 신화적이고 암시적일지언정 이미 프로이트Sigmund Freud의 발상, 곧 멜랑콜리의 궁극적인 원동력이 에로스적 욕망이며, 욕망 대상의 부재에 따른 사랑의 성취 불가능성은 상실된 대상에 대한 '과도한' 애착 또는 집착을 낳고, 그것이 불러일으킨 상실 대상과 자기와의 '동일시Identifizierung', '양가감정Ambivalenz' 및 나르시스 단계로의 '퇴행Regression'이라는 멜랑콜리의 원인을 선취하기에 이른다.[25]

아리스토텔레스는 멜랑콜리를 대립하는 두 성질의 혼합으로 이해한다. 다시 말해서 멜랑콜리한 체액은 "뜨거움과 차가움의 혼합"[26]으로, 그 결과 양 극단의 성질이 한 극단에서 다른 극단으로 급변한다. 마치 시계추처럼 멜랑콜리 체질을 가진 사람의 성격은 양 극단 사이에서 흔들린다. 극도의 정념 표출과 급작스런 마비 현상이 바로 그런 것이다. 검은 담즙이 과도하게 뜨거우면, "노래를 동반한 흥겨움과 광기 그리고 고뇌 등등의 분출을 자아낸다." 또는 "실성하기도 하고 더 영리해지거나 요염해지며, 쉽게 정염과 욕망에 움직이고 어떤 사람들은 말수가 더 많아진다."[27] 반면 검은 담즙이 차가운 사람들은 게으르고 우울하고 우둔하게 된다. 이렇게 검은 담즙은 매우 뜨겁게도 그와 반대로 아주 차갑게도 될 수 있으며, 그래서 뜨거움과 차가움이 순식간에 교차할 수 있는 열 전도체라고 말할 수 있을 것이다.

이미 지적하였듯이, 멜랑콜리는 검은 담즙에 녹아 있는 극단적 성질의 상호 교체를 통해 사람의 성격을 변화시킨다. 멜랑콜리커는 기질상

---

[25] Sigmund Freud, "Trauer und Melancholie" in *Gesammelte Werke*, Bd. 10, London, 1949. pp. 197-212 참조.

[26] Aristotle, *Problems II*, Book XXX, 954a.

[27] Aristotle, *Problems II*, Book XXX, 954a.

가변적이고 불규칙한 상태에 있을 수밖에 없다. 그런데 "매우 불규칙한 상태ἀνωμαλίαν가 잘 섞일 수 있고εὔκρατον, 어떤 의미에서 아름다운καλ ῶς 상태에 있을 수 있기 때문에, 그리고 그것이 필요한 곳에서 우리의 상태가 과도한 상태로 더 따뜻하고 다시 차갑게 되며 그 역이 가능하기 때문에, 모든 멜랑콜리커는 질병의 결과가 아니라 그의 자연적 소질의 결과로δια φύσιν 비정상이다περιττοί."[28] 아리스토텔레스에게 몸속의 열기는 영혼을 움직이는 힘이다. 검은 담즙에 스며든 열기가 어느 정도이냐에 따라 검은 담즙은 정신에 직접적인 영향을 미친다. 그래서 한 사람의 특정한 성격이 표출된다. 멜랑콜리는 언제나 불균형·불규칙 상태에 있어서 성적 욕망을 상징하는 공기의 변화무쌍한 흐름처럼 쉽게 변한다. 그러나 그런 상태만 있는 것이 아니라 "잘 섞일 수 있고 어떤 의미에서 아름다운 상태에 있을 수 있다." 그런 절묘한(아름다운) 균형은 드물게 존재하는 자연의 선물이다. 여기에서 문화를 창조하는[29] 비범한 사람들은 희귀한 자연적 소질을 타고난 비범한 사람으로 설명된다. 아리스토텔레스는 신의 선물이 아니라 자연의 흔치 않은 과잉, 그것의 절묘한 아름다움으로 천재를 설명하고 있는 것이다.

---

[28] Aristotle, *Problems II*, Book XXX, 955a.

[29] 하이데거는 아리스토텔레스가 언급하는 비범한 사람들, 곧 시인, 예술가, 철학자, 정치가들이 모두 창조적인 활동을 하는 사람들이라는 점에서 공통점을 찾았다. 여기에 관해서는 글쓴이의 다음 논문을 참조할 수 있다. 김동규, 「하이데거의 멜랑콜리 해석-창작하는 자유인의 무거운 심정」, 『해석학 연구』, 제21집, 2008, 267~293쪽 참조. 멜랑콜리와 문화 창조의 연관성을 밝히고 있는 문헌으로는 베티나 뉘쎄의 책이 있다. Bettina Nüsse, *Melancholie und Tragödie : Genealogische Kunturtheorie I*, Wilhelm Fink Verlag, München, 2008.

은유적 이미지 제작의 원동력

아리스토텔레스는 시학에서 시인이 사용하는 언어의 '우수성'에 관해 말한다. 시인의 언어가 큰 공명을 얻으려면 "평범함을 피하고", "낯선 말"을 사용해야 한다.[30] 누구나 익숙하게 듣고 말하는 말을 사용해서는 "웅장한 인상"을 줄 수 없다. 여기에서 아리스토텔레스가 생각하는 낯선 말은 외래어, 은유, 연장된 낱말, 그리고 기타 표준을 벗어나는 말이다. 이 비범하고 새로운 언어, 강렬한 인상을 남기는 언어 가운데 가장 중요한 것이 바로 은유다. 그런데 아리스토텔레스는 은유를 비이성적인 영역에 위치한 것으로 남겨 둔다. 자신의 스승인 플라톤과는 다르게 예술을 철저히 이성과 습득, 교육의 영역으로 치부했던 그도 은유만은 어찌할 수 없었다. 아리스토텔레스가 남겨 둔 예술철학의 어두운 심장부가 바로 이 은유다. 아리스토텔레스의 말을 직접 들어 보자.

> 합성어와 외래어를 포함하여 앞에서 언급한 여러 형태를 모두 적절하게 사용하는 것이 중요하지만 가장 중요한 것은 은유를 능숙하게 구사하는 일이다. 이것만은 타고난 능력의 표시εύφυίας τε σημείόν이며 남에게서 절대로 배울 수 없는 것이다. 성공적인 은유의 사용은 사물들의 유사성을 파악하는 능력에 의존한다.[31]

아리스토텔레스의 시학은 처음부터 "시 창작의 기술"을 기록한 글이

---

[30] Aristoteles, *The Poetics*, in; *The Loeb Classical Library*, trans. by W. Hamilton Fyee, London and Cambridge, 1965. 1458a20 이하 참조. 이상섭 옮김, 『아리스토텔레스의 '시학' 연구』(문학과지성사, 2002), 번역 참조.

[31] Aristoteles, 같은 책, 1459a.

다. 여기에서 기술이란 그리스어 '테크네'의 번역어로, 테크네는 일종의 앎으로서 무엇인가를 반복해서 제작할 수 있는 앎, 그래서 교육이 가능한 앎이다. 아리스토텔레스는 플라톤처럼 시를 신비로운 영감의 산물로 보지 않는다. 그의 시각에서 시 역시 일종의 창작이고, 창작에는 일정한 기술이 있으며, 그 기술을 습득하기만 하면 누구라도 시를 지을 수 있다. 아리스토텔레스 이전에도 많은 사람들은 예술을 모방으로 이해했지만, 아리스토텔레스는 그 입장을 더욱 적극적으로 정당화시킨다. 그에 따르면, 모방과 모방의 즐거움은 인간 본성에 뿌리박혀 있고, 모방의 기술은 습득될 수 있을 뿐만 아니라, 모방 자체가 앎의 시발점이다. 이것이 거시적인 관점에서 볼 때 시 창작에서 플라톤과 대비되는 아리스토텔레스의 입장이다. 그러나 이런 뚜렷한 견해 차이는 여러 미세한 지점에서 상호 함몰된다.

아리스토텔레스의 이런 합리주의적 입장은 예술과 시의 '창조성'을 설명하는 데에서 한계에 봉착한다. 누구나 그것을 알기만 하면 창작할 수 있는 창작의 근본 원리는 이미 고대 그리스부터 지금에 이르기까지 설명하기 힘든 사태로 남아 있기 때문이다. 하이데거적 관점에서 보면, 복제품을 무한히 생산할 수 있는 테크네는 과학의 기술일 뿐이지, 예술적 창작의 기술이 아니다. 창작의 테크네는 복제 가능한 제품의 설계도를 만드는 앎이 아니라, 복제 불가능한 작품을 내놓는 앎이기 때문이다. 예컨대 시작법에서 창조적인 은유 창작은 어떤 원리로도 가르칠 수 없는 것이다. 이런 이유에서 처음부터 끝까지 일관되게 예술을 이성적으로 분석하려 한 아리스토텔레스에게 은유는 그의 작업에서 최대 난제難題였다고 말할 수 있을 것이다.

플라톤은 한편으로 시를 비롯한 여러 예술들을 모방이라고 폄하하면서도, 다른 한편 유독 시에서만은 '신적인 광기'를 인정하고 그것의 탁월함을 말한다. 그에 비해 아리스토텔레스는 플라톤이 남겨 놓은 시의 신비 영역을 이성의 칼날로 해부한다. 그러나 그런 그마저 남겨 두지 않을 수 없는 부분이 있었는데, 그것이 바로 은유다. 도대체 어떤 메커니즘 속에서 시인이 은유를 만드는지는 밝힐 수 없었던 것이다. 다만 아리스토텔레스는 은유가 무엇인지는 밝힐 수 있었다. 그에 따르면, 은유란 "한 사실에서 다른 사실로, 즉 유에서 종으로, 종에서 유로, 종에서 종으로, 또는 유추에 의하여 한 낱말을 옮겨서 쓰는 것이다."[32]

은유의 기본 형식은 'A는 B이다'라는 주어 술어의 관계이다. 언어의 비논리적이고 낯선 사용법인 은유는 손쉽게 무엇인가를 포섭할 수 있는 범주를 선택하는 어법이 아니라, 자유롭게 주어 "술어를 연결하는 언어 사용법이다. 그런데 논리적이고 일상적인 어법이 아니라고 해서 은유가 무의미한 말로 떨어져서는 안 된다. 은유에서 문제가 되는 점은 주어 술어가 계사繫辭(copula)를 통해 연결되면서 어떤 새로운 의미, 곧 이미지를 창출한다는 점이다. 주어 술어가 일단 상당한 차이가 있어 일반인의 눈에는 전혀 무관한 것처럼 보이지만, 그럼에도 불구하고 주어 술어의 결합은 절묘하게 유사성으로 이어져, 어떤 독창적인 의미론적 이미지를 생성시킨다. 보통 일반인은 전혀 눈치 챌 수 없을 만큼 둘 사이에는 큰 차이점이 존재하지만, 그 속에서 유사성을 찾아내는 능력, 바로 그것이 은유를 제작하는 능력이다. 아리스토텔레스는 이런 능력은 도저히 교육될 수 없는 것이어서 '타고난 능력의 표시'[33]로밖에는 설명할 수 없다고

---

[32] Aristoteles, 같은 책, 1457b7-12.

[33] 천병희는 '천재의 표징'이라고 번역한다. 천병희 옮김, 『시학』(문예출판사, 1990), 125쪽. 원래 '천재'라고 번역된 말은 'εύφυΐα', 곧 자연적으로 잘 성장한 상태를 나타내는 말이다. 한자 그대로 '천재天才'란 사실 이상섭이 번역한 '타고난 능력' 또는 타고난 재능이라는 말과 일치하기는 하지만, 보통 사용되는 천재라는 말에는 낭만주의적으로 신격화된 의미가 함축되어 있는 반면, '타고난 능력'에는 '좋은 자연적 소질素質'이라는 그리스어 원의에 가까운 의미로 전달되는 경향이 있어 이 번역어를 선택했다.

본 것이다.

이처럼 『시학』에서 아리스토텔레스는 은유를 설명 불가능한 영역으로 남겨 둔다. 그러나 우리는 멜랑콜리에 관한 그의 글을 통해서 『시학』에서 중단된 부분을 계속해서 다시 시작할 수 있을 것이다. 물론 멜랑콜리를 통해 은유에 대한 이해를 보충한다고 하더라도, 은유에서 설명 불가능한 지점은 그대로 남는다. 이전 사람들이 신적인 영역으로 언급한 부분을 아리스토텔레스가 자연현상으로 대치한다 하더라도, 여기에서의 자연은 설명 가능한 자연이 아니라 여전히 신적인 자연인 것처럼 말이다. 예컨대 아리스토텔레스는 수면 속에서 예언적 꿈을 꾸는 현상에 대해서 터무니없는 신비주의적 접근을 배격하고 그것을 일종의 멜랑콜리와 연관된 자연현상으로 이해하면서도 다음과 같이 단호하게 말한다. "신이 꿈들을 보낸 것일 수 없고 이것이 〔꿈속의 예언〕 꿈 현상의 목적일 수도 없다. 그러나 그것들은 신적인 기원을 가지고 있다. 왜냐하면 비록 그 자체 신적인 것은 아니지만οὐ θεία 자연은 신성하게 제정되어 있기φύσις δαιμονία 때문이다."[34] 이렇듯 아리스토텔레스는 신을 자연으로 대체함으로써 불필요한 신비주의를 경계하지만, 자연의 신비를 인간의 지성으로 모두 밝힐 수 있다고는 생각하지 않는다.

멜랑콜리커인 시인은 작품을 창작하면서 검은 담즙으로 인해 뜨거운 공기에 휩싸인 자이다. 뜨거운 공기란 여기에서 어떤 에로스의 열정을 뜻한다. 그 열정이 감각을 극대화시키며, 상상력을 최대한으로 가동시킨다. 그 공기는 작은 자극에도 예민하게 반응할 수 있게 하며, 하나의 이미지를 고착시키는 역할이 아니라 자유롭게 서로 다른 이미지들이 쉽게 연합하도록 만든다. 다시 말해서 멜랑콜리커 시인은 완전히 서로 다른

---

[34] Aristoteles, *On Prophecy in Sleep(in; Parva Naturalia), in; The Loeb Classical Library*, trans. by W. S. Hett, London and Cambridge, 1964. 463b13-15.

사물 사이에서 절묘하게 어떤 유사성을 발견한다. 그가 주어와 결합시키는 술어는 먼 거리를 날아가 과녁에 정확히 꽂히는 화살과 같다. 아리스토텔레스의 말을 들어 보자.

아주 평범한 사람들이 예언을 하거나 예언적인 꿈을 꾸는 재능을 가지고 있다는 것은 어떤 신성이 꿈을 보내기 때문이 아니라, 그 모든 이들의 본성이 수다스럽고 멜랑콜리하기 때문이고, 모든 가능한 현상들을 보기 때문이다. 왜냐하면 그들의 많고 다양한 정념들을 통해서 유사성을 보는 데ὁμοίοις θεωρήμασιν 성공하기 때문이다.[35]

멜랑콜리커들은 격렬성으로 인해 원거리 사수처럼 정확하게 활을 쏜다. 그리고 어느 한순간에 급변할 수 있는 그들의 태도로 인해 그들 앞에는 연속해서 그 다음 이미지가 급속도로 다가온다. …… 게다가 그들의 행동은 매우 커다란 격렬성으로 인해 또 다른 행동에 방해받지 않는다.[36]

멜랑콜리커의 과도한 열기로 영혼이 섬세하게 운동하면서 요동치는 곳은 우리의 수면 속이다. 프로이트와 마찬가지로 고대인들도 인간의 정념들이 장애 없이 터져 나올 수 있는 절호의 기회가 잠이라고 보았다. "열기가 과도해짐에 따라 영혼이 정상보다 더 많이 움직이고 그 움직임은 잠들 수 없을 정도로 더 난폭하기 때문에, 멜랑콜리커가 그들의 수면 속에서 시작하는 까닭이다."[37] 수면睡眠에 떠오른 꿈 이미지에서 미래를 읽는 사람들이 여기에서는 멜랑콜리커로 등장한다. 이전까지 사람들

---

[35] Aristoteles, 같은 책, 463b15 이하.

[36] Aristoteles, 같은 책, 464a33~464b6.

[37] Aristoteles, *Problems II*, Book XXX, 957a33 이하.

은 그런 예언적인 꿈을 신이 보낸 메시지로 여겼으나, 아리스토텔레스는 그것을 멜랑콜리 탓으로 돌린다. 과잉의 정념들이 서로 관련시키기 어려운 사태 사이의 유사성을 볼 수 있게 해 준다고 보는 것이다.

여기에서 유사성이란 계사copula로 이어진 주어와 술어라는 두 사태 사이의 거리를 가로지르는 연결 및 결합의 조건을 뜻한다. 이런 은유에서의 유사성은 적시摘示하려는 사태와 모사模寫된 이미지 사이의 유사성 모델로 쉽게 전환될 수 있다. 상식의 거리를 훌쩍 뛰어넘는 광활한 차이에도 불구하고 유의미한 새로운 이미지를 창출하는 어떤 공속적인 동일성을 뜻한다. 당연한 말이지만, 차이성이 크면 클수록 유사성을 찾기는 어렵다. 플라톤의 상상력에 따르면, 유사성을 찾을 수 있으려면 장대한 거리를 비상할 수 있는 영혼의 날개가 있어야 한다. 그런데 플라톤에 의하면, 그런 영혼의 날개는 아름다움을 먹고 자라는 에로스이다. 사랑하는 대상의 아름다움을 먹고 영혼의 깃털이 자라 강력해진 날개로 날갯짓함으로써, 즉 에로스의 강렬한 추동력을 얻음으로써 영혼은 멀리 떨어진 곳까지 비상할 수 있다.[38] 아리스토텔레스는 플라톤의 이런 반쯤 신화적인 이야기를 좀 더 이성적인(생리학적인) 멜랑콜리 담론으로 재해석한다. 꿈 이미지의 예언적인 힘은 이렇듯 관계의 거리가 먼 이미지들을 자유롭게 연결짓는 사랑 정념의 강렬한 힘에서 유래한다.

보통의 상식으로는 연결되지 않는 사태와 사태, 인접 불가능하게만 여겨지던 단어와 단어를 연결시킬 수 있는 능력, 은유 제작 능력, 바로 그런 상상력의 비상飛翔 능력을 멜랑콜리커는 소유하고 있다. 평범한 안목으로는 도저히 도달할 수 없는 거리를 멜랑콜리커는 가볍게 뛰어넘는다. 그리고 정확하게 사태를 적중시킨다. 다시 말해서 멜랑콜리커는 어울리지 않은 이미지들을 얼기설기 엮어 무의미한 이미지를 조립하는 것

---

[38] Platon, 『파이드로스』, 250d~252e. 72~78쪽.

이 아니라, 존재 개방적 의미를 담고 있는 독창적 이미지를 빚어낸다. 이런 이미지는 존재를 개방하는 힘을 가지고 있기 때문에 존재의 진리를 드러낸다고 말할 수 있다. 그것은 글의 서두에서 소개한 하이데거의 이미지, 곧 어떤 것을 보게 해 주는 이미지라 할 수 있을 것이다. 이와 유사하게 프로이트도 멜랑콜리커가 "진리를 바라보는 더 예리한 눈"[39]을 가지고 있다고 보았다. 때문에 사람들은 때때로 멜랑콜리커가 범상치 않은 재능을 가졌다고 판단한다. 그런데 멜랑콜리커가 근본적으로 '원거리 사수'가 될 수 있는 동력은, 즉 모든 멜랑콜리한 창조력의 근원은 사랑의 열정, 그리고 사랑의 크기에 준하는 상실의 고뇌에서 나온다.

사랑의 대상을 향한 열정의 과잉, 그래서 일탈적일 수밖에 없는 사랑의 정념은 사랑의 대상의 부재와 상실(결국 죽음)을 만나 고뇌로 변신하면서 폭발적으로 증폭되고, 그 검은 사랑의 고뇌가 상식적·정상적인 언어 사용을 불가능하게 한다. 그러나 부재와 고통의 바다에서 사랑하는 대상을 찾는 강렬한 그리움은 범상한 사람의 눈에는 보이지 않는 사물들 간의 유사성을 찾아내는 원동력이 된다. 독창적인 예술적 이미지는 이런 멜랑콜리의 과잉을 창조적으로 사용한 대표적인 사례다. 다시 말해서 광적인 사랑, 치명적인 고통이 불러오는 정념의 비정상적인 과잉이 독창적인 이미지, 진리를 드러내는 이미지 제작의 원동력인 셈이다. 그런 검은 담즙을 찍어 그린 이미지만이 유령처럼 사람을 홀릴 수 있고 울릴 수 있다. 요컨대 아리스토텔레스는 타인의 심금을 울릴 수 있는 이미지 창작의 샘을, 삶(사랑)의 고뇌가 농축된 검은 담즙에서 찾았던 것이다.

---

[39] Sigmund Freud, 같은 책, 200쪽.

■ 참고문헌

Aristoteles, On Prophecy in Sleep(in; Parva Naturalia), in; *The Loeb Classical Library*, trans.
by W. S. Hett, London and Cambridge, 1964.

_____, The Poetics, in; *The Loeb Classical Library*, trans. by W. Hamilton Fyee,
London and Cambridge, 1965.

_____, *Problems II*, Book XXX, trans. by W. S. Hett, London and Cambridge, 1957.

_____, *Problemata Physica*, übersetzt u. erläutert von Helmut Flashar, Akademie Verlag,
Berlin, 1991.

_____, 천병희 옮김, 『시학』(문예출판사, 1990).

_____, 이상섭 옮김, 『아리스토텔레스의 '시학' 연구』(문학과지성사, 2002).

Barthes, R., *La Chambre Claire*,(*Camera Lucida : Reflections on Photography*), trans. by Richard
Howard, Hill and Wang, New York, 1981.

Bataille, G., 유기환 옮김, *Les Larmes D'Éros*, 『에로스의 눈물』(문학과의식, 2002).

Földényi, L. F., *Melancholie*, (übersetzt von) Nora Tahy, Matthes & Seitz, München,
1988.

Freud, S., "Trauer und Melancholie" in *Gesammelte Werke*, Bd. 10, London, 1949.

Greek-English Lexicon, (compiled by) Henry George Liddell & Robert Scott, Oxford, 1968.
Franz Passow, *Handwörterbuch der Griechischen Sprache*, 2.Bd. 1. Abteil., Wissenschaftliche
Buchgesellschaft, 2004.

Heidegger, M., *Aus der Erfahrung des Denkens*, 4. Auflage, Neske, Pfullingen, 1977.

_____, *Vorträge und Aufsätze*, 4. Auflage, Neske, Pfullingen, 1978.

Hesiodos, *Theogonia*, 김원익 옮김, 『신통기-그리스 신들의 계보』(민음사, 2003).

Klibansky, R./ Panofsky E./ Saxl, F., *Saturn and Melancholy : Studies in the History of Natural
Philosophy*, Relision and Art, London, 1964.

Kris, E / Kurz, O, *Die Legende vom Künstler*, 노성두 옮김, 『예술가의 전설』(사계절,
1999).

Nüsse, Bettina, *Melancholie und Tragödie : Genealogische Kunturtheorie I*, Wilhelm Fink Verlag,
München, 2008.

Ovid, 김명복 옮김, 『오비드 신화집 : 변신이야기』(솔, 1993).

Platon, "ION," in Platon, Bd. I , Wissenschaftliche Buchgesellschaft, Darmstadt, 1977.

_____, 조대호 옮김, 『파이드로스』(문예출판사, 2008).

Theunissen, M., "Melancholie und Acedia : Motive zur zweitbesten Fahrt in der Moderne",
    in ; Entzauberte Zeit - Der Melancholische Geist der Moderne, hrsg. von Ludger
    Heidbrink, München : Carl Hanser Verlag, 1997.

김동규, 「예술가의 자기 목소리-예술가의 양심」, 『하이데거 연구』, 제11집, 2005.

김동규, 「하이데거의 멜랑콜리 해석-창작하는 자유인의 무거운 심정」, 『해석학 연구』,
    제21집, 2008.

김민수 편, 최호철, 김무림 편찬, 『우리말 어원사전』(태학사, 1997), 140쪽. 백문석, 『우
    리말의 뿌리를 찾아서』, 삼광출판사, 1998.

5

대중문화에 나타난 '양성성' 이미지

소설 및 드라마 『바람의 화원』을 중심으로

정 여 울

이 글은 조선대학교 인문학연구원, 『수행인문학』 제37집(2009년 2월)에 '대중문화에 나타난 '양성성'의 이미지 : 소설 및 드라마 『바람의 화원』을 중심으로'라는 제목으로 발표되었다.

'앤드로자인', 모호한 성 정체성의 상업화

2008년 SBS 연기대상에서 '베스트 커플상'으로 〈바람의 화원〉의 문근영·문채원 커플이 뽑히는 이변이 일어났다. 남장 여인으로 분했던 신윤복(문근영 분)과 신윤복의 연인 기생 정향(문채원 분)은 '닷냥 커플'이라는 별명으로 불리며 수많은 드라마의 남녀 커플보다 더욱 주목받는 동성 커플로 급부상했다. 남장을 한 천재 소년과 농염한 기생이 연기한 동성 커플이 드라마의 주연 커플(문근영-박신영)보다 오히려 더 큰 화제를 모은 것이다. '닷냥 커플'은 단지 동성애 커플이기 때문에 화제를 모은 것이 아니라, 문근영이라는 배우의 중성적 이미지를 '인터섹슈얼intersexual'의 트렌드로 승화시킨 문화 현상이기도 했다.

한 사람에게 남성과 여성의 이미지가 공존하는 인터섹슈얼 이미지의 강세는 2000년대 이후 텔레비전 드라마의 단골 테마였다. 〈커피프린스 1호점〉의 남장 여인 고은찬의 폭발적인 인기는 그 정점이었다. 〈커피프린스 1호점〉에서는 결국 은찬이 여자로 밝혀짐으로써 종국에는 남녀의 로맨스로 귀환했다면(그럼으로써 그들 사이에 이루어진 동성애적 긴장은 사라지게 된다.), 〈바람의 화원〉은 여성으로서의 신윤복과 남성으로서의 신윤복이 각자의 커플을 동시에 거느림으로써 미묘한 다중적 성 정체성의 캐릭터를 분열적으로 연기하게 된다.

물론 신윤복이 여성이었다는 증거는 그 어디에서도 찾을 수 없다. 팩션의 장르적 가능성은 당대인의 욕망보다 현대인의 욕망을 우회적으로 표현하는 것에 집중되고 있다. 그런 측면에서 대중은 단순한 여인으로서의 신윤복보다 남장을 한 소년으로서의 신윤복의 매력에 더욱 끌렸던 것이다. 드라마 〈바람의 화원〉의 원작 소설에서도 '신윤복이 여자이기 때문에' 사랑에 빠지는 것이 아니라 '신윤복이 남자임에도 불구하고' 사랑에 빠지는 김홍도의 내면이 더욱 역동적으로 묘사된다.

소설 『바람의 화원』(이정명 지음, 밀리언하우스, 2007)에서 열네 살의 신윤복은 여성은 도화서 생도가 될 수 없기 때문에 사회적 필요와 자신의 의지에 따라 남장을 한다. 하지만 사회적 필요로 각인된 남장은 점점 그의 사후적 정체성이 되어 간다. 『바람의 화원』의 대중적 인기는 이제 더이상 동성애나 이성애가 문화적 금기가 아니라는 것을 확인하는 문화현상일 뿐 아니라, 이분법적 성 정체성의 경계가 무너지는 캐릭터를 '심각한 문화 현상'이 아니라 '향유와 유희의 대상'으로 즐기는 현대인의 의식구조를 대변한다. 이러한 현상은 드라마나 영화뿐 아니라 패션이나 광고업계에서도 극명하게 나타나고 있다.

지난 9월 '2009년 춘·하 시즌을 위한 파리컬렉션'에서 영국 유명디자이너 알렉산더 맥퀸은 남성을 위한 비키니를 소개했다. '맨키니'라 이름 붙여진 남성 비키니 제품은 점차 여성화되는 남성성을 극명하게 보여줬다. 최근 외신에서는 성 전환한 남성이 의학의 힘을 빌려 아이를 낳았다는 기사까지 보도됐다. 이처럼 최근 전통적인 성의 경계가 급속히 무너지고 있다. 성뿐만이 아니다. 인간이 지구 환경의 위협 속에 살아남기 위해 신의 영역에 도전하고, 실제와 가상의 세계를 접목하려는 시도가 일어나는 등 경계와 영역의 파괴가 곳곳에서 일어나고 있다. 소비 시장에서도 경계를 허무는 '바운드리스Boundless'가 새로운 트렌드로 부상하고 있다.

…… '인터섹슈얼 어댑터'는 전통적인 성에 대한 고정관념을 넘어 인간 그 자체이기를 원하는 소비자를 타깃으로 한다. 요리하는 남자를 매력적으로 여기고, 그동안 사회적으로 금기시돼 왔던 양성애자를 받아들이는 사회적 분위기가 이를 뒷받침한다. 일례로 독일의 주방가구 회사인 'Poggenpohl'은 지난 봄 알루미늄을 사용한 남성 전용 키친인 '더 맨키친'을 출시했다. 네덜란드에서는 여성들이 남성처럼 서서 소변을 볼 수 있는 깔때기 모양의 휴대용 변기용품이 나왔다.[1]

대중문화에 나타난 인터섹슈얼의 이미지는 각종 영화나 드라마, 패션 광고에서 각광받아 왔다. 〈툼 레이더〉, 〈미스터 앤 미시즈 스미스〉, 〈원티드〉 등에 등장한 안젤리나 졸리의 여전사 이미지도 남성의 완력을 위협하는 여성의 육체적 매력을 더욱 강화시켜 온 대표적 할리우드적 인터섹슈얼의 이미지다. 드라마 〈다모〉에서 남성으로 변복한 여인 채옥의 화려한 무술 장면은 여성의 유연한 육체를 통해 표현됨으로써 채옥이라는 캐릭터의 양성적 매력을 한껏 발산한다. 채옥은 남성들만의 세계로 각인된 좌포청에서 당당하게 무공을 체현함으로써 두 남자 주인공에게 더욱 매혹적인 욕망의 대상이 된다. 그녀가 다치면 보통 남성과 달리 더욱 처연하게 느껴지며, 그녀가 여성의 육체적 한계를 넘어 남성적 삶을 갈구할수록 그녀의 숨길 수 없는 여성성이 더욱 빛을 발한다. 〈커피프린스 1호점〉에서 은찬을 남자로 알고 있던 한결이 "네가 여자든 남자든 외계인이든 상관 없어."라고 말하며 사랑을 고백하는 장면은 은찬의 양성적 매력을 긍정하는 남성의 시선을 극적으로 보여 주었다. 흰색과 검은색 사이에 무수한 색채의 스펙트럼이 존재하듯이, 이들은

---

[1] 〈경계가 무너진 곳에 비즈니스 기회 있다〉, 《매일경제》, 2008년 11월 19일자.

드라마 〈바람의 화원〉의 원작 소설에서도 '신윤복이 여자이기 때문
에' 사랑에 빠지는 것이 아니라 '신윤복이 남자임에도 불구하고' 사
랑에 빠지는 김홍도의 내면이 더욱 역동적으로 묘사된다.

남성과 여성성 사이에도 무한한 섹슈얼리티의 다양한 스펙트럼이 존재한다는 것을 보여 주는 존재들이다.

『바람의 화원』을 비롯한 최근의 팩션들은 당대인의 역사적 진실보다 현대인의 욕망을 반영하고 있다. 여기에서는 『바람의 화원』을 김홍도와 신윤복이라는 실제 인물에 대한 평가가 아닌, 두 천재에게 현대인이 바라는 기대지평이 강력하게 투사된 텍스트로 바라보고자 한다. 현대인에게 가장 인기 있는 조선 시대의 두 화가를 이상적 경쟁 상대이자 로맨틱한 커플로 바라보고자 하는 욕망은 소설을 넘어 드라마에까지 확장된다. 여기에서 '인터섹슈얼' 코드가 대중문화에서 급부상하는 현상과 『바람의 화원』을 접속시켜, 신윤복을 통해 투사되는 현대인의 다차원적 성 정체성에 대한 욕망을 조감해 볼 수 있다. 이를 위해 '신윤복'이라는 가상의 인물(역사적 인물이 아니라 재해석되고 가공된 현대의 인물로서의 신윤복)이 개입하는 세 가지 삼각관계를 중심으로 신윤복의 모호한 성 정체성이 다채로운 '앤드로자인androgyne'[2]의 균열적 지대를 만들어 가는 과정을 탐색하고자 한다. 그럼으로써 우리 시대에 다채로운 양성성의 이미지가 지닌 성 정치적 함의를 발굴해 보고자 한다.

---

[2] '앤드로자인'은 심리적 양성성에서 젠더가 모호한 외양, 비성적인 정체성까지 포괄하는 개념이다. 심리적인 양성성과 성적 모호성을 나타내는 앤드로자인은 해부학적으로 양성을 모두 표시하는 '허메프로다이트(양성구유)'와는 구분된다. 앤드로자인은 성차를 표지하는 모든 기호를 삭제하는 성차에 대한 인식의 부인disavowal이라는 점에서 페티시즘과도 다르다. (정승화, 「순정만화의 젠더 전복 모티브에 나타난 앤드로지니 환상과 젠더화의 불만」, 『페미니즘연구』 제8권 1호, 169~170쪽.)

여성이자 동시에 남성인 '양성성'의 향유

원작소설 『바람의 화원』에서 신윤복의 아버지 신한평은 아들 신영복으로 하여금 윤복을 보필하게 하여 도화서 최고의 화원으로 만들 야심을 키워 나간다. "고령 신씨 가문의 화맥이 여기서 끝을 볼 수는 없는 일, 윤복이라면 그 화맥을 다시 살릴 수 있을 것이다."(『바람의 화원』 1권, 26~27쪽) 도화서 예비 생도들의 교육기관인 생도청에 입시했을 때, 윤복은 단연 화제의 중심에 오른다. 그의 아름다운 외모와 빼어난 그림 솜씨는 생도들의 동경과 연모의 대상이 되었다. 그는 남성으로서도 여성으로서도 매혹적인 육체로 묘사된다. 생도들은 처음부터 신윤복의 재능만큼이나 그의 외모에 호감을 느낀다. "빼어난 용모는 나이든 생도들에게 연정의 대상이었고, 어린 생도들에게는 흠모의 대상이었다."(1권, 28쪽)

『바람의 화원』에서 김홍도와 신윤복의 관계는 플라톤 시대의 '소년애'에 가까운 이미지로 시작된다. 그들은 서로의 예술과 지식에 대한 사랑을 고취시키는 플라토닉 러브의 이상적 이미지를 체현한다. 김홍도가 처음 신윤복에게 눈길을 주는 것은 윤복의 뛰어난 그림 실력과 창의적인 아이디어 때문이다. 도형학과 산술에 대한 신윤복의 거침없는 대답을 들으며 김홍도는 비로소 신윤복의 외모에도 관심을 가진다. "반듯한 이마와 길고 단정한 눈썹, 조금은 가늘지만 오똑한 콧대, 야무지게 다문 입……. 가는 턱선은 가냘프다고 생각될 정도였으나 그 얼굴의 아름다움을 돋보이게 하기에는 충분했다."(1권, 39쪽) 이러한 장면 묘사에서 소년-소녀의 매력이 공존하는 윤복의 양성적 얼굴이 도드라진다.

신윤복이 승려들이 쓰는 송낙을 들고 누군가를 기다리는 여인의 모습을 그려 화원회의에 회부되자, 둘 사이에는 제자와 스승의 교감을 넘어선 아슬아슬한 감정이 싹트기 시작한다. 의도적으로 도화서에서 쫓겨나기 위해 그림을 그렸다는 윤복의 말에 김홍도는 분노하면서도 매혹당한다. 스스로 외톨이라 말하며 눈물을 흘리는 윤복의 모습을 보며, 김홍도는 윤복의 재능이 도화서의 일률적인 양식에 물들지 않도록 지켜 주겠다는 다짐을 하게 된다. "아이의 눈이 젖어들었다. 홍도는 그 눈을 오래오래 바라보고 싶었다. 그 눈을 바라보며 말하고 싶고, 그 눈을 바라보며 함께 그림을 그리고 싶었다. 그 눈물에 고였던 눈물이 볼을 타고 툭 흘러내렸다."(1권, 43쪽)

처음에는 가문의 정치적 필요로 시도한 남장이었지만, 이 정치적 가면은 어느새 신윤복이라는 한 개인의 육체와 내면에 각인된 또 하나의 정체성이 된다. 『바람의 화원』에서 신윤복의 모호한 성 정체성이 흥미로운 이유는 단지 그(녀)가 생물학적으로 여성임을 숨기기 때문만이 아니다. 그는 정신적·사회적으로 이미 '앤드로자인androgyne'에 가깝다. 그는 기생 정향을 만날 때는 자신도 모르게 멋진 남성의 역할을 충실히 해내며 그 순간을 무의식적으로 즐긴다. 드라마 『바람의 화원』이 방영될 때 시청자가 열광했던 것은 중성적 외모를 갖춘 연기자 문근영이 관능적인 외모의 기생 정향과 매우 잘 어울렸기 때문이며, 그가 정향의 마음을 사로잡는 과정의 장면 묘사가 매우 설득력 있었기 때문이다. 그가 단지 정향을 '그림의 대상'으로만 생각했다면 그녀와의 로맨스를 연출할 필연적 이유는 없었다. 정향과의 로맨스는 단지 '정치적 필요' 때문이 아니라 여성의 육체를 지닌 신윤복의 무의식에 잠재된 아니무스가 폭발하는 계기가 된다.

한편 신윤복은 김홍도를 만날 때는 여성으로서의 육체적·감성적 매력을 발산한다. 윤복의 양성애적 감성은 단지 필요나 연기가 아니라 무의식의 차원에서 일종의 주이상스jouissance인 것이다. 신윤복이 양성성을 향유하는 순간들이 바로 그(녀)의 재능과 욕망이 동시에 폭발하는 순간이다. 신윤복이 역사적 사실의 관점에서는 여성이 아니라고 하더라도, 신윤복의 그림을 바라보는 현대인의 감각 속에서 그는 충분히 그 어떤 여성보다도 여성적이다. 신윤복의 그림에서 현대인은 아니마와 아니무스의 완벽한 조화와 균형을 읽어 내기 때문에, 신윤복은 이토록 인터섹슈얼한 매혹을 지닌 주체로 소환되는 것 같다.

한편 신윤복은 기생 정향의 가야금 소리를 듣고 그녀의 음악적 재능에 매혹된다. 자신의 육체를 거칠게 탐하는 남성들 사이에서 권태와 모멸감을 느껴 왔던 정향에게 자신을 진정한 예인으로 대해 주는 신윤복의 등장은 신선한 충격이다. 아무에게도 좀처럼 밤을 허락하지 않던 정향은 비로소 신윤복 앞에서 스스로 옷을 벗으며 자신의 몸을 허락한다.

여인의 고름 사이로 얼핏 단아한 매무새가 드러났다. 여인이 자주색 저고리의 옷고름을 끌렀다.

"어설픈 손재주로 가야금을 탔으니 이제 생도님의 농현을 기다립니다."

여인이 고개를 살짝 돌렸다. 윤복의 눈이 커졌다.

"나더러 가야금을 타라는 것이냐?"

"소리 내는 악기가 가야금뿐이겠습니까? 사내의 손에 울고 우는 최고의 악기는 여인의 몸이겠지요."

눈부시게 하얀 속살에 윤복은 주춤 물러앉았다.

"고름을 여미어라."

여인의 놀란 눈이 촉촉하게 젖어들었다. ……

"기방을 드나드는 천한 여인의 몸이라 꺼리시는 것입니까?"

"하나의 줄이 끊어졌다고 가얏고가 음조를 잃더냐. 네 몸을 헛되이 여기지 말아라. 한 사내의 하룻밤이 아니라 수많은 자들의 영원한 찬탄을 받아야 할 몸이다."

긴 손가락이 정향의 뺨을 쓰다듬었다.

"이름이 무엇이냐?"

"정향입니다."

신윤복은 자신이 여성이라는 것을 숨기기만 해도 상관없을 순간
에, 자신이 남성일 수 있다는 희망/욕망을 상대 여자에게 각인한
다. 윤복은 이 순간 양성성의 주이상스를 누리고 있는 것이다.

"언젠가 널 다시 찾았을 때 …… 그때 옷을 벗어도 늦지 않을 것이다."(1권, 106~7쪽)

이 장면에서 신윤복은 자기도 모르게 남자의 역할 본능의 '잉여'까지 보여 준다. 옷고름을 풀지 말라는 명령만으로도 충분한 상황에서 '나도 너에게 남자일 날이 올 것이다'라는 암시를 남기는 것이다. 그는 긴 손가락으로 정향의 뺨을 쓰다듬고, 정향의 마음에 단지 하룻밤의 추억이 아닌 영원한 여운으로 남고자 하는 암시를 던진다. 이 장면은 반강제적으로 부착된 남성의 가면이 사후적으로 남성의 욕망을 역동적으로 생산해 내는 장면이기도 하다. 신윤복은 자신이 여성이라는 것을 숨기기만 해도 상관없을 순간에, 자신이 남성일 수 있다는 희망/욕망을 상대 여자에게 각인한다. 윤복은 이 순간 양성성의 주이상스를 누리고 있는 것이다. 윤복은 당시 장안의 일류 기생이었던 정향에게는 남성의 역할을, 당시 최고의 화원이었던 김홍도에게는 미묘한 소년애의 대상을 연기하면서 드라마의 극적 긴장감을 이끌어 나간다.

김홍도   왼쪽으로, 다시 오른쪽으로, 왼쪽으로. 멈춰라. 너 혹시, 너 정말 남자가 맞느냐? 스승님 말씀에 왜 대답이 없어?
신윤복   그야, 당연하신 걸 물으시니까 그러는 것 아닙니까?
김홍도   지금 네 그림자가 여인의 모습 같지 않느냐?
신윤복   그림자는 그저…허상일 뿐…아닙니까? 스승님의 그림자는 산도깨비 같습니다.
김홍도   그림자는 실체를 반영한다. 그렇지 않느냐? 실체가 있으면 그림자도 있는 법.
신윤복   하나, 실체도 실체를 비추는 그림자도 모두 진실은 아닙니다.
김홍도   그럼, 진실이 무엇이고, 어디에 있느냐?

신윤복 진실은…마음속에…….

(드라마 〈바람의 화원〉 중에서)

　남성의 복장과 표정, 화술로 평소에는 완벽하게 남성을 연기하는 신
윤복이 김홍도의 의심을 받는 장면이다. 제자 신윤복의 그림자가 화선
지 뒤로 비추자 김홍도는 깜짝 놀라며 묻는다. 평소에는 남자로만 보였
던 그가 그림자 속에서는 여자처럼 비쳐진 것이다. "멈춰라. 너 혹시, 너
정말 남자가 맞느냐?" 정조의 용안을 그린 화선지를 사이에 두고 두 사
람은 대화한다. 김홍도는 신윤복의 그림자를 보며 혹시 그녀가 여성이
아닐까 의심하고, 자신이 생물학적으로 여성임을 숨겨야 하는 윤복은
화선지 너머로 비친 스승의 그림자를 남성으로 대하며 홍도의 그림자
입술과 윤복의 실제 입술이 닿을 듯 말 듯 아슬아슬하게 묘사된다. 그녀
는 "지금 네 그림자가 여인의 모습 같지 않느냐?"고 묻는 김홍도 앞에
서 당황하지만 진실을 토로하지 못한다. 다만 실체도 그림자도 진실이
아니며 진실은 다만 마음속에 있을 뿐이라며 여운을 남긴다.

　이후 김홍도를 향한 자신의 마음이 단지 스승에 대한 존경을 넘어선
것임을 깨닫게 되었을 때, 두 사람에게는 전환점이 찾아온다. 어느 날
윤복이 여성의 복장을 하고 나타나자 김홍도는 자신도 모르게 윤복을
여자로 대하는 자신을 발견한다. 여성의 복장을 한 신윤복이 김홍도의
저고리를 입혀 주자 김홍도는 당황한다. "이상하구나……. 마치 꼭…마
치…. 부부 같구나…….." 윤복이 여성임을 아직 모르는 김홍도는 자꾸만
여성으로 비치는 윤복의 이미지 앞에 마음을 빼앗긴다. 이때 신윤복은
금방이라도 눈물을 흘릴 듯한 표정으로 묻는다. "제가 만약…여자라
면…어떻겠습니까?" 김홍도는 오랫동안 망설이다 대답 대신 조용히 신
윤복의 이마에 입을 맞춘다. 그들은 굳이 '커밍아웃'을 하지 않아도 이
미 사랑하는 사이로 묘사되는 것이다. 한편 서사가 진행될수록 윤복은

홍도 앞에서는 더욱 여성스러워지고 정향 앞에서는 더욱 남성다워지는 양성성의 연기를 점차 능숙하게 해낸다.

치맛자락이 끌리는 소리에 윤복은 숨이 막혔다. 조금씩 조금씩 눈이 어둠에 익숙해졌다. 정향의 저고리 고름이 풀리는 소리가 마음의 매듭이 풀어지듯 툭하고 어둠 속으로 떨어졌다. 옷자락이 스적이는 소리, 살과 천이 미끄러지는 소리, 벗어낸 옷가지가 바닥에 닿는 소리……. 지금껏 간절히 기다리면서도 미루어왔던 시간이었다. 정향의 벗은 몸을 바라보고 싶다는 감출 길 없는 욕망과, 언젠가 그 몸을 귀하게 바라볼 수 있을 때까지 기다려야 한다는 냉정함이 마음속에서 항상 엉기며 싸웠다. …… 윤복은 어둠 속에서 그녀의 윤곽을 헤아리고 그녀의 존재를 실감했다.

"가까이 오라." ……

윤복은 불빛 아래에서 윤기나는 선을 찬찬히 살폈다. 목에서 어깨로 완만하게 이어지는 아름다운 곡선을…….

이것이 여인의 몸인가. 아름다운 것이 사람의 영혼을 풍요롭게 한다면, 이 여인은 한 남자를 구원하고 세상을 구원할 수도 있을 터였다. ……

그것은 온몸으로 연주하는 우아한 가락과 같았다. 귀로 듣는 가얏고의 가락이 아니라, 눈으로 보는 몸의 가락이었다. 탐스러운 곡선과 시원하게 뻗은 직선이, 강한 휘어짐과 부드러운 구부러짐이, 불빛 아래 하얗게 빛나는 가슴과 희미한 어둠 속에 묻힌 은밀한 부분이 어울렸다.

"그만, 되었다."

여인의 이마에 송글송글 땀방울이 맺혔다. 떨리는 손이 아름다운 선을 따라 미끄러졌다. 여인의 허리와 풍성한 둔부를 지날 때 그 손은 가늘게 떨었다. 윤복은 밤새 그 아름다움 위를 미끄러지며 쓰다듬고 어루

만졌다. ……

"평생 이 밤을 잊지 못할 것입니다."

여인의 말 한마디 한마디가 제 무게를 이기지 못하고 마른 땅 위로 떨어지는 꽃잎처럼 마음바닥에 투덕투덕 떨어져 쌓였다.

"나 또한 오늘 밤을 잊지 못할 것이다."

(1권, 127~30쪽)

이 순간 윤복은 정향의 육체를 단순한 섹슈얼리티의 대상이 아니라 예술적 아름다움의 차원에서 바라본다. 성적 대상으로 탐하지 않고 여인의 육체를 아름다움 그 자체로 탐미하는 눈길 속에서 두 사람은 사회적으로 규정된 자신들의 신분적/성적 정체성에서 해방된다. 그것은 여성이 여성의 몸을 바라보는 시선이 아니라 남성도 여성도 아닌 양성적 존재의 시선이다. 윤복은 정향을 통해 자신이 지닌 여성의 몸으로 남성의 시선을 실험할 수 있었기에 여성의 몸이 지닌 아름다움을 더욱 다차원적으로 발굴할 수 있게 된 것이다. 아무런 성적 행위 없이 밤새 여인의 몸을 쓰다듬는 윤복의 행위가 기생 정향에게 또한 잊을 수 없는 강렬한 체험이 된다. 그것은 성적이지 않지만 그 어떤 성행위 못지않게 성적이며 동시에 자신의 육체를 소유의 대상이 아닌 존재 그 자체로 바라봐주는 '남성'에 대한 찬탄이기도 하다. 둘 사이에는 체액의 교환이 없었음에도 불구하고 그들은 성적 교감 이상의 것을 소통한다. 윤복은 자신이 여성임을 끝내 밝히지 않고, 정향은 윤복의 남성성을 의심하지 않음으로써 이러한 성적 해방감은 가능해지는 것이다. 한편 홍도-윤복-정향의 삼각관계는 정향을 그린 윤복의 그림을 바라보며 홍도가 질투를 느끼는 장면에서 극대화된다.

"이 그림의 주인은 저 가야금 치는 금기로군."

윤복이 무언가를 들킨 듯 흠칫 놀랐다. 홍도는 눈길을 돌리며 말을 이었다.

"저 금기만이 그림 그리는 화인을 정면으로 바라보고 있으니 말이다."

그렇게 말하는 홍도의 가슴은 서늘했다. 그 기녀가 윤복의 마음속에 자리하고 있음을 알기 때문이었다. 기녀의 시선은 가야금의 현이 아니라 정면을 향하고 있었다.

윤복은 그림 속에서 유일하게 그녀의 눈길만 자신을 향하게 했다. 둘은 아무도 모르게 서로 마주보며 말할 수 없는 수많은 말들을 눈으로 나누고 있었다.

홍도는 스스로 비참해지는 것을 느꼈다. 천하의 화원이 어찌 한낱 가야금 치는 기녀를 질투하는가. (2권, 25쪽)

정향을 그린 윤복의 속내를 감지하는 홍도에게 윤복은 단지 '화원이 모델에게 느끼는 감정' 이상의 것을 들킨 듯 긴장하고, 남자인 홍도는 여자인 정향을 질투하는 자신을 발견하며 당혹감을 감추지 못한다. 윤복은 정향에게는 남성을 연기하고 홍도에게는 남성을 연기함으로써 스스로 양성애적 무의식을 실험하고 있다. 애정 구도가 양성적 삼각관계로 흐르면서 윤복의 성적 모호성은 더욱 팽팽한 극적 긴장감을 초래한다. 이렇듯 신윤복은 '그'이거나 '혹은' '그녀'인 것이 아니라, '그'임과 동시에 '그녀'로서 적어도 세 개의 성적 정체성이 공존하는 주체로 그려진다. 첫째, 생물학적 정체성으로서의 여성. 둘째, 사회적 정체성으로서의 남성. 셋째, 남성의 성 역할과 여성의 성 역할 사이에서 방황하는(혹은 그 두 가지를 모두 향유하는) 분열적 정체성. 윤복의 성적 모호성은 '비극의 기원'으로서 기능하기보다는 '다차원의 주이상스'를 가능케 하는 존재론적 가능성으로서 기능하고 있는 것이다.

여성이 누릴 수 없는, 남성성의 지향

윤복과 홍도가 재능을 겨루는 남성적 경쟁의 긴장 때문에 이들의 이루어질 수 없는 사랑은 더욱 극적으로 묘사된다. 그들 간의 경쟁을 극대화시키는 인물이 바로 소설 속의 정조다. 그는 최고의 예술을 최고의 정치와 분리시키지 않으며 홍보와 윤복의 그림을 통해 자신의 정치적 영향력을 확인받고 싶어 한다. 정조가 제시하는 '동제각화'의 과제는 윤복과 홍도의 재능을 경쟁하는 장이면서 동시에 '남성들만의 정치와 권력'의 실험장이기도 하다. 그들은 남성적 연대, 형제애적 관계를 이 경쟁을 통해 느끼면서 동시에 동성애적 긴장감을 배가시킨다. 정조를 사이에 둔 윤복과 홍도의 대결은 정향과 홍도를 사이에 둔 윤복의 애정 행각과는 다른, 또 다른 차원의 성적 긴장감을 자아낸다. 그들의 남성적 연대는 윤복의 모호한 성 정체성으로 인해 극대화되는 것이다.

아무렇지도 않은 자신의 재능이 무엇이관대 영복은 인생을 포기하면서까지 지키려 했던 것일까?
"저를 이곳에 남겨둔 이유가 단지 그것이 전부입니까?"
"그것 외에 무슨 이유가 있겠느냐?"
윤복의 당돌한 질문에 홍도의 눈길이 흔들렸다.
홍도의 마음속 빛과 그림자가 만나는 곳에서 격한 갈등이 부딪쳤다. 그 갈등은 이 소년이 그린 야릇한 춘화를 처음 본 순간 이미 시작되었다.
그림을 보았을 때, 홍도는 죽은 혼이 벌떡 일어서는 것 같았다. 점과 선과 면이 적절하게 기능한 완벽한 구도, 아래로 늘어진 버들과 위로 솟구친 고목의 격렬한 부딪침. 화면 전체를 가득 채운 팽팽한 긴장감. ……
홍도는 그가 누구든 모든 방법을 다해 곁에 잡아 두겠다고 결심했다. 어쩌면 놈을 그 어떤 여인보다 사랑하게 될지도 모르고, 그 어떤 벗보다

가깝게 사귈지도 모르고, 그 어떤 적보다 격렬하게 싸우게 될지도 모른다. 하지만 그 운명을 피하고 싶지는 않았다.(1권, 118~9쪽)

사랑보다 격정적이며 우정보다 친밀하며 원수보다 증오하는 관계. 홍도는 윤복에게서 사랑을 느낄 뿐 아니라 우정도 느끼며 예술가로서 최고의 라이벌을 만나 느끼는 경쟁심까지 경험한다. 동시에 홍도는 사랑과 우정과 적의敵意, 그 모든 것을 넘어설 감정의 극한을 윤복에게 바란다. 그것은 '사랑'이나 '우정'이나 '경쟁심' 등의 명확한 언어로 분별할 수 있는 규정적 감정이 아니며, 이미 남성이냐 여성이냐 하는 생물학적 구분을 넘어서는 차원의 감정이다. 정조가 '도성 안팎 백성들의 있는 그대로를 그려 오라'는 지시를 내리자 윤복은 이 경쟁을 더욱 치열하게 만들 제안을 내놓는다.

"하나의 화제를 임의로 정해 같은 그림을 각자의 방식대로 그리는 것은 어떻습니까?"
홍도의 두 눈이 휘둥그레졌다. 이 어린 화원이 내놓은 대담한 제안은 동제각화(同題各畵)였다. 같은 제목 아래서 같은 조건을 따라 같은 시간에 화원 제각각의 눈으로 다른 그림을 그려내는 방식. …… 동제각화는 홍도 또한 말로만 듣던 낯선 그림 대결이었다. 하지만 동시에 거부하지 못할 강력한 도전이었다. 홍도는 태연함을 가장했지만 쿵쾅대는 가슴까지 어쩌지는 못하였다. …… 주상은 은근한 장난끼로 둘의 경쟁을 유도했지만 그들은 영리한 타협점을 찾았다. 한 사람이 다른 한 사람보다 앞서거나 뒤지는 것이 아니라, 서로가 범접할 수 없는 경지를 지키면서도 제각각 뛰어남을 그들은 보여주고 싶었다.(1권, 157~8쪽)

그들의 경쟁이 남성적 전투 의지로 달아오를수록 둘 사이의 미묘한 성적 긴장감은 더욱 극대화된다. 소년-소녀의 이미지가 공존하는 윤복의 양성적 매력, 어른-아이의 중간에 있는 사춘기 소년의 경계인적 매력, 최고의 재능을 갖춘 경쟁자로서의 지적 매력까지. 최고의 권력과 감식안을 지닌 것으로 묘사되는 주상은 윤복과 홍도의 경쟁을 자극하는 촉매이며 그들의 인정투쟁을 은밀하게 즐긴다. 두 사람의 경쟁이 치열할수록 주상은 자신의 예술적 감식안을 한껏 발휘할 수 있게 된다. 그들이 한 가지 테마를 놓고 그림 실력을 겨루는 동안, 우정과 사랑의 경계를 구분할 수 없는 두 사람의 관계의 밀도는 더욱 높아진다. 윤복이 단지 여자로서 살았다면 결코 누릴 수 없었던 '남성들의 세계' 도화서에서 윤복은 보통 남자들도 쉽게 만날 수 없는 최고의 경쟁 상대와 재능을 겨룬다.

정조-윤복-홍도의 삼각 구도는 섹슈얼한 관계가 아니지만, 이 삼각 구도를 통해 윤복은 단지 생물학적 여성성으로만은 대면할 수 없는 '남성들의 세계'를 체험할 수 있게 된다. 정조는 아버지 장헌세자의 어진을 그린 강수항(김홍도의 스승이자 신윤복의 친부로 밝혀지는 화원)의 살인 사건을 조사하라는 막중한 임무를 윤복-홍도에게 맡긴다. 이 위험하고 중차대한 임무를 수행하면서 두 사람은 한층 공고한 남성적 연대를 쌓아올리게 된다. "두 명의 화원이 각기 다른 부분을 그려 마침내 하나의 큰 그림을 완성해 내는 어진화사의 방식처럼……우리 둘이 가진 정보와 지식을 결합해야 두 개의 문제를 동시에 풀 수 있을 것이다."(2권, 17쪽) 희대의 천재로 묘사되는 윤복과 홍도의 '정치적 공모'는 환상적인 재능과 두뇌와 직관의 결합으로 그들의 양성애적 교감의 쾌락을 강화한다. 이 남성적 연대의 삼각 구도는 여성의 육체의 한계를 벗어나고자 했던 소설 속 윤복의 아니무스를 실험할 수 있는 감각의 장으로 기능한다.

윤복 제 손이랑 스승님이랑 무슨 상관입니까? 스승님도 이젠 스승님

갈 길을 가시죠! 아니, 도화서에 갈 일도 없으니 스승님이라고 부를
필요도 없겠네요.

홍도 이게 아주 막 가는구나!

윤복 이제 아셨습니다. 저 원래 이런 놈입니다. 김!형!

홍도 뭐? 김!형? 너 이제 아주 멀리 가는구나! 그 손으로 가면 도화서
에서 받아줄 줄 아느냐? 그 손으론 단청소에도 못 간다. 이, 신군
아! (드라마 <바람의 화원> 중에서)

드라마에서는 홍도-윤복의 남성적 연대가 소설보다 더욱 코믹한 일
상적 장면으로 묘사된다. 소설에서는 시종일관 심각한 그림 이야기와
범인 잡기의 추리적 서사로 연대하는 그들이 드라마에서는 좀 더 희극
적이고 일상적인 접촉을 시각화하게 되는 것이다. 그런 과정에서 서로
'남성들끼리 할 수 있는' 일종의 배타적인 농담을 주고받으며 남성적 형
제애를 키워 가는 이런 장면도 윤복-홍도의 우정이 단지 남성의 육체와
여성의 육체가 아니라 동성애적 코드를 함유하고 있음을 확인케 한다.

결국 윤복-홍도 커플은 서로가 서로를 가장 잘 이해하는 유일한 존재
로서 서로에게 영혼의 짝패가 된다. "누구에게 보이기 위해서가 아니라
스스로를 표현하는 그림을 두 사람은 얼마나 갈망했던가. 어느덧 윤복
은 홍도의 영혼을 떠받치는 바지랑대였다."(1권, 190쪽) 그들은 주상의 화
제가 내려질 때마다, 그들이 풀어야 할 난제(홍도의 스승 강수항과 윤복의
아버지 서징의 살인 사건의 범인을 찾는 것)에 함께 도전할 때마다, 남성적
연대감과 동성애적 긴장감을 느끼게 된다. "홍도는 자신의 내부에서 커
져 가는 낯선 감정의 덩어리를 느꼈다. …… 살아오면서 단 한 번도 느
껴보지 못한 한 인간에 대한 끌림이었다. 하지만 홍도는 낯설고 서툰
감정이 솟아오를 때마다 몸서리를 쳤다."(191) 홍도는 한 번도 누군가를
사랑하지 못한 사람으로 묘사되지만, 윤복 앞에서는 모든 마음의 경계

를 허물어 버린다. 요컨대 윤복은 홍도에게 동성애의 대상이자 동시에 이성애의 대상이기에 더욱 유혹적인 존재인 것이다. 그들의 동성애적 욕망은 동성 간의 성적 욕망에 그치는 것이 아니라 "권력의 차이 대신에 같음, 동등함을 기반으로 해서 구성되는 상호성에 대한 욕망"[3]을 지시한 다. 현대인은 윤복-홍도의 동성애적 감정을 통해 위계적인 관계를 낭만 화하는 이성애를 훈육하는 근대적 사랑의 관습에 대한 저항을 읽어 낼 수 있다.

여성 내부의 잠재적 아니무스

홍도와 정향 사이에서 남성성과 여성성을 동시에 연기하던 윤복은 김조 년의 등장으로 자신의 숨은 남성성을 더욱 극적으로 발휘하게 된다. 당 대 최고의 거상巨商으로 등장하는 김조년은, 최고의 기생 정향과 최고의 화원 윤복을 동시에 소유하고자 정향을 별당으로 들이고 혜원을 수행화 원으로 고용한다. 윤복을 남자로 사랑하는 정향과 자신의 정체성을 밝 히지 않고 끊임없이 정향에게 호감의 징후를 보내는 윤복, 정향의 악기 소리뿐 아니라 정향의 마음까지도 소유하려는 김조년 사이에서는 또 다 른 삼각관계가 형성된다. 이 삼각관계의 긴장감은 윤복이 여성이면서도 남자로서의 성 역할을 스스로 자처하는 지점에서 발화된다. 그(녀)는 김조년의 별당에 갇혀 살다시피 하는 정향을 구출하고 싶은 마음과 정 향을 자신의 화폭 안에 그려 놓고 싶은 욕망을 동시에 실현시키고 싶어 한다. 통행금지를 뚫고 정향을 찾은 윤복은 그녀에 대한 자신의 '남성적' 욕망을 숨기지 않는다.

---

[3] 정승화, 앞의 글, 182쪽.

"통행이 금지된 야밤에 어인 일이십니까?"

그렇게 묻는 여인은 윤복이 이 밤에 이곳까지 달려온 이유를 누구보다 잘 알고 있었다.

"네가 보고 싶어서……. 네 얼굴과 네 몸과 네 마음이 보고 싶어서……."

그 말은 정향의 솜털 하나하나까지를 사시나무처럼 떨리게 했다. 눈앞에서 수없이 많은 노란 깃발들이 펄럭이는 것 같았다. 발그레한 뺨의 색조가 마음까지 번져 까닭 모르게 설레었다. (1권, 185~6쪽)

"네가 보고 싶어서……. 네 얼굴과 네 몸과 네 마음이 보고 싶어서……."라는 대사는 그림을 위한 묘사의 대상으로서의 여성과 자신도 모르게 수행하고 있는 남성 역할이 혼종된 양가적 발언이다. '통행금지'라는 사회적 금제'와 '도화서 화원은 여성의 육체를 화폭에 담아서는 안 된다는 금기'를 동시에 깨뜨리는 윤복의 행위는 정향의 마음을 더욱 강렬하게 흡인한다. 윤복은 정향이 그를 남자로 오해하는 것을, 단순한 남자를 넘어 정인으로 삼고 싶어 하는 마음을 거절하지 않는다. 소설 속에서는 정향의 마음을 밀어내지 않는 윤복의 마음이 이렇듯 함축적으로 제시되지만 드라마에서는 더욱 적극적으로 표현된다.

홍도-윤복-정향의 삼각 구도보다 더욱 직접적인 갈등은 조년-윤복-정향의 삼각 구도이다. 홍도와 정향은 윤복을 두고 직접 경쟁하지 않지만, 정향을 사이에 둔 윤복과 조년은 매우 강력한 대결 구도를 펼친다. 김조년이 자신의 재물로 정향을 취하자 정향이 사라져 버린 계월옥에서 윤복은 절망한다. "정향이 떠나 버린 그곳에서 윤복은 정향의 흔적을 찾아내기 위해 몸부림쳤다."(205쪽) 윤복은 자신도 모르게 정향에게 발길을 돌리는 자신의 무의식을 감지하지만, 그는 김조년과 맞설 수 있는 재력이 없기에 정향을 붙잡을 수 없다.

그것은 정향이 눈물 너머 보이는 윤복에게 건네는 마지막 인사였다. 한 사람을 사랑했으나 그를 떠나야 하는 여인의 서글프고도 스산한 작별 인사, 가지고자 하였으나 가지지 못한 사람에게 뒷모습을 보여야 하는 여인의 눈물겨운 인사.

"아름답구나. 내가 본 어떤 날보다 더욱……."

…… "그 가야금 소리는 이제 나의 것이 아니라 다른 사람의 것이 되겠지……."

윤복의 서글픈 눈빛은 여인을 나무라는 듯하였지만 실은 자신을 책망하고 있었다.

"아닙니다. 이 가야금 소리는 언제나 오직 한 사람의 것입니다."

"그 한 사람은 김조년이란 자를 말하는 것이겠지. 그 자는 수천 냥으로 네 가야금 소리를 샀으니까……." …… 시선과 시선이, 사랑과 사랑이, 뜨거움과 뜨거움이 희미한 어둠 속에서 얽혔다. (2권, 109쪽)

조년이 정향의 몸값을 지불하고 그녀를 자신의 집으로 데려가려는 순간부터, 이제 더 이상 모델의 육체를 감상하는 화가의 시선과 여인의 육체를 갈망하는 남성의 시선이 '구별'되지 않고 교묘하게 혼효된다. 정향에게 당대 최고의 몸값을 지불하는 조년의 권력은 윤복의 숨은 남성성을 자극하는 촉매가 된다. "김조년이란 이름을 듣는 순간 정향의 얼굴이 떠올랐다. 그 이름과 함께 떠오르는 그 얼굴이 윤복에겐 참을 수 없는 모욕이었다."(2권, 12쪽) 조년 또한 윤복의 마음을 알고 그를 경계하지만, 이미 윤복에게 기울어 버린 정향의 마음을 가질 수 없다. 조년은 윤복을 잊지 못하는 정향의 모습을 볼 때마다 그녀에 대한 소유욕을 강하게 느낀다. "얼마를 들여서라도 저 여인의 가락을 가지고 싶다. 내 앞에서만 가야금을 타고, 나의 앞에서만 웃고, 나를 위해서만 존재하는 여인으로 만들고 싶다."(237쪽) 윤복은 자신의 재예를 이용해 조년의 권력과 색욕을 한껏 풍자하고, 뛰어난 감식안을 갖춘 조년은 자신을 향한 은유에 서린 비난의 칼날을 예민하게 포착한다. 정향은 화원 윤복에게 최고의 모델이자 뮤즈이며 그녀의 아니무스가 열망하는 여성성의 표상이다.

모호한 성 정체성의 절충 또는 환원

소설 및 드라마 『바람의 화원』에서 신윤복은 여성의 몸임에도 불구하고 '남성들의 세계'인 도화서에서 그림을 그리고 싶어 한다. 그녀는 가업을 이어 받아 권력을 획득해야 하는 가문의 이해관계를 충족시키려고 '사회적 남성'의 젠더를 수행하게 된다. 윤복은 사회적 필요로 인해 남성의 연기를 하게 되지만, 점점 더 남성으로서의 삶과 여성으로서의 삶을 은밀히 공존시키게 되고 점차 '필요'가 아닌 '욕망'으로 그(녀) 자신도 모르게 남성과 여성의 삶을 동시에 향유하는 자신을 발견하게 되는 것으로 보인다. 그는 처음에는 '남성의 역할을 해야만 간신히 도화서 화원이 될 수 있는 비극적 운명의 소유자'였지만, 남성과 여성의 역할을 은밀히 공존시킴으로써 오히려 '보통 사람은 경험할 수 없는, 남성의 극한과 여성의 극한을 동시에 경험하는 행운아'로 역전되는 것이다.

윤복은 임금 앞에서 조선 최고의 화원 김홍도와 동제각화를 그려 경쟁하고, 여성의 사회적 활동이 제한되었던 그 시대에 밤낮을 가리지 않고 조선 팔도를 돌아다니며 그림을 그릴 수 있었다. 게다가 도화서의 경직된 화풍 때문에 금기시되었던 여성의 육체를 여성의 눈으로 그릴 수 있었다는 것은 '남성인 동시에 여성인' 존재가 아니라면 누릴 수 없는 행운이다. 신윤복의 실제 젠더와는 상관없이 현대인은 『바람의 화원』이라는 대중적 팩션을 통해 남성인 동시에 여성인 삶의 이상적 극한을 꿈꾼다. 소설에서는 극적 긴장감을 높이려고 신윤복이 여성인 것이 작품

소설에서는 극적 긴장감을 높이려고 신윤복이 여성인 것이 작품 말미에 밝혀진다. 그러나 이미 주연 배우 문근영이 여성임이 노출되어 있고, 소설 원작의 내용이 대중화된 이후에 발표된 드라마 〈바람의 화원〉은 오히려 신윤복이 여성이라는 점을 드라마 초반에서부터 강조한다.

말미에 밝혀진다. 그러나 이미 주연 배우 문근영이 여성임이 노출되어 있고, 소설 원작의 내용이 대중화된 이후에 발표된 드라마 〈바람의 화원〉은 오히려 신윤복이 여성이라는 점을 드라마 초반에서부터 강조한다. 그가 '여성임에도 불구하고' 남성의 역할을 해야 하는 절박한 상황을 묘사하고, 그가 여성의 육체를 은폐하기 위해 단단한 천으로 가슴을 압박하는 장면을 에로틱하면서도 서정적으로 묘사하기도 한다. 남성 역할의 어려움을 느끼기도 하고 여성임을 발각당할 뻔하는 위험한 상황에 놓이기도 하지만, 신윤복은 두 성의 공존을 무의식적으로 향유하며 한 가지 성으로만 살아가야 하는 보통 사람들이 맛보기 어려운 양성적 존재로서의 쾌락을 느끼게 된다. 요컨대 조선 시대의 화원 신윤복이 여성의 육체로 남성의 역할을 연기한다는 것은 결국 현대인의 양성적 욕망을 극대화시켜 실현하는 서사적 장치로 이해된다.

한편 홍도는 윤복의 아니무스를, 윤복은 홍도의 아니마를 극대화하는, 서로가 서로의 재능과 정동affection을 촉발하는 존재다. "홍도는 자신이 가지지 못한 것을 윤복에게서 열렬히 탐했으며, 윤복은 자신에게 없는 것을 홍도에게서 상렬하게 욕망했다."(1권, 258쪽) 또한 정조와 김조년은 윤복의 남성성을 강화하는 존재이며 홍도는 윤복의 여성성을 강화하는 존재다. 이들의 다중적 삼각관계는 소설의 곳곳에서 중첩되며, 윤복의 다차원적 양성성을 심화하는 계기로 작용한다. 윤복은 자신에게 덧씌워진 사회적 '가면'을 오히려 창조적으로 자기화하여 '가면보다 더욱 가면을 닮은 자신만의 다중적 정체성'을 창조해 낸다. 그것은 단지 남성이나 여성의 한 차원에 국한되지 않은, 남성성과 여성성의 교묘한 공존과 다성적 발현이었다.

이렇듯 『바람의 화원』은 세 가지 삼각 구도를 통해 윤복의 다성적 섹슈얼리티를 실현시키는 것으로 해석된다. ①정향-윤복-홍도의 삼각 구도, ②정조-윤복-홍도의 삼각 구도, ③조년-윤복-정향의 삼각 구도. 이 모든 삼각 구도의 교집합은 바로 신윤복이다. 이 모든 삼각관계에서 윤복은 자신의 섹슈얼리티를 분열적/다차원적으로 수행하고 있다. ①이 가장 주된 삼각관계로 형상화되지만, 윤복은 이 세 가지 삼각관계를 그 누구보다 역동적으로 향유한다. 그러나 『바람의 화원』을 비롯한 대중적 서사에 나타나는 모호한 성 정체성의 묘사는 세 가지 위험을 태생적으로 내포하고 있다.

첫째, 대중문화 속에서 '용인될 수 있는' 검열의 한계를 뛰어넘지 않기 위해 등장인물의 모호한 성 정체성은 최대한 '로맨틱 러브의 윤리'로 회수된다. 특히 신윤복을 여성으로 재해석한 영화 〈미인도〉는 드라마 〈바람의 화원〉보다 훨씬 강력한 이성애적 주체로서 신윤복을 그려 낸다. 영화 〈미인도〉 속에서 윤복은 한 남자만을 사랑하는 여자로서 귀결되며, 초반의 양성적 긴장감을 박탈당한 낭만적 주체로 그려진다.

둘째, 양성애적 주체뿐 아니라 동성애·트랜스젠더를 이미지화한 대중문화 텍스트는 그 '유희성'을 극복해야 한다는 과제를 안고 있다. 대중문화 속에서 엔터테인먼트의 '소재'로서 소환되는 모호한 성 정체성은 필연적으로 그것이 '유희 이상의 정치적 문제'로 범람하는 것을 경계해 왔다. 드라마나 영화 속에 등장하는 가상의 캐릭터가 아니라 '현실 속의 주체'로 살아가야 하는 수많은 '반反 이성애자'들에게 '모호한 성 정체성'이란 오락의 대상이 아니라 생존의 투쟁 자체이기 때문이다.

셋째, 지금까지 이성애로 규정될 수 없는 사랑을 형상화한 수많은 대중문화 텍스트들은 '휴머니즘'의 정치적 한계를 크게 벗어나지 못했다. '너를 남성이나 여성으로서 사랑한 게 아니라 한 인간으로서 사랑한 것이다'라는 명제로 요약되는 휴머니즘의 한계를 넘어서지 못하는 한, 대중문화 텍스트에서 '이성애'는 여전히 공고한 이데올로기적 장벽일 수밖에 없다. 규범적 성 정체성을 획득하지 못한 수많은 현대인에게 이 사회는 여전히 "모노젠더, 바이젠더, 트랜스젠더 중에서 오직 단 하나만을 강요하는 억압적인" 분위기를 벗어날 수 없으며, 이런 사회 속에서 그들은 "그림자 영역의 이방인, 호모사케르"⁴일 수밖에 없기 때문이다. 양성애적 주체로서 다양한 긴장의 접점을 지니고 있던 윤복을 끝내 생물학적 여성과 생물학적 남성 사이의 낭만적 사랑의 주체로 환원하는 '로맨틱 러브의 이성애 중심성'. 그 이데올로기적 장벽이 해체되지 않는 한, 영원히 '주체가 아닌 비체'로 존재하는 모호한 성 정체성의 존재들은 멜랑콜리적 상태를 벗어날 수 없기 때문이다. 이것은 텔레비전 드라마를 비롯한 대중문화 콘텐츠가 아직 넘어서지 못한 이데올로기적 보수성의 문제이기도 하다. 공중파의 텔레비전 드라마들은 소재적으로는 래디컬하지만 이데올로기적으로는 결국 보수적인 결말로 치닫기 쉬운 정치적 한계를 지니고 있는 것이다. 트렌스젠더나 게이 서사는 '소재로서의 검열'을 벗어나기는 했지만 여전히 '엔터테인먼트의 소재'로 환원된다. '파격적인 소재'로서의 동성애와 양성애는 만연하지만 인간의 다중적 성 정체성을 일상적/정치적 투쟁의 문제로 다룬 서사는 여전히 희소하다. 현대인의 일상 속에서의 양성성과 동성애는 얼마나 '합법화'되었는가.

---

⁴ 주디스 버틀러, 조현준 옮김, 「옮긴이 해제」, 『젠더트러블』(문학동네, 2009), 34쪽.

■ 참고문헌

강명관, 『조선 사람들, 혜원의 그림 밖으로 걸어나오다』(푸른역사, 2001).

김기봉, 『팩션시대, 영화와 역사를 중매하다』(프로네시아, 2006).

박치현, 『습속화된 권력과 성찰적 자아 : 고프만과 엘리아스를 중심으로』, 서울대학교
　대학원 석사학위논문, 2004.

설혜심, 「더 풍부한 "섹슈얼리티의 역사"를 위해」, 『역사비평』 통권 75호, 2006년 여름.

윤진, 「현실을 소비하는 나르시스들 : 팩션(faction)에서 리얼리티 쇼(reality show)까지」,
　『인물과 사상』 통권 90호, 2005년 10월.

정승화, 「순정만화의 젠더 전복 모티브에 나타난 앤드로지니 환상과 젠더화의 불만」,
　『페미니즘 연구』 제8권, 2008년 2월.

C. 융, 이윤기 옮김, 『인간과 상징』(열린책들, 1996).

C. 융, 조성기 옮김, 『기억 꿈 사상-카를 융 자서전』(김영사, 2007).

G. 팔라레스-버크, 곽차섭 옮김, 『탐史-현대 역사학의 거장 9인의 고백과 대화』(푸른
　역사, 2007).

J. 버틀러, 조현준 옮김, 『젠더 트러블-페미니즘과 정체성의 전복』(문학동네, 2008).

M. 세르, 이규현 옮김, 『천사들의 전설-현대의 신화』(그린비, 2008).

M. 엘리아데, 최건원·임왕준 옮김, 『메피스토펠레스와 양성인』(문학동네, 2006).

6

현대 의료실천에서 몸에 대한
현상학적 이해

공 병 혜

이 글은 조선대학교 인문학연구원, 『수행인문학』 제37집(2009년 2월)에 '현대 의료실천에서의 몸에 대한 현상학적 이해'라는 제목으로 발표되었다.

환자의 몸, 인격적 주체의 근원

오늘날 과학주의와 기술주의, 객관주의에 토대를 둔 현대 의료 행위에는 환자를 하나의 질병 혹은 생물학적인 특수한 사례로 여기고, 환자의 몸을 마치 고장 난 기계처럼 여기는 객관화되고 대상화된 인간 몸에 대한 인식이 깔려 있다. 특히 생명과학과 첨단기술공학이 의료 현장에 적용됨에 따라 의료인은 고통받는 환자의 몸에 대한 체험과 요구에 주의를 기울이는 대신에, 과학적 진단 도구로 읽힌 환자의 몸에 대한 객관적 결과를 더욱 신뢰하게 되었다. 그래서 환자의 몸과의 직접적인 접촉을 통한 정보 혹은 상담을 통해 얻어진 환자의 질병 체험은 치료 계획에 반영되기가 매우 어렵게 되었다.

이 글은 현대 의료 행위에 기초하고 있는 기계론적 인간 몸에 대한 비판적 반성을 하고, 후설의 현상학 전통에서 이어지는 메를로 퐁티Maurice Merleau-Ponty와 리쾨르Paul Ricoeur의 현상학을 철학적 기초로 삼아 주체로서 몸에 대한 현상학적 기술을 획득하고자 한다. 현대 의료 행위의 대상이 되는 신체는 국소화된 몸에 대한 생의학적 이해에 기초하여 마치 기하학적 범주에 속하는 물체나 기계론적 모델에 따른 유기체로서 객관화된다. 그러나 몸에 대한 현상학적 기술은 과학이 부과했던 물리적 실체나 객관화된 유기체로서의 몸을 바로 주체의 위치로 끌어올리는 것이다. 특히 메를로 퐁티에게서 몸이란 세계로 지향적 작용을 하는 정신이 깃들어 있는 지각의 주체이다. 이러한 자기 몸의 체험은 생활 세계 속에서 형성된 오래된 습관, 의지, 태도처럼 자기 삶의 역사를 지닌 총체적 맥락을 반영한다. 또한 리쾨르에 따르면, 몸이란 의지의 동기가 발생하는 생명 유지의 근원이며, 이 세상을 연결하는 유기적 매개체로서 자기 의지가 실현되는 행위의 기관이다. 그리고 몸은 자기 의지를 제한하는 인간 자연의 필연성으로 자기 정체성의 근원이기도 하다.

이러한 몸에 대한 현상학적 이해는 오늘날 자기 몸을 개인의 인격과 분리시키고 신체 부분별로 진단과 치료적 행위를 하는 현대 의료 행위에 대한 비판적 시각을 담고 있다. 현대 의료 행위에서 종양을 제거하는 외과 수술이 성공적으로 끝나서 질병이 잘 치료되었다는 것은 단지 분리된 신체적 기능의 회복만을 의미할 따름이다. 왜냐하면 과학적 의학이 기초하고 있는 기계론적 신체관에 따르면 신체는 하위의 부분 및 요소, 세포, 조직, 장기 등으로 나누어질 수 있는 체계나 종합으로 파악되기 때문에, 그 요소나 부분 등은 원칙적으로 대체나 보수가 가능하다.[1] 그래서 과학적 의료에서 신체의 전체 기능은 그 부분의 기능에 의존하게 되며, 진단과 검사, 처치의 대상으로 다루어지되 철저하게 분할되고 파편화되며 객관적으로 분석할 수 있어야 한다. 이러한 몸은 자기 체험의 주체로서의 인격성을 철저히 배제당한다. 그래서 현대의 의료 행위는 환자 자신이 거주했던 생활 세계와 재통합할 수 있는 주체로서의 신체 능력의 회복을 목적으로 하지 않는다.

따라서 이 글은 우선 현대 의학의 눈부신 발전을 가져온 인간 몸의

---

[1] 인간의 마음과 분리된 물질로서의 '연장res extensa'과 기계로서 신체를 주장한 데카르트René Descartes는 자신의 철학이 의학의 진보와 생리학의 발전에 기여할 것이라고 확신하였고, 실제로 그의 이론은 해부학과 의학 발전에 방법적인 틀을 제공했다. 윤성우, 「현대생명의료윤리학에서의 신체의 문제」, 『철학탐구』 23, 중앙철학연구소, 2008, 94쪽 참조.

생의학적 모델에 대한 이론적 토대를 살펴보고자 한다. 그리고 이러한 생의학적 인간 신체에 대한 비판적 시각을 지니는 몸에 대한 기술을 메를로 퐁티의 지각의 현상학과 리쾨르의 의지의 현상학을 통해 살펴보기로 하겠다. 결국 이러한 현상학적 몸에 대한 탐구는 인격적 주체의 근원으로서 환자의 몸을 이해함으로써 생활 세계로 복귀할 수 있는 총체적인 몸의 실존적 능력을 회복시키는 의료 행위의 전제를 제시하기 위함이다.

현대 의학이 환자의 몸을 보는 시각

서양 의학의 신체관

현대의 서양의학은 환자의 몸을 영혼과 분리시켜 기계론적으로 이해하기 시작한 근세의 계몽주의 영향을 받은 17세기 이후 생의학의 발달과 관계한다. '생의학'이란 생물학적 의학을 말하는데, 여기서 의학적 치료 대상인 질병은 마치 생물학적 기계의 결함인 양 간주되었다. 그러나 동서양을 막론하고 과학으로서의 의학이 발달하기 이전의 몸은 자연으로서의 몸이었다.[2]

과학으로서의 의학이 발달하기 전에는 몸을 스스로 치유 능력을 지닌

---

[2] 코넬 대학교의 의학 사학자인 에릭 카셀Eric J. Cassell은 의학의 역사에 생리학적 질병관과 존재론적 질병관이 존재해 왔다고 말한다. '생리학적 질병관'은 자연으로서 몸을 보는 시각으로, 질병의 근원을 병든 사람의 내부와 외부의 자연적 힘의 불균형에서 찾는다. '존재론적 질병관'은 몸을 기계론적으로 해석하며, 질병을 어떤 실체를 가진 것으로 정의한다. 이러한 실체는 외부에서 침입해서 몸의 어떤 부분에 국소적으로 존재한다. 이러한 실체론적 질병관은 그 이후 질병은 특정한 원인을 갖는다는 특정 원인론으로 발전한다. 에릭 카셀, 강신익 옮김, 『고통 받는 환자와 인간에게 멀어진 의사를 위하여』(코키토, 2002), 37~38쪽 참조.

자연적 본성으로 보고, 주거 환경과 기후, 섭생을 중요시하고, 외부 환경과 동화된 신체 내부의 균형을 강조했다. 특히 고대 동아시아 의학에서는 몸과 자연을 연관시켜서 자연의 운행과 몸의 운행을 유비적 관계로 파악했다. 고대 그리스에서는 우주가 물·불·공기·흙의 네 가지 원소로 구성되어 있다고 하는 '사원소설四元素說'을 인체에 확대 적용하여, 우리의 몸이 이 네 가지 원소에 대응하여 점액·혈액·흑담즙·황담즙으로 구성되어 있다는 '사체액설四體液說'이 제시되었다. 중국에서는 우주가 나무·불·흙·쇠·물이라는 오행으로 이루어져 있으며, 이것들이 우리의 간장·심장·비장·폐장·신장의 오장과 대응한다는 '오행설五行說'이 제시되었다. 고대 그리스에서 비롯된 사체액설은 네 가지 체액 사이의 균형 유지를 중시했고, 중국의 오행설에서는 다섯 가지의 행의 역동적 조화에서 건강한 상태를 찾았다.[3]

중세에도 우주를 구성하는 사원소설에 근거한 체액설이나 천체의 운행 법칙을 인체의 기능에 대응시켜 몸을 이해했기 때문에, 인간의 몸은 그가 속한 자연의 움직임과 분리되지 않았다.[4] 특히 중세의 해부학은 천체 운행과의 관련성을 더욱 강조하여, 신체 부위를 별자리 체계와 연관시켜 설명하였다. 이것이 바로 천체의 운행을 관찰하고 설명하는 천문학적 자연주의와 인간적 자연주의와의 만남이다.

그러나 16세기 들어 세계를 바라보는 시각에 근본적 변화가 일어나

---

[3] 오늘날까지도 동양의학이나 대체의학에서는 질병을 몸과 자연 또는 우주와의 유기적 관계가 손상되는 생태적 균형의 파괴로 바라보는 질병관이 주를 이루지만, 현대 생물의학에서는 몸속의 일정 장소를 차지하는 실체로서 질병을 바라본다. 강신익, 『몸의 역사, 몸의 문화』 (휴머니스트, 2007), 314~315쪽.

[4] 유럽의 경우 기독교 사상의 영향으로 육체적 몸을 천시하고 초월적 영혼을 중시하는 사상이 풍미했지만, 중세 실제 현장에서 행해지는 의료 행위는 사체액四體液설에 근거하여 여전히 피를 뽑고 땀을 내고 먹은 음식을 토해 내거나 설사를 시켜 배설시키는 등의 자연 요법에 의존하였다. 같은 책, 161쪽.

고, 몸을 바라보는 시각에도 변화가 일어났다. 그래서 몸을 보는 시각은 기능과 경험을 중심에 두던 이전의 구도에서 벗어나 구조와 형태를 중심으로 변하게 되었고, 이에 따라 근대적 의미의 인체해부학이 대두하게 되었다. 우주를 기하학적 구도로 설명할 수 있게 됨에 따라 사람의 몸도 기하학적 구도로 재편성되었다. 특히 데카르트는 마음과 구분되는 물질로 구성된 몸에 대한 기계론적 해석을 도입하였다. 뉴턴Isaac Newton은 물질로 구성된 세계의 작동 원리를 수학적·기하학적 원리로 설명하여 정합적이고 합리적인 세계 이해의 길을 열었다.

그래서 17세기 유럽의 임상의학은 영혼과 분리시킨 물질로서의 육체에 정교한 수학적·기하학적 세계를 부여하며 발전되기 시작했다. 이 시기에 병원에서 근무한 임상의들은 병으로 죽은 사람의 몸속을 열어 질병의 자리를 찾아내어 사인을 밝히는 일을 하게 되었고, 이 작업에서 형태와 질감이 다른 장기를 찾아내어 사망의 원인으로 기록했다. 특히 질병이 특정한 자리를 차지하게 되고, 현미경으로 조직을 관찰할 수 있게 되면서 질병의 자리는 장기에서 조직과 세포 단위로 낮아지게 되었다.[5] 몸속을 들여다보게 된 임상의들은 몸의 부조화로 인한 질병도 그 몸의 구조 및 형태의 변화와 관련되어 있을 것이라고 믿었다.

이렇듯 해부학과 병리학이 발전하면서 이제 몸은 구조와 형태에 기반을 둔 기능을 중심으로 파악되었다. 그래서 고대부터 중세까지 사람들의 의식을 지배한 자연으로서의 몸은 그 우주론적 의미와 목적을 상실하고, 몸은 개인의 실존적 체험이나 의미와는 무관한 하나의 객체로 전락했다. 질병의 위치해 있는 몸을 실증적으로 들여다볼 수 있게 됨에 따라, 의학의 중심이 점차 전문적으로 질병을 치료하는 병원으로 옮겨 가면서 생겨난 것이 임상의학이다. 이제 치료의 중심은 환자에서 질병으

---

[5] 같은 책, 44쪽.

로 옮겨지고, 환자의 실존적 경험은 하나의 '증례證例'로 환원되고, 모든 진실은 환자가 죽은 뒤 부검을 통해 밝혀지게 되었다.

이러한 객체로서의 몸이 더욱 확고히 자리를 잡은 것이 실험실 의학이다.[6] 실험실 의학은 19세기 들어 세균이 발견되고 그것이 전염병의 원인임이 밝혀지면서 생겨났다. 그 뒤 미생물학과 각종 검사의학이 발전함에 따라 진실이 밝혀지는 장소는 또다시 부검실에서 실험실로 이동하게 된다. 각종 첨단 장비를 갖춘 임상 실험실의 역할은 외부에서 침입하는 미생물이나 화학물질뿐만 아니라, 우리 몸속에서 발병 여부를 결정짓는 유전자를 찾아내는 데까지 이르렀다. 따라서 임상의학에서 증례로 환원되었던 환자 몸의 실존은 이제 물질 또는 유전 정보의 수준에서 해명되기 시작한다.[7] 실험실에서 객관적 관찰로 수집된 정보가 모든 지식의 원천이며, 이로부터 추론된 지식의 체계는 다시 임상적 실천의 유일한 근거가 되었다. 오늘날 온갖 자동화된 진단 기계들이 의사의 역할을 대신하여 엄청난 정보를 생산해 주고 있다.

특히 20세기 중반과 후반부터 기계인 몸을 보호하는 각종 소독제와 항생물질 등 균을 퇴치하는 치료제가 발견되고, 방사선 장치처럼 세균과 몸이 싸우는 전체 상황을 파악할 수 있는 진단 기계들이 발명됨에 따라, 의학은 그러한 몸의 기제를 감시·통제하고 직접 그 질병과의 싸움을 수행하는 주체로서 태어나게 되었다. 이렇듯 몸이 기계이자 질병과의 전쟁터가 됨에 따라, 환자의 몸은 과학적 진단과 검사, 처치의 대상으로서 철저히 객관화되고 수동적 역할을 하게 되었다.

---

[6] 같은 책, 45쪽.

[7] 같은 책, 117~118쪽.

생의학적 신체관에 대한 비판

이러한 현대의 과학적 의학의 발전은, 심신 이원론에 따른 기계론적인 신체에 대한 과학적 탐구의 직접적인 결과인 것이다. 신체는 더 이상 단일체가 아니라 하위의 부분 및 요소, 세포, 조직, 장기 등의 체계나 종합으로 파악되며, 그 요소나 부분 등은 원칙적으로 대체 가능하거나 보수가 가능하다. 그래서 신체의 전체 기능은 그 부분의 기능에 의존하게 되며, 연구 및 실험과 처치의 대상으로 다루어지되 철저하게 분할되고 파편화되며 객관적으로 분석 가능하며, 거기서 삶을 살아가는 실존적 주체로서의 신체의 의미는 철저히 배제된다. 여기서 마음의 영역은 종교나 심리학에 위임하고 물질적 구성인 몸만을 파고들면서 해부학과 생리학이 발전하였고, 여기서 발견된 사실이 임상에 적용되었다.

그러나 이러한 생의학이 기초한 신체관은 현대 의학의 비약적 발전을 가져왔음에도 불구하고 오늘날까지도 끊임없이 비판받고 있다. 데카르트의 마음과 분리된 기계론적 신체관, 그리고 마음마저 물리적 현상으로 환원시킨 현대의 극단적 물리주의 때문이다. 데카르트에 따르면, 몸에는 기계 속에 송과선松科腺이라는 부분이 있어서 몸과 마음이 교통할 수 있다. 현대 의학에선 송과선 대신 대뇌의 신경세포들이 정해진 역할에 따라 다양한 마음의 기능을 수행하는 것으로 알려져 물질에서 마음을 추론한다. 이러한 이원론적 혹은 극단적 물리주의에 기초하여 오늘날까지 발전해 온 현대 의학에서는 특정 병인론病因論에 근거하여 질병을 몸속에 위치한 하나의 실체로 바라본다.[8] 그리고 그 질병 때문에 나

---

[8] 같은 책, 255~256쪽. 히포크라테스 이래로 자연과의 조화를 강조한 자연으로서의 몸을 다루는 자연의학은 근대에 독립된 생명체로서의 몸을 다루는 근대의 생물의학으로 발전했다. 생물의학은 또다시 과학적 사실의 발견을 목표로 하는 기초의학과 그것을 실제 환자에 적용하는 임상의학으로 분화되었고, 의학이 다루는 신체 부위와 시스템에 따라 다시 오늘날 수많은 전문 분야로 세분화되었다.

타나는 다양한 증상들을 질병 개념에 포함시키지 않으며, 오로지 질병의 결정적 원인과 그 실체를 찾아 퇴치하려고 노력한다. 이러한 현상은 현대 의학이 왜 병든 사람에 대한 보살핌보다 질병 그 자체에 집착하게 되었는지를 보여 준다.[9]

그러나 이러한 인간 신체에 대한 생의학적 모델은 환자 몸의 주체적 능력과 체험을 강조하는 인격주의 의학의 비판을 받아 왔다. 특히 자연과학적 치료 방법을 본격적으로 비판한 바이츠제커Viktor Von Weizsäcker는 딜타이Wilhelm Dilthey, 베르그송Henri Bergson, 메를로 퐁티 등과 같은 현대 철학자의 몸 이해에 고무되어 통합된 주체로서 몸을 주시하기 시작했다. 특히 야스퍼스Karl Jaspers는 바이츠제커의 심신상관 의학을 넘어 현상학과 실존철학을 의학에 접목시키면서 구체적인 현실 상황에서 인간 실존에 대한 전반적 이해를 치료의 중요한 문제로 삼기 시작했다.[10] 인간의 몸은 주체로서 자기 인격의 토대가 되며, 몸에 대한 체험이 바로 자기 인격적 주체로서의 실존적 삶의 경험과 연관된다는 것이다.[11] 이러한 인격주의 흐름에 따른 몸 이해에 의하면, 신체적 질병으로 인한 고통의 체험은 고장 난 몸에 대한 장애의 체험이 아니라, 전 생애에 영향을 미치는 인격적 자아의 훼손이라는 실존적 경험이다. 즉, 나의 몸은 뼈와 살과 같은 물질적 구성 요소로 되어 있을 뿐 아니라, 세계에 대한

---

[9] 에릭 카셀, 같은 책, 243쪽.

[10] 박남희, 「야스퍼스와 가다머의 의철학」, 『칼 야스퍼스 비극적 실존의 치유자』(철학과 현실사, 2008), 272~273쪽.

[11] 인간학적 또는 인격주의 의학의 흐름은 1930년대 유럽을 중심으로 시작되었다. 과학적 의학이 배제한 주관을 의학적 탐구의 주요 영역으로 설정하여 환자의 인격적 참여를 강조한 바이츠제커는 질병을 물질적 몸의 고장이 아닌 삶의 문제로 보고, 이 삶의 문제를 푸는 것이 곧 병을 낫게 하는 것이라고 하였다. 인격주의 의학의 전통은 20세기 말에 특히 현상학적 의학, 담론의학이나 일화적 의학의 형태로 이어졌다. 강신익, 같은 책, 305쪽.

나의 경험의 총체이자 관점이며 나의 의지를 실현시키는 자아의 기반인 것이다. 병을 앓는 것도 나의 몸이고, 치유 과정의 주체가 되는 것도 나의 몸인 것이다.

그래서 현대 의학에서 중시하는 질병에 의한 몸의 실체적·현상적 변화에 대한 객관적인 정보는 주체로서의 나의 몸의 경험이 아니다. 특히 후설이 정초한 현상학적 흐름에서는 몸의 현상을 자기 주체로서의 나의 지각과 나의 영향력, 나의 힘, 나의 욕망, 나의 의지 등과 분리 불가능한 나의 신체로서 바라본다.[12] 경험의 주체로서의 신체는 이미 세계 내에서 지향성을 지니며, 내가 느끼거나 누가 나의 느낌을 이해하거나 반응해 주는, 우리가 체험하거나 겪는 신체인 것이다.

인간 신체에 대한 현상학적 이해

이제부터는 과학적 의학이 기초하고 있는 기계론적 신체를 비판하고, 몸의 현상을 자기 주체의 위치로 끌어올린 현상학적 신체가 어떻게 가능한지 살펴보자. 그래서 나의 몸이나 '자기 신체my own's body'라는 개념에서 객체가 아니라 주체로서의 내 몸이 나임이 되는 것이 현상학에서 어떻게 이해되는지를 알아보자.[13]

메를로 퐁티의 현상학적 신체론
현상학의 정초자인 후설은 『데카르트적 성찰Cartesianische Meditationen』 5장

---

[12] 윤성우, 같은 논문, 94쪽.
[13] 나의 몸이라는 신체의 주체성 개념은 프랑스 유심론자인 멘느 드 비랑Maine de Biran까지 거슬러 올라간다. 윤성우, 같은 논문, 106~110쪽.

에서 'Leib'와 'Körper'를 구분한다.[14] 여기서 Leib은 '몸체', '살' 혹은 자기 신체로, Körper는 흔히 우리가 세계 속에서 발견하는 사물 또는 '물체物體'로 번역된다. 후설에 따르면, 자기 신체는 자기다움을 지니기 때문에 세계 도처에 존재하는 물체와 달리 '양도 불가능'하며, 나의 신체라는 관점에서 세상을 바라보기 때문에 자기 신체는 세상의 대상이 아니라 오히려 그 대상이 (의식에) 현상하도록 하는 구조이다. 메를로 퐁티의 『지각의 현상학Phénoménologie de la perception』으로 이어지는 후설의 신체론은, 그의 후기 철학인 생활 세계의 현상학에서 비롯된다.

후설에게 생활 세계는 나의 신체를 방위 중심으로 하는 삶의 지평이며, 우리에게 직접적이며 구체적인 지각으로 체험되는 세계이다. 즉, 나의 신체는 외부 세계에 대해서 언제나 '여기'라는 방위 중심Orientierun-gszentrum으로서 지각의 지평, 즉 삶의 지평을 가능하게 하는 것이다. 이러한 신체는 내적으로 볼 때 감각기관이며, 동시에 행위의 동기를 부여하는 자발적 의지기관이다.[15] 여기서 내적인 신체 능력으로서 신체감각은 위치를 지닌 국소화된 감각이다. 이것은 단맛이나 신맛을 혀끝이라는 신체의 상태로 느낄 뿐만 아니라, 쾌감과 통증, 신체적 장애에 따른 불쾌감, 쾌적함 등 욕구와 의욕의 소재를 이루는 감각군, 긴장감, 이완감, 내적인 장애감, 해방감 등을 체험한다. 이러한 신체감각은 자발적으로 움직일 수 있는 의지기관으로서의 신체의 운동능력과 결합한다. 신체의 운동능력이란 그 신체 기관들이 어떤 목표를 향하여 자발적으로 움직일 수 있는 의지의 능력이다. 이것은 지각의 지평에서는 행위의 동기를 부여받는 능력으로 체험하게 된다. 즉, 나의 신체는 외부 세계에 대해서는 방위의 중심이며, 내적으로 보았을 때 감각기관을 지녔으며,

---

[14] 후설, 이종훈 옮김, 『데카르트적 성찰』(철학과 현실사, 1993), 163쪽.
[15] 한전숙, 『현상학의 이해』(민음사, 1994), 233~236쪽.

자유로운 의지 능력에 의한 자발적인 운동이 가능하며, 주위 환경과의 관계에서 행위의 동기를 부여받는 능력인 것이다.[16] 이러한 후설의 후기 현상학에서 전개된 신체적 주관에 대한 사고는 바로 메를로 퐁티의 실존적 인간 이해의 핵심 주제로 이어지게 된다.

메를로 퐁티는 『지각의 현상학』에서, 몸을 지닌 주체는 "세계로 열린 존재"[17]로서 지각의 장에서 체험의 주체라고 말한다. 특히 사고나 수술로 인해 팔이 없어진 환자가 없어진 팔에 대해 환각 통증을 경험하는 것은, 우리의 신체가 세계와 끊임없이 교섭하는 의식의 지향성을 지닌 체험의 주체임을 보여 준다.[18] 즉, 우리 몸은 팔이 잘려 나가기 이전에 팔이 지니고 있던 세계로 나아가 참여했던 방식을 기억하고 있기 때문에 환각 통증을 경험하는 것이다.

메를로 퐁티는 이러한 세계로 나아가는 몸의 존재 능력을 몸 도식, 혹은 몸 이미지body image로 설명한다. 그에게 몸 도식이란 "외모, 신체적 운동, 위치, 판단 등과 관련해서 자신의 신체에 대해 갖는 주관적 경험을 뜻하고, 다양한 자극과 몸짓, 운동에 수반되는 이미지들이 결합된 몸의 형태, 구조"라고 할 수 있다.[19] 즉, 우리의 몸은 세계를 향해 지각하고 행위할 때, 세계에 대해 특정한 방식으로 구조화된 형태를 취하게 된다. 이것이 바로 세계로 나아가는 존재 방식으로서의 몸의 도식이다.

---

[16] 조관성, 「인격적 자아의 실천적 삶과 행위 그리고 신체」, 『몸과 현상학』(철학과 현실사, 2000), 51쪽 참조.

[17] 메를로 퐁티의 '세계로 열린 존재'란 "세계는 지각 주체가 자신을 여는 만큼 다가오는 것이다."라는 의미로 이해된다. 신인섭, 「메를로-퐁티의 타자경험에 대한 레비나스와 리쾨르의 논쟁」, 『철학과 현상학 연구』 20집, 2003, 141쪽 참조.

[18] 메를로 퐁티, 류의근 옮김, 『지각의 현상학』(문학과 지성사, 2002), 131쪽 이하 참조.

[19] Merleau-Ponty, *Phenomenology of Perception*, trans. C. Smith. London, and New York, 2001 ; 유의근 옮김, 『지각의 현상학』(문학과 지성사, 2002), 130, 166쪽 참조.

이러한 몸의 도식이 우리의 몸속에 반복된 행위를 통해 굳어진 것이 몸의 습관이다. [20] 따라서 우리가 몸 습관을 지닌다는 것은 몸을 통해서 우리가 특정한 방식으로 세계 속에 참여하여 세계를 체험하고 있음을 의미한다. 예를 들어 우리는 몸속에 이미 형태화된 운동 습관을 통해 일상생활이나 그 상황이 요구하는 과제를 수행한다.

이러한 메를로 퐁티의 육화된 몸 습관은 마치 사물과 세계의 상황이 내 몸의 부분과 함께 나에게 주어지듯이 내가 처한 익숙한 환경에 반응을 하는 것이다. 예를 들어 장님의 지팡이가 그의 몸의 일부가 되고 음악가의 악기가 그 몸의 일부가 되듯이, 그의 지팡이나 그의 악기는 지각의 대상이 아니라 이미 그의 몸에 익숙한 습관의 일부로서 상황 속에 주어진 과제를 수행하며 획득하는 의미의 핵에 참가하는 것이다. 몸의 습관은 우리의 자연적 몸을 통해서 혹은 일반적 도구를 사용하거나 새로운 도구를 매개로 하여 문화적으로 습득한 우리의 손이나, 눈, 귀 팔, 다리 등에 이미 들어와 있는 암묵적 지식인 것이다.

메를로 퐁티는 이러한 몸 습관을 토대로 구체적인 상황에 참여할 수 있는 몸의 실존적 능력은 몸의 지각과 운동, 그리고 의식적인 자신의 의도를 통일시키는 '나는 할 수 있다'라는 행위 능력이라고 말한다. 그는 이러한 "현실적인 것에 구속되어 있고, 상황에 자신을 놓는 일반적인 능력에서 성립하는 구체적인 자유"의 능력을 '지향호(arc intentionnel, intentional arc)'라고 칭한다. [21] 이 능력은 현실적으로 보고, 느끼고 만지고 접촉하는 모든 지각과 우리의 사고와 몸의 움직임을 통합시키는 몸의 실존 능력이다. 나의 몸은 일상생활에서 몸 습관을 배후로 하여 몸의

---

[20] 한정선, 「습관과 습관적 앎에 대하여-메를로 퐁티와 신경과학과의 대화」, 『철학과 현상학 연구』 29집, 2006, 6쪽 참조.

[21] 메를로 퐁티, 앞의 책, 217쪽.

지각과 운동 능력, 그리고 나의 의지와 사고의 통합이 일어나서 구체적인 상황에 참여할 수 있다. 그래서 일반적으로 몸이 건강할 때 자신의 몸과 함께 주어지는 세계는 이미 의미로 가득 찬 친숙한 '표정'을 지닌다. 그러나 몸이 아프거나 병들어 몸의 통합 능력에 장애가 오면 이 세계는 낯설게 다가오며 몸의 지각과 운동 능력 그리고 의욕 사이의 분열로 인한 고통을 체험하게 된다. 이것은 나의 몸이 이 세계에 친숙하게 거주하던 실존적인 자유의 차원을 잃어버리기 때문이다.[22]

이렇듯 메를로 퐁티가 보기에 의식적 삶의 배후에서 몸 도식에 따라 세계에 참여하는 몸의 체험은 우리가 세계 내에 존재하면서 형성된 오래된 습관, 의도, 태도, 즉 상황에 참여하는 능력을 반영한다. 예를 들어 사지를 움직일 수 없는 뇌졸중 환자의 신체적 경험은 세계에 참여할 수 없고 의욕의 주체가 될 수 없는 삶에 대한 좌절의 경험을 보여 준다. 그래서 이 환자가 상황에 적응하고 대처할 수 있는 새로운 몸 습관을 익히는 과정은 바로 상황에 자신의 지각과 의지와 욕망 등을 투사하여 실현할 수 있는 주체로서의 신체 능력을 복원시키는 과정과 관계한다.

리쾨르의 신체에 대한 현상학적 이해

메를로 퐁티가 주로 지각의 장에서 현상학적 신체론을 전개했다면, 리쾨르는 나의 몸을 통해서 의지 활동이 일어나며 실현되는 의지의 현상학을 전개시킨다. 리쾨르에 따르면, 의지 활동의 현상학적 의미는 무엇을 하기로 계획하는 단계(결정 단계), 기획한 것을 실행해 옮기는 단계

---

[22] Dreyfus H. L. & Dreyfus S. E., The challenge of Merleau-Ponty's Phenomenology of embodiment for cognitive science. In : *Perspective of Embodiment : The Intersectioiv of Nature ectiCulture* (edv G. Weivs & H. F. Hebor), pp. (e03-120. Routledge, New York, 1999 ; 졸고, 「메를로 퐁티의 몸의 현상학과 간호에서의 실천적 지식」, 『철학과 현상학연구』 제31집(한국현상학회, 2006), 93쪽.

(행위 단계), 더 이상 결정하거나 실행할 수 없는 것들을 인정하고 따르는 단계(승복 단계)로 나뉜다. 그래서 리쾨르는 나의 신체 능력을 이러한 의지의 세 단계와 관련시켜서 기술한다. 즉, 신체의 차원을 의지 활동에 동기를 부여하는 생명 유지의 차원과 그 의지가 행위로 실현되는 신체적 기관, 그리고 의지가 승복할 수밖에 없는 신체적 필연성의 차원으로 구분하여 논한다.[23]

첫 번째 차원은 인간의 의지에 동기를 부여하는 신체의 생명을 유지시키는 가치의 차원이다. 이 신체 능력은 무엇을 하고자 기획하고 결정을 내리는 인간의 의지에 동기를 부여하는 근원적인 능력이다.[24] 이것은 생명을 유지시키는 가치로서 목마름이나 배고픔처럼 나의 생리적 욕구, 신체적인 감응과 같은 나의 통증 등을 통해 체험된다. 예를 들어 내가 배가 고파서 무엇인가를 먹고자 하거나, 신체적 아픔에서 벗어나고자 하는 절박한 요청에는 바로 생명을 유지시키는 가치와 결합된 육화된 의지의 활동이 있는 것이다.[25]

또한 나의 신체는 의지의 결정에 동기를 부여하는 원천일 뿐만이 아니라, 그러한 의지를 현실 속에서 실현시키는 행위의 기관이다. 인간은 신체가 부여한 동기에 따라 신체를 거쳐서 그리고 그 신체를 매개로 하여 이 세계 속에서 행위를 한다. 즉, 우리의 의지는 "신체를 통하여" 행위에 이른다. 우리가 행위를 할 때 우리의 의지는 신체의 기관과 분리되지 않으며, 자신의 신체를 자각하거나 생각하거나 표상하지 않는다. 이것은 신체가 세계를 연결하는 유기적 매개체로서 그 의지를 세계 속에

---

[23] F. Dastur, "Das Problem des Anfangs. Willen und Freiheit bei Paul Ricoeur," in : S. Orth (Hrg.), *Faccettenreiche Anthropologie*, Muenchen 2004, 40쪽 참조. 허버트 스피겔버그, 최경호 옮김, 『현상학적 운동 II』(이론과 실천, 1992), 179쪽.

[24] 윤성우, 『폴 리쾨르의 철학』(철학과 현실사, 2004), 19쪽 참조.

[25] 공병혜, 「보살핌의 학문과 철학」, 『범한철학』 48(범한철학회, 2008), 332쪽.

서 실행하는 신체적 자발성을 지니고 있기 때문이다.[26] 신체적 자발성이란 비의지적으로 혹은 직접적으로 행위의 신체적 기관이 될 수 있도록 의지에 힘이나 능력을 제공한다. 신체를 통해 드러나는 신체적 자발성의 구체적 형태들에는 무의식적인 신체의 움직임으로 무엇을 성취하고자 하는 전형성적 신체 능력과 놀라움, 충격, 열정 등의 신체를 통해 드러나는 감정의 움직임, 그리고 몸에 밴 습관들이 있다.[27] 이 가운데서 몸의 습관은 자연스럽게 의지에 영향을 미치는 나의 의지 활동의 근거이다. 몸 습관은 자아를 세계와 유기적으로 연결하여 세계 속에 자신의 의지를 실현할 수 있게 한다.

이렇듯 의지에 동기를 부여하며 비의지적인 행위의 유기적 기관으로서 세계에 참여하는 몸은 동시에 의지를 구속하기도 한다. 몸은 숙명과 같은 자연의 필연성을 지닌다. 인간 몸에 깃든 타고난 기질이나 무의식의 세계 그리고 나의 태어남과 성장, 늙음이란 생명의 흐름에 우리의 의지는 어쩔 수 없이 승복consentment할 수밖에 없다.[28] 이러한 우리의 의지를 필연적으로 제한하는 몸은 비의지적인 자연이다.[29]

이렇듯 의지의 동기이며 의지를 실현하는 행위의 기관이자 의지를 필연적으로 구속하는, 리쾨르의 몸 이해는 환자가 체험으로서 고통의 현상을 이해하는 데에 통찰력을 제공한다. 예를 들어 호흡곤란, 연하장애, 배변 장애로 인한 통증의 호소는 단지 생리적 기능의 결핍에 대한 경험뿐만이 아니라, 그 결핍 상태로부터 벗어나고자 하는 육화된 의지의 표현이다. 또한 질병과 상해, 스트레스 등으로 개인이 체험하는 신체적 부

---

[26] 윤성우, 같은 책, 28쪽 참조.

[27] F. Dastur, 같은 책, 179쪽 참조.

[28] 스피겔버그, 같은 책, 180면.

[29] 윤성우, 같은 책, 38쪽 참조.

자유는 신체가 제 의지를 세계 속에서 실현시키는 하나의 유기적 매개체로서의 역할을 제대로 수행하지 못함을 의미한다. 특히 오랫동안 만성적으로 병에 시달리는 환자는 의지적 삶에서 자신의 신체적 조건과 의지와의 갈등으로 인해 더욱더 괴로워한다suffering.[30]

이러한 의지의 주체는 자신의 의지가 추구하는 가치와 다양한 욕구들과 신체적 조건 사이의 불일치로 인해 더욱 고통을 겪게 되는 것이다. 따라서 질병으로 환자가 겪는 고통의 체험은 신체의 기능이나 구조적인 결함 때문이라기보다는 자신의 의지대로 신체적 지각과 운동을 결합시키지 못하는 데서 오는 신체적 표현이다. 동시에 이것은 지금까지 이어져 온 자기 의지적 삶에 대한 위협이나 손상의 경험임을 보여 준다. 예를 들어 환자들이 체험하는 호흡곤란, 통증, 불편함, 피로감 등은 세계와의 유기적 관계를 맺고 세계 속에서 자신의 의지를 실현하는 자신의 신체적 능력이 방해받고 있다는 고통에 대한 호소인 것이다.

따라서 나의 신체는 생명을 유지시키는 유기적 힘의 근원이며, 이러한 근원적 힘의 결핍이 생존하고자 하는 나의 의지의 동기로서 작용하게 된다. 그리고 나의 신체는 자신을 세계와 연결시키는 유기적 매개체이며, 행위의 능력으로서 나의 의지를 이 세계 속에 실현하게 하는 기반이다. 그러나 인간의 의지적 삶은 신체가 지닌 숙명처럼 타고난 기질이나 무의식, 그리고 거역할 수 없는 생명의 흐름이라는 자연의 필연성을 받아들일 수밖에 없다.

---

[30] 에릭 카셀, 같은 책, 70~89쪽 참조.

맺는 말

지금까지 기술한 메를로 퐁티나 리쾨르의 몸에 대한 현상학적 이해는, 자기 몸을 개인의 인격과 분리시키고 그 몸을 부분으로 나누어 진단하고 치료적 행위를 하는 현대 의료에 비판적 시각을 던진다. 특히 의료 기술의 눈부신 발전에 기여하고 있는 기계론적 신체관은 우리의 신체를 하위의 부분 및 요소, 세포, 조직, 장기 등의 체계나 종합으로 파악하며, 그 요소나 부분 등을 원칙적으로 대체 가능하거나 보수할 수 있다고 본다. 그 결과, 신체의 전체 기능은 그 부분의 기능에 의존하게 되며, 진단과 검사, 처치의 대상으로 다루어지되 철저하게 분할되어지고 파편화되었다.

이렇게 객관적으로 분석되고 부분적으로 분할된 신체는 철저히 자기 체험의 주체로서의 인격성과 통합성을 철저히 배제시킨 객체화된 신체이다. 따라서 각종 검사와 진단, 처치의 대상으로서 실험 공간 속으로 환원된 신체의 일부는 사실상 세계 속에서 무엇을 지각하거나 의지하는 그런 신체가 더 이상 아니다. 그래서 DNA 검사를 통한 나의 유전자 정보나 나의 두개골 안에 있는 뇌腦의 물질 정보에 내 체험의 의미를 물을 수 없다. 반면에 나의 의지와 총체적인 지각과 운동의 습관이 밴 나의 손과 발, 눈과 귀는 생활 세계 속에서의 나의 존재 방식에 직접적으로 참여하는 체험의 주체이다. 결국 과학적 의학과 첨단 의료 장비에 의존하는 오늘날의 의료 현장에서 문제 삼아야 할 담론은, 최종적으로는 처치와 치료의 객체로서 탈인격화되어 가는 몸에서 주체로서의 현상학적 몸으로의 복원 문제이다.[31]

---

[31] 인간 삶에 대한 과도한 과학적·의학적 개입은 인간의 삶을 돕기보다 질병을 포함한 자연현상에 대한 인간의 자율적 대응 능력을 훼손하여 의학적 재앙을 초래할 수 있다. 그래서 일

그래서 후설에서 이어지는 메를로 퐁티와 리쾨르의 현상학적 신체론에 근거하여 어떻게 현상학적 신체가 의료 상황에서 복원될 수 있는지그 의미를 고찰해 보았다. 특히 메를로 퐁티의 신체론은 신체적 곤경의상태가 곧 실존적 삶의 위기의 경험임을 보여 준다. 그의 현상학은 의학이 주체가 되고 환자의 몸을 진단과 검사와 처치의 대상으로서 객체화시키는 의료 행위에 대한 비판을 통해서 실존적 주체로서의 자기 몸을 체험할 수 있는 의료 환경의 중요성을 제시한다. 왜냐하면 환자의 몸에 익숙한 생활 세계를 체험할 수 있는 의료 환경은 통합적인 자기 몸에 대한신뢰를 주고, 주체로서의 몸의 실존적 능력을 회복하는 데에 기여하기때문이다.[32] 기계화된 현대의 첨단 의료 장비로 둘러싸여 세상과 소통할수 없게 된 환자는 스스로 통제할 수 없는 신체적 무능력과 세상에서 이탈되었다는 고립감을 체험하며, 이것은 곧 실존적 삶의 허물어짐에 대한경험인 것이다. 그래서 그들에게 그들이 처한 상황에서 스스로 자신의신체적 능력과 힘을 인식하게 하고, 그들 자신의 몸을 신뢰하여 익숙한생활 세계로 복귀하도록 도와주는 것이 무엇보다도 중요하다.[33]

또한 리쾨르의 의지의 현상학에 따르면, 호흡곤란이나 통증, 불편함,

상의 과도한 의료화는 우리 신체의 대응 능력을 손상하고 문화 전반에 걸쳐 의학과 의료에대한 지나친 의존의 정서를 파급시킨다는 비판의 목소리가 커지고 있다. 오늘날 과학적 의학에 대한 21세기 비판은 질병 치료보다는 건강 증진 운동이라는 맥락에서 '주체적인 자기몸 만들기'로 나아가고 있다. 강신익, 같은 책, 312쪽 참조.

[32] P. Benner & J. Wrubel, Benner. P, Wrubel, J., *The Primacy of caring, Stress and Coping in Health and Illness*, CA : Addiso-Wesley, 1989, 78~79쪽.

[33] P. Benner & J. Wrubel, 같은 책, 92쪽. 이와 같은 맥락에서 가다머H. Gadamer에 따르면, 의료인이 할 수 있는 것은 '무엇인가는 제거해 버리는 것'이 아니라 몸의 적응 과정을 돕고,환자로 하여금 인간적·사회적·가족적 삶의 순환 속으로 다시 들어갈 수 있도록 돕는 일이다. 한스 게오르그 가다머, 이유선 옮김, 『현대의학을 말하다』(몸과 마음, 2002), 127쪽.

피로감 등의 신체적 체험은 육화된 의지의 표현이다. 신체의 불편함을 호소하는 이러한 육화된 의지의 표현은 바로 자신의 의지를 세계 속에서 제대로 실현시키지 못함에 대한 호소이다. 따라서 질병으로 인한 신체적 고통이란 자신의 의지와 신체적 지각과 운동과의 결합이 자유롭지 못한 데서 오는 신체적 표현이다. 이것은 결국 신체적 자아가 지금까지 익숙하게 지내 온 정체성에 대한 위협이나 손상에 대한 경험임을 보여 준다.[34]

아픈 몸이나 병든 신체는 노력의 체험, 지각 활동 그리고 의지 활동에서 주체로서의 신체에 일종의 장애나 결여가 생겨서 내 욕망, 내 지각, 내 의도를 세계 속에서 직접적으로 실현할 수 없게 한다. 의료인의 임무는 바로 현상학적 신체의 복원, 즉 이 세상과 소통하고 참여할 수 있는 지각과 의지와 행위의 주체로서의 신체 능력을 회복시켜 주는 것을 돕는 것이다. 따라서 현상학적 신체론은 인간 신체를 대상화하고 수단화시키는 현대 의료 행위를 비판하고 저지하는 담론 형성에 기여할 뿐만이 아니라, 세계 속에 참여하는 주체로서 신체의 모습을 의료 행위의 전제와 지평으로 삼아야 함을 보여 준다.

---

[34] 졸고, 「보살핌의 학문과 철학」, 『범한철학』 48(범한철학회, 2008), 333쪽 참조.

■ 참고문헌

강신익, 『몸의 역사, 몸의 문화』(휴머니스트, 2007).

공병혜, 「메를로 퐁티의 몸의 현상학과 간호에서의 실천적 지식」, 『철학과 현상학연구』 31집, 한국현상학회, 2006.

공병혜, 「보살핌의 학문과 철학」, 『범한철학』 48, 범한철학회, 2008.

모리스 메를로-퐁티, 유의근 옮김, 『지각의 현상학』(문학과지성사, 2002).

신인섭, 「메를로-퐁티의 타자경험에 대한 레비나스와 리쾨르의 논쟁」, 『철학과 현상학 연구』 20집, 2003.

조관성, 「인격적 자아의 실천적 삶과 행위 그리고 신체」, 『몸과 현상학』(철학과현실사, 2000).

윤성우, 『폴 리쾨르의 철학』(철학과 현실사, 2004).

윤성우, 「현대생명의료윤리학에서의 신체의 문제」, 『철학탐구』 23, 중앙철학연구소, 2008.

후설, 이종훈 옮김, 『데카르트적 성찰』(철학과현실사, 1993).

에릭 카셀, 강신익 옮김, 『고통 받는 환자와 인간에게 멀어진 의사를 위하여』(코키토, 2002).

한정선, 「습관과 습관적 앎에 대하여-메를로 퐁티와 신경과학과의 대화」, 『철학과 현상학 연구』 29집, 2006.

한스 게오르그 가다머, 이유선 옮김, 『현대의학을 말하다』(몸과마음, 2002).

허버트 스피겔버그, 최경호 옮김, 『현상학적 운동 Ⅱ』, 이론과 실천, 1992.

Benner. P, Wrubel, J., *The primacy of caring, Stress and Coping in Health and Illness*, CA : Addiso-Wesley, 1989.

Dastur, F., Das Problem des Anfangs. Willen und Freiheit bei Paul Ricoeur, in : S. Orth (Hrg.), *Faccettenreiche Anthropologie*, München 2004.

Dreyfus H. L. & Dreyfus S. E., The challenge of Merleau-Ponty's Pheno -menonlogy of embodiment for cognitive science. In : *Perspective of Emboiment : The Intersections of Nature and Culture* (eds. G. Weiss & H. F. Habor), New York : Routledge, 1999, pp. 103-120.

Merleau-Ponty M., *Phenomenology of Perception*. New York : Routledge, 2001.

7

흑백 버디무비와
아시아의 타자화

임 경 규

* 이 글은 한국영미어문학회, 『영미어문학』 제87호(2008년 6월)에 '흑백버디무비와 아시아의 타자화'라는 제목으로 발표되었다.

미국인이 상상하는 '민족 이마고'

"중국인은 태어나지 않는다. 다만 만들어질 뿐이다.Chinese are made, not born."(Chin 6).

30여 년 전 중국계 미국인 극작가 프랭크 친Frank Chin이 미국의 인종주의에 대한 분노를 에둘러 표현한 이 말은, 미국의 문화, 특히 대중문화 속에서 아시아계 미국인 혹은 아시아인, 특히 아시아계 남성의 사회적·문화적 존재 방식을 함축적으로 요약해 준다. 미국에서 아시아계 남성으로 산다는 것은 스스로 자신의 정체성을 규정할 수 있는 권리를 박탈당한 채 주류 문화가 부여한 정체성을 자신의 참모습이라 여기며 살아가야 한다는 것을 의미한다. 이것은 150여 년의 아시아계 미국인의 역사를 통틀어 체화된 명제이며, 지금도 이 명제는 변하지 않는 진리로 남아 있다.

여기에서 중요한 것은 프랭크 친의 말이 포함하는 아시아계 미국인의 사회적 위치에 대한 뼈아픈 통찰은 W. E. B. 듀보이스Dubois가 말했던 흑인의 '이중 의식double consciousness'과는 약간 다른 구별점이 존재한다는 것이다. 즉, 흑인들이 미국 역사를 통틀어 문화적으로나 경제적으로 착취와 억압의 대상으로 존재해 왔고, 또 그 존재 자체가 억압되어 왔던 것은 부정할 수 없는 사실이다. 그러나 미국 백인의 정체성은 언제나 흑인의 존재에 의존하여 구성되어 왔다는 토니 모리슨의 주장처럼(Morrison 46), 흑인들은 왜곡된 형태로나마 미국이라는 '상상의 공동체imagined community'(Anderson 6), 즉 미국 민족[1]의 한 부분으로 여겨져 왔으며, 미국 문화의 한 축으로서 그 역할을 수행해 왔다.

그러나 유럽과 미국의 오랜 오리엔탈리즘의 전통 속에서 '아시아'와 '미국'은 지금까지도 개념적으로나 경험적으로 양립할 수 없는 모순된 기표로 남아 있기에, 아시아계 미국인들은 언제나 미국의 민족 공동체의 타자로서 존재해 왔고, '아시아계 미국인Asian American'이라는 말은 그 자체로 일종의 형용모순적인 말이 되었다. 문화비평가 닐 고탄다Niel Gotanda는 이런 모순을 '아시아의 인종화Asiatic racialization'라고 명명하며, 이를 "아시아인들의 〔미국 사회로의〕 동화 불능unassimilability, 〔미국인들에 의한〕 아시아계 미국인과 아시아인 사이의 혼동, 그리고 미국 민족에 대한 위협으로서의 아시아에 대한 인식"과 같은 상이하면서도 연관된 담론들의 집합체라고 정의한다.(Gotanda 1-2) 이런 '아시아의 인종화'는 세계화가 급속도로 진전된 1980년대 말과 1990년대를 지나면서 새로운 양상을 띠기 시작하여, '신황화사상new yellow-perilism'과 같은 담론의 형성으로 나타나기 시작한다.(Espiritu 90)[2]

---

[1] 이 글에서 사용하는 '미국 민족'이라는 개념은 미국 헌법 서문의 첫 구절인 "We the People"을 지칭하는 말로서, 이는 최근까지도 법률적인 의미에서의 'citizen'과 동일한 말로 이해되었다. 그러나 1960년대 이후로 세계화가 지배적인 사회적 현상으로 자리 잡으면서 국가기구와 시민사회의 균열이 발생하게 되는데, 이런 균열은 민족과 국적 혹은 시민권이 동일시될 수 없음을 의미하며, 이에 따라 한 개인의 정치적 정체성과 문화적 정체성을 분리해서 보려는 경향이 생겨났다. 미국에서는 1965년 자유주의적 이민법의 시행과 함께 이런 경향이 표면화되었다. 이 글에서는 "We the People"로서의 '미국 민족'을 법률적인 의미에서의 'citizen'과 구별하여 '문화적 정체성'을 의미하는 용어로 사용하고자 한다. 그리고 특히 "공동체는 〔공동체의식의〕 허구성/진실성이 아닌 공동체가 자신을 상상하는 스타일에 의하여 구별된다."는 베네딕트 앤더슨의 주장에 기반하여(6), 미국인들이 "We the People"을 상상하는 방식 혹은 스타일과 그것이 인종 문제와 결부되는 방식에 초점을 맞추고자 한다.

예를 들어 1997년 클린턴이 두 번째 대통령 선거에 출마할 당시 중국인에게 불법 선거 자금을 받은 사건은 국가의 기강을 흔드는 거대한 비리인 양 거의 모든 주류 언론사의 공격을 받았는데, 중요한 것은 이런 주류 언론들이 클린턴 정부가 비아시아 계열에서 받은 더 큰 액수의 불법 선거 자금에 대해서는 침묵을 지켰다는 사실이다. 당시 《내셔날 리뷰National Review》는 표지 시사만화를 통해 클린턴을 전형적인 중국인 하우스보이houseboy(하인)로 희화시키며, 마치 클린턴이 중국의 간첩인 양 비웃었다. 더 최근의 예로, 중국계 미국인 핵과학자 웬호 리Wen Ho Lee가 핵무기 스파이 혐의를 받고 체포되었으나, 결국 무죄로 석방되기도 했다. 해프닝에 가까웠던 웬호 리 사건과 선거 자금 스캔들은 비록 그 성격은 다르지만 미국인의 대중적 상상력 속에 반아시아 감정이 얼마나 뿌리 깊게 박혀 있는지, 또 이를 통하여 미국 사회에서 아시아인들과 아시아계 미국인들이 어떻게 타자화되는지를 잘 보여 준다고 할 수 있다.

---

[2] 미국에서 초기의 황화사상은 19세기 중반 캘리포니아에서 금광이 발견되며 중국인들이 대거 유입되면서 나타났다고 알려져 있다. 로버트 리Robert Lee는 황화사상의 발전을 미국의 서부 개척 신화와 연관시켜 설명하는데, 그에 따르면 캘리포니아는 미국의 서부 개척이라는 신화적 내러티브 속에서 일종의 낙원으로 여겨졌는데, 그 낙원 속에 이방인으로서의 중국인의 존재는 그 낙원을 더럽히는 '오염 물질'로 비쳐질 수밖에 없었다. 오염 물질로서의 아시아인은 미국의 '민족과 가족, 인종'의 통일성을 깨뜨리는 '위협'으로 인식됐으며, 이것이 결국에는 미국 백인 종족의 '내부 방어벽inner dikes'을 허물어 버릴지도 모른다는 불안감을 불러일으켰다.(Lee 10) 이런 황화사상은 당시 인종 담론의 지배적인 축이었던 우생학eugenics이라는 의사과학적 담론을 통해 이데올로기적 정당성을 부여받았고, 1882년 '중국인 이민 금지법Chinese Exclusion Act'을 통해 제도화되기에 이르렀다.(Chan 54) 이런 초기 '황화'의 이미지가 1980년대와 90년대 들어 일본을 포함한 중국과 한국 등이 경제성장을 거듭하며 미국 경제와 안보를 위협하는 국가로 성장함과 동시에 북한의 핵 문제가 불거지면서 '신황화사상'으로 발전하게 된 것이다. 따라서 초기의 황화사상과 신황화사상은 아시아와 아시아인을 배척한다는 점에서 동일성을 띠지만, 각각의 역사적 토대가 전혀 다르다는 점에서 구별되어야만 한다.

하지만 아시아의 타자화는 미국 대 아시아라는 이원론적 대결 구조 속에서 파악될 수 있는 단순한 문제가 아닌, 국제적인 역학 관계와 더불어 미국 국내의 인종 문제와 젠더 문제 등 역사적이고 문화적인 층위들과의 복합적인 관계 속에서 중층 결정된다고 할 수 있다. 그런 까닭에 '아시아의 인종화'를 단순히 미구/아시아의 이항 대립 구조 속에서 조망하기보다는, 미국의 역사적·사회적 맥락에서 인종과 민족의 개념이 상호 영향을 미치며 구축되는 과정을 더 세밀하게 고찰할 필요가 있다. 이런 의미에서 미국 대중문화는 그 어떤 분야보다도 많은 연구가 필요한 지점이다. 왜냐하면 대중문화는 법률적 담론과 문화적 담론이 상호 연관성 속에서 인종과 민족의 개념을 생산하고 이를 대중적 차원에서 추인하는 일련의 과정이 벌어지는 정치적 장이기 때문이다.

20세기 초 미국의 연방대법원이 아시아인들에 대한 시민권 부여와 관련하여 남긴 두 가지 중요한 판례는 대중문화가 인종과 민족 개념의 형성에 결정적인 요소임을 증명한다. 먼저 1922년 '오자와/미국Ozawa v. United States'의 판결에서는 일본인 이주자였던 타카오 오자와Takao Ozawa가 미국의 시민권을 받을 수 없다고 판결하였는데, 여기에서 미 대법원은 오자와가 '자유 백인' 혹은 '흑인 노예이거나 그의 자손'이 아니기 때문에 비록 그가 백인보다 더 하얀 피부를 가졌다고 할지라도 미국 시민이 될 수 없다는 결정을 내렸다. 흥미로운 사실은 이 판결을 통하여 인종이라는 정체성의 범주가 미국 시민권의 핵심적인 요소임을 법률적으로 인정했다는 것과, '백인'에 대한 정의를 피부색이 아닌 혈통의 문제로 보고 있다는 것이다.

하지만 이 판결은 이듬해 '미국/씬드United States v. Thind' 판결로 너무도 쉽게 뒤집어진다. 씬드는 인도인으로 인종분류학상 '백인'의 혈통에 속하는 아리아인이었기에 주 정부에서는 그를 백인으로 인정하여 시민권을 부여했으나, 연방대법원에서 그의 시민권을 박탈했다. 이 판결에서 저스티스 서더랜드 판사는 '인종'이 단순히 혈통이나 피부색 혹은 과학과 같은 것으로 증명될 수 있는 성질의 것이 아닌 '사회적'인 것이며, 따라서 인종적 차이에 대한 '일반적 이해common understanding'가 존재한다고 주장했다. 즉, 인도인은 분류학상 코카시안에 속하지만 사회적으로 백인으로 인식될 수 없기 때문에 시민권을 부여할 수 없다는 것이었다. 결국 미국 시민권과 인종 문제에 대한 대법원의 자의적 판결은 미국 문화가 근본적으로 인종 논리에서 해방될 수 없다는 것을 보여 주었다고 할 수 있다.[3]

이 두 개의 판결은 이후 미국에서의 인종 개념 형성에 상당히 의미 있는 파장을 가져왔다. 무엇보다도 이 판례는 '진정한' 미국인에 대한 판단을 '일반적 이해'라는 명목 하에 일반 대중들의 상식에 종속시킴으로써 대중문화에 인종과 미국인을 정의할 수 있는 권위를 부여하게 되었다. 이로써 대중문화는 누가 진정한 미국인이 될 수 있는지에 대한 이데올로기적 투쟁이 일어나는 장이 되었을 뿐만 아니라, 인종의 범주가 생산되고 재현됨으로써 백인들의 문화적 헤게모니가 재생산되는 장이 되었다. 즉, 대중문화는 미국인의 인종적 정체성의 문제가 가장 적나라하게 드러나는 특권적 영역이 된 것이다.

물론 1965년 자유주의적 이민법의 시행은 법률적인 차원에서 인종과

---

[3] 이 두 판결 이후 인종이 혈통의 문제인지 아니면 문화적이고 사회적인 문제인지 하는 문제는 미국 인종 이론의 가장 핵심적인 논쟁거리로 대두되었다. 특히 1982년 『수지 핍스Susie Phipps』 판결을 계기로 문화비평 내에서 본격적으로 다루어지기 시작하였다. 그중 마이클 오미Michael Omi와 하워드 와이넌트Howard Winant가 공동 집필한 『1960년대에서 1990년대 사이의 미국 인종 구성체Racial Formation in the United States from the 1960s to the 1990s』 (1994), 이에 대한 반론의 성격을 띠고 있는 월터 벤 마이클스Walter Benn Michaels의 논문 「Race into Culture」(1992)와 「No-Drop Rule」(1994), 그리고 이와는 별도로 인종과 인종주의에 관련된 스튜어트 홀Stuart Hall의 여러 논문들, 인종 개념의 역사적 변화 과정을 정리한 마이클 밴튼Michael Banton의 『Racial Theory』(1998)도 참조해 볼 만하다.

민족 문제의 결합을 약화시키기는 했으나, 이것이 인종과 민족에 대한 '일반적 이해'를 완전히 변화시키지는 못했다. 여전히 대중문화는 미국의 지배적 '민족 이마고national imago'를 생성하고, 민족이라는 공동체의 상상적 경계선을 그려 내는 가장 핵심적인 영역으로 기능하고 있다. 따라서 미국의 대중문화, 특히 할리우드 영화에 대한 분석은 아시아인과 아시아계 미국인이 타자화되는 방식을 고찰할 수 있는 특권적 영역이라 할 수 있다.

방법론적인 측면에서, 이 글은 미국의 민족 개념을 흑백 논리로 설명하고 있는 브라이언 로크Brian Locke의 '흑백공멸론brinkmanship'을 바탕으로 이를 수정·보완하며, 미국인의 민족적 정체성이 인종적으로 어떻게 구성되는지, 그리고 그것이 아시아인 혹은 아시아계 미국인 남성의 정체성에 어떤 영향을 미치는지를 고찰하고자 한다. 이 과정에서 할리우드 영화 〈떠오르는 태양Rising Sun〉(1993)과 〈리셀 웨폰 4Lethal Weapon 4〉(1998)의 서사 구조를 분석하고, 결론에서는 최근의 영화 〈헤롤드와 쿠마Harold & Kumar Go to White Castle〉(2004)를 돌아보며 아시아인의 타자화 양상의 변화를 추적·분석하며 미래의 가능성을 논의해 보고자 한다. 특히 〈리셀 웨폰 4〉와 〈떠오르는 태양〉은 흑백 버디무비black-and-white buddy movie에 속하는 영화로 인종과 민족이 맞물리는 지점을 가장 대중적으로 표현한 작품이라 할 수 있다.

흑백이 같이 주장한 '흑백공멸론'

1965년 미국 이민법이 개정되며 아시아계 미국인의 정치적 위치는 극적인 전환을 맞게 된다. 무엇보다도 아시아 이민에 대한 규제가 풀리면서 아시아 지역의 이민 쿼터가 확대되었고, 또한 아시아에서 태어난 사람들도 미국의 시민권을 획득할 수 있는 권리가 주어짐에 따라 이제 아시아계 미국인들은 최소한 법률적인 차원에서는 백인이나 흑인 못지않은 지위를 얻을 수 있게 되었다. 하지만 이런 법률적 담론의 변화가 문화적인 차원의 변화를 이끌어 내지는 못했으며, 오히려 아시아 이민자들의 증가는 기존 미국인들의 반이민 정서를 확산시키는 결과를 가져왔다. 그 일례로, 미국의 주류 문화는 1970년대 이후 지속적으로 잃어버린 과거를 되살려 내려는 시도를 해 왔으며, 이는 프레드릭 제임슨Fredric Jameson이 '향수영화nostalgia film'의 발흥으로 규정지은 문화적 현상과 그 궤를 같이하는데(280-3), 이 영화들은 1970년대 이후 다문화주의와 다민족주의의 공간 속에서 점점 사라져 가는 전통적인 미국적 삶, 즉 자유롭고 인종적으로 순수한 소도시적 삶의 방식에 대한 집단적 열망을 알레고리적인 방식으로 표현한다고 볼 수 있다.

향수영화가 미국의 인종과 민족 문제에 대한 우회적 접근이었다고 한다면, 이와는 별도로 인종 문제 자체를 직접적이면서도 적극적으로 상품화하려는 시도가 꾸준히 있어 왔다. 〈차이나타운Chinatown〉(1974)이나 〈블레이드 러너Blade Runner〉(1982)처럼 차이나타운을 미국의 어두운 일면을 표현하는 배경으로 사용하는 영화가 있었는가 하면, 아시아적인 것을 상품화하려 했던 TV 시리즈 〈쿵푸Kung Fu〉(1972~75)와 1980년대 다수의 닌자ninja 영화, 그리고 아시아인 혹은 아시아계 미국인 남성들을 전면에 내세운 영화로 할리우드 블록버스터 영화 〈러시아워Rush Hour〉(1997, 2001, 2007), 〈떠오르는 태양〉과 〈리셀 웨폰 4〉 등을 들 수 있다.

특히 이 가운데 〈떠오르는 태양〉과 〈리셀 웨폰 4〉를 눈여겨봐야 하는데,[4] 이 두 영화의 특징은 흑인과 백인 경찰이 파트너를 이루어 아시아

---

[4] 〈러시아워〉는 분석 대상에서 제외된다. 이 영화 역시 성룡이라는 아시아인이 주인공으로 등장한다는 점에서 충분히 분석할 가치가 있지만, 성룡의 신분은 홍콩 경찰로서 미국 거주자

침략자들과 싸우며 미국 사회를 지켜 내는 일종의 경찰 버디무비로 백인/흑인/아시아인이라는 인종적 삼각관계를 통하여 미국의 인종적·문화적 정체성에 접근하기 때문이다. 이런 서사 구조는 앞선 19세기와 20세기 초 남부의 농장주들이 사용했던 순종적인 아시아 노동력을 통한 흑인의 문화적·경제적 격리 전략과는 상당한 거리가 있다.[5] 19세기 농장주들이 아시아인을 이용하여 흑인을 격리시키고 인종적으로 순결한 백인만의 공화국을 꿈꾸었던 반면, 〈떠오르는 태양〉과 〈리셀 웨폰 4〉는

나 이민자가 아닌 방문객으로 〈떠오르는 태양〉과 〈리셀 웨폰 4〉에 등장하는 아시아인과는 질적으로 다르다고 할 수 있다. 후자에 등장하는 아시아인들은 미국에 거주하며 미국의 문화적·경제적·정치적 정체성에 심각한 영향을 미치지만, 성룡의 경우에는 일이 끝나면 홍콩으로 돌아가야 할 외국인일 따름이다. 즉, 그는 미국 민족이 포용하거나 배제해야 할 대상이 아니며, 따라서 미국의 민족 이마고에 미치는 영향은 미미하다고 할 수 있다. 그리고 이 영화 속에서 그려지는 성룡의 이미지는 전통적인 미국 대중문화에 등장하는 아시아인의 이미지와 크게 변별점이 없다. 일레인 킴Elaine Kim이 지적하듯, 미국 대중문화 속의 아시아인은 '선한' 아시아인과 '악한' 아시아인으로 구별될 수 있으며, 이들의 문화적 역할은 미국인과 아시아인 사이의 '차이'를 부각시키는 것이다.(Kim 4) 즉, 성룡의 코믹 액션은 아시아 문화의 이국성exoticity을 스펙터클한 이미지로 전환시킴으로써 상품화시킨 것에 불과하다.

[5] 제임스 로웬James W. Loewen에 따르면, 19세기 미국 내 아시아계 이민자들은 '흑인에 가까운 위치a near-Negro position'를 부여받았지만, 흑인 사회에서도 배척당하고, 결국에는 '흑인과 백인 사이를 오가는 중간자' 역할을 수행했다.(Loewen 60) 하지만 이때 '중간자middleman'라는 말은 일종의 완곡어법으로, 엄밀한 의미에서는 백인 사회를 흑인 통치의 악몽으로부터 보호해 주는 일종의 인종적·경제적 완충제나, 흑인 사회를 길들이는 데 필요한 이데올로기적 도구에 불과하다고 말하는 것이 더 정확하다고 할 수 있다. 실제로 남부의 한 주지사는 다음과 같이 공언하였다. "의심할 바 없이, 중국인 노동자들을 데리고 온 근본적 동기는 옛 주인을 저버린 검둥이를 벌하고, 또한 그 검둥이의 고용 조건과 임금 규모를 규제하기 위함이다."(Loewen 23) 사실 당시 백인들에게 아시아인들은 흑인 노예 노동력의 '이상적 대체재'였다고 할 수 있는데, 왜냐하면 아시아인들은 흑인에 비해 생산적인 노동력을 제공하기도 했지만, 더 중요하게는 그들이 "흑인도 백인도 아니었기" 때문에 법률적으로 미국의 시민이 될 수 없었고, 따라서 미국 시민에 준하는 권리를 보장해 줄 필요가 없었기 때문이다.(Okihiro 52) 즉, 아시아 이민 초기 아시아인들은 노예해방을 통하여 새로이 미국 민족의 일부로 편입된 흑인들을 다시금 사회적·경제적으로 격리시키고 백인의 권위를 보호해 주는 방패막이로 사용되었다.

흑인과 백인 모두 좋든 싫든지 간에 서로를 안고 가야 아시아의 침략으로부터 미국의 민족적 정체성을 지켜 낼 수 있음을 주장한다. 이런 서사 구조 변화의 이면에는 반아시아 이민 정서와 신황화사상의 발흥, 더 근본적으로는 미국의 민족적 정체성에 대한 새로운 종류의 흑백논리의 생산이라는 문제가 존재한다.

제2차 세계대전 이후로 미국 사회 내의 인종 질서는 큰 변화를 겪게 되는데, 이는 1950년대 이후의 흑인 인권운동의 확산과 냉전 체제의 고착화로 촉발된 미국적 정체성의 위기와 연관된다. 전통적으로 미국에서 흑인과 관련된 인종적 담론들은 흑백의 이원론적 구조 속에서 흑인과 백인 간의 생물학적·문화적 차이를 강조함과 동시에 이런 본질적 차이들이 궁극적으로는 백인 남성의 혈통과 문화를 오염시키고, 더 나아가 미국 자체를 멸망시킬 것이라는 종말론적 불안감을 내포하고 있다. 예를 들어, 19세기 초 토머스 제퍼슨Thomas Jefferson은 흑인 노예의 해방은 "우리를 분열시키고 …… 궁극적으로는 둘 중 하나가 멸망할 때까지 끝나지 않을 혼란을 야기시킬 것이다."라고 주장했다. (Jefferson, qtd. Takaki 75-6) 노예해방을 주도했던 링컨Abraham Lincoln의 인식 역시 크게 다르지 않았는데, 그는 노예해방이 가져올 사회적 혼란에 대비해 흑인을 다시 아프리카로 돌려보내는 것까지 고려했다. 흑인 지도자였던 W. E. B. 듀보이스 또한 "하나의 검은 육체에 존재하는 두 개의 모순된 이상two warring ideals in one dark body"과 같은 말을 통해 흑과 백이 결코 화합될 수 없음을 암시하기도 하였고(5), 그 자신도 미국의 시민이 아닌 아프리카의 시민으로서 임종을 맞이했다. 흑백 간의 차이에 대한 극단적 인식과 미래에 대한 종말론적 비전은 흑인을 미국 민족의 일부로서 수용하길 거부했던 백인 우월주의적 이데올로기와 이에 저항했던 흑인의 문화적 민족주의 간에 충돌의 결과임은 두말할 나위 없다.

하지만 이런 극단적 대립 구조는 냉전 체제 하에서 흑인 인권운동이 촉발되며 새로운 국면을 맞이한다. 브라이언 로크에 따르면, 제2차 세계 대전의 발발과 이후 냉전 체제의 확립 과정 속에서 소련과 치열한 이데 올로기 전쟁을 치르던 미국은 사회주의에 대한 이데올로기적 우월성을 확보하고자 국내외적으로 '미국 예외주의American exceptionalism' 담론을 생 산·유포시키기 시작했는데, 그 내용은 미국은 마르크시즘과 공산주의 세력에서 자유로우며, 세계에서 가장 우월한 자유민주주의 제도를 가지 고 있다는 것이다.

헨리 루스Henry Luce는 『미국의 세기The American Century』에서 "가장 미국 적인 이상은 자유에 대한 사랑, 기회의 평등에 대한 열망, 자족과 독립 그리고 협동의 전통"이라고 선언하며, 이를 전 세계에 널리 퍼뜨리는 것 은 미국의 "도덕적 의무"라고 주장한다.(qtd. Locke 103) 하지만 미국 예외 주의 이데올로기는 미국 사회의 근본적 모순, 즉 인종 문제와 그에 따 른 흑인 인권운동의 확산으로 인해 전 세계적으로 조롱거리로 전락할 위기에 처한다. 당시 세계의 거의 모든 언론이 역사적으로 존재했던 미 국의 흑인에 대한 부당한 처우와 그로 인해 촉발된 흑인 시민운동의 내 용을 상세하게 보도하기 시작했고, "소련의 대 미국 선전선동의 50퍼센 트는 인종 문제에 집중되어 있었다."(Locke 103) 결국 미국 우월주의와 흑인 문제 사이의 모순이 첨예한 쟁점으로 떠오르면서 유수의 미국 정 치인들이 이 문제에 본격적으로 대처하기 시작하며 흑인 포용정책을 들 고 나온다. 로크에 따르면, 이때 미국 주류 정치 지도자들이나 흑인 운 동가 모두 전략적으로 사용한 레토릭이 바로 '흑백공멸론brinkmanship'[6]이 다.(104-106)

---

[6] 영어 'brinkmanship'은 일반적으로 '벼랑 끝 전술'이라는 말로 번역된다. 그러나 이 글에서는 이 말의 함의를 그대로 유지하면서 로크의 이론 속에 포함된 인종적 맥락을 최대한 살리고 자 '흑백공멸론'으로 번역한다.

흑백공멸론의 핵심은 서로 뒤얽혀 있는 흑백 간의 벼랑 끝 투쟁은 "결국에는 공멸로 나아갈 수밖에 없다는 위기의식의 고취"로(Locke 104), 로크에 따르면 이 흑백공멸론은 네 가지 선행 조건을 필요로 한다. 먼저 "대립적인 위치에 있는 두 편이 있어야 하고, 공멸의 가능성이 항존해야 하며, 이 두 편은 서로가 서로에게 묶여 있어서 한쪽이 한 행동의 결과 를 다른 쪽과 똑같이 공유할 수밖에 없으며, 또한 모든 행동의 결과를 공유해야만 하는 까닭에 한편이 다른 편의 행동을 공멸의 위협을 통해 서 제어할 수 있어야 한다."(105) 이러한 모델에 따르면, 이 흑백공멸론 은 상호 불가분의 관계에 있는 흑과 백이라는 양자 간의 대립 구조를 통하여 서로를 위협 혹은 통제함으로써 정치적 이득을 취하는 전략이라 할 수 있다.

이 모델을 통하여 로크는 명시적으로 표시하지는 않았지만 한 가지 중요한 질문을 던진다. 왜 하필 제2차 세계대전과 냉전이라는 특수한 정치적 상황에서 흑백공멸론이 중요한 정치적·문화적 레토릭으로 부상 했는가이다. 앞서 언급한 19세기의 제퍼슨이나 링컨 등의 발언을 통해 서도 알 수 있듯이, 인종 대립에 관한 종말론적 위기의식은 미국의 오 랜 인종 담론 중 하나였음에도 불구하고 말이다. 이는 곧 흑백공멸론이 소련이나 사회주의처럼 외부의 절대적 타자를 전제해야만 작동 가능한 모델임을 암시한다고 할 수 있다.

냉전 체제에서 소련과 같은 제3의 타자는 미국의 존재 전체를 위협하 는 외부의 적으로 인식되었으며, 이로 인하여 흑백 간의 갈등이 지속되 면 궁극적으로는 양자 모두 파국으로 치달을 수밖에 없다는 위기의식이 주류 백인들 사이에서 고조되었다. 이 위기의식으로 인하여 미국 주류 사회는 어쩔 수 없이 흑인을 미국 시민사회의 구성원으로 수용해야만 했고, 그 대신에 흑인의 욕구를 제어하여 사회적 혼란을 막을 수 있었 다. 예컨대, 1941년 흑인 운동가였던 필립 랜돌프Philip Randolph는 워싱턴에서 흑인 인권 탄압에 항의하는 대규모 집회를 열겠다며 연방정부를 압박했다. 당시 제2차 대전에 참여하고 있던 루스벨트 정권은, 흑인 집회가 방송 매체를 통하여 유포될 경우 전쟁에서 미국의 도덕적 우월성을 상실하게 될까 두려워하여 백인우월주의자들에게 압력을 가하여 결국 최초의 법률적 흑인 보호정책affirmative action을 통과시키고 방위산업 업체에 흑인을 의무적으로 고용하도록 했다.(104) 그 결과 미국은 가장 이상적인 자유와 민주주의 국가라는 정체성을 표면적으로나마 유지할 수 있었고, 또한 사회주의와의 이데올로기 전쟁에서 승리할 수 있었던 것이다.

이런 의미에서 우리는 로크의 흑백공멸론 모델을 흑과 백의 이원론적 대립 구조에서 나와 내 안의 타자 그리고 외부의 적이라는 삼각관계로 확장시킬 수 있으며, 이 속에서 흑백공멸론의 핵심은 (상상에 의한 것이건 실재적인 것이건) 외부의 '절대적 타자'를 설정하여, 일차적으로는 위기의식을 고취시키고 흑백 간의 허구적 연대감을 발전시킴으로써 인종 문제라는 내부의 모순을 봉합하고, 이차적으로는 절대적 타자와의 차이를 부각시켜 미국의 민족 정체성을 강화하려는 전략이라 할 수 있다. 흑백공멸론은 위기 담론을 생산 유포하여 흑백 간 갈등의 이미지를 화합의 이미지로 탈바꿈시킴으로써, 미국이 최고의 자유와 민주주의를 체화하고 있는 국가임을 증명하는 문화적 전략으로 꾸준히 사용되었다. 또한 이는 일종의 '이데올로기적 봉쇄 전략ideological strategy of containment'으로 작동하면서, 민족에 관한 대중적 상상력을 흑인과 백인의 조화라는 허구적 흑백논리 속에 가두어 두는 결과를 가져왔다. 이로써 흑과 백 어느 쪽에도 포함될 수 없었던 아시아계 미국인 혹은 아시아인들을 타자화시키고 소외시키는 결과를 가져왔다고 할 수 있다.

흑백 버디무비와 아시아, 〈떠오르는 태양〉

문화사적인 측면에서 보았을 때, 흑백공멸론은 비단 냉전 시대의 산물만은 아니다. 이것의 서사적 원형은 마크 트웨인Mark Twain의 『허클베리 핀의 모험*The Adventures of Huckleberry Finn*』(1885)에서 최초로 나타나는데, 백인 부랑자 허크와 탈출한 흑인 노예 짐이 사회적 속박을 벗어나고자 펼치는 뗏목 여행이 바로 그것이다. 사회 부적응자 허크와 탈출 노예 짐의 사회적 지위, 장구하게 흘러가는 거대한 미시시피 강, 그리고 그 둘의 삶의 토대로서의 작은 뗏목은 당시 미국 사회의 알레고리로서 흑인과 백인이 함께 처한 위기 상황, 즉 남북전쟁과 노예해방으로 인한 사회적 혼란과 미국적 정체성의 위기에 대한 우의적 표현이었다. 특히 험난한 미시시피 강이라는 외부의 위협에서 짐과 허크를 보호해 주며 자유의 땅으로 인도해 주는 유일한 수단으로서의 뗏목은 서로 증오하면서도 끝까지 함께 갈 수밖에 없었던 공동 운명체로서의 흑인과 백인 간의 상호 의존성에 대한 메타포가 되었다.

『허클베리 핀의 모험』이 지니는 서사적 원형이 대중문화 속에 차용되어 할리우드 영화의 이미지 속으로 편입되면서, '흑백 버디무비'라는 장르로 부활하게 된다. 스탠리 크래머Stanley Kramer 감독의 1958년 작 〈흑과 백*The Defiant Ones*〉이 그 시초라 할 수 있다. (로크 역시 이 영화를 흑백공멸론을 가장 충실히 표현한 최초의 영화라고 주장한다.) 이 영화는 허크와 짐을 연결시켜 주었던 뗏목을 수갑과 쇠사슬로, 미시시피 강과 억압적 사회제도라는 외적 위협을 추적해 오는 경찰견의 날카로운 송곳니와 적막을 가르는 개 울음소리로 대체할 뿐, 흑인과 백인 남성 간의 상호 의존성과 자유를 향한 탈주라는 『허클베리 핀의 모험』의 기본적 서사 구조는 그대로 유지한다. 영화 속 흑인과 백인의 두 남자는 수갑으로 서로의 손이 함께 묶인 채 탈옥한 후 경찰의 추적을 피하여 자유를 향한

미국 '흑백 버디무비'의 시초로 알려진 스탠리 크래머 감독의 1958년 작 〈흑과 백〉.

도주를 감행한다. 처음에는 서로 증오했던, 하지만 수갑으로 묶여 있어 필연적으로 모든 역경을 공유하면서도 죽음의 위협을 통해 서로의 행동을 통제하며 상호 균형을 유지해야 했던 두 사람은 이후 수갑의 사슬을 끊어 버린 뒤에도 서로를 떠나지 못하고 서로의 운명을 자기 것인 양 받아들이며 함께 죽음 앞에 서게 된다. 즉, 흑인과 백인 사이의 인종적 갈등을 경찰의 추적이라는 외적 위협으로 봉인함으로써 영화는 성공적으로 흑과 백의 화해와 협조 그리고 통합된 미국적 정체성이라는 상징적 이미지를 도출해 낸다.

〈흑과 백〉이 아카데미상 작품상을 비롯한 9개 부문의 후보작으로 오르면서 이 영화의 서사 구조는 할리우드 영화의 새로운 도식으로 정립되었고, 이것이 본격적으로 상업화된 것은 미국에 신보수주의 바람이 불며 강한 미국을 표방하고 소련과 끝없는 군비 경쟁을 벌였던 레이건 행정부가 들어선 1980년대부터라고 할 수 있다. 〈48시간*48Hrs*〉(1982), 〈비버리힐스 캅 2*Beverly Hills Cop II*〉(1987), 〈리셀 웨폰〉(1987)과 같은 대표적인 흑백 버디무비가 이 시절에 생산되었다. 이는 흑백공멸론이 냉전 체제의 전형적인 산물은 아니라고 할지라도, 냉전과 같은 위기 담론 위에 기생하는 문화 전략이었음을 증명한다고 할 수 있다. 문제는 냉전의 종식과 더불어 사회주의와 소련이라는 거대한 외부의 악이 사라지고 세계화가 급속히 진행되는 1990년대 이후에도 흑백공멸론이 흑인 문제를 해결하고 미국적 정체성을 공고히 하는 데 여전히 유효한가이다. 이 문제가 바로 앞서 언급했던 〈떠오르는 태양〉을 이해하는 하나의 단서를 제공해 준다.

필립 카우프만Philip Kaufman 감독의 〈떠오르는 태양〉은 마이클 크라이튼Michael Crichton의 동명 소설을 영화한 작품이다. 이 영화의 기본적인 서사 구조는 백인 형사 숀 코너리(코너 형사)와 흑인 형사 웨슬리 스나입스(스미스 형사)가 LA 경찰로 등장해 LA에 있는 일본의 다국적기업 나가

모토 그룹의 회의실에서 발생한 백인 여성 살인 사건을 추적해 나가는 추리영화이다. 영화의 초반부, 두 개의 의미 있는 장면이 병치된다. 먼저, 나가모토 그룹은 미국의 유명한 반도체 회사인 '마이크로콘'을 합병하고자 미국 실무단과 협상을 벌인다. 마이크로콘은 미국의 방위 산업에 아주 중요한 컴퓨터 칩을 개발 중이었고, 카메라는 협상 테이블의 중앙에 놓인 두 대의 스텔스 전폭기 모형을 비추며 미국 국방 산업의 핵심 기술이 일본에 팔려 갈 위기에 처했음을 암시한다. 또한 협상 장면이 끝날 무렵 회의실에 켜져 있는 텔레비전에서 미국의 한 상원의원이 마이크로콘 매각의 위험성을 강조하는 메시지가 흘러나오며 위기감은 한층 고조된다. 그리고 이어진 장면에서 나가모토 그룹의 빌딩에서 거대한 파티가 열리고 이국적인 일본 문화가 극적인 형태로 그려진다. 그와 더불어 건물의 빈 회의실에선 금발의 백인 여성(창녀)이 일본인 남성과 성교를 하고 있다. 그녀의 목에는 일본인 남성의 손이 올려져 있고 점점 목을 죄어 들어가며 신음 소리는 커져 간다. 그 여성은 잠시 후 시체로 발견된다.

영화의 서두에 병치된 이 두 장면은 한 가지 공통점이 있다. 일본에 의한 미국의 침탈이다. 하나는 경제적인 침탈이며, 또 하나는 성적인 (더 심층적으로는 백인 여성의 육체에 각인된 미국적 가치, 즉 자유와 민주주의) 침탈이다. 이는 일본의 경제적 · 문화적 침탈로 인하여 미국의 정체성이 위기에 처해 있음을 암시한다. 그리고 이 위기를 해결하고자 기질이 전혀 다른 흑과 백의 두 형사가 소집된다. 즉, 위기 상황과 흑인과 백인의 결합은 이 영화를 흑백공멸론의 토대 위에 올려놓는 기능을 하고 있는 것이다. 하지만 전통적인 의미에서의 흑백공멸론과의 공통점은 여기까지이다. 이 영화는 나름대로의 문화적 작업을 수행하며 흑백공멸론의 새로운 패러다임을 설정한다. 무엇보다도 위기의 담론을 구성하는 중요 요소에 변화를 가한다. 냉전 시대의 위기가 사회주의와의 이데올로기적

마이클 크라이튼의 동명 소설을 영화화한 필립 카우프만 감독의 〈떠오르는 태양〉(1993).
백인 형사 숀 코너리와 흑인 형사 웨슬리 스나입스가 백인 여성 살인 사건을 추적해 나가는
추리영화이다.

갈등에서 비롯되었다면, 〈떠오르는 태양〉이 설정한 위기는 세계화와 그로 인한 경제전쟁이다. 그래서 코너 형사는 말한다. "비즈니스는 전쟁이다. …… 우리는 전쟁 지역에 살고 있다.Business is a war. …… We're in the war zone." 또한 흑백의 조화를 위협하는 외부의 적이 바뀌었다. 즉, 소련이 아닌 일본이 주적으로 등장한 것이다. 다국적기업인 나가모토와 폭력 조직인 야쿠자로 상징되는 일본의 문화는 처음부터 철저한 타자로 표상된다. 도청과 여러 불법적인 수단을 동원해 협상을 주도하는 나가모토 그룹의 비도덕성과 파티 장면에서 흑백 대비를 통해 선정적으로 그려진 일본 문화의 이질성은 그 자체로 미국적 정체성에 대한 위협으로 다가온다.

〈떠오르는 태양〉이 수행하는 더 중요한 문화적 작업은 내적 갈등을 외적 위협의 결과로 치환시킨다는 것이다. 기존의 흑백공멸론이 외적 위기를 강조하여 내적 갈등을 봉인하는 이데올로기적 기능을 했다면, 이 영화는 거꾸로 내적 갈등의 원인을 외부로 돌림으로써 기존의 사회적 지배 구조에 면죄부를 부여한다. 이런 새로운 인과관계의 설정은 앞서 설명한 두 장면에 이어지는 짧막한 장면으로 형상화된다. 흑인 형사 스미스가 폭우가 쏟아지는 로스앤젤레스의 밤거리를 운전하며 지나가는 짤막한 장면이다.

스미스 형사는 살인 사건의 보고를 받고 새로이 파트너가 될 코너 형사를 만나러 홀로 폭우 속을 뚫고 차를 운전해 나간다. 그의 차창 밖으로 두 명의 흑인 부랑자가 쓰레기통 사이를 서성거린다. 스미스 형사의 시각을 통해 그려지는 이 장면을 상징적으로 만드는 것은 배경 음향으로 깔리는 살해된 백인 여성의 신음 소리이다. 여기서 여성의 신음 소리는 이중적인 메시지를 전달한다. 먼저, 죽음의 위기를 알리는 소리로 해석될 수 있다. 이 경우 흑인의 문화적·경제적 소외라고 하는 미국 사회의 근본적 모순을 상징하는 흑인 부랑자의 모습이 일본인에게 살해된 백인 창녀의 신음 소리와 겹쳐지면서 일순간 일본의 경제 침탈로 위기에 처한 미국의 하층민 일반의 이미지로 치환되고, 특히 신음 소리와 빗소리 그리고 어둠을 적절히 통제한 몽환적 이미지의 연출은 흑인과 "모든 미국인" 사이의 허구적 동일화를 생산해 낸다. 이것이 전달하고자 하는 메시지는 간명하다. "아시아인이라는 공통의 적 앞에서, '우리'는 모두 '미국인'으로서 한 배를 타고 있다. '모든' 미국인이 이 경제전쟁으로 고통 받고 있다."(Locke 115) 즉, 모든 미국인은 일본인에 의하여 고통받고 있으며 따라서 모두 화합하여 일본에 맞서 싸워야 한다는 것이다. 이런 영화의 메시지는 기존의 흑백공멸론과 크게 다를 게 없다.

그러나 여성의 신음 소리는 죽음의 고통을 알리는 소리이기도 하지만 동시에 극단적 쾌감을 표시하는 것이기도 하다. 그 여성은 목을 졸리면서 성적 쾌감을 느끼는 일종의 변태적 성애자인 탓이다. (실제로 이 여성은 함께 섹스를 한 남자에게 살해된 것이 아니었다.) 신음 소리가 갖는 이런 이중성은 이 영화의 또 다른 의미 층위로 우리를 인도한다. 영화 전편에 걸쳐 반복적으로 등장하는 이미지 중 하나는 일본인 남성과 백인 여성 간의 일탈적 섹스 행위이다. 어떤 의미에서 보면, 이 선정적인 이미지는 나가모토 그룹이 마이크로콘 회사를 합병하려고 자행하는 온갖 비도덕적 행태와 더불어, 미국의 청교도적 문화와 대비되는 일본 문화의 타락성과 부패를 두드러지게 한다. 그 결과, 아시아 문화가 지니는 타자성이 한층 더 강화된다. 아울러 아시아 남성과 백인 여성들 간의 선정적 이미지의 과잉은 전체적인 서사 구조와 맞물려 또 다른 기능을 하는데, 바로 흑인 형사 스미스의 가정적 불행을 부각시켜 흑인 남성성의 위기를 강조하는 것이다.

영화 속 스미스는 민완 형사이기는 하나 가정적으로나 경제적으로는 실패한 사람으로, 그의 부인은 그를 "낙오자loser"라 규정짓고 이미 가정을 떠나 버린 상태이다. 즉, 경제적 실패는 아내의 부재로 귀결됨과 동시에 스미스에게 금욕을 강요한다. 그리고 이 강요된 금욕은 필연적으로 일본인의 난잡한 성행위의 이미지와 대비되며 스미스의 파괴된 가정과 그에 따른 남성성의 위기를 암시한다. 스미스에게 부재하는 '부인'이 일본인에게는 성의 과잉과 일탈로 표현됨으로써, 궁극적으로는 관객들에게 단 하나의 질문을 던지도록 강요한다. 누가 이 흑인의 부인을 빼앗고 그의 남성성을 위협하는가?

앞서 살펴본 흑인 부랑자의 이미지는 바로 이런 맥락 속에서 다시 해석할 수 있다. 흑인 부랑자들이 쓰레기통을 서성거리는 모습은 로스앤젤레스 도심 어디에서나 흔히 볼 수 있는 장면에 불과하다. 그러나 살인사건을 보고받고 출동하던 스미스 형사가 애써 고개를 돌려 그 부랑자들을 쳐다보고 카메라가 그 부랑자의 모습을 클로즈업하는 것은, 그리고 배경 음향으로 사용된 백인 여성의 쾌락에 가득 찬 신음 소리는 결국 하나의 질문을 이끌어 내기 위함이다. '누가 이 흑인을 거리로 내몰았는가?' 그리고 '누가 흑인의 진짜 적인가?' 그런데 흥미로운 것은 정작이 질문에 대답해야 할 의무가 있는 백인은 이 장면에서 제외되어 면죄부를 부여받고 있으며, 오로지 백인 여성의 신음 소리 뒤에 숨어 있는 일본인만이 전면으로 부각된다는 것이다. 바로 이런 방식을 통하여 흑인의 적이 백인에서 일본인으로 전이되며, 이 영화는 이런 갈등의 전이과정을 서슴없이 스크린으로 옮긴다. 이 과정이 가장 선명하게 드러나는 대목이 스미스와 코너가 일본인 야쿠자에게 쫓기는 장면이다. 이 자동차 추격 장면에서 스미스는 의도적으로 일본 야쿠자를 LA의 흑인 빈민가인 사우스 센트럴South Central로 유도해 간다. 그러고는 코너 형사에게 흑인들 앞에서 어떻게 행동해야 하는지를 일일이 설명해 준다.

스미스 이 주변은 안전합니다.

코너 여기가 안전하다고?

스미스 아마도 미국의 최후의 보루는 빈민가일 것입니다. 내가 시키는 대로 하세요. 이 친구들의 눈을 똑바로 보지 말고, 손은 항상 가만히 내려 두세요. 이 친구들은 팔을 크게 움직이는 것을 좋아하지 않지요. 총으로 쏠 수도 있어요. 목소리는 낮추고…… 훨씬 더 중요한 것은 절대 욕을 하지 마세요. 만약 내가 "도와줄까?"라는 말을 해야 할 경우가 생긴다면, 그땐 이미 늦습니다. 세상과 하직 인사를 할 수 있을 테니까요.

〔크렌쇼에게〕 헤이 친구 잘 있었나?

크렌쇼 거미? 거미 집 스미스가 크렌쇼를 건드리다니? 이 자식, 도대체 이게 얼마만이냐? 콜럼버스 이전이던가?

스미스 웃긴데.

크렌쇼 〔코너에게〕 아르마니?

코너 그렇소.

크렌쇼 조르지오! 멋지군, 친구!

스미스 이봐. 내가 이 노인을 양노원에 모셔다 드려야 해. 그런데 이 양반이 일본 고양이한테 스시를 훔쳐 먹었어. 그래서 그놈들이 우리를 쫓고 있어. 도움이 필요한데, 우리를 도와줄 수 있겠지?

크렌쇼 도와주지.

Smith We're safe around here.

Conner You call this safe?

Smith Rough neighborhoods may be America's last advantage. Perhaps, I may suggest a strategy. Don't stare at these guys. Keep your hands down. These guys don't like big arm movements. They might shoot you. Keep your voice calm…… Better still, don't say shit. If you hear me say, "Can I be of any assistance?" …… it's too late. You can kiss your little ass goodbye.

〔to Crenshaw〕 Hey, yo! What's up?

Crenshaw : Spider? Spider Web Smith scored against Crenshaw. Yo, motherfucker. What year was that? Was that before Columbus or after?

Smith : Very funny.

Crenshaw : [to Conner] Armani?

Conner : Yeah.

Crenshaw : Giorgio! You doin' just fine, brother!

Smith : Look, I'm escorting this old geezer back to the loony farm. He stole sushi from some Japanese cats. Now they chasin' us. So I need you guys to get behind us. Think you can help us out?

Crenshaw : We got your back. (글쓴이 역)

스미스가 백인 형사에게 빈민가 흑인들 앞에서 지켜야 할 행동 규범을 일일이 알려 주는 것은 흑인과 백인이 여전히 갈등 관계에 있음을, 또한 빈민가 흑인들의 일상생활 자체가 백인과의 전쟁 상태임을 암시한다. 이 상황에서 코너 형사가 일련의 행동 수칙에 복종하는 것은 인종전쟁에서의 일시적 휴전을 요구하는 백기와도 같은 것이다. 백기를 들고 찾아온 코너 형사에게 흑인 친구는 그가 입고 있는 값비싼 브랜드의 '아르마니' 양복을 가리키며 트집을 잡는다. 흑인과 백인의 인종적 갈등이 표면화되는 유일한 순간이다. 즉, 빈민가에서 흑인들에 둘러싸여 덩그러니 놓여 있는 최고급 양복과 그것을 입고 있는 백인, 이는 분명 백인의 오래된 인종적 악몽을 이미지화한다. 코너 형사의 얼굴이 경직되며 일순간 위기감이 감돈다. 하지만 이 순간적 긴장은 스미스 형사가 일본인을 끌어들임으로써 이내 해소된다. 흑과 백의 인종적 대립이 순식간에 흑인과 일본인의 대립으로 전이된 것이다. 그리고 이 순간 '누가 흑인의 진짜 적인가?'라는 질문에 대한 답이 너무도 명확해진다. 즉, 모든 '미국인'이 전쟁터에 던져진 것이 아니라, '흑인'만이 홀로 전쟁을 치르고 있는 것이다. 이런 상황 논리를 통하여 이 영화가 전달하려는 메시지는 너무도 간명하다. 흑인들의 경제적·사회적 고통은 백인과 미국 사회의 근본적 모순으로서의 인종주의가 아닌 일본의 침략에 기인하는 것이며, 따라서 흑인들이 백인들과 협조하여 일본과 싸우지 않으면 종국에는 흑인과 백인 모두 파멸의 길로 나갈 수밖에 없다는 것이다.

냉전 체제의 붕괴는 소련이라는 실질적 위협의 소멸을 가져왔지만, 동시에 이는 미국이 내부적으로 인종 갈등을 봉합할 수 있는 하나의 정치적 수단을 상실했음을 의미하기도 한다. 결국 미국의 주류 문화는 또 다른 외부의 적을 창조해 낼 수밖에 없었으며, 그것이 아시아인으로 코드화된 것이다. 이는 미국의 주류 문화가 경제적으로 경쟁 관계에 있는 아시아 남성을 타자화함으로써 냉전 시대의 이데올로기적 대립을 경제적인 차원으로 변형·연장시키고, 이를 통하여 미국 내의 인종 문제를 부재의 상태로 만들려는 시도라 할 수 있다. 그 결과, 미국의 주류 문화는 도덕성에 상처를 입지 않은 채 흑인의 정치적 분노를 일본인에게 돌리고, 흑백 간의 연대감을 공고히 할 수 있었다. 하지만 이 흑백 간의 화합은 아시아인을 타자화시킨 대가로서 획득된 것이라는 점에서 비윤리적인 것이었으며, 흑인의 주변자적 지위에 아무런 물질적 변화를 수반하지 않았다는 점에서 이데올로기적인 것에 불과한 것이라 할 수 있다.

수용 가능한 타자로서의 아시아, 〈리셀 웨폰 4〉

1990년대 말로 접어들며 세계화의 진행에 가속도가 붙으면서 흑백공멸론 역시 새로운 패러다임 속에서 재해석된다. 이런 점에서 홍콩 배우 이연걸의 할리우드 데뷔작으로 관심을 모았던 〈리셀 웨폰 4〉는 〈떠오르는 태양〉과 같으면서도 다른 흑백공멸론의 양상을 보여 준다. 〈리셀 웨폰 4〉는 절대적 타자로서의 아시아인 악당이 나온다는 점에서 〈떠오르는 태양〉과 유사하지만, 아시아인을 묘사하는 방식에서 훨씬 더 복잡한 양상을 띠고 있다. 또한 〈떠오르는 태양〉이 아시아와의 경제전쟁을 중심 모티브로 사용하는 반면, 〈리셀 웨폰 4〉에서 미국의 정체성을 위협하는 것은 아시아의 불법 이민자들과 아시아계 범죄 집단이다.

1987년 이래로 제작된 시리즈의 전작들을 통해서 이미 가족과 같은 존재가 되어 버린 흑백의 두 형사, 로저(데니 글로버)와 릭스(멜 깁슨)에게 이제 피부색은 전혀 문제가 되지 않는다. 극의 초반부, 그들은 유대인 친구와 함께 로스앤젤레스의 해안가에서 보트를 타며 밤낚시의 여유를 즐긴다. 마크 트웨인이 이상적 미국의 모습으로 형상화했던 허크와 짐의 뗏목을 연상시키는 장면이다. 게다가 흑백 화합이라는 이상화된 이미지에 유대인까지 더함으로써 말 그대로 '인종의 용광로'로서 미국의 정체성을 구체화시킨다. 하지만 이런 이상화된 미국의 정체성은 괴선박의 출현으로 좌초의 위기를 맞는데, 그 배는 다름 아닌 중국에서 불법 이민자를 수송하는 아시아계 갱단의 배이다. 이후 영화의 주 무대인 로스앤젤레스는 살인, 폭력, 총격, 방화, 위조지폐 등 일련의 반사회적 범죄들로 가득 찬 아수라장으로 변한다. 이런 인과관계의 설정은 또 다른 형태의 흑백공멸론으로 볼 수 있으며, 아시아에서 오는 불법 이민이 다민족, 다문화주의라는 이름 하에 흑백 간의 조화를 파괴하고 미국을 다문화적 디스토피아로 변모시킬 수 있음을 암시하고 있다.

이 영화가 〈떠오르는 태양〉과 차별되는 좀 더 근본적인 요소는 아시아가 미국의 궁극적 타자이자 동시에 수용의 대상이기도 하다는 것이다. 이를 보여 주는 것이 바로 중국 불법 이민자들의 포용이다. 흑인 형사 로저는 중국 불법 이민자 가족을 자신의 집에 숨겨 주며 그들이 시민권을 받도록 도와준다. 로저는 미국의 시민권을 얻고자 노예와 같은 생활

홍콩 배우 이연걸의 할리우드 데뷔작인 〈리셀 웨폰 4〉(1998).

을 해야 하는 중국인 일가의 모습에서 노예로 팔려 왔던 자신의 조상들을 연상한다. 이 장면은 사실 같은 인종적 소수자로서 흑인과 아시아계 미국인 사이의 연대 가능성을 열어 두었다는 점에서 상당한 의미를 가질 수도 있다. 하지만 이런 연대 가능성은 침략자로서 아시아의 이미지와 미국 민족에 관한 인종적 흑백논리 속에 함몰되고, 로저의 행위는 인정 많은 한 개인의 자선으로 축소되고 만다. 결국 로저의 행동은 소수자 간의 연대가 아닌, 헨리 루스가 말한 미국의 "도덕적 의무", 즉 미국은 세계 최고의 자유민주주의 사회이며 또한 이 가치를 세계에 전파해야 한다는 미국 우월주의에 대한 우회적 표현이라 볼 수 있고, 더 나아가 백인이 불쌍한 아시아인을 사악한 아시아인에게서 구출해 내어[7] 문명의 길로 이끌어 가야 한다는 "백인의 짐White Man's Burden"[8]과 같은 제국주의적 서사에 불과하다. 단지 이런 백인의 짐을 흑인인 로저가 떠맡았다는 것이 아이러니로 남는데, 이는 흑인에게 백인의 가면을 씌움으로써 일시적으로 인종주의를 부재의 상태로 만드는 이데올로기적 기능을 한다고 할 수 있다. 그 결과 자유와 민주주의라는 미국적 정체성은 더 강화된다.

또한 중요한 것은 포용 가능한 대상으로서 아시아가 결코 미국적 정체성을 위협하는 절대적 타자로서의 아시아의 이미지보다 더 발전된 것이라 할 수 없다는 것이다. 단지 타자화하는 방식이 다를 뿐이라고 할

---

[7] 이 부분은 탈식민주의 논의에서 상당한 파장을 일으켰던 논문 「서발턴은 말할 수 있는가?」 (1985)에서 가야트리 스피박Gayatri C. Spivak이 만들어 낸 "검둥이 남자에게서 검둥이 여자를 구출하는 백인White man saving brown women from brown men"이라는 문구를 의식적으로 모방한 것이다.

[8] '백인의 짐'은 러디어드 키플링Rudyard Kipling의 시 제목에서 따온 것으로, 키플링은 미국이 필리핀을 식민화했을 당시 미국의 대필리핀 정책을 비꼬고자 이 시를 썼다. 즉, '백인의 짐'은 미국의 대아시아 정책이 지니는 제국주의적 성격을 반어적으로 표현한다고 할 수 있다.

수 있는데, 후자의 이미지가 제국주의 시대의 유물인 이분법적 대립 구도Manichean allegory에 의존한다면, 전자의 경우는 마이클 하트Michael Hardt와 안토니오 네그리Antonio Negri가 저서 『제국Empire』에서 "차이를 통한 수용 전략a strategy of differential inclusion"이라고 명명한 문화적 인종주의 전략과 유사하다고 할 수 있다.(194)

하트와 네그리에 따르면, 민족국가들 간의 법률적 경계선이 약화된 '제국'의 시대에는 생물학적 요인으로서의 인종은 약화되지만, 대신에 일종의 문화 결정론이 우세해진다. 즉, 각각의 민족은 독특한 문화가 있고, 그 각각의 문화는 종종 서로 화해시킬 수 없는 차이가 있기 때문에 서로의 문화적 가치를 인정해 주어야 한다는 것이다. 이런 담론은 다문화주의multiculturalism와 같은 대중적 담론을 통하여 문화적 상대주의로 포장되기도 한다. 하지만 이런 담론은 민족과 민족, 혹은 인종과 인종 사이의 차이를 절대적인 것으로 포장하여 상호 간의 문화적 화합과 연대의 가능성을 차단시키고 동시에 암묵적인 형태로 각 문화들을 서열화하는 기능을 함으로써 현대의 새로운 인종주의, 즉 '인종이 없는 인종주의', 혹은 문화적 인종 분리주의로 나아가게 된다. 이런 까닭에 네그리와 하트는, 제국은 "타자를 자신의 영역 속에 포함시키지만 차이를 극대화함으로써 그들을 통제한다."고 주장한다.(193)

바로 이런 '차이를 통한 수용 전략'이 〈리셀 웨폰 4〉가 아시아인과 아시아계 미국인을 통제하고 타자화하는 방식이라고 할 수 있으며, 이런 전략은 이 영화가 중국인들을 스크린 위에 이미지화하는 방식 속에서 극명하게 드러난다. 예컨대, 냉혈한 악당으로 나오는 이연걸을 제외하고는 카메라가 한 장면에 한 개인으로서의 중국인을 담아내는 경우는 거의 없다. 그들은 언제나 무리를 짓고 있으며, 이 무리 속의 중국인들은 엇비슷한 옷을 입고 있고, 일관되게 무표정한 얼굴을 하고 있다. 이런 이미지가 지칭하는 것은 개성의 부재이며, 개인이 아닌 집단성의 우위이다. 이런 무리로서의 중국인의 이미지는 주류 미국인들이 가지고 있는 아시아 혹은 중국 문화에 대한 일반적 이해를 반영하는 것으로, 이를 통하여 이 영화가 강조하고자 하는 것은 바로 중국인과 미국인 사이의 문화적 차이이다. 즉, 중국의 집단주의적 문화는 미국의 개인주의적 삶의 방식과 근본적으로 다르다는 것이다. 그리고 이 차이는 (최소한 이 영화의 내적 논리 안에서는) 극복할 수 없는 것으로 여겨진다. 미국 문화에 완전히 동화된 중국인이 한 명도 등장하지 않는다는 사실이 이를 방증한다. 결국 무리로서의 중국인의 이미지가 수행하는 역할은 너무도 명백하다. 미국의 상상적 공동체에 보이지 않는 경계선을 긋는 것이다. 그리고 이를 통해 이 영화는 중요한 정치적 메시지를 전달한다. '피부색과 관계없이 세계의 어느 누구도 미국인이 될 수 있다. 하지만 중국인의 생활 방식은 미국의 개인주의 문화와 전혀 다르다. 그래서 그들은 미국인이 될 수 없다.' 다시 말해서, 영화 속에서 수용된 중국인은 미국인이면서도 미국인이 아니다. 아시아와 미국 사이에는 극복할 수 없는 문화적 차이가 존재하기에 서로 뒤섞일 수 없다. 결국 이 영화는 아시아인들을 또 다른 사악한 아시아인들 손에서 구원하여 미국이라는 이상적인 민주국가의 정치적 지리적 영토 안에 수용하지만, 수용과 동시에 그들을 문화적 공동체의 영역 밖으로 추방해 버리고 마는 것이다.

아시아인이 차지하는 이런 모순적 지위는 영화의 마지막 장면에서 상징적으로 표출된다. 영화가 끝날 무렵에 릭스의 부인과 로저의 딸이 아이를 출산하게 되고, 이를 축하하고자 두 형사의 가족들이 병원에 모인다. 그들은 유쾌한 농담을 하며 유대인 친구와 기념사진을 찍는다. 이때 사진을 찍어 주는 의사가 묻는다. "친구들인가 보죠?" 이때 거의 모든 사람이 이구동성으로 대답한다. "아니요! 가족입니다." 찰칵 소리와 함께 영화는 끝이 나고, 이 가족의 모습은 하얀 테두리가 있는 사진 이미지로 변화한다. 영화의 종결과 더불어 우리 앞에 남겨진 이 한 장의 가족사진을 통하여 우리는 미국의 역사를 통틀어 반목과 갈등의 대상이었던 흑인과 백인이 하나의 단란한 가족으로 재탄생하는 장면을 목도하게 된다. 하지만 이 흑과 백이 화합을 이루는 가족사진 안에, 또 미래의 미국이 탄생한 그 자리에 아시아인들은 존재하지 않는다. 이 영화 속에서 수없이 등장했던 그 많던 아시아인 혹은 아시아계 미국인은 도대체 어디에 있는 것일까? 그들의 부재는 아시아계 미국인, 더 나아가 아시아 전체가 흑백논리로 점철된 미국의 민족적 상상력 속에서 타자로 존재할 수밖에 없음을 암시한다.

〈헤롤드와 쿠마〉와 아시아계 미국인의 미래

이 글을 처음 기획한 것은 2000년대 초로, 유타 대학교의 교수인 브라이언 로크의 논문 발표를 듣고 난 직후였다. 하지만 이 글의 발표를 뒤로 미룰 수밖에 없었다. 왜냐하면 2004년 할리우드에서 (최소한 이 글의 맥락에서 보면) 충격적인 영화 한 편이 제작되었기 때문이다. 그것은 바로 〈헤롤드와 쿠마*Harold & Kumar Go to White Castle, dir. Danny Leiner*〉였다. 이 영화의 주인공은 다름 아닌 한국계 배우 존 조*John Cho*와 인도계 배우 칼 펜*Kal Penn*이며, 이들의 영어는 일반 미국 청년의 언어와 전혀 다를 바가 없었고, 이들의 행동과 사고방식 역시 철저하게 미국적이었다. 이전에는 전혀 상상할 수 없는 인물 설정 방식이었다.

'인종 희극*ethnic comedies*'으로 분류될 수 있는 이 영화는 두 명의 아시아계 남성이 햄버거와 '화이트 캐슬'로 상징되는 미국이라는 성역에 진입하는 이야기를 유쾌하게 극화했다. 특히 이 영화가 로드무비 형식을 취하고 있다는 점도 주목할 만한데, 로드무비는 1960년대 미국의 정치적·문화적 혼란 속에서 새로운 미국적 정체성을 찾고자 하는 시도로서 이른바 '미국 찾기search for America'를 핵심적 주제로 삼는 장르였기 때문이다.(Dyer 227) 즉, 이 영화는 다문화·다인종 사회라는 미국의 새로운 도전과 혼란 속에서 아시아계 미국인들이 온갖 역경을 이겨 내고 마침내 미국적 자아를 쟁취했음을 보여 주고 있는 것이다. 이런 관점에서 보면, 이 영화는 아시아계 미국인이 대중문화 속에서도 미국이라는 상상의 공동체에 성공적으로 편입되었음을 알리는, 더 나아가 아시아인이 더 이상 미국의 타자로 살 필요가 없음을 알리는 일종의 이벤트로 해석될 수도 있다.

그러면 이 영화를 통하여 우리는 미국의 민족 정체성을 규정하는 흑백논리가 사라졌다고 말할 수 있을까? 만약에 그렇다면, 이는 이제 더 이상 '아시아계 미국인'이라는 말을 사용할 필요가 없어졌음을 의미한다. 그 정체성 자체는 미국 사회의 반아시아인 정서와 인종주의에 대항하고자 1960년대 시민운동의 물결 속에서 만들어진 역사적 산물이기 때문이다. 그러나 이런 낙관론을 펴기에는 아직 이른 듯하다.

영화를 좀 더 자세히 들여다보자. 이 영화는 많은 부분에서 기존의 아시아계 미국인 남성에 대한 부정적 스테레오 타입에 도전한다. 무엇보다도 두 아시아계 남성이 미국의 이곳저곳을 휩쓸고 다니며 소동을 일으킨다는 것 자체부터가 '모범적 소수자model minority'나 '공부벌레nerd', 여성화된 남성 등과 같은 수동적이며 부정적인 아시아계 남성의 이미지와 어긋난다. 하지만 이런 것은 웃음을 유발하는 극적 장치에 불과하다. 헤롤드와 쿠마를 궁극적으로 화이트 캐슬로 이끌어 주는 것, 다시 말해서 미국 사회로의 완전한 동화를 유도해 내는 장치는 전혀 다른 곳에 존재한다.

우선 극 전체를 통해 그들의 행동을 지배하는 것은 마약이다. 마약을 통해 현실이 환각적 상상과 뒤섞이면서 그들의 여행은 불가능을 가능으로 변화시키는 판타지가 된다. 하지만 그들이 마약의 환각에서 현실 공

한국계 배우 존 조와 인도계 배우 칼 펜이 주연한 〈헤롤드와 쿠마〉(2004).

간 속으로 돌아올 때면, 그들은 언제나 다시 사회의 방관자가 된다. 직장의 백인 동료가 부당한 요구를 해도, 백인 청소년들이 난동을 부려도, 백인 경찰이 부당한 이유로 딱지를 끊어도, 그들이 할 수 있는 것은 아무것도 없다. 단지 경찰서 유치장에 갇히는 것뿐이다. 마약에 의한 판타지의 세계가 경찰서 유치장이라는 냉혹한 현실과 부딪히며 '화이트 캐슬'에 대한 꿈은 무너진다.

하지만 그들은 경찰서라고 하는 지극히 현실적인 공간 속에서 '화이트 캐슬'로 진입하는 또 다른 길을 발견한다. 미국 공권력과 제도적 인종주의의 상징인 경찰서, 그곳은 흑과 백이 지배하는 세상이다. 백인 지배 문화의 폭력성을 상징하는 백인 경찰관과 그것의 직접적인 희생자인 흑인이 직접 충돌하는 공간이기 때문이다. 경찰서 에피소드는 1992년 로드니 킹Rodney King 사건을 패러디하며 미국적 모순의 단면을 그대로 드러내는데, 그곳의 방관자로 서 있던 두 명의 아시아계 남성들은 순간 선택을 강요받는다. 지배 문화에 복종하며 순종적인 모범 시민으로 살 것인가, 아니면 흑인처럼 저항하며 자신의 목소리를 낼 것인가? 이 순간, "결국에 세상은 올바른 길로 가게 되어 있어.In the end, the universe tends to unfold as it should."라는 흑인 친구의 말을 듣고 그들은 흑인의 길을 선택한다. 그리고 소동을 틈타 탈출하여 경찰의 추적을 따돌리고 마침내 '화이트 캐슬'에 도착한다.

이런 의미에서 헤롤드와 쿠마가 '화이트 캐슬'에 도착했느냐 하는 것은 그다지 큰 문제가 아니다. 중요한 것은 어떻게 도착했느냐 하는 것이다. 이 영화의 핵심은 바로 여기에 있다고 해도 과언이 아니기 때문이다. 따라서 이 경찰서 에피소드가 상징하는 것은 너무도 분명하다. 미국이라는 나라에서 아시아계 남성에게 주어진 길은 두 가지뿐이다. 하나는 백인의 길이고, 다른 하나는 흑인의 길이다. 제3의 길이란 존재하지 않는다. 존재한다면 그것은 마약에 의지한 판타지의 길이다. 즉, 미국 사회의 민족 개념은 여전히 흑백논리 속에 갇혀 있는 것이다.

결론적으로 헤롤드와 쿠마가 흑인의 페르소나를 통하여 '화이트 캐슬'에 입성하는 것은 아시아인에게 '명예 백인honorary white'의 위치를 수여하는 모범적 소수자 신화를 또 다른 방식으로 재생산하는 것에 불과하다. 미국의 민족 개념을 지배하고 있는 견고한 흑백논리가 깨지지 않는 한, 아시아계 미국인 남성들은 미국 문화 속에서 타자로 존재할 수밖에 없으며, 그들이 자신의 모습 그대로 미국 땅에서 한 남성으로 살아갈 수 있는 긍정적 미래는 존재하지 않는다.

■ 참고문헌

Anderson, Benedict. Imagined Communities : *Reflections on the Origin and Spread of Nationalism*, London : Verso, 1983.

Banton, Michael. Racial Theory, Cambridge : Cambridge UP, 1998.

Chan, Sucheng, Asian Americans : In Interpretive History, Boston : Twayne Publishers, 1991.

Chin, Frank. The Chickencoop Chinaman and The Year of the Dragon, Seattle : U of Washington Press, 1981.

Defiant Ones, the. Dir. Stanley Kramer. Perf. Tony Curtis and Sidney Poitier, Curtleigh Productions Inc, 1958.

DuBois, W.E.B., The Souls of Black Folk, New York : Penguin, 1996.

Dyer, "White", Film Theory : Critical Concepts in Media and Cultural Studies, Vol. III. Eds. Philip Simpson, Andrew Utterson, K. J. Shepherdson, New York : Routledge, 2004.

Espiritu, Yen Le, Asian American Women and Men, New York : Altamira Press, 2000.

Gotanda, Neil, "Citizenship Nullification : The Impossibility of Asian American Politics", Lecture delivered at the University of Maryland, College Park, 8 December, 1999.

Hardt, Michael and Antonio Negri, Empire, Cambridge : Harvard UP, 2000.

Harold & Kuma Go to White Castle, Dir. Danny Leiner, Perf. John Cho and Kal Penn, Endgame Entertainment, 2004.

Jameson, Fredric, Postmodernism or the Cultural Logic of Late Capitalism, Durahm : Duke University Press, 1991.

Kim, Elaine, Asian American Literature : An Introduction to the Writings and their Social Context, Philadelphia : Temple UP, 1982.

Kipling, Rudyard, "White Men's Burden", McClure's Magazine 12. Feb. 1899.

Lee, Robert G., Orientals : Asian American in Popular Culture, Philadelphia : Temple UP,

1999.

Lethal Weapon 4, Dir. Richard Donner, Perf. Mel Gibson and Danny Glover, Warner Bors. Pictures, 1998.

Locke, Brian, "'Top Dog,' 'Black Threat,' and 'Japanese Cat' : The Impact of the White-Black Binary on Asian American Identity", Radical Philosophy Review 1 (1998) : 98-125.

Loewen, James W., The Mississippi Chinese : Between Black and White, Cambridge : Harvard University Press, 1971.

Luce, Henry, The American Century, New York : Farrar and Rinehart, 1941.

Michaels, Walter Benn, "Critical Response II : No Drop Rule", Critical Inquiry 18 (1994) : 758-769.

_____, "Race into Culture : A Critical Genealogy of Cultural Identity", Critical Inquiry 18 (1992) : 655-685.

Morrison, Toni, Playing in the Dark : Whiteness and the Literary Imagination, Cambridge : Harvard UP, 1992.

Okihiro, Gary Y., Margins and Mainstreams : Asian American History and Culture, Seatle : UW Press, 1994.

Omi, Michael, and Howard Winant, Racial Formation in the United States : From the 1960s to the 1990s, New York : Routledge, 1994.

Rising Sun, Dir. Philip Kaufman, Perf. Sean Connery and Wesley Snipes, 20th Century Fox, 1993.

Spivak, Gayatri C., "Can the Subaltern Speak?" Marxism and the Interpretation of Culture, Eds. Cary Nelson and Lawrence Grossberg, Urbana : Illinois UP. 1988.

Takaki, Ronald, A Different Mirror : A History of Multinational America, Boston : Little, 1993.

8

초국가 시대,
한국계 미국 혼혈 여배우라는
신상품 읽기

정 미 경

* 이 논문은 '동국대학교 문화학술원의 문화 분야 연구논문 지원사업'의 지원으로 연구
되었다.

할리우드 블록버스터에 등장한 한국계 여배우

2009년 여름, 〈터미네이터 4 : 미래전쟁의 시작*Terminator Salvation*〉(이하 〈터미네이터 4〉)이 전 세계 극장을 점령했다. 한국에서도 개봉 3주 만에 관객 수 400만을 돌파하며 흥행의 중심에 섰다.[1] 전작의 유명세, 호화 캐스팅과 감탄을 자아내는 볼거리 등으로도 충분히 화제가 될 만한 영화이지만, 특히 한국에서는 여주인공 문 블러드굿*Moon BloodGood*이 한국계 미국 혼혈 여배우[2]라는 사실 때문에 더더욱 관심을 끌었다. 2008년 부산영화제에 초청되어 한국을 찾았던 문 블러드굿은 당시 한국인 어머니의 손을 잡고 레드카펫을 밟아 영화 팬들 사이에서 화제가 되기도 했다.

---

[1] 《일간연예스포츠》, 2009년 6월 13일.

[2] 미국 대중문화 영역에는 문 블러드굿을 비롯하여 샌드라 오*Sandra Oh*, 소냐 손*Sonja Sohn*, 알렉산드라 천*Alexandra Chun*, 우르술라 메이스*Ursula Mayes*와 같은 한국계 미국인 출신 여배우들이 활약하고 있다. 이 가운데 소냐 손과 우르술라 메이스는 문 블러드굿처럼 한국계 미국인 혼혈이다. 종종 국내 언론은 할리우드 영화에 진출하는 한국의 여배우들을 '한국계'로 지칭한다. 그러나 한국에서 얻은 인기를 바탕으로 할리우드 무대로 진출하는 한국 여배우들과 달리, 한국계 미국 여배우들은 미국에서 태어나 활동하고 할리우드 영화 및 미디어를 통해 한국에 소개된다는 점에서 구분된다. 이 글에서는 서구인과 한국인의 혼혈인 문 블러드굿이 가진 생물학적·문화적 혼종성에 주목하기 위해 한국 여배우/한국계 미국 여배우/한국계 미국 혼혈 여배우를 구분하여 논의할 것이다.

할리우드 영화에 주연급으로 등장하는 한국계 미국 혼혈 여배우란 존재는 1990년대 미국의 소수인종 담론의 주제였던 아시아 여성의 재현 문제를 떠올리게 하지만, 〈터미네이터 4〉에 등장한 문 블러드굿은 한국인과 미국인의 혼혈인으로서 혼종적 이미지를 가졌다는 점에서 기존의 인종 중심의 재현 연구와 다른 함의를 가질 수 있다. 가령 '할리우드의 노랑나비'로 불린 한국계 미국 여배우 이승희Jasmine Lee가 1997년 한국인 최초로 할리우드 영화 〈프리 폴Free Fall〉에 등장했을 때, 그녀의 매력은 아시아 여성의 특징이 물씬 풍기는 외모에 있었다. 미국의 대표적 대중잡지인 『플레이보이Playboy』를 통해 알려지기 시작한 그녀의 외모는, 사실 한국인의 눈에는 서구 여성에 더 가까워 보이지만 동양 여성에 대한 서구의 시선을 충실하게 만족시킨다는 점에서 '아시아 여성'적인 것이었다.

이에 비해 문 블러드굿의 매력은 서구적 체형과 아시아적 외모가 공존하고 문화적 혼종성을 가졌다는 점에서 발견된다. 이는 스크린 속의 문 블러드굿이 서구와 비서구가 모두 동일시할 수 있는 복합적인 요소를 가졌다는 의미이다. 배우로서 이러한 장점은 국경을 초월하여 자유롭게 문화 교류가 진행되는 초국가적transnational 시대에, 전 세계 시장을 공략하려는 다국적 자본의 새 전략에 더 없이 적합한 조건이다. 이런 점에서 문 블러드굿은 할리우드 영화 산업과 같은 초국적 자본이 초국가 시대에 맞추어 개발한 신상품으로 볼 수 있다. 한국에서도 이미 그녀에 대한 문화 소비가 시작되었다고 할 만한 조짐들이 보인다. 〈터미네이터 4〉에 캐스팅된 후 그녀에 대한 한국 사회의 높아진 관심을 반영하듯, 문 블러드굿은 부산국제영화제에 초청되는가 하면, 공영방송 KBS에서 제작·방송한 다큐 프로그램의 주인공으로 등장하기도 했다. 그런데 한국 사회가 문 블러드굿을 소비하는 방식에서 주목을 끄는 점이 있다.

바로 초국가적 문화 상품인 한국계 미국 여배우를 민족적 감성 구조에 기반하여 민족 국가적 담론의 영역으로 끌어들인다는 점이다. 예를 들어 문 블러드굿에 대해 보도하는 각종 언론 매체들이 공통적으로 드러내는 것이, 그녀를 '자랑스러운 한국의 딸'로 규정하려는 시도에 대한 노골적 혹은 암묵적 동의이다.

이러한 한국 사회의 문화 소비 양상은 두 가지 점에서 문제적이라 할 수 있다. 먼저, 초국가적 상품을 국가적 개념으로 소비함으로써 초국가적 문화의 긍정적인 문화 실천에 역행한다는 점을 들 수 있다. 초국가적 문화는 국가와 국적의 경계를 넘나들면서 막힘없고 획일적이지 않은 다양한 왕래를 통해 교류된다는 특성이 있다. 아르준 아파두라이Arjun Appadurai는 이러한 혼종적 흐름이 국민국가의 허구성을 드러내면서 '상상력의 작업the work of the imagination'(5)을 통해 정치적 동력이 될 수 있다고 지적하고, 초국가적 문화 상황의 긍정적인 함의를 타진한 바 있다.(7-10)

그런데 한국 사회의 경우처럼 문 블러드굿의 혼종적 정체성을 민족의 효녀로 단일화시키려는 시도는 민족성 개념을 국가권력에 복속시킬 위험이 있을뿐더러, 민족과 인종의 구조가 점점 복잡해지고 있는 한국 사회의 혼종적 현실을 은폐하는 신화 만들기로 이어질 수 있다. 현대사를 굴종적 식민지로 시작해야 했던 한국 사회가 제국주의에 대한 저항적 실천으로서 민족주의적 가치를 숭상했던 과정은 시대적 한계라는 측면에서 이해의 여지가 없지 않다. 그러나 민족주의와 순혈에 대한 집착 때문에 혼혈인을 멸시하고 억압했던 과거사에 대한 진지한 반성 없이, 그리고 다문화적으로 변해 가는 한국 사회의 현 상황에 대한 논의도 없이, 한국계 미국 혼혈인 여배우를 '한국의 효녀'로 추앙한다면 그 진의와 목적이 의심스럽지 않을 수 없다.

또 다른 문제점은 미국 중심의 문화 제국주의를 답습할 우려가 있다는 것이다. 초국가적 문화는 비서구 지역의 구체적 특수성을 반영하고 미국 중심에서 벗어나는 탈중심성을 특징으로 갖는다.(고이치 51) 앞서 지적했듯이, 한국계 미국 혼혈 여배우의 등장은 탈 미국을 지향하는 세계 각 지역의 변화된 정세에 따른 불가피한 결과라고 볼 수 있다. 그러나 문 블러드굿에 대해 보도하는 한국 언론의 어조는 '한국계 여배우의 할리우드 입성'(《조선닷컴》)이란 표현에서 드러나듯이 할리우드를 상급의 가치로 삼는 문화 식민지성을 무의식적으로 드러낸다. 이러한 언론의 미국 문화 우월주의에 입각한 태도는 문 블러드굿을 민족의 효녀로 만드는 신화화 작업과 양면을 이루며 한국 사회를 미국의 문화적 식민지로 재구축할 우려가 있다.

이 글은 한국 사회의 소비 양상을 한 축으로 하고 이와 더불어 세계화를 둘러싼 문화 연구의 흐름을 또 다른 축으로 삼아, 할리우드 블록버스터에 등장한 한국계 미국 혼혈 여배우 문 블러드굿의 의미를 살펴보고자 한다. 스튜어트 홀Stuart Hall, 아파두라이 등과 같은 문화 연구가들이 제기한 세계화와 초국가적 문화에 대한 논의는 그 성격과 가능성을 둘러싸고 아직 진행 중이지만, 이 글의 방향에 맞춰 거칠게나마 정리해 보면 대략 두 가지의 쟁점을 생각해 볼 수 있다. 한 측면은 초국가적 문화 현상을 미국 중심적 거대 자본이 기획한 새로운 전략으로 간주하여 주변부에 대한 정치경제적 영향력을 지속하려는 시도를 경계하려는 관점이고, 다른 측면은 초국가적 문화 현상이 탈 미국·탈 중심을 지향하며 차이와 지역적 다양성을 담보한다는 점에서 이 현상에서 새로운 현대성을 모색하려는 관점이다. 하지만 이러한 구분이 이분법적으로 대립되거나 혹은 서로 극복되며 발전하는 관계를 의미하는 것은 아니다. 오히려 두 가지 특징적 현상은 동전의 양면처럼 함께 발견되고 고려되는 것이라고 할 수 있다.

이러한 초국가적 문화의 양면성에 비추어 볼 때 할리우드 블록버스터에 등장한 한국계 미국 혼혈 여배우 문 블러드굿이란 존재는, 한편으로는 초국적 자본의 지속적인 이윤을 보장하기위해 일시적으로 등장한 상품일 수 있다. 그러나 다른 한편으로는 각 지역의 차이와 다양성이 서로 경쟁하며 이루어 낸 탈 미국적 현상의 결과물이기도 하다. 따라서 초국가적 문화 상품인 문 블러드굿이 가진 이중적 의미를 점검하고자 한국의 미디어에서 그녀가 소비되는 구체적인 양상을 살펴볼 것이다. 즉, 한국 사회에 구축된 민족국가적 담론이 문 블러드굿으로 대변되는 초국가적 문화를 어떤 방식으로 인식하고 경쟁하는지, 그리고 그 과정에서 초국가적 문화와 민족주의 문화라는 어울리지 않는 두 범주가 어떻게 상보적 관계를 형성하는지 확인할 것이다.

결론적으로 초국가 시대에 새롭게 형성된 문화 담론의 장을 배경으로, 한국 사회와 같은 구체적인 지역에서 한국계 미국 혼혈 여배우와 같은 초국가적 상품을 어떻게 소비해야 하는지, 즉 아파두라이가 긍정적 대안으로 간주했던 '상상력의 작업'이 어떻게 가능할 수 있는지 살펴보는 것이 이 글의 목표이다.

문화제국주의에서 초국가적 문화 상품으로

1980년대 이후 지역과 민족 등으로 규정될 수 있었던 문화의 기반이 획기적으로 변용되고 다양한 경계가 교차·충돌하는 가운데, 문화 연구의 방향은 초국가적 자본과 미디어, 반세계화, 로컬리즘, 신자유주의, 크레올creole, 디아스포라, 혼종, 다문화주의 등의 문제를 둘러싸고 진행되고 있다.(요시미 149) 그 가운데 홀이 1980년대 후반 이후 본격적으로 주목하기 시작한 세계화 현상과 그에 대한 연구는 작금의 초국가적 문화 연구 분야에 선구적 통찰을 제시했다고 평가할 만하다. 그의 정의에 따르면, 전지구화는 "분리되어 있던 지구상의 여러 영역이 한 상상의 공간 속에서 교차하는 과정"(「New Cultures」 190)이다. 그리하여 분명하게 구분되던 공간과 시간, 거리는 다양한 연결 고리들(여행, 무역, 정복, 식민 지배, 시장, 자본, 노동, 상품 이익의 유통)로 이어져 내부와 외부의 구분이 불가능해졌다.(190)

1990년대 말에 아파두라이는 특히 미디어 문화와 대중문화의 전지구화 현상에 주목하고, 전자매체가 국가의 규제나 구속력을 뛰어넘어 새로운 공동체를 만들어 낸다고 주장했다.(3-4) 그의 낙관적 전망에도 불구하고, 국가 단위의 경계를 넘나드는 초국가 시대에도 세계 곳곳에 존재하는 근본주의적 민족주의, 9·11 사태 이후 미국 사회에 퍼진 쇼비니즘적 정서 등에서 확인되듯이, 국민국가의 규제력과 영향력은 여전히 강력한 것이 사실이다. 하지만 전지구화가 촉진하는 복잡한 문화 흐름과 다국적 자본, 미디어 상품이 약진하는 상황에서 다양하고 혼종적인 문화는 지금도 계속해서 만들어지고 있고, 이로 인해 민족/국가를 본질화하는 태도와 그로 인해 발생하는 전지구적 억압에 대한 비판적 시각을 발견할 가능성 역시 존재한다.

국경을 무력화시키며 세계를 하나로 이어 가는 초국가적 상황이 세계를 서구화시킨다는 것을 뜻하지는 않는다. 그런 점에서 초국가주의는 기존의 문화제국주의와 구분되어야 하며, 오히려 그에 대한 비판적 관점에서 등장했다고 볼 수 있다. 문화제국주의는 기본적으로 한 문화가 다른 문화를 지배하고 종속시킨다는 관점에서, 미국 중심의 거대 자본이 미국 대중문화를 전 세계에 확산시키며 문화적 지배를 강화한다고 본다. 가령 제3세계 민족들에 대한 인종적·문화적 스테레오타입화, 서구의 합법적 취득을 기다리는 개발도상국 이미지, 돈과 소비를 최고의 가치로 두는 것, 자본주의에 대한 필연성 묘사와 같은 텍스트들은 문화제국주의의 주요 논제들이다.(바커 297-8)

이에 비해 초국가적 문화 연구는 미국 중심의 문화 권력이 탈중심화되는 실증적 근거들에 기반하고 있다. 문화제국주의가 근거로 삼는 정치경제적 자본의 논리로는 일반화될 수 없는 구체적인 모순들이 전 세계 각 지역에서 일어나고 있기 때문이다. 예를 들어 김영현은 「서울문화의 미국화에 대한 고찰」이란 논문에서, 1988년 한국 정부가 미국 영화사의 직배를 허용한 이후 예상대로 다수의 할리우드 영화들이 서울의 극장가를 지배했지만, 한국 영화가 할리우드 영화의 흥행 질주에 제동을 걸었던 1999년도의 특수한 상황을 소개한다. 김영현의 조사에 따르면, 그해에 한국이 수입한 미국 영화는 모두 233편이었으며, 한국에서 제작된 한국 영화 수는 겨우 49편에 불과했다.(87) 그러나 그해의 흥행 실적을 보면 할리우드와 한국 영화가 각각 50퍼센트씩 차지하고 있다. 분단된 국가의 특수성을 배경으로 제작된 영화 〈쉬리〉가 흥행 순위 1위를 차지했는가 하면, 미국에서 흥행 실적이 좋았던 영화들이 한국에서 그다지 환영받지 못했던 경우도 있었다.(89)

이와 같은 사실에 근거하여 김영현은 미국 문화 자본이 세계 전체를 지배할 것이라는 논자들의 주장에도 불구하고, 서울과 같은 구체적 지역에서는 미국 문화 자본의 영향력이 약화될 수 있음을 보여 주며 각 나라 및 지방의 대응에 주목해야 할 필요성을 역설하고 미국화 논제에 대한 문제를 제기한다.(89) 이와 더불어 미디어의 수용자 입장에서, 비서구의 수용자들이 미국의 미디어 텍스트를 그대로 수용하는 것이 아니라 자신의 입장에서 다양하게 창조적으로 소비한다는 견해(바커 24) 역시 문화제국주의를 실증적으로 반박한다. 비서구의 수용자들은 문화적 차이에 기반하여 텍스트에 대한 다양한 해석을 내리는 기존의 역할을 뛰어넘고 있다. 그들은 스스로 소비할 텍스트를 선택하고 비평을 생산하며, 인터넷을 통해 세계 네트워크에 공시하고 화답하는 적극적인 소비자들이다. 다양한 팬덤 문화를 생산하는 전문적 하위 수용집단의 존재는 과거의 문화 산물 논리를 무용지물로 만든다.(홍석경 145)

이상에서 보듯이 미국 중심의 거대 자본이 여전히 강력한 권력임을

할리우드 블록버스터 〈터미네
이터 4〉의 여주인공으로 등장
한 문 블러드굿.

부정할 수는 없지만, 거대 자본이 각 지역에 침투하고자 변화하지 않을 수 없었던 상황에 집중할 이유는 충분하다. 초국가적 문화는 세계의 동질화를 주도하는 측면과 지역적 차이에 기반하여 이질화를 수용하는 다른 측면도 가지고 있다. 이와 관련하여 홀은 "전 지구적 대중문화는 문화 차이의 인식을 전제로 하여 기본적으로 미국의 세계관에 따라 형성되고 있는 모든 것을 덮을 만한 큰 틀 속으로 그것들을 흡수하려 한다."(「The local」 28)고 주장했다. 그의 지적에 따르면, 다국적 자본은 차이를 없애는 것이 아니라 오히려 다양성과 차이를 자기 것으로 받아들여 자본화를 꾀하고 있음을 알 수 있다. 바꿔 말해서 전지구적 문화 체계는 빅맥, 코카콜라, 터미네이터 같은 공통의 모델을 보여 주는 동시에, 세계 각지의 다양한 문화적 차이를 반영하지 않을 수 없다. 즉, "전지구화의 영향력은 지역이라는 만남의 장에서만 발휘되는 것이며 지역의 문화적 창조력도 전지구화의 맥락 없이는 생각할 수 없게 된 것이다."(고이치 57)

한국계 미국 여배우 문 블러드굿의 등장은 이런 맥락에서 이해될 수 있다. 그녀는 한국을 비롯한 아시아계 관객들을 위한 당의정糖衣錠과 같다. 주지하다시피 할리우드영화는 한국인을 포함한 아시아인들을 백인 중심적인 인종차별의 관점으로 재현해 왔다. 또 일부 할리우드 영화 중에는 아시아의 문화, 역사와 지역 사정에 대한 철저한 고증 없이 동양에 대한 서양의 환상 또는 욕망의 이미지를 바탕으로 재현하는 경우가 종종 있었다. 그 결과, 영화 속에서 아시아인이 백인 제작자와 백인 관객의 시선에 맞추어 묘사될 때 아시아인 관객은 자신을 왜곡하고 모욕하는 영화를 관람료까지 내고 봐야 하는 불편함을 경험해야 했다. 가령, 최초로 한국인이 등장하는 할리우드 영화 〈매쉬*MASH*〉의 경우를 보면, 영화의 배경은 한국전쟁이 벌어지고 있는 서울과 경기도 일대이지만 거리는 한복을 입은 사람들과 베트남의 전통 모자인 논non을 쓴 사람들로 뒤섞여 때 아닌 국제적 도시의 풍광이 나타난다. 또 〈매쉬〉에 등장하는 한국 여성들은 익명의 뒷모습이거나, 미군들이 즐겨 가는 술집의 양공주들로 대변된다. 양공주들은 서양 남성의 눈에 무척 예쁘게 보이지만, 미군을 이용하려는 사악한 사기꾼이거나 매춘으로 돈을 버는 것 이외에는 관심도 예술적 재능도 없는 인물로 묘사된다.(정미경 319-20)

또 다른 영화 〈자칼*The Jakal*〉에서는 한국 음식을 먹는 장면이 나오는데, 정작 그들이 먹는 것은 미국에서 흔히 보는 종이에 담긴 배달용 중국 음식이다. 그 외에도 〈폴링다운*Falling Down*〉, 〈아웃 브레이크*Outbreak*〉, 〈은밀한 유혹*Indecent Proposal*〉 등 영어를 잘 구사하지 못하는 한국계 이주인의 모습을 비하하는 영화들은 수없이 많았다.(김상민 247-53) 할리우드 영화에 나타난 아시아인들에 대한 차별과 배제의 역사는 미국 시민인 아시아계 미국인들에게도 마찬가지로 적용되었다. 그들은 할리우드 영화에서 간호사, 정원사, 하녀 등 백인을 돌보는 직업으로 잠시 나타날 뿐이었고, 심지어 비중 있는 아시아인 역할이 필요한 경우에 백인 배우를 아시아인으로 분장시키기도 했다.(Kim 105-7) 아시아인과 아시아계 미국 여성을 서구 중심적이고 인종차별적으로 묘사하거나 제작 과정에서 배제하는 관행은 지금도 여전히 지속되고 있다.

하지만 최근 할리우드 영화에 주연급으로 등장하는 아시아계 미국 여배우들은 마치 미국 사회의 인종차별과 동양인 왜곡이 사라진 증거인 양 제시되어 현실을 은폐하는 신화적 이미지로 작용할 가능성이 있다. 문 블러드굿의 경우처럼 할리우드 영화에서 동양 여성의 이미지가 변하거나 중요 인물로 부각하게 된 원인은, 부분적으로는 소수인종 집단의 정치 운동의 영향이기도 하지만 궁극적으로 할리우드 자본의 경영 방침이 변화했기 때문이다. 그리고 이러한 자본 흐름의 변동은 미국 사회의 정치적 상황, 가령 미국 사회의 소수인종 정책 또는 이민법의 개정 같은 사회적 요인과도 긴밀하게 연결되어 있다.

일레인 김Elaine Kim에 의하면, 미국 영화에 나오는 아시아인은 미국 정부와 아시아 국가 간의 정치적 관계에 따라 시대별로 다르게 재현되었다. 예를 들어 1930년대 미국 영화에는 중국에 대한 미국 사회의 경계심이 반영되어 푸 만추Fu Manchu란 악당이 나타나고, 일본과 전쟁을 치르던 1940년대 이후로는 사악한 구두쇠 일본인이 그 악당 자리를 대신하고 중국인의 이미지는 지적이고 수동적인 찰리 챈Charlie Chan으로 바뀌게 된다. 이후 한국과 베트남에서 전쟁을 치를 때는 두 나라 사람들이 미군의 모험에 필요한 배경이 되어 나타났고, 9·11 이후에는 아랍인에 대한 증오와 경계심이 영화 속에 반영되었다.(108-19) 최근 미국 영화에서 아프리카계 미국인이 미국 대통령으로 등장하거나 전 세계를 구할 영웅으로 활약하고, 백인과 유사한 혼혈인이 등장하게 된 것 역시 세계로 시장을 넓히려는 미국 영화 자본의 일시적 전략으로 볼 수 있다.(Kim 123)

그런 의미에서 문 블러드굿의 출현은 자본의 흐름에 따라서 새롭게 만들어 낸 이미지 상품일 가능성이 높다. 〈터미네이터 4〉에서 화려한 액션 장면을 책임지고 있는 문 블러드굿의 모습에서 미국 영화 속에서 무술을 하는 아시아 여성의 이미지 계보를 읽을 수 있다는 점은 그녀의 상품적 속성을 짐작케 한다. 초기 미국 영화에서 아시아인의 무술은 마치 경극을 보는 듯한 기교의 화려함 때문에 동양 남성의 유약함을 상징하는 것처럼 인식되었다. 아시아 여성이 보여 주는 무술 동작은 그들의 성적 매력을 보여 주는 수단처럼 사용되는데(Kim 119), 그녀가 악녀일 경우에는 '용녀dragon lady' 신드롬에 따라 일탈적으로 간주되어 처벌의 대상이 되었다.(홍석경 168)

〈터미네이터 4〉에서 문 블러드굿은 남성 인물을 위험에서 구하는 정의로운 여전사로 등장하기 때문에 '순결한 처녀blossom Lotus/사악한 용녀'로 구분되던 기존 아시아 여성의 이미지를 벗어나는 듯 보이지만, 그녀의 지적 능력과 적의 간담을 서늘케 하는 무술 실력은 궁극적으로 남성

인물 마커스Marcus의 영웅적 행위를 보조하기 위한 것이다. 게다가 그녀는 인간 저항군의 의심을 받고 있던 사이보그 마커스를 보호하려고 총탄이 빗발치는 곳으로 몸을 던지고도 총 한 발 맞지 않는 초인적 능력을 보여 주지만, 신들린 듯 유연하게 몸을 던진 결과는 비록 그것이 저항군 사령관 존Jon의 오해에서 비롯되었다고 할지라도 포박된 채 감금을 당하는 벌을 받는 것이다.

그럼에도 불구하고 할리우드 대작에 출연함으로써 보장된 그녀의 장밋빛 미래는 미국 내에서는 한국계 미국인을 비롯한 소수인종 집단의 성공 사례로 제시될 것이다. 아시아계 이민자들에 대한 미국 사회의 차별과 같은 과거의 기억을 삭제하고 다인종 간 조화와 화해를 이룬 의사현실의 이미지를 강요할 수 있다는 점에서 문 블러드굿은 1970년대 '소수인종 모델Model Minority'의 개정판이 될 우려도 있다. 또한 그녀가 출연한 영화는 한국을 비롯한 아시아 지역으로 수출되어 아시아인의 왜곡된 이미지에 불편해 하던 아시아 관객들을 달래면서 초국가 시대에 걸맞게 다인종·다문화가 혼종되어 있는 가상의 유토피아를 제공하게 될 것이다.

이처럼 거대 자본은 비서구 지역의 소비자들을 유혹하고자 초국가적 문화 상품을 만들어 냄으로써 차이와 다양성마저 구조화하고 상품화하는 놀라운 적응력을 보여 준다. 그러나 문 블러드굿이 단순히 아시아계 소비자를 위한 상품에 그치지 않을 수 있는 것은 그녀의 혼종적 이미지를 수용하는 소비자들의 주체적 태도의 여부에 달려 있다. 그렇다면 한국에서 문 블러드굿은 어떻게 상품화되고 소비되고 있을까?

한국계 혼혈 여배우, 한국에서 효녀가 되다

초국가적 문화 교류는 순수한 국가 정체성을 당연시할 수 없도록 만든다. 탈식민주의적 관점에서 호미 바바Homi Bhabha가 제시한 '혼종성 hybridization' 개념은 초국가적 문화가 국경과 국적을 넘어 혼용되고 변용되는 과정에서 더욱 부각되고 있다. 혼종된 정체성은 특히 국민국가라는 문화 집단의 경계선을 흐리면서 종종 그 허구성을 드러낸다. 문 블러드굿의 혼종적 정체성이 바로 그러한 예이다. 한국인 어머니, 네덜란드와 아일랜드계의 혼혈 미국인 아버지를 둔 문 블러드굿은 하나의 인종이나 하나의 민족으로 규정할 수 없는 다중적 정체성과 외양적 특징을 가졌다.

그럼에도 한국의 언론들은 대부분 블러드굿을 한국의 딸로 포장하거나 그녀의 성공을 한국인의 업적으로 치환하려는 의도를 보인다. 최근 한국의 몇몇 언론들은 할리우드에서 두각을 나타내는 샌드라 오 등 한국계 미국 여배우들과, 한국의 인기를 바탕으로 할리우드에 진출한 전지연, 김윤진 등의 한국 여배우를 구분하지 않고 함께 묶어 "할리우드 '한국 여인의 향기'"《조선닷컴》, "할리우드에서 만난 한국계 여배우들"《오마이뉴스》라고 표현했다. 이 언론들에서 배우들을 분류하며 붙이는 '한국계'란 수식어는, 사실 한국계 미국인들이 백인 중심적인 미국 사회에서 자신의 소수 인종, 민족으로서 정체성과 역사성 또는 정치성을 드러내고자 사용하는 용어이다. 출생지, 성장 과정, 배우로서의 이력, 활동 무대 등이 전혀 다른 문 블러드굿과 김윤진을 모두 '한국계 여인'으로 표현한 것은, 혈연적 공통성을 부각시킴으로써 두 여배우의 성공을 한국인이 이룩한 성과로 동일시하고픈 기자의 무의식을 드러낸다.

이와 마찬가지로 부산영화제 기간에 어머니와 함께 한국을 방문한 문 블러드굿을 보도한 기사 제목은 '어머니 나라에 찾아왔어요'《한국재경신문》, '어머니와 함께 무지개 너머에 도착'《한국일보》 등으로, 마치 고향으로 돌아온 영웅을 맞이하는 듯하다. 이러한 한국 언론의 태도는 블러드굿보다 먼저 '어머니의 나라'에 도착했던 미국 미식축구 선수 하인스 워드Hines Ward를 통해 학습된 것이다. 기지촌 여성으로 한국에서 멸시를 받았던 어머니와 함께 워드가 공항에 도착한 직후 인터뷰한 내용은 "어머니의 땅에 돌아와 기쁘다."는 것이었다. 이 말은 언론에 집중 보도되면서 고난과 역경을 이겨내고 어머니가 계신 고향으로 돌아온 영웅의 귀향이란 이미지를 한국 사회에 심어 주었다. 덧붙여 어머니의 헌신적 보살핌과 아들의 효심이 어우러진 이들의 귀환은 한국의 전통적 미덕과 동일시되면서 이 모자를 미국인이 아닌 한국인으로 인식하는 데 한 치의 의심도 허용하지 않게 만들었다. (김성윤 318-20)

이처럼 하인스 워드와 그의 어머니는 한국 언론에 의해 한국 사회 구성원들이 바라보고 싶어 하는 모습대로 신화적 이미지가 되었다. 한국 사회는 하인스 워드 모자에게 반성과 환영의 자세를 보이면서 혼혈과 민족의 서걱거림을 '자연스럽게' 해결하는 방법을 터득한 것처럼 보인다. 할리우드의 여배우가 되어 어머니의 고향으로 돌아온 또 다른 한국계 혼혈인 문 블러드굿을 어떻게 환영해야 할지 알게 된 것이다. 이러한 한국 사회의 환영은 혼혈인에 대한 차별과 억압의 기억을 돌이켜 볼 때 낯간지러운 일이 아닐 수 없다. 문 블러드굿을 칭송하는 듯한 어조의 한 기사를 보면,[3] 한국전쟁 이후 한국 사회에서 저주의 낙인처럼 여겨지던 '서양인 체격과 동양인 이목구비'라는 생물학적 특징은 이제 초국가적이고 다문화적 한국 사회를 실현시켜 주는 하나의 필요조건처럼 선전되고 있다.

2008년 KBS에서 방송한 〈수요기획─할리우드의 여배우, 문 블러드굿 이야기〉는 하인스 워드를 통해 터득한 학습 효과를 적극적으로 응용한 사례이다. 다큐멘터리 형식의 이 프로그램은 한국계 미국 여배우 문 블

---

[3] "군인이었던 (백인) 아버지를 닮아 178센티미터나 되는 훤칠한 키에 혼혈 특유의 이국적인 매력을 갖춘 게 강점이다." 《스포츠서울》 2008년 10월 1일자.

러드굿이 할리우드 영화 〈터미네이터 4〉에 출연함으로써 명실상부한 할리우드의 여신으로 떠오르기까지 겪었던 고난과 노력을 보여 주었다. 이 다큐가 특히 주목을 끈 것은 문 블러드굿의 성공보다 그녀와 어머니의 관계에 집중하여 모녀 간의 돈독한 애정을 인상적으로 보여 주었기 때문이다. 이 다큐에서 문 블러드굿의 어머니는 가난이 지겨워 한국을 떠나 미국으로 이주한 뒤 그곳에서 미국인과 결혼했지만 곧 이혼했으며, 어린 두 딸을 부양하려고 환경 미화원, 식당 일 등 온갖 허드렛일을 마다하지 않았다고 말한다. 딸들에게서 '일벌레Workaholic'란 소리를 들을 정도로 아름다운 딸이 배우가 되도록 헌신적으로 뒷바라지한 어머니의 모습은 한국 사회에 흔히 등장하는 '장한 어머니'의 모습 그대로이다.

딸을 위해 헌신하는 모성이 비단 한국만의 고유한 문화라고 단정 지을 수는 없지만, 이 다큐는 어머니의 정성에 보답하는 착한 딸의 모습을 연이어 보여 줌으로써 지극한 모성의 궁극적 가치는 효성스런 딸의 보답에 있다는 교훈을 이끌어 낸다. 시청자들은 문 블러드굿이 뉴욕에서 모델로 성공했지만 병든 어머니를 간호하려고 기회를 포기하고 고향 LA로 돌아올 정도로 지극한 효심을 가졌다는 사실에 감동받게 된다. 한국의 시청자들에게는 문 블러드굿의 효성도 인상적이지만, 한국인으로서의 정체성을 유지하려고 애쓰는 모습이 특히 호감을 불러일으킨다. 텔레비전 화면 속에서 문 블러드굿은 한국 동요 〈산토끼〉를 정확히 부르고, 서툴지만 한국어를 읽어 내며, 한국 축구 국가대표팀을 응원하고, 고추를 된장에 찍어 맛있게 먹는 모습을 보여 준다. 이국적 외모의 세계적 여배우가 한국인의 일상을 재현하는 장면을 보면서, 시청자들은 그녀가 한국 사회의 '좋은 혈통Blood Good'을 잇는 적통 딸로서의 자격이 충분하다는 인상을 받는다.

하지만 이 다큐는 문 블러드굿의 어머니가 가난이 지겨워 한국을 떠나 미국으로 가야 했던 한국의 70년대 상황을 설명하지 않는다. 도시 중심의 경제성장 정책으로 농촌은 붕괴되고, 외화벌이를 위해 국가가 정책적으로 이민을 장려한 시절이었다. 미군 주둔 이후 수많은 혼혈 자녀가 태어났지만 그들은 한국 사회에서 환영받지 못했고, 정부와 사회의 방치 속에서 펄벅 재단 등을 통해 해외로 입양되거나 떠밀리듯 이민을 떠나야 했다.(박경태 238) 문 블러드굿의 어머니는 하인스 워드의 어머니처럼 미국인 남편과 이혼한 뒤 고향으로 돌아가지 않고 미국에서 두 딸을 어렵게 키웠다. 혼혈 자녀를 둔 이 두 어머니는 한국 사회의 배타적 민족주의와 순혈주의가 자식들을 괴롭힐 것을 알고 있었으므로, 차라리 미국에서의 고생스런 삶을 선택했을 것이다.

장 보드리야르Jean Baudrillard는 문화적 소비를 "더 이상 존재하지 않는 것의 희화적 부활이나 패러디적 환기의 시간과 공간"(147)으로 정의한다. 그에 따르면 역사에서 똑같은 사건이 두 번 우연히 발생할 때, 첫 번째 경우는 실제적인 역사에 영향력을 주지만 두 번째는 전설적인 영역에서나 살아 있는 희화적 상기 또는 추악한 화신이 되어 버린다.(147) 이러한 보드리야르의 관점을 적용해 보면, 문 블러드굿은 미디어를 통해 시청자들에게 전달되는 과정에서 '메시지'가 되고 일종의 문화 상품이 되어 한국 사회의 소비 대상이 된다. 그녀가 가진 혼혈, 효녀, 어머니, 미국 대중문화의 스타, 한국계라는 일련의 조건들은 얼마 전 한국 사회가 경험한 하인스 워드라는 상품을 되풀이 소비하고 있음을 알게 해 준다. 하인스 워드와 그 어머니를 통해서 얻게 된 소비의 형태와 방식은 문 블러드굿에게도 손쉽게 다시 적용될 수 있는 것이다.

그런데 보드리야르의 분석에서 주목할 것은 문화적 소비가 현재 "존재하지 않는 것을 부활하거나 패러디한다"(148)는 점인데, 그가 보기에 소비자들이 없는 것에 대한 체험을 소비하는 것은 사물들과 현실에 대한 부인에 근거하는 기호들을 더 좋아하기 때문이며, 그는 바로 이 점이 소비의 역사적·구조적 사고방식이라고 보았다.(148) 문 블러드굿이

2009년 여름 전 세계에 개봉
된 〈터미네이터 4 : 미래전쟁
의 시작〉(위). 2008년 부산
영화제에 초청되어 한국인 어
머니의 손을 잡고 레드카펫을
밟은 문 블러드굿.

라는 문화 상품이 하인스 워드라는 역사적 사실을 부활(반복) 또는 패러디한 것이라고 본다면, 하인스 워드로 인해 인종차별과 민족주의에 대한 비판과 반성의 사건을 겪었던 한국 사회가 문 블러드굿을 통해 반성과 비판이 사라진 신화적 이미지만을 소비했다고 볼 수 있다.

한국계 미국 여배우들은 한국의 미디어를 통해서 '한국의 딸'이 되기도 하지만, 그들 스스로 한국의 딸로 대중에게 소개되기를 바란다. 그들이 굳이 한국의 딸이 되어야하는 이유는 무엇일까? 부산국제영화제에서 어머니와 함께 레드카펫을 밟는 문 블러드굿의 모습에서 여러 이해관계가 얽힌 욕망들이 투영되었음을 느낄 수 있다.

이 사진에서 한국인 어머니와 함께 고향에 돌아와 레드 카펫 위를 걷는 한국계 미국 혼혈 여배우의 행복한 미소를 보면, 이혼녀의 귀국을 포기하게 했던 한국 사회의 배타적인 민족주의가 어느 사이 소멸되어, 정말로 그들이 『오즈의 마법사Wonderful Wizard of OZ』의 주인공 도로시Dorothy 일행처럼 "무지개 너머 아름다운 고향으로"《한국일보》) 돌아온 것처럼 착각하게 된다. 배타적 민족주의와 혼혈 차별이란 현실이 한국 사회에 여전히 존재함에도 불구하고, 이 사진에 나타난 모녀의 행복한 모습에서는 그것이 증발되어 버린다. 다시 말해서 어머니와 함께 '금의환향'하는 혼혈 스포츠 영웅과 할리우드 여신의 이미지는 성공과 화해의 신화를 만들어 내는 데 사용되면서 한국 사회가 해결해야 할 반성과 변화의 과제를 은폐시킨다. 과거부터 현재까지 여전히 건재한 인종차별을 괄호 친 채, 세계인들에게 경제 선진국에 이어 문화 선진국으로 인정받고 싶은 한국 사회는 '다이내믹 코리아'를 외치며 두 혼혈 한국인을 열렬히 환영함으로써 사회 통합의 신화를 만들어 내고, 적어도 외형적으로는 인종과 국적이 혼종적으로 변용되고 어우러지는 초국가 시대로 진입하는 데 성공한다.

국민국가적 민족주의 극복하는 '초국가적 상상력'

아파두라이는 현대사회의 전자 매체를 소비하는 탈영토화된 관객들이 "이산된 공공 영역diasporic public spheres"을 창출하며, 이로 인해 국민국가의 중요성에 입각한 이론들을 무력화시킬 것이라고 전망했다.(4) 프랑크프루트 학파의 대중문화에 대한 비판적 전망과 달리, 그는 전 세계에 걸쳐 이루어지는 대중매체의 소비가 종종 저항과 아이러니, 저항을 일으킬 가능성을 가질 것이라고 낙관했다.(7) 하지만 적어도 한국 사회에서 문 블러드굿을 소비하는 방식은 초국가적인 문화 소비를 통한 새로운 공동체의 형성보다는 국민국가적 담론 강화 혹은 유지에 더 가까워 보인다. 이 국민국가적 담론은 "전통적 혹은 관습적 의미에서" 한민족 공동체를 종종 언급하며 사회 통합을 유도하지만, 이 한민족 공동체는 "국가권력으로 대변되는 기득권층이 배타적으로 구축해 놓은 가치 체계로서 하층민, 여성, 노동자, 외국인 노동자, 미성년자 등 주변부 집단을 배제한다는 점에서 불완전한 개념이다."(고부응 130)

한국의 국민국가적 담론이 제시하는 한민족 공동체에서 아파두라이가 기대한 탈영토화된 관객, 초국가적 문화의 소비자는 배제된 상태이다. 달리 말하자면 한국의 주류 미디어가 문 블러드굿을 소비하는 방식은 국민국가의 담론에 입각한 것이므로, 그녀에 대한 주변부 집단의 소비 양상은 언급되지 않고 표면에 드러나지 않았다고 할 수 있다. 하인스 워드나 문 블러드굿은 기본적으로 한국과 미국의 주변부 집단에 속했던 이들이다. 그러므로 그들에 대한 관심과 환영은 그들과 같은 주변부 구성원들에 대한 배제와 억압을 인정하고 소외되었던 주변부의 생생한 목소리를 담론의 장으로 끌어들이는 것에서부터 시작되어야 한다.

하인스 워드나 문 블러드굿은 한국 사회에서 그동안 은폐되었던 혼혈에 대한 차별과 배제의 역사를 드러내며, 혼혈과 민족의 모순적 관계를 부각시키는 상징적 존재가 될 수 있다. 하인스 워드의 방한을 계기로 혼혈인에 대한 반성이 촉발된 것이 그 예이다. 하지만 국회에서 혼혈인에 대한 차별금지법을 제정하게 만들었던 한국 사회의 자성적 움직임은 어느덧 새로운 사회 통합의 신화로 변질될 조짐을 보인다. 즉, 코시안이나 이주 노동자 인권 문제 등과 같은 혼혈인에 대한 국내의 사회문화적 의제들을 해결하지 않은 채, 외국에서 성공하여 한국을 찾는 혼혈인에게만 반성과 환영의 태도를 보이는 것으로 마무리 짓는 관성적 절차를 만들어 낸 것이다.

하인스 워드의 경우와 마찬가지로, 문 블러드굿의 이미지는 신화와 저항의 틈새에 끼어 있다. 외부적으로 그녀의 이미지는 할리우드 거대 자본의 전략적 신상품으로서 아시아계 미국인과 아시아 지역의 소비자들에게 혼종성과 다양성의 신화를 유포한다. 내부적으로는 혼혈인에 대한 국민국가의 차별을 은폐하는 한민족 공동체의 신화 속으로 포섭된다. 그렇다면 문 블러드굿의 이미지에서 저항의 이미지를 어떻게 찾을 수 있을 것인가?

아파두라이에 의하면 현대의 대중들은 이주와 이동을 일상적인 환경으로 받아들이고 있으며, 일상적 삶의 실천 속에 상상력이라는 신화 예술을 배치한다. 그의 주장에서 중요한 것은, 대중매체를 통해 만들어지는 이 상상력의 힘이 환상이 아닌 저항적 실천을 만들 수 있다는 점이다.(18-24) 거대 자본과 국민국가가 만들어 내는 신화는 여전히 강력하지만, 국가의 영역을 뛰어넘는 대중의 상상력이 그 신화를 무력화시킬 수 있기 때문이다.

대중의 상상력은 초국가적 문화 상품인 문 블러드굿을 어떻게 소비할 것인가? 그것은 그녀와 관련된 혼혈인에 대한 관심, 즉 국내 혼혈인에 대한 차별의 역사를 인식하고 유무형의 개혁을 시도하는 것, 해외로 입양되거나 강제로 이주된 혼혈인들을 둘러싼 과거의 기억을 현재의 시점에서 연결시키는 실천에서 찾을 수 있을 것이다. 디아스포라, 이주민 100만 명, 다국적자 등 초국가적 다인종 시대의 특징들이 나타나고 있는 한국 사회에서, 하인스 워드나 문 블러드굿과 같은 초국가적 문화상품의 존재는 국민국가적 민족주의 담론을 극복할 수 있는 상상력의 원천으로 작용할 수 있을 것이다.

초국가적 문화 상품의 소비를 통해 이루어질 '상상력의 작업'은 국가 주도의 민족주의를 극복하는 것으로만 한정되지는 않을 것이다. 민족주의의 배타성과 인종차별이 만들고 있는 과거와 현재의 억압을 인정하고 반성하는 자세를 갖고, 국가와 민족의 경계를 넘어 모든 차별과 억압에 대한 저항과 연대할 때 비로소 한국 사회는 초국가적인 상상력을 가질 수 있을 것이다. 초국가적 상상의 눈으로 볼 때, 문 블러드굿과 같은 한국계 미국 여배우라는 신상품은 한민족의 성공 신화로만 축소되지 않고, 상상함으로써 저항하는 초국가인의 몸짓에 버금가는 것으로 평가할 수 있을 것이다.

■ 참고문헌

고부응, 『초민족 시대의 민족 정체성』(문학과 지성사, 2002).

김상민, 「할리우드 영화에 나타난 한국 : 이미지의 왜곡과 변화」, 『미국사연구』 18, 241~268쪽.

김성윤, 「하인즈 워드-인종의 정치가 시작됐다」, 『문화과학』 47, 2006, 315~333쪽.

김영현, "What Is/Isn't Americanizing in Seoul?" 「서울 문화의 미국화에 대한 고찰」, 『한국도시지리학회지』 3, 1, 81~92쪽.

박경태, 「날마다 자신을 확인해야하는 사람들-혼혈인을 만나다」, 『당대비평』 25, 2004, 234~243쪽.

요시미 순야, 박광현 옮김, 『문화연구』(동국대학교 출판부, 2008).

이와부치 고이치, 히라타 유키에 · 전오경 옮김, 『아시아를 잇는 대중문화』(또하나의 문화, 2004).

장 보드리야르, 임문영 옮김, 『소비의 사회』(대구계명대학교, 1998).

정미경, 「나쁜 년들의 숨겨진 역사 : 한국계 미군 아내들의 50년 시집살이」, 『영어영문학 연구』 49, 3, 2007, 309~330쪽.

크리스 바커Chris Barker, 하종원 · 주은우 옮김, 『글로벌 텔레비전』(민음사, 2001).

홍석경, 「세계화와 문화산업의 새로운 정체성 논리 : 할리우드 영화의 아시아 스타 수용에 대한 분석」, 『기호학연구』 17, 2005, 143~177쪽.

Appadurai, Arjun, *Modernity at Large : Cultural Dimensions of Globalization*, Minneapolis : Minnesota UP, 1996.

Hall, Stuart, ed. A. King, "The Local and the Global : Globalization and Ethnicity", *Culture, Globalization, and the World-System*, London : Macmillan, 1991, pp. 19-40.

_____, eds. Massey and P. Jess. Milton Keynes, "New Cultures for Old", *A Place in the World? Places, Cultures and Globalization*, The Open University and Oxford : Oxford UP, 1995, pp. 175-214.

Kim, Elaine, "Race, Gender and Hollywood's Asians 1984-2004", Seoul : *Journal of American Studies*, 38, 1, 2006, pp. 102-31.

■ 기사문 · 다큐 자료

〈문 블러드굿, "태극기 휘날리며" 굿~〉, 《한겨레신문》 2008년 10월 3일자.
　　http : //www.hani.co.kr/arti/culture/movie/313827.html

〈부산영화제에 참석하는 한국계 할리우드 스타들」〉《스포츠서울》 2008년 10월 1일자.
　　http : //movie.daum.net/movieperson/ArticleRead.do?articleId=1372018&personId=85556

〈수요기획-할리우드의 여배우, 문 블러드굿 이야기〉, KBS, 2008년 5월 21일.

〈엄마 드디어 무지개 저편에 도착 했어요〉, 《한국일보》, 2008년 10월 4일. http :
　　//news.hankooki.com/lpage/people/200810/h2008100403031484800.htm

〈어머니 나라에 찾아 왔어요〉, 《한국재경신문》, 2008년 10월 3일. http : //ent.
　　jknews.co.kr/article/news/20081003/0474131.htm

Terminator Salvation, Dir. Joseph Mcginty Nichol, The Halcyon Company, 2009.

〈'터미네이터 : 미래전쟁의 시작' 터미네이터, 한국관객과 통했다〉, 《일간연예스포츠》,
　　2009년 6월 13일. http : //www.esportsi.com/bbs/zboard.php?id=movie01& page=1&sn1

〈할리우드에서 만난 한국계 여배우들〉, 《오마이뉴스》, 2006년 9월 7일. http : //
　　www.ohmynews.com

〈할리우드 '한국 여인의 향기'〉, 《조선닷컴》, 2006년 1월 17일. http : //www.chosun.
　　com/se/news/200601/200601170453.html

9

사라진 '그들' /
남겨진 자들의 증언

증언의 불가능성과 그 불가능성을 증언하기

양 운 덕

* 이 글은 조선대학교, 『인문학 연구』 37집에 실린 「침묵의 증언, 불가능성의 증언」의 주요 내용과 논지를 따르면서 일부 수정한 것이다.

아우슈비츠를 증언할 수 있는가?

아도르노Theodor Adorno는 아우슈비츠 문화에 대해서 근본적인 의문을 제기했다. 그가 "아우슈비츠 이후에도 서정시가 가능한가?"라는 질문을 던진 것은 잘 알려져 있다. "모든 아우슈비츠 이후의 문화는 그것에 관한 긴급한 비판까지 포함해서 쓰레기이다." 그러면 아우슈비츠 이후에 어떻게 사고할 수 있고, 무엇을 질문해야 하는가? 아우슈비츠, 또는 그 이후를 사고한다는 것은 무엇을 의미하는가?

이 글은 아감벤Giorgio Agamben이 '생명정치'의 틀에서 이 질문을 어떻게 주제화하는지 살펴보려는 것이다. 먼저 아우슈비츠의 증언과 관련된 기묘한 문제를 보자. 어떤 논자는 아우슈비츠에 관한 모든 증언은 거짓에 지나지 않으며, 만약 생존자가 남아 있다면 그의 존재 자체가 학살의 현장을 부정하는 사례이므로 가스실은 없다고 주장한다.[1] 물론 이런 질문과 논리에 대해서 사실 증거와 합리적인 논리로 맞서는 길은 막혀 있다. 합리성의 옹호자들은 증거나 증명의 부재와 결핍 탓에 '온전한' 설명력을 제시할 수 없다. (증언할 수 없는) '침묵하는' 자들의 증언이 필요하고, 간접적인 증거와 증언이 있다고 하더라도 부분적인 것에 지나

---

[1] 만약 가스실이 학살의 장소라면 어떠한 생존자도 남아 있지 않을 것이고, 만약 생존자가 남아 있다면 그 자체가 그곳이 학살의 현장이 아님을 증명하는 사례가 된다.

지 않을 것이다.[2] 아감벤은 아우슈비츠의 증언에 관한 문제를 새롭게 제기하고자 '수용소의 암호'라고 할 수 있는 '무젤만Muselmann'에 주목한다. 감금된 유대인들조차 그들을 멀리하고 '걸어 다니는 시체'라고 부르면서 아무도 그 죽음을 죽음으로 인정하지 않는 '비인간적인 형상'을 통해서 인간과 비인간의 경계, 새로운 윤리적 질문, 증언의 가능성을 새롭게 주제화한다. 그리고 수용소 생존자들이 느끼는 지배적인 감정인 부끄러움의 문제를 인간 존재의 독특한 구조로 해명하면서 살아 있는 존재와 언어적 존재로 분리된 인간의 모습, 언어적 현실로 구성된 주체가 말할 수 없음의 문제를 무젤만의 침묵의 증언과 연결시킨다. 이런 논의는 아우슈비츠 이후의 사고 가능성을 모색하면서 현대적 삶을 지배하는 생명정치의 문제 틀을 구체화하고자 한다.

침묵의 증언, 증언의 불가능성

증언은 왜 불가능한가?

아감벤은 생명 정치biopolitica의 틀로 주권 권력과 희생당하는 인간homo sacer을 두 축으로 삼아서 '예외 상황'의 고유한 논리를 분석한 바 있다. 그는 예외적 공간인 수용소의 정치적, 법률적 구조—수용소는 법 바깥에 있지 않고 나름의 법을 실행한다—를 밝히면서 예외 상태가 정상적인 법, 정치적 질서의 기반이자 숨겨진 '노모스'임을 지적했다.[3] 근대 생명정치는 (자연 생명을 정치적 삶에 통합하려고 자연 생명을 '배제하면서 포함

---

[2] 한편으로 증언과 증인에 바탕을 두고 사실을 주장해야 하는가 하면, 다른 한편으로 그런 사실을 주장하기 위해서 증거와 증언이 필요하므로 악순환을 벗어날 길이 없다.

[3] Agamben, 1995; 양운덕, 2008 참조.

하는' 역설적인 방식으로) 생명을 정치화함으로써 모든 시민들을 잠재적으로 '희생당하는 인간'으로 만들 수 있다. 수용소는 인간과 비인간, 살아 있는 존재와 말하는 존재를 구분할 수 없는 상황을 극단적으로 예시하고, 가능성과 불가능성의 극단적인 일치를 드러낸다.

이어서 아감벤은 수용소, 특히 아우슈비츠의 증언에 관한 난제들을 검토하면서 인간의 존재론적 지위, '아우슈비츠 이후'의 윤리와 관련된 질문, 언어적 탈주체화에 관한 질문들을 제기한다. 먼저 증언의 불가능성에 관한 문제를 살펴보자.

아감벤은 아우슈비츠의 증언과 관련하여 역사가의 담론을 이루는 증언의 환원 불가능성을 제시한다. 그는 증언이 사실과 자료에 관한 것만은 아니라고 본다. 그것을 다시 고려하는 사건들과 분리될 수 없는 나름의 권리를 갖는 사건이기 때문이다.(Vogt, 81) 그는 미국의 비교문학자 쇼샤나 펠만Shoshana Felman이 지적하듯이 증언이 단일한 부담을 진다는 점에 주목한다.("근본적으로 단일하고, 교환 불가능하고, 고독한 짐". Felman & Laub, 1992, 3)[4]

증언의 부담은 (다른 누구도 그를 대신할 수 없으므로) 대체 불가능하고, (증언이 차지하는 우월한 지점이나 증인이 말하는 것이 다른 이에 의해서 전유될 수 없는 한에서) 다른 증언과 공약 불가능하다. 이런 의미에서 증언은 환원 불가능하고 단일하다. 그런데 보편성의 논리를 앞세우는 이들은 이런 점을 이유로 삼아서 증언이 불가능하다고 주장할 것이다. 그렇다면 예를 들어서 아우슈비츠에 대한 경험적이고, 합리적이고, 일관된 논지의 증언을 요구하는 이들의 합리성에 어떻게 대응할 수 있는가?

---

[4] "증언은 그것이 증언의 기능을 잃어버리지 않고서는 단순히 다른 사람에 의해서 중계되거나 반복되거나 보고 될 수 없다. 그/그녀의 다른 증언과 정렬됨에도 불구하고, 증언의 부담은 근본적으로 단일하고, 교환불가능하고, 고독한 짐이다."

증언에는 이중의 현존이 요구된다. 곧 증언하는 사건에 증인이 현존할 뿐만 아니라, 증언하는 순간에 증인이 현존해야 한다. 이것은 증인과 증언된 사건의 본래성/진정성을 요구하기 때문이다. 그런데 이중적 불가능성의 경우, 곧 증언되는 사건에 제3자도 없고, 처음부터 끝까지 증언되는 사건을 경험했던 증인도 없는 경우에는 어떻게 해야 하는가? 아우슈비츠에 대한 증언에서 바로 이런 난제, 어떠한 증인도 남겨 두지 않은 사건, 증언의 전통적인 측면이 결핍된 경우에 직면하게 된다. 이처럼 언어와 지식의 투명함이 결핍된 경우에 어디에서 진리를 얻을 수 있는가?[5] (Vogt, 81)

아감벤은 증언과 관련하여 수용소의 예외적 존재인 '무젤만'에 주목한다.

> 이른바 무젤만은 수용소 용어로 동료들을 포기하고 동료들에게 버림받은 죄수를 가리킨다. 그 의식에 선이나 악, 고상함이나 비천함, 지적인 것이나 그렇지 않은 것의 대조가 들어설 자리가 없는 자를 가리키는 말이다. 그는 걸어 다니는 시체이고 마지막 경련을 일으키는 신체적 기능들의 집합체이다. 그렇게 하기가 무척 힘겨웠지만 우리는 그를 우리 자신의 고려로부터 배제해야만 했다. (Améry, 1980, 9)

무젤만은 수용소에서 다양한 이름으로 불렀다. '걸어 다니는 시체'(Améry, Bettelheim), '살아 있는 사자死者mori vivi (living dead)', '미이라 인

---

[5] 이와 관련하여 몇 가지 질문을 할 수 있다. 누가 증인을 증인답다고 증언할 수 있는가? 어떻게 언어로서의 증언이 증인 없는 사건을 증언할 수 있는가? 어떤 종류의 언어가 증인 없는 사건의 희생자들이 증언으로 명시된 통찰에서 고통받지 않도록 하고, 그것을 역사철학이나 변신론을 위한 증거로 삼지 않도록 할 수 있는가? 어떤 종류의 언어가 증인에게 특권화된 진리를 귀속시킴으로써 증인-희생자를 도구화하는 위험을 고려할 수 있는가?(같은 글, 82) 이런 질문에 긍정적으로 답할 수 있는가?

간'uomini mummia'(Carpi), '사람들이 살아 있다고 말하기를 주저하는 자들'(Levi).

가장 간단한 방법은 굴복하는 것이다. 명령을 그대로 따르기만 하면 된다. 일터와 수용소의 규율에 따라서만 배급을 먹으면 된다. 하지만 이런 식으로 3개월 이상 버티는 것이 이례적임을 경험이 입증했다. 가스실로 가는 무슬림들은 모두 똑같은 사연을 지니고 있다. 아니 정확하게 말하면, 아무런 사연도 지니지 않았다. 그들은 바다로 흘러가는 개울물처럼 끝까지 비탈을 따라 내려갔다. 근본적인 무능력 때문에, 또는 불운해서, 아니면 평범한 사고에 의해서 수용소로 들어와 적응을 하기도 전에 학살당했다. 그들은 그 자리에서 쓰러졌다. 독일어를 배우기도 전에, 규율과 금지가 지옥처럼 뒤얽힌 혼돈 속에서 뭔가를 구별해내기도 전에 그들의 육체는 가루가 되었다. 선발이나 극도의 피로에 따른 죽음에서 그들을 구할 수 있는 것은 아무 것도 없었다. 그들의 삶은 짧지만 그들의 번호는 영원하다. 그들이 바로 무슬림들Muselmaenner, 익사한 자, 수용소의 척추le nerf du camp이다. 그들은 끊임없이 교체되면서도 늘 똑같은, 침묵 속에서 행진하고 힘들게 노동하는 익명의 군중, 비인간들non-hommes이다. 신성한 불꽃은 이미 그들 내부에서 꺼져버렸고 안이 텅 비어서 참으로 고통스러워할 수도 없다. 그들을 살아있다고 부르기가 망설여진다. 죽음을 이해하기에는 너무 지쳐있기 때문에 죽음을 두려워하지 않는 그들 앞에서, 그들의 죽음을 죽음이라고 부르기조차 망설여진다.(Levi, 1958/1987, 138-9)

무젤만에 관한 다른 증언들을 들어 보자.

내 기억으로는 우리가 욕실로 가는 계단을 내려갈 때, 그들은 우리가 무젤만들Muselmänner이라고 부르는 무리와 동행하게 했는데, 그들이 그들을 우리와 함께 계단을 내려가게 한 것은 단지 그들을 우리에게 보여주기 위해서였는데, "너희들도 그들처럼 될 것이다"라고 말하는 것 같았다.(Carpi, 1993, 17)

누구도 무슬림에 대해서 연민을 느끼지 않았고, 그렇다고 누구도 그들에게 공감을 느끼지도 않았다. 그들의 삶 때문에 지속적인 두려움을 느꼈던 다른 수감자들은 그가 쳐다볼만한 가치가 있다고 판단하지도 않았다. 함께 일해야 하는 좌수들에게 무슬림은 분노와 걱정의 원천이었다. 그들은 친위대원들에게 기껏 쓸모없는 쓰레기에 지나지 않았다. 모든 집단은 저마다 나름의 방식으로 그들을 어떻게 하면 없애버릴까 하는 생각뿐이었다.(Ryn & Klodzinski, 1987, 127)[6]

이런 무젤만은 인간과 비-인간, 삶과 죽음 간의 구별이 무너진 비구

---

[6] "영양실조의 증상에서 두 국면이 구별되어야 한다. 첫 번째 특징은 체중 감소, 근육 쇠약, 운동상의 점진적인 에너지 상실이다. …… 두 번째 국면은 굶주린 개인이 그의 정상 체중의 3분의 1을 잃었을 때 시작된다고 할 수 있다. …… 그는 계속해서 체중을 잃으면서 얼굴표정도 바뀌었다. 그의 시선은 어두워지고 그의 얼굴은 무관심하고 기계적이고 슬픈 표정을 띠었다. 그의 눈은 일종의 커에 의해서 뒤덮였고 그의 얼굴 안쪽으로 쑥 들어갔다. 피부는 창백한 회색빛이었고, 종이처럼 얇고 딱딱해졌다. 그는 모든 종류의 감염, 특히 옴에 민감했다. 그의 머리는 뻣뻣했고 불투명하고 쉽게 흐트러졌다. 그의 머리는 길어졌고 그의 턱뼈와 눈두덩은 더욱 튀어나왔다. 그는 천천히 숨을 쉬었다. 그는 부드럽고 매우 힘겹게 말했다. 이런 영양실조 상태가 얼마나 되었는지 그는 작거나 커다란 부종으로 고통 받았다. …… 이런 국면에서 그들은 그들 주변에서 생기는 모든 것에 무관심해졌다. 그들은 그들의 환경과 맺는 모든 관계로부터 배제되었다. 만약 그들이 여전히 주변을 돌아다닌다면 그들은 느리게 움직였고 그들의 무릎을 굽히지도 않았다. 그들은 그들의 몸의 체온이 보통 98.7도 이하였기 때문에 후들후들 떨었다. 그들을 멀리서 보면 아랍인들이 기도하는 장면을 보는 인상을 주었다. 이런 이미지는 아우슈비츠에서 영양실조로 죽어 가는 사람들을 가리키는 말인 무슬림들의 기원이었다."(Ryn & Klodzinski, 1987, 94)

아우슈비츠 1. 폴란드 남부에 있는 작은 공업도시인 아우슈비츠(폴란드 이름은 '오슈비엠침')는 제2차 세계대전 중 독일 최대의 강제수용소이자 집단학살 수용소인 '아우슈비츠 수용소'가 있었던 곳으로 유명하다.

별의 지역을 가리킨다. 무젤만은 인간 존재가 "인간이기를 그친" 지점에서 있다. '살아 있는 사자死者'이자 무관심하고 아무런 감정이 없는 식물적인 존재로 축소된 무젤만은 인간의 영점零點 수준에 있는 까닭에 어떻게도 상징화될 수도 분절될 수도 없다.

> 무젤만은 특별하게 극단적인 형식으로 절대적인 권력의 인간학적 의미를 구현한다. 권력은 살인 행위로 자신을 폐지한다. …… 그것은 세 번째 영역terzo regno, 삶과 죽음 사이에 림보를 세운다. 시체들 더미와 마찬가지로 무젤만들은 인간에 대한 권력의 전면적인 승리를 알려 준다. 비록 명목상으로는 살아 있지만 그는 이름도 없는 형상figura senza nome이다. 그 체제는 그러한 조건을 강요하면서 그것 나름의 고유한 실행compimento을 찾아낸다.(Sofsky, 294)

무젤만은 의학적 형상, 윤리적 범주, 정치적인 경계, 인간학적 개념 등 어떤 관점에서 보더라도 결코 규정될 수 없다. 이것은 그가 인간성 l'umanità과 비인간성non-umanità뿐만 아니라 생리학과 윤리학, 의학과 정치, 삶과 죽음 사이에서 동요하기 때문이다. 따라서 무젤만이라는 '세 번째 영역terzo regno'은 수용소의 완전한 암호cifra prtfetta이자, 그 앞에서 모든 분과적인 장벽이 무너지는 비-장소non-luego이다.(QA, 43)

아감벤은 언어와 증언하는 주체 간의 관계에 주목하면서, 학살과 순교라는 모호한 개념으로 아우슈비츠 사건을 은폐해서는 안 된다고 지적한다. 그는 (Levi의 지적을 참조해서) 증언에 포함된 공백을 사고하고자 한다.

> 모든 증언에는 다른 공백이 있다. 곧 증인은 그 정의상 생존자이고, 모두가 어느 정도 특권을 누렸다. …… 누구도 공통된 죄수의 운명에 대

해서 얘기하지 않았는데, 왜냐하면 그가 생존하는 것이 실질적으로 가능하지 않았기 때문이다. …… 또한 나는 내가 무슬림이라고 부르는 공통된 죄수에 관해서 기술했다. 그러나 무슬림은 말하지 않았다.(QA, 31)

이런 지적은 증인의 현존과 동일성이나 진정성에 바탕을 둔 전통적인 증언의 의미에 대해서 의문을 제기한다. "나는 반복해야 한다. 우리, 생존자들은 참된 증인이 아니다. …… 우리는 그들을 대신해서 말한다. 대리인으로서."(같은 곳)

(수용소의 생존자 가운데 한 사람인) 프리모 레비Primo Levi는 수감된 자들을 두 종류로 분류한다. '구조된 자'와 '익사한 자'. 그런데 '익사한 자'인 무젤만Muselmann이라고 불리는 이들이야말로 '참된 증인들veri testimoni'이다. 그런데 이런 '완전한 증인들testimoni integrale'은 증언하지 않았을 뿐만 아니라 증언을 할 수도 없다.

따라서 생존자는 자신이 "증언의 불가능성이라는 이름으로 증언함으로써"(Vogt, 83)만 응답될 수 있는 결핍된 증언을 증언하는 역설에 빠지고 만다. 생존자, 곧 사건을 처음부터 끝까지 경험하지 않은 자는 자신의 현존과 진정성을 주장할 수 없으므로 '완전하게' 증언할 수 없다.

> 증언은 증언함의 두 가지 불가능성들의 마주침을 의미한다. 언어는 (증언하기 위하여) 증언할 수 없음l'impossibilità di testimoniare을 보여 주기 위하여 비-언어에 양보해야만 한다. 증언의 언어는 더 이상 의미하지 않는 non significa più 언어이고, 의미하지 않으면서 non significare 언어 없는senza lingua 것 쪽으로 나아간다.(QA, 35-6)

아감벤은 이런 불가능성을 (아무도 그에 대해서 증언하지 않는) 무젤만에 관련짓는다. 이런 무젤만이 인간l'uomo과 비-인간il non-uomo을 구별할 수 없는 지점에 있기 때문이다. 곧 그는 삶과 죽음, 인간과 비-인간 사이의 극단적인 문턱la soglia에 자리 잡는다.(QA, 42)

전통적인 대립 논리를 고수한다면 수용소라는 예외 상황에서서도 순수한 구별이 유지될 수 있어야 할 것이다. 그런데 이런 논리로는 도덕과 인간성을 의문시하지 않으면서 (수용소에서도 존엄과 품위를 유지해야 한다고 주장함으로써) 무젤만에 의해서 전통적인 윤리가 무너지는 지점을 은폐하는 것을 막을 수 없다.

이런 대립적인 논리는 인간과 비인간 사이에 선명한 구분을 내세워서 나치 친위대가 채택하는 비인간화의 논리를 되풀이할 뿐이다.

> 이것이 왜 그들이 일정하게 비인간화되고 인간성의 본질적인 측면들을 박탈당했다는 점을 망각하지 않고 그들의 인간성에 관해서 더욱 강조해야 하는가 하는 이유이다. 곧 '정상적인' 인간적 존엄과 참여를 무슬림의 '비인간적인' 무관심으로부터 분리시키는 선은 '인간성'에 내재하는데, 그것은 '인간성' 그 자체의 한가운데에 트라우마적인 핵심kernel이나 틈새가 있음을 의미한다.(Zizek, 2001, 77)

아감벤은 무젤만을 인간으로부터 배제하려는 시도, 그의 괴물다움, 품위 없음, 인간적 존엄 상실을 이유로 그를 비-언어의 영역에 남겨 둠으로써 인간성을 보존하려는 시도에 맞서고자 한다. 이는 무젤만이 아우슈비츠의 '참된 암호'로서, 자연 생명nuda vita의 '표상할 수 없는 단일성'을 가시적으로 보여 주기 때문이다.

잠재성과 비-잠재성을 함께 사고하기

아감벤은 아리스토텔레스의 잠재성 개념을 새롭게 해석함으로써 '~ 않을 잠재성'의 틀로 무젤만과 증언의 문제에 접근한다.

아리스토텔레스는 잠재성potenza을 부정하는 메가라 학파, 곧 잠재성이 오로지 실현됨으로써만 존재한다고 보는 태도를 비판한다. 악기 연주자는 연주하고 있지 않을 때에도 연주할 수 있는 능력potenza을 지니고 있다. 그는 잠재성이 자율성을 지닌다고 보는데, 이는 잠재성에서 현실성으로 이행하면서 잠재성이 소진되지 않기 때문이다. 아감벤은 아리스토텔레스에게서 현실성과 잠재성의 관계가 논리적인 것에 국한되지 않는 존재론적인 것이라고 본다. 잠재성은 '현존하는 실제적인 양식modi effettivi della sua esistenza'이다. (Agamben, 1995, 52; Geulen, 2005, 45)[7]

아리스토텔레스는 잠재성dynamia이 무엇을 하지 않음adynamia을 포함한다고 본다. 음악을 연주하고 있지 않는 '잠재적인' 음악가의 예에서 보듯이, 잠재성은 능력으로 파악되어야 하므로, 무엇을 하지 않음, 또는 존재하지 않음이다. (Geulen, 같은 곳) 따라서 잠재성이 실현됨으로써 사라지지 않고 고유하게 지속되려면 실현되지 않을non passare all'atto 수 있어야 한다. 잠재성은 구성적으로 (행하거나 존재하지) 않을 가능성potenza di non (fare o essere), 곧 비 잠재성(impotenza; adynamía)이어야 한다. (Agamben, 1995, 52)[8]

그런데 이처럼 모든 잠재성이 '~ 않을 잠재성'이라면 현실성의 실현을 어떻게 설명할 수 있는가? 잠재적인 것은 실현되지 않을 수 있는 자신

---

[7] 한 가능성이 실현되는 것, 능력이 특정한 행위로 이행할 수 있으려면 행위할 때, 능력/할 수 있음이 무능력/할 수 없음Impotenz과 분리되어야 한다. 행위할 때, 잠재성에서 가능성과 불가능성의 불가분적인 통일이 나뉘는 것은 이러한 '무능력을 부정하는 것'이 그것을 파괴하는 것이 아니라 그 반대로 그것을 충족시킨다. 이런 사고는 가능성과 실현을 의도, '의지로부터 사고하는 습관에서 벗어나야만 가능하다. (Geulen, 2005, pp. 45-6) 이처럼 아감벤이 현실성-가능성이란 논리적 범주를 존재론화하는 까닭은 할 수 없음이 할 수 있음의 반대 항이 아니며, 할 수 없음이 고유한 힘을 지니며 존재한다고 보기 때문이다. (같은 책, 46)

[8] 잠재성potenza이 있다는 의미는 현실성으로 옮아 가지 않을 수 있는 잠재성을 말한다. Avicenna는 이것을 완전한 잠재성porenza perfetta이라고 하면서 글을 쓰고 있지 않은 필경사의 예를 들었다. (Agamben, 1995, 52)

의 능력(비잠재성adynamía)을 유보하는 순간에 현실성으로 옮아 갈 수 있다. 비잠재성의 유보란 잠재성의 실현이다. 곧 잠재성이 자신이 비 잠재성을 부여하기 위해서 자기에게로 되돌아감이다.(같은 책, 53) 이처럼 잠재성에서 현실성으로 이행함은 잠재성의 보존conservarsi della potenza이자 잠재성을 자기에게 부여함"donarsi a se stessa" della potenza이다.(Aristoteles, De Anima, 417 b 1-16; Agamben, 1995, 53; 1999, 184)[9]

인간은 그가 보거나 말하는 '능력'을 지니고 있을 때 잠재성의 영역에 있다. 아감벤은 잠재성이 '능력', '힘'으로서, 단순히 비-존재, 결핍에 그치는 것이 아니라, 비-존재의 현존existence of non-Being, 부재의 현전이라고 본다. 곧 '능력을 지님'은 '결핍을 소유함'을 의미한다. 잠재성은 (논리적 실체가 아니라) 결핍이 현존하는 양상이다.(같은 책, 179)

아감벤은 건축가가 자기 일을 '하지 않음'으로써 그의 지식을 현실로 옮겨 놓지 '않을' 수mē energein 있기 때문에 잠재적이라는 점에 주목한다. 곧 건축가는 건축하지 않는 잠재력을 지니는 한에서 잠재적인 건축가이다.(같은 책, 179) 이처럼 잠재성은 (단순히 특정한 것을 하는 잠재력이 아니라) '하지 않는' 잠재력potenza 'di non', '현실화하지 않는' 능력이다.

그는 아리스토텔레스가 '어두움을 위한' 잠재성을 지적한 점에 주목한다. 흔히 생각하듯이 잠재성이 단지 보기 위한 능력일 뿐이고 빛이 현존할 때 보는 것 자체로만 존재한다면, 결코 어두움을 경험할 수 없을 것이다. 그러나 인간은 그림자to skotos를 볼 수 있고, 어두움을 경험할 수 있다. 따라서 인간은 '보지 않을' 잠재력, 결핍의 가능성possibilty of privation을 지닌다.(Agamben, 1999, 181)[10]

---

[9] 아감벤은 이것을 주권의 패러다임과 연결시킨다. 무엇을 하지 않을 수 있는 능력 자체를 통해서 현실성과 관계 맺는 잠재성의 이런 구조는 자신을 적용하지 않음으로써 자신을 예외에 적용하는 주권적 추방령의 구조에 상응한다.(QA, 1995, 53)

아감벤은 인간 잠재성의 특성이 이처럼 '~하지 않을' 잠재력, 어두움을 위한 잠재력potentiality for darkness이라고 본다. 예를 들어서 지루함은 행위 하지 않는 잠재성의 경험이다. 따라서 지루함은 선과 악 모두의 가장자리에 있는 경험이다.[11]

이런 점에서 모든 잠재성은 비잠재성impotentiality이기도 하다. "비잠재성adynamia은 잠재성에 맞서는 결핍이다. 모든 잠재성은 잠재성 자체, 혹은 잠재성 자체에 대한 비 잠재성이다.tou autoú kai katá to autò pása dýnamis adynamía."(Aristoteles, Metaphysica, 1046 a 30-2; Agamben, 1975, 52; 1999, 181-2)

아감벤의 해석에 따르면, 그 기원적 구조에서 잠재성dynamis은 그것에 고유한 결핍strēsis, 그것의 고유한 비-존재와 관련해서 자신을 유지한다. 잠재성의 본질을 이루는 '잠재적인 것to be potential'은 자신의 고유한 결핍인 것, 자신의 고유한 비-활동성incapacity과 관계 맺는 것이다. 잠재성의 양상으로 현존하는 존재는 그것의 고유한 비-잠재성일 수 있고, 이런 방식으로만 잠재적이 된다. 곧 존재들은 그것들의 고유한 비-존재와 관련을 갖기 때문에 잠재적인 것으로 존재할 수 있다.(Agamben, 1999, 182)

이런 잠재성에서 감각과 마비, 지식과 무지, 봄과 어두움은 서로 관련을 맺는다. "잠재적인 것dynatos은 현실적으로 존재하지 않을 수 있는 것endéketai이다. 잠재적인 것은 존재할 수도, 존재하지 않을 수도 있는 것이다. 왜냐하면 잠재적인 것 자체가 잠재적일 수도, 잠재적이지 않을 수도

---

[10] 테미스티우스Themistius는 『영혼론』에 대한 주석에서, 감각이 현실성과 현실적이지 않음not-Being-actual 모두에 대해서 잠재성을 갖지 않는다면, 어두움을 지각하고 침묵을 들을 수 없다고 지적한다. 마찬가지로 사고가 사고뿐만 아니라 사고의 부재anonia 모두에 대한 잠재성을 갖지 않고서는 형태 없는 것amorphon, 악, 무형적인 것aneidon을 알 수 없다.(같은 곳)

[11] 선하거나 악할 수 있음은 특정한 선이나 악을 행할 수 있음이 아니다. 그리고 근본 악은 특정한 악한 행위와 관련되는 것이 아니라 '어두움을 위한 잠재성'이다. 이런 잠재성은 또한 빛을 위한 잠재성이기도 하다.(같은 곳)

'아우슈비츠'는 나치의 유대인 대량 학살을 상징하는 말이다. 1940년 4월 27일 이곳에 첫 번째 수용소가 세워진 뒤 1945년 1월까지 이곳에서 250만~400만 명의 유대인이 살해되었다.

있기 때문이다.to autò ara dýnaton eînai endéketai kaì eînai kaì mē eînai."
(Aristoteles, Metaphysica, 1050 b 12-13)

아감벤은 잠재적인 것이 비-존재를 수용하는dekhomai 점에서 잠재성이
근본적으로 수동성인 (또는 근본적인 수동성으로 존재한다는) 점에 주목한
다. 이런 수동적 잠재성은 그것 자체의 비-존재를 견디고 겪는
다.(Agamben, 1999, 182) 모든 인간적 능력은 그것의 고유한 결핍과 관련
을 갖는다. 이것이 인간적 능력(또는 심연)의 기원이다.[12] [13]

그러면 이런 가능성-불가능성의 관계를 어떻게 아우슈비츠와 연결시
킬 수 있는가? 아우슈비츠에서 경험은 불가능한 것이 현존하고, 불가능
한 것이 강제로 현실이 되는 황폐화를 겪는다. 그곳은 불가능성이 현존
l'esistenza dell'impossibile하는 곳, 우연을 근본적으로 부정하는 절대적인 필
연의 장소이다. 괴벨스Paul Goebbels가 정치를 '불가능해 보이는 것을 가능

---

[12] "다른 생명체들은 그들이 특수한 잠재성만을 가질/잠재성일 수 있다. 그들은 오로지 이것을
하거나 저것을 할 뿐이다. 그러나 인간은 그들의 고유한 비잠재성일 수 있는 동물이다. 인
간적 잠재성의 위대함은 인간적 비잠재성의 심연에 의해서 측정된다."(Agamben, 1999, 182)
아감벤은 이런 점에서 자유의 뿌리가 잠재성의 심연에서 발견된다고 본다. 자유로운 것은
단순히 특정한 것을 할 수 있는 능력을 지니거나 특정한 것을 거부하는 것이 아니다. 그것
은 자신의 고유한 비잠재성일 수 있음to be capable of one's own impotentiality이고 자신의
고유한 결핍과 관계맺음이다. 이렇게 볼 때 자유는 선과 악 모두를 위한 것이다.(같은 책,
182-3)

[13] 이처럼 아감벤은 양상 범주들을 인식론적 범주가 아니라 존재론적 조작자/연산자operatori
ontologoci로 재규정한다. 여기에서 가능성possibilità(존재할 수 있음poter essere)과 우연(존재하
지 않을 수 있음poter non essere)은 주체화하는 조작자들operatori이고 가능한 것들이 현존으로
이행하는 지점이고, 불가능성, 가능성에 대한 부정—non (poter essere)—과 필연(우연의 부정
non(poter non essere)은 탈주체화, 주체 파괴의 조작자이다. 우연과 가능성은 존재를 그 주체
성으로, 곧 항상 '나'의 세계로 구성한다. 이는 나의 세계 안에 불가능성이 존재하고 현실적
인 것과 접촉하기contingit 때문이다. 불가능성과 필연은 존재를 그 전체이자 꽉 들어참
compatezza으로, 주체라고는 없는 순수한 실체성으로 규정한다. 여기에서는 가능성이 존재
하지 않으므로 나의 세계는 없다.

하도록 만드는 기술'이라고 하듯이, 죽음의 정치가 실행된 아우슈비츠에서 이루어지는 실험은 주체를 주체화와 탈주체화 사이의 연결이 무너지는 극한지점까지 내몰고 변형시켜서 탈구시키는disarticolare 실험이다.(QA, 137-8)

이하에서는 이런 잠재성-비잠재성의 맞물림에 관한 논의가 비가시적인 것을 봄, 말할 수 없는 능력과 관련된 증언의 문제, 무젤만의 무력함과 수동성을 새롭게 보는 데 도움을 줄 것이다.

수용소의 암호, 무젤만

무젤만은 누구인가, 그를 이해할 수 있는가?

아감벤은 무젤만을 이해하기 위해서 '예외 상황'의 논의를 참조한다. 법학자들이 예외 상황이 정상적인 법질서를 근거 짓는다고 주장하는 것처럼, 정상적인 상황을 극단적인 상황에 비추어서 판단하고 결정할 수 있다. 아우슈비츠는 예외 상황이 규칙과 일치하는 곳, 극단적인 상황이 일상성의 패러다임이 되는 지점이다.

수용소 공간은 동심원적인 소용돌이, 곧 끊임없이 무젤만이 거주하는 중앙의 비-장소에 맞서서 그것을 제거하려는 형태를 이룬다. 수용소에서 이러한 비-장소의 극단적인 경계를 선택Selektion(도태), 가스실로 가는 선택 절차라고 불렀다. 이 때문에 수감자들은 (매 순간 그에게서 솟아날 수 있는 무젤만을 가리기 위해서) 자신의 병과 소진 상태를 숨겨야만 했다.(QA, 46-7)

그리고 아감벤은 모든 증인이 중심 현상이라고 얘기함에도 불구하고 특이하게도 역사 연구가 무젤만을 거의 언급하지 않는 점에 주목한다. (거의 50년이 더 지난) 최근에 이르러서야 무젤만에 관심을 갖는 까닭은 무엇인가? 이러한 기이한 비가시성을 어떻게 설명할 수 있을까?

아우슈비츠는 죽음/학살의 수용소이기에 앞서서 (오늘날 사고되지 않은 채로 남아 있는) 실험이 이루어진 장소였다. 물론 이때의 실험은 유대인을 무젤만으로 변형시키는 것, 인간 존재가 비-인간으로 변형시키는 것, 삶과 죽음 너머에 있는 실험을 말한다. 그렇다면 무젤만이 누구인지/무엇인지를 먼저 이해하지 않고서는 아우슈비츠를 이해할 수 없을 것이다.(QA, 47)

아감벤은 무젤만의 비가시성이 지닌 함의를 살핀다. 레비는 왜 그들을 '고르곤을 보았던 사람'이라고 표현하는가?

고르곤을 보면 죽기 때문에 그 얼굴은 금지된 것이다. 그리스인들에게 이런 볼 수 없음은 동시에 불가피한 것이기도 하다. 고르곤의 반-얼굴antifaccia은 얼굴을 통해서만 표상될 수 있어서 시선이 불가피하게 마주하는 것이다. 이런 반-얼굴은 그 괴물의 위험스러운 시각적 효과의 기호를 명시적으로 드러내면서 시선에 주어진다.(Frontisi- Ducroux, 68; QA, 48)

이것은 '보는 것의 불가능성/볼 수 없음'을 표상하는 것과 관련하여 볼 수 없지 않은 것non si può non vedere과 관련된다. 무젤만은 가시적인 것을 비가시성으로 만들므로, 무젤만을 증언하는 것은 '인식과 보는 작용의 불가능성'을 인식하는 것이다.

'고르곤을 보았던 사람'은 단순히 무젤만을 가리키는 데 그치지 않고, 가시성-비가시성의 다른 차원과 관련된다. 아감벤은 고르곤을 보는 것이 보는 것의 불가능성을 봄/볼 수 없는 것을 봄vedere l'impossibilità di vedere이라고 지적한다.

고르곤은 수용소에서 '밑바닥에까지 이른 사람ha tocato il fondo'으로서 '비-인간'이 된 자이다. 무젤만은 (인식될 수 없거나 볼 수 없는 존재가 아니었지만) 누구에게도 알려지지 않았다. 이는 무젤만을 증언하는 것, 보는 것의 불가능함impossibilità di vedere을 성찰하려는 난해한 시도와 관련된다. 그렇다면 인간의 심연에 이런 볼 수 없음이 자리 잡고 있는 것은 아닌가? 그런 고르곤의 시선은 인간을 비-인간으로 바꿔놓는다. 아감벤은 이러한 비인간적인 볼 수 없음non umana impossibilità di vedere을 인간들이 외면할 수 없는 생략부호'apostrofe라고 지적한다.(QA, 48-9)

어떤 생존자는 무젤만이 산 자와 죽은 자를 혼동시킨다고 한다. "근본적으로 차이는 미미하다. 우리는 여전히 움직이는 해골이고, 그들은 이미 움직이지 않는 해골이다. 그런데 심지어 세 번째 범주도 있다. 축 늘어진 채로 움직일 수 없지만 미약하게나마 여전히 숨을 쉬고 있는 자들이다."(Sofsky, 328 n 2)

'얼굴 없는 현존presenza senza volto'이나 '그림자들'은 '삶과 죽음 사이에 있는 경계'에 거주한다.(Ryn & Klodzinsky)(A, 49-50) 또한 무젤만은 인간과 비-인간 사이의 문턱을 표시한다. "그들은 환경에 반응하기를 전적으로 포기할 수밖에 없었고, 대상이 되고 말았는데, 이렇게 됨으로써 인간이기를 포기했다."(Bettelheim, 1960, 152)

아감벤은 인간이 인간이기를 그치는 지점, 바로 그곳에 무젤만이 있으며, 수용소가 그것을 드러내는 본보기 공간이라고 주장한다. 인간이 인간이기를 그치는 지점을 어떻게 제시할 수 있는가? 그런데 이렇게 질문하려면 먼저 인간의 생물학적 인간성과 구별되고 분리시킬 수 있는 인간의 인간성un'umanità dell'uomo을 상정해야 하지 않는가?(QA, 49-50) 그렇다면 과연 수용소에서도 여전히 인간의 보편적 본질은 관철된다고 보아야 하는가? 수용소는 인간의 본질을 훼손시킬 수 없다는 의미에서 여전히 '인간적인' 공간인가? 이런 질문은 인간의 보편적 본질을 주장하는 것으로는 의도와 달리 아우슈비츠의 문제를 제대로 제기할 수 없음을 드러낸다. 아감벤은 이런 문제를 도덕적 존엄과 자기 존중과 관련하여 살핀다.

수용소에서 인간적 존엄을 유지할 수 없다면…

베텔하임Bettelheim은 무젤만을 자유를 포기한 자, 모든 정서적인 삶과 인간성의 흔적마저 상실한 자라고 지적한다. 그런데 이때 인간과 비인간을 구별하는 도덕적 기준이 문제가 된다. 그는 아우슈비츠의 한 관리자(푀스)를 '잘 먹고 잘 차려입은 무젤만'이라고 부른다. 이는 그가 자기 존중, 자기애, 감정, 인격을 모조리 버리고 상관의 명령에 따라서 기능하는 기계와 같기 때문이다. 이렇게 본다면 무젤만은 도덕의식을 결여할 뿐만 아니라 감정과 신경 자극까지도 결핍되었기 때문에 기괴한 생물학적 기계가 된다.(QA, 50-1)[14]

아감벤은 이와 관련해서 '누구도 무젤만을 보고 싶어 하지 않았다'는 지적에 포함된 바가 무엇인가 질문한다. 이것이 어떤 대가를 치르더라도 수용소에서 인간적인 것과 비인간적인 것을 (사실상 구별할 수 없게 되었음에도 불구하고) 구별하고자 하기 때문이라면(QA, 52), 이때 '인간으로 남아 있음restare uomo'은 무엇을 의미하는가?

> 이른바 고유한 관리들 외에, 처음에는 운명의 호의를 받지 못했지만 오로지 자신의 힘으로 생존을 위해서 투쟁하는 다양한 부류의 포로들이 있다. 그들은 흐름에 역행해야 한다. 매일 전투를 벌이고, 매 시간 노역, 허기, 추위, 그로부터 나오는 무기력과 싸워야 한다. 적에게 저항해야 하고, 경쟁자를 동정하지 말아야 한다. 재치를 갈고 닦아야 하며, 인내심을 쌓아야 하며, 의지력을 키워야 한다. 또는 체면을 모두 눌러 버

---

[14] "명령받은 행동을 바꿀 수는 없지만 약간의 간극을 만들고 다르게 느끼는 자유가 수감자를 인간으로 머물러 있도록 한다. 그렇게 모든 감정, 행위에 관한 모든 내적인 유보를 포기하고 확고하게 붙잡아야 할 그 어떤 지점을 놓치면 무슬림이 되고 만다. 자신의 인간성(자신의 생명 자체)을 유지하는 것과 인간으로서 죽음(또는 물리적인 죽음)을 받아들이는 것 간에는 결정적인 차이가 있다."(Bettelheim, 58)

리고, 의식의 빛을 꺼 버리고, 짐승들이 싸우는 싸움터로 내려가 잔인한 시기에 일족과 개인들을 지탱해 주는 비밀스러운 힘들의 안내를 받아야 한다. 죽지 않기 위해서 우리가 고안해 내고 실행한 방법들은 수없이 많았다. 인간들의 다양한 성격들만큼이나 많았다. 그 방법들은 모두 전체를 향한 개인의 힘겨운 투쟁을 담고 있다. 그 가운데 많은 수가 적지 않은 일탈aberrations과 타협copmpromis을 수용한다. 고유한 도덕 세계의 한 부분이라도 포기하지 않은 채 생존하는 것은, 강력하고 직접적인 행운이 작용하지 않은 한, 순교자나 성인의 기질을 타고난 소수의 사람들에게만 허용될 뿐이었다.(Levi, 1958/1987, 142)

아우슈비츠에서는 모든 수감자들이 (어느 정도) 그들의 인간적 존엄을 포기할 수밖에 없다. 그들은 수용소에서 해방되는 순간에야 비로소 다시 인간으로 되돌아온다. 이런 '인간 회복'의 순간을 얘기하려면 그 이전의 시간들을 비인간의 시간이라고 인정하는 것인가? "그들이 다시 인간이 된다고 느끼자마자……"(Levi, 1989, 70)라는 표현을 무엇을 의미하는가?

생존자들이 가치절하degrdazione라는 공통의 필요comune necessità를 받아들여야만 하고(QA, 53-4), 인간성과 책임 같은 가치를 수용소에서 포기해야만 살아남을 수 있다면, 과연 무엇을 인간적인 가치라고 보아야 하는가? "'온전한 증인들testimoni integrali'은 이미 그들 자신을 관찰하고 기억하고 비교하고 표현하는 능력을 잃어버렸을 것이다."(Levi, 84; QA, 54)

전통적인 선악의 문제로 판단하면, 생존자들은 더 악하다peggiori고 할 수 있다. '가장 선한 자들'보다 더 악할 뿐만 아니라 (그들의 죽음을 죽음이라고 부를 수도 없는) 익사한 자들의 익명적인 태도와 비교하더라도 그러하다.

아우슈비츠의 윤리적 아포리아는 그곳에서 품위를 지키는 것이 품위 있는 것이 아니고, 자신들의 존엄과 자기 존중을 믿는 자들이 그렇지 않

은 자들과 관련해서 부끄러움을 경험하는 점과 관련된다.(QA, 54-5)

이처럼 무젤만은 도덕, 인간성이 의문시되는 영역에 있다. 그들은 특수한 종류의 한계 형상una figura-limite이어서 존엄, 존중 같은 범주뿐만 아니라 윤리적 한계limite etico 같은 개념도 의미를 상실하도록 만든다.(QA, 57) 아감벤은 이런 까닭에 무젤만의 인간성을 손쉽게 부정하는 것은 나치 친위대의 판단을 받아들인 채 그들의 태도를 되풀이할 뿐이라고 지적한다.

무젤만은 도움뿐만 아니라 존엄과 자기 존중도 무용한 영역에 방치되었다. 예를 들어서 목사가 수용소에서 설교하는 장면을 상상해 보자. 그 경우에 목사의 태도는 (모든 인간적 도움 너머에 방치된 이들에게) 잔인한 조롱이 될 것이다. 이런 까닭에 수감자들은 무젤만에게 말하기를 포기한다. 그들에 대한 침묵과 보지 않음non vedere이 도움 너머에 방치된 자들에게 할 수 있는 유일한 태도가 아닐까?(QA, 57)

문제가 된다면, 그처럼 인간적 존엄과 자존감이 무의미한 영역이 있을 수 없다. 이는 어떤 윤리도 인간성의 한 부분을, 설령 그것이 불쾌하고 인간성을 찾기가 어렵다고 할지라도, 배제할 수 없기 때문이다.(QA, 57-8)[15]

---

[15] 아감벤은 의사소통의 윤리와 관련해서 무젤만의 윤리적 지위를 살핀다. 아리스토텔레스 이래의 전통적인 윤리는 의무에 따르는 의사소통communicazione obbligatoria의 원리를 윤리의 선험적 조건이라고 본다. 그런데 아우슈비츠는 이런 의무에 따른 의사소통의 원리를 근본적으로 논박한다. 친위대가 대화를 부추기지만 결국 구타로 끝나고 말 대화에 참여해야 하는가? 그 대화에서 어떤 합리성이나 상호주관성을 기대할 수 있는가?(QA, 58-9) 아감벤은 (담론 윤리와 합리적 의사소통의 철학을 대변하는) 아펠 교수가 수용소의 무젤만 앞에 나타났다고 가정한다. 과연 그의 의사소통 윤리가 이곳에서도 타당하다고 주장할 수 있을까? 아무리 좋은 의도를 지닌 것이라고 하더라도 대화를 거부하는 무젤만을 (기본적 소통의 의무를 거부한다는 이유로) 인간으로부터 배제할 위험이 있다. 무젤만은 모든 가능한 논박ogni possibile confutazione을 근본적으로 거부confutazione radicale한다. 아감벤은 그들에 대한 부정을 부정함으로써negando le loro negazione 의사소통의 의무와 관련된 형이상학의 보루를 파괴할 수

나치는 인종법 이후 유대인의 법률적 지위를 언급하면서 Entwürdigen(가치를 박탈함)이라는 술어를 사용한다. 유대인들은 모든 가치/존엄Würde을 박탈당한 인간이다. 그는 그저 인간에 지나지 않는다simplicemente uomo. 그래서 그는 바-인간non-uomo이다.(QA, 60)[16]

생존자들이 수용소에서 풀려났을 때 그들은 '인간들'이 사는 세계에 무엇을 가지고 왔는가? 그들이 가져온 잔혹한 소식/새로움은 인간이 상상 이상으로 존엄과 품위를 상실할 수 있으며, 가장 극단적인 전락 상태 degradazione più estrema에서도 여전히 살아 있다는 점이다. 이런 새로운 인식은 이제 모든 도덕과 존엄함을 판단하고 측정하는 시금석이 될 것이다. 무젤만은 이것을 가장 극단적으로 표현한다. 그는 새로운 윤리, 존엄이 끝나는 곳에서 시작되는 '윤리의 문턱'에 있는 자이다.

인간답게 죽을 수 있는가?

아감벤은 '죽음'의 문제 틀로 무젤만이 어떻게 '인간적인' 죽음을 비인간화하는 것과 관련되는 자를 살핀다.

인간이 '죽는' 존재라면, 죽음의 가능성을 보존하고 죽음을 선택하는 것이 인간의 고유성일 것이다. 아우슈비츠에서도 이런 '인간적인' 죽음을 주장할 수 있는가? 그것이 불가능하다면 죽음의 의미는 어떻게 달라지는가?

무젤만은 생사의 갈림길에 있고, 죽음에 근접해 있는 '걸어 다니는 시체'였다. 그러면 그들의 죽음을 염두에 둘 때, 그들은 인간답게 죽을 수

있다고 지적한다.(QA, 59-60)

[16] 아감벤은 이런 점 때문에 아우슈비츠가 모든 존엄함을 내세우는 윤리의 종말과 파국을 표시할 뿐만 아니라, 그것이 규범에 부합하는 점을 표시한다고 지적한다. 여기에서 자연 생명은 무엇을 요구받거나 어떤 것에 합치해야 하는 것이 아니라 그 자체가 규범에 지나지 않는다. 그 규범은 내재적이다. 따라서 어떠한 존엄도 부여되지 않는다.(QA, 63)

있는가? 하이데거가 말했듯이 인간의 가장 고유한 가능성인 죽음을 통해서 결단의 순간에 설 수 있는가? 아니면 죽음의 고유한 의미마저 상실하는가?

레비가 "사람들은 그들의 죽음을 죽음이라고 부르길 주저했다."고 한다면, 무젤만의 삶이 더 이상 살아 있는 것이 아니라는 점보다는 오히려 그들의 죽음이 죽음도 아니라는 점이 문제일 것이다.

친위대는 시체를 'Figuren'이라고 불렀다고 한다. 곧 죽음이 죽음이라고 불릴 수 없는 곳에서 시체는 시체로 불릴 수 없다.(QA, 64) 이런 수용소의 공포는 단순히 생명에 대한 부정(공포에 넘치는 죽음도, 희생자들의 수도)에 그치지 않는다. 수용소에서 공격받는 존엄은 (생명에 관한 것이라기보다는) 죽음에 관한 것이다.

아렌트는 수용소에서 수감자들은 죽은 것이 아니라 '시체들로 생산되었다'고 지적한다.[17] 이런 '시체 제작the fabrication of corpses'이라는 표현은 더 이상 죽음에 관해서 진실하게 얘기할 수 없음을, 수용소에서 일어난 것이 죽음에 그치는 것이 아니라 더없이 오싹한 그 무엇임을 함축한다. 아우슈비츠에서 사람들은 죽지 않았고non si moriva, 오히려 시체들이 생산되었다veniamo prodotti cadaveri. 그러면 이처럼 죽지 않은 시체들cadaveri senza morte, 그의 사망이 계열적 생산의 문제로 격하된 비-인간을 어떻게 이해해야 하는가? 아감벤은 바로 이런 죽음에 대한 지위격하가 아우

---

[17] "그것 이전에 우리는 말했지요. 그래요. 사람들은 적들을 갖는다고. 그것은 전적으로 자연스럽지요. 왜 사람들이 적을 가지면 안 된다는 겁니까? 그런데 이 경우는 달랐어요. 그것은 실제로 마치 심연이 열리는 것 같았어요. 이것은 일어나서는 안 되는 것이었지요. 내가 희생자의 숫자를 문제 삼는 것은 아닙니다. 나는 그 방법, 시체들의 제작the fabrication of corpses 등등을 말하는 것입니다. 나는 그것에 대해서 더 언급하지 않을 겁니다. 이것은 일어나서는 안 되는 것이었습니다. 그곳에서 우리 자신과 화해할 수 없는 어떤 것이 일어났어요. 우리 가운데 누구도 할 수 없을 겁니다."(Arendt, 1993, pp. 13-4)

슈비츠의 공포라고 지적한다.(QA, 65-6)

아감벤은 하이데거의 『존재와 시간』에서 죽음을 분석하는 틀을 참조하면서 그것을 수용소의 경우에 적용할 수 있는지 검토한다.(QA, 68-9) 하이데거에 따르면, 결단은 일상의 비본래성을 본래성으로 변형하는 행위이다. 결단에서 익명적인 죽음은 가장 고유하고 넘어설 수 없는 가능성이 된다. 죽음은 그 가능성이 절대적으로 텅 빈 것이고, 모든 행위와 실존을 근거 짓는 '불가능성의 가능성'이다.

'죽음에 이르는 존재'인 인간은 이런 불가능성을 근본적으로 경험하기로 결단함으로써, 모든 비 결단, 일상에 몰두한 비 본래적인 태도에서 벗어날 수 있다. 이것은 자신의 고유한 비본래성을 온전하게 제 것으로 하고, 일상인의 세계에 빠져 있는 자신을 벗어나게 하고, 고유한 현사실적 실존을 가능하게 한다.

하지만 수용소는 죽음을 '가장 고유하고 넘어설 수 없는 가능성'으로 경험할 수 없도록 한다. 사람들은 죽음의 존재에 접근할 수 없고, 죽는 것이 아니라 시체로서 생산될 뿐이다.(QA, 69)

이처럼 아우슈비츠가 죽음의 경험을 배제함으로써, 본래적인 결단의 가능성을 의문시한다면, 하이데거 윤리학의 근거를 어디에서 찾을 것인가? 아감벤은 수용소에서 본래적인 것과 비 본래적인 것, 가능한 것과 불가능한 것의 구별은 철저하게 사라진다고 본다. 여기에서 고유한 것의 유일한 내용이 고유하지 않은 것improprio이라는 원리가 그 전도된 모습으로, 고유하지 않은 것의 유일한 내용이 고유한 것이라는 형태로 검증된다. 마치 죽음에 이르는 존재에서 인간이 본래적으로 비 본래적인 것을 전유하듯이appropria 수용소에서 수감자들은 죽음에 의해서 일상적이고 익명적으로quotidianamente e anonimamente 존재할 뿐이다. 비 본래적인 것을 전유함appropriazione dell'improprio은 더 이상 가능하지 않는데, 이는 비 본래적인 것이 본래적인 것의 기능을 완전하게 떠맡기 때문이

다.(QA, 69-70)

아우슈비츠에서 죽음과 단순한 사망, 죽는 것과 죽어 없어지는 것 l'essere liquidati을 구별할 수 없다. Améry가 지적하듯이, 자유로운 인간은 죽음에 대한 특정한 정신적인 태도를 상정할 수 있다. 죽음은 죽어 가는 고통angosciati dal morire에 전적으로 흡수되지는 않기 때문이다.(Améry, 18) 그런데 수용소에서는 이런 태도를 취할 수 없다. 이는 (죽이는 방식—페놀 주사, 가스나 구타—에 관한 사고가 죽음 자체에 관한 사고를 피상적인 것으로 만들기 때문이라기보다는) 죽음에 관한 사고가 실질적으로materialmente 실현 되었고 죽음이 '사소하고, 관료적이고, 일상적인 일인'(Levi, 1989, 148) 곳 에서는 죽음과 시체 생산을 구별할 수 없기 때문이다.(QA, 70)

만약 '죽음에 이르는 존재'가 불가능한 것의 경험(죽음의 경험)을 통해 서 가능한 것을 창조해야 한다면, 수용소는 가능한 것의 충실한 경험을 통하여 그 무한성을 소진시킴으로써 불가능한 것(대량의 죽음)을 산출 한다. 바로 이 점에서 수용소는 나치 정치—Politik ist die Kunst, das unmöglich Scheiende möglich zu machen : 괴벨스—를 절대적으로 입증한다.

이 때문에 수용소에서 하이데거 윤리학의 가장 고유한 태도—비본래 적인 것을 자기 것으로 결단함, 실존—가 비현실적인ineffettuale 것이 되 고 만다. 따라서 "죽음의 본질이 인간에게 폐쇄된다."(QA, 71)

죽이는 권력과 살리는 권력의 일치—죽음의 정치와 생명 정치적 실체

아감벤은 죽음과 관련하여 서구 문화가 보이는 애매함이 아우슈비츠 이 후 거의 발작 상태에 이르렀다고 본다.[18] 그는 이성이 아우슈비츠의 특

---

[18] 아도르노는 대량적이고 값싼 죽음을 생산하는 점을 지적하는 한편, (릴케와 하이데거 등의) '고유한 죽음'에 대한 주장을 조롱한다.(그는 『미니마 모랄리아』에서 "릴케의 개인의 고유한 죽음 에 대한 기도가 오늘날 사람들을 그저 죽어 버린다는 사실을 숨기려는 가련한 방식일 뿐"(Adorno, 1979, 단편184; pp. 263-4)이라고 지적한다.

수한 죄악을 확실하게 밝힐 능력이 없기 때문에 이런 동요에 빠진다고 본다. 아우슈비츠는 두 가지 상반된 이유로 비난받는다. 그것은 한편으로는 죽음이 삶에 대해서 무조건적인 승리를 거두었음을 깨닫게 하고, 또 한편으로는 죽음을 폄하하고 비천하게 했다.(QA, 75-6)

아우슈비츠의 참된 암호인 무젤만은 "누구도 보고 싶어 하지 않는 자"이고 모든 증언의 공백lacuna에 각인된 자이다. 그들은 우리의 기억이 덮어 둘 수 없는 유충larva이고, 우리가 고려해야만 하는 추방할 수 없는 l'incongedabile 자들이다. 그들은 어떤 경우에는 살아 있지 않은 자non-vivo 로 나타나고, 다른 경우에는 죽어서 시체를 산출할 뿐이다.(이는 삶이 죽음의 영역에 기입되어 있고 죽음을 살아 있는 영역에 기입하기 때문이다.)(QA, 75-6)

이 두 경우에 의문스러운 것은 인간의 인간성umanità dell'uomo이다. 이는 인간을 이루는 특권적인 결합legame, 삶과 죽음의 신성함이 파괴되기 때문이다. 무젤만은 인간으로 제시되는 비-인간이다. 곧 그는 비인간적인 것과 떼어 내서 말할 수 없는 인간이다.(QA, 75-6)

사정이 이렇다면 생존자가 무젤만이 '완전한 증인testimone integrale'이라고 하는 까닭은 무엇인가? 어떻게 비-인간이 인간을 증언하고, 어떻게 정의상 증언할 수 없는 이가 참된 증인이 될 수 있는가? '완전한 증인'은 그의 인간성이 전적으로 파괴된 자가 아닌가?

아감벤은 무젤만이 완전한 증인이라고 하는 레비의 역설을 이해하는 것이 아우슈비츠를 이해하는 것이라고 본다.(QA, 76)

아감벤은 푸코의 논의를 참조해서 죽음의 권력과 생명 관리 권력의 형식을 비교한다. 푸코는 전통적인 권력이 생사를 좌우하는 권리, 죽이거나 살려 두는 것이라고 규정한다. 그런데 17세기 이후 치안 과학의 탄생과 함께 주체의 생명, 건강에 관한 배려가 국가의 메커니즘과 고려에서 큰 비중을 차지한다. 주권은 점차 생명관리 권력으로 변형된다. 죽이

거나 살려 두는faire morir ou de laisser vivre 고대적인 권력은 근대 생명정치
에서 살리고 죽도록 두는faire vivre ou rejeter dans le mort 권력으로 바뀐
다.(Foucault, 1976, 178. 181 ; QA, 76-7)

히틀러 치하의 독일에서 살리는 것far vivere인 생명관리 권력의 절대화
는 죽이는far morire 주권의 절대적 일반화와 교차하기 때문에 생명정치
는 죽음의 정치tanatopolitica가 된다. 이런 일치는 그 목표가 본질적으로
살리는 권력이 어떻게 무조건적인 죽음을 행사하는 권력으로 대체되기
때문에 역설적이다.

푸코는 1976년 강의에서 인종주의가 생명권력이 인간 종의 생물학적
연속성에 단절césure을 만든다고 보고, 그래서 생명을 배려하는far vivere
체계에 전쟁의 원리를 다시 끌어들인다고 지적한다.

("인간 종의 생물학적 연속체에서 인종의 대립과 위계, 특정한 인종을 우월
하고 다른 인종을 열등하다고 특성화하는 것은 그것에 대한 배려를 권력이 떠
맡는 생물학적 영역을 파편화하는 방식이다. 곧 인구 내부에 상이한 집단을 만
들고 구별하는 방식이다. 요컨대 그것 자체가 생물학적인 것으로 규정하는 그
영역에서 생물학적 유형의 단절을 설정하는 것이다." Foucault, 1997, 227)[19]

아감벤은 생명정치 영역을 분할하는 근본적인 단절cesura이 정치적인 신
체를 생물학적인 신체—그 탄생과 죽음, 건강과 병을 규제하는—로 변형시
킨다고 지적한다. 생명관리 권력이 등장하면서 인민popolo과 인구popolazione
가 구별된다. 모든 민주적인democratico 인민은 인구학적인demografico 인민이
기도 하다.

이런 단절은 나치 제국이 1933년 '독일 국민의 유전적 건강 보호법'에

---

[19] "만약 인종 말살이 근대 권력의 꿈이라면 낡은 죽이는 권력이 오늘날 되돌아오기 때문에 그
런 것이 아니라 권력이 삶, 인류espèce, 인종, 인구라는 집단massifs de population에 자리 잡
고 행사되기 때문이다."(Foucault, 1976, p. 180)

잘 드러난다. 이것은 아리안 직계 시민들을 비 아리안 직계 시민들과 구별하고, 그들을 다시 유대인들Volljuden과 혼혈Mischlinge(한쪽 조부만 유대인이거나 양쪽 조부가 유대인이지만 유대 신앙을 갖지 않고 유대 배우자가 없는 경우)로 구분한다. 생명정치적 단절은 가변적이고 각 경우에 가치절하Entwürdigung와 격하degradazionee를 증대시키는 과정에 상응하는 것이고, 생물학적 연속성 너머에 있는 영역을 고립시킨다.(QA, 78-9)

따라서 비 아리안계는 유대인으로 옮아가고, 유대인들은 억류자 umgesiedelt(ausgesiedelt)로, 억류자는 수감자Häftling로 옮아가서 생명정치적 단절은 수용소에서 그 최종 한계에 도달한다. 그런 한계에 바로 무젤만이 있다.

수감자가 무젤만이 되는 지점에서 인종주의의 생명정치는 인종을 넘어서고 더 이상의 단절을 설정할 수 없는 문턱에까지 이른다. 여기에서 어떠한 것도 허용되거나 부여받을 수 없고inassegnabile 어떠한 단절도 만들 수 없는incesurable 절대적인 생명정치적 실체una sostanza biopolitica assoluta가 등장한다.(QA, 78-79)

아감벤은 이런 점과 관련해서 수용소가 나치 생명정치 체계에서 결정적인 기능을 한다고 본다. 수용소는 죽음과 학살의 장소에 그치지 않는다. 그곳은 무엇보다도 무젤만이라는 존재, 곧 생물학적 연속체에서 고립될 수 있는 최종적인 생명정치적 실체를 생산한다.(QA, 79)[20]

---

[20] 1937년 히틀러는 최초로 주목할 만한 극단적인 생명정치적 개념을 정식화한다. 그는 중서부 유럽을 언급하면서 인민들이 없는 공간Volksloser Raum; una spazio privo di popolo이 필요하다고 주장한다. 이것은 사막이나 거주자가 없는 지리학적 빈 공간이 아니라 근본적으로 생명정치적인 강도intensità를 가리키는데, 모든 공간에서 존속할 수 있고 그것을 통해서 인민이 인구로 옮아 가고 인구가 무젤만으로 옮아 갈 수 있는 인민들 없는 공간은 생명정치적 기계로 이해된 수용소의 동력을 가리키고, 일단 특정한 지리학적 공간에 세워지면 그것을 절대적인 생명정치적 공간으로 변형시킬 수 있다. 생명의 공간Lebensraum이자 죽음의 공간 Todesraum에서 인간의 생명은 모든 할당 가능한 생명 정치적 정체성을 넘어선다. 이 지점

부끄러움과 말할 수 없는 인간

살아남은 자의 '부끄러움'

레비는 『익사자와 구출된 자』에서 생존자의 지배적인 감정이 부끄러움
이라고 밝힌다. "많은 사람들이 (나를 포함해서) '부끄러움', 곧 죄책감을
경험했다."(1989, 73) 베텔하임은 생존자들이 자신이 죄가 없음을 잘 알
고 있지만 여전히 죄책감을 느낀다고 지적한다.

> 수백만 명이 죽고 그들 가운데 상당수가 자신의 눈앞에서 죽었는데도
> 믿을 수 없는 행운이 따라 주지 않으면 집단 수용소에서 살아남을 수
> 없었기 때문에 누구든 죄책감을 느끼지 않을 수 없었다.(Bettelheim, 1979,
> 297-8)

뷔젤Wiesel은 이런 아포리아를 "나는 살았다. 그러므로 나는 죄가 있
다."라고 표현하면서 "나는 여기에 살아 있는데, 이는 친구, 아는 사람
이나 알지 못하는 사람이 나 대신에 죽었기 때문이다."라고 덧붙인
다.(QA, 82-3)

아감벤은 이런 죄책감을 비극적 영웅의 경우와 비교할 수 있는지 살
핀다. 비극적 영웅은 (헤겔이 지적하듯이) "죄를 진 만큼이나 무구하다".
그런데 수감자들은 주관적인 무구함과 객관적인 죄, 그들이 행했던 바
와 책임을 느껴야 하는 바 사이의 심연을 본다. 그들은 비극적 영웅이
죄책감을 느끼는 점에 대해서 무구하다고 느끼고 영웅이 무구하다고 느
끼는 곳에서 죄가 있다고 느낄 것이다.(QA, 89-90)

물론 아이히만은 죄책감을 느끼지 않는다. "신 앞에서 죄책감을 느끼

에서 죽음은 단순한 부대 현상에 지나지 않는다.

지만 법에 대해서는 그렇지 않다." 그리고 집행자들은 (명령에 따라야 하는 강제적인 상황인) '비상사태Befehlnotstand'를 내세운다. 스스로 행위를 장악할 수 없었으므로 자신도 희생자라고 하면서 무구한 죄colpa innocente의 가면 뒤로 도피한다. 나치 관리들이 이런 '비상사태'에 호소하는 점은 뻔뻔스럽다.(Levi, 1989, 59) 이런 점 때문에 아감벤은 아우슈비츠 이후에 윤리학에서 비극적 패러다임을 사용할 수 없다고 지적한다.(QA, 92)

또한 아감벤은 20세기 새로운 윤리학의 틀을 참조해서 이 문제를 해명할 수 있는지 살핀다. 이 윤리학은 니체의 원한 극복과 함께 시작된다. 차라투스트라는 과거와 관련된 의식의 무력함, 돌이킬 수없이 발생했고, 더 이상 의지할 수 없는 것에 관한 복수의 정신에 맞서서 영원회귀의 욕망을 제시한다. 곧 유대-기독교적인 도덕을 비판하고 죄와 양심의 가책에서 벗어나고자 한다. 영원회귀는 원한에 대한 승리이고 이미 일어난 것을 의지할 가능성이고 모든 '그러했다'를 '바로 그렇게 되기를 내가 원했다amor fati'로 변형시킨다.

아우슈비츠는 이런 점과 관련해서 결정적인 단절을 이룬다. 니체식의 질문을 던져 보자. "당신은 아우슈비츠가 거듭해서 헤아릴 수 없을 만큼 많이 되돌아오기를 원하는가? 당신은 수용소의 매 순간, 모든 세부적인 것까지도 영원하게 반복되기를, 그것이 발생했던 정확한 순서에 따라서 영원하게 되풀이되기를 바라는가? 당신은 이것이 다시 일어나기를, 영원히 거듭 일어나기를 바라는가?"(QA, 92)

영원회귀 모델로는 아우슈비츠를 적절하게 주제화하기 어렵다. 따라서 아감벤은 아우슈비츠 이후에 윤리적 문제가 바뀐다고 본다. 더 이상 과거를 떠맡기 위해서 그것의 영원한 회귀를 의지하는 복수의 정신을 정복하는 것이 문제가 되지 않는다. 문제는 수용과 거부를 넘어서는 것, 영원한 과거와 영원한 현재 너머에서 영원하게 되풀이되는 사건이지만 바로 이 때문에 절대적으로 영원하게 떠맡지 않는다inassumibile 것이다.

선악 너머에는 (니체가 지적하듯이) 생성의 무구함이 있는 것이 아니라, 죄가 없을 뿐만 아니라 시간조차 없는senza più tempo '부끄러움'이 있다.(QA, 94-5)

앙텔므Antelme는 부끄러움에는 죄책감이나 다른 사람 대신에 살아남았다는 것과는 다른 이유, 더 어두운 이유가 있다고 지적한다. 수용소에서 다른 사람을 대신해서 죽는 것morire al posto di un altro이 의미하는 바는 모두가 아무런 이유도, 어떠한 의미도 없이 다른 사람 대신에 살거나 죽는다는 점이다. 곧 수용소에서 그 자신의 자리에서 참으로 죽거나 살아남을 수 없다. 특히 아우슈비츠에서 (죽어 가는) 인간은 그의 죽음에서 부끄러움 이외의 다른 의미를 찾을 수는 없다.(QA, 95-6)[21]

아감벤은 이런 부끄러움의 근본적인 측면을 살피기 위해서 레비나스의 분석을 참조한다. 부끄러움은 도덕철학자들이 지적하듯이 존재상의 불완전함이나 결핍에 대한 의식 때문이 아니라 우리 존재가 다른 곳으로 피할 수 없음, 자신으로부터 벗어날 수 없음 때문에 생긴다. 만약 우리가 벌거벗은 상태에서 부끄러움을 느낀다면 보이는 곳에서 사라지고 싶은데도 불구하고 숨을 수 없기 때문이다. 곧 회피할 수 없음impossibilità di evasione에 직면한 채로 자기 자신으로부터 도망가려는 억누를 수 없는 충동 때문이다. 우리는 부끄러울 때 우리가 어떻게 해서도 우리 자신으로부터 거리를 둘 수 없음에서 생기는 어떤 것을 떠맡는다.(QA, 97)

> 부끄러운 것은 우리의 친밀함, 곧 우리가 우리 자신에게 현전함이다. 그 현전은 우리의 무가 아니라 우리 존재 전체를 드러낸다. …… 부끄러움에서 발견하는 것은 그 자신을 발견하는 존재이다.(Levinas, 1982, 86 f.)

---

[21] 카프카는 요세프 K(카)가 '개처럼' 죽는 장면에서 "그의 수치는 그가 죽어서도 살아남는 것 같았다.Wie ein Hund" sagte er, es war, als sollte die Scham ihn überleben."(Kafka, 193)고 한다.

아감벤은 부끄러움에서 떠맡을 수 없는 것을 위임받음에 주목한다. 이런 '떠맡을 수 없는 것'은 외적인 것이 아니라 자신의 친밀함에서 비롯된 것이다. 그것은 (예를 들면 우리 자신의 생리적인 삶 같은) 우리 안에 있는 가장 친밀한 것이다. 이때 '나'는 그 자신의 수동성, 가장 고유한 감성sensibilità più propria에 의해서 짓눌린다. 이러한 탈전유적이고espropriato 탈주체적인desoggettivato 점은 '나'의 그 자신에 대한 극단적이고 축소할 수 없는 현전이다. 주체는 부끄러워할 때 그 자신의 탈주체화desoggettivazione라는 내용을 지닐 뿐이다. 곧 그 자신의 고유한 혼란이나 파산, 주체로서의 자신의 망각을 드러낸다. 아감벤은 이처럼 부끄러움에서 주체화와 탈주체화가 공존한다고 본다.(QA, 97)

이어서 아감벤은 수동성의 문제와 관련해서 부끄러움이 쾌락으로 바뀌는 사도-마조히즘을 검토한다.

수동적인 주체, 마조히스트의 고유한 고통이 그의 고유한 수용성을 상정할 수 없기 때문이라면, 그의 외부에 사디즘적인 주체인 주인이 있는 경우에 그의 고통은 즐거움으로 변할 수 있다.[22](QA, 99-100)

사도-마조히즘은 양극적인 체계, 무한한 수용성이 무한한 냉정함을 만나고, 그 안에서 주체화와 탈주체화가 끊임없이 순환하는 것으로 나타난다. 아감벤은 여기에서 펼쳐지는 주인-노예 변증법은 헤겔이 지적하듯이 생사를 건 투쟁의 결과가 아니라 오히려 무한한 '규율disciplina', 두 주체가 그들의 역할을 교환하면서 진행되는 세심하고 지루한 교육, 훈련 과정의 결과라고 본다. 마조히즘적 주체가 주인 없이는 쾌락을 상정할 수 없는 것처럼, 사디즘적인 주체도 훈련과 처벌을 통해서 쾌락을

---

[22] 이런 마조히스트의 전략적 섬세함을 이루는 것과 그것의 신랄한 심오함은 그가 자신의 고유한 수동성과 고유한 상정할 수 없는 쾌락proprio inassumibile piacere의 지점을 그 바깥에서 발견한다는 조건에서만 그를 초과하는 것을 즐길 수 있기 때문이다.

노예에게 전이시키지 않는다면 그 자신을 자기답다고 할 수 없다. 그러나 마조히즘적 주체가 그의 잔인한 규율을 즐기기 때문에 지식을 전달하는 수단이었던 것—처벌—이 쾌락의 수단이 된다. 곧 규율과 훈련, 교사와 학생, 주인과 노예는 구별할 수 없게 된다. 아감벤은 바로 부끄러움에서 이처럼 두 주체가 순간적으로 합치되는 규율과 향유의 구별할 수 없음indiscernibilità di disciplina e godimento을 드러낸다고 본다.(QA, 100-1)

아감벤은 이런 부끄러움의 등가물을 주체성의 기원적 구조와 관련해서 근대 철학에서 제기된 자기촉발auto affezione에 주목한다. 이것은 칸트에게서 시간과 동일시된 것이다. 칸트가 시간을 '내감의 형식'으로 정의할 때, 시간에서 "우리는 우리 자신에 의해서 내부적으로 촉발될 때에만 우리 자신을 직관한다."(Kant, B 153) 그런데 이처럼 시간이 자기 촉발Selb Saffektion이라면 역설이 생긴다. 우리는 우리 자신에 대해서 수동적인 것으로 태도를 취해야 한다.[23]

이 역설을 어떻게 이해할 수 있는가? 어떻게 자기 자신에 대해서 수동적이 될 수 있는가?

수동성은 단순히 수용성, 외적인 능동적 원리에 의해서 촉발됨을 의미하지는 않는다. 여기에서 일어나는 모든 것이 주체 안에 있으면서 능동성과 수동성이 일치해야 하기 때문이다. 수동적 주체는 그 자신의 고유한 수동성과 관련해서 능동적이어야 한다. 그는 자기 자신과 마주해서gegen uns selbst 수동적인 것으로서 스스로에게 행위해야만 한다. 자기 촉발과 관련된 수동성은 자기 자신을 경험하는 수용성이고, 자기 자신의 고유한 수동성에 의해서 겪음을 당하는appassiona 것이다.(QA, 101-2)

하이데거는 이와 관련해서 시간이 '순수한 자기 촉발'임을 강조한다. 자기 자신에게서 스스로 거리를 두면서 자신을 바라보는 것에서 동일한

---

[23] Wir uns gegen uns selbst als leidend verhalten mussten.(같은 곳)

자기un se stesso와 같은 것이 구성될 수 있다.

> 순수한 자기촉발로서의 시간은 눈앞에 있는 자기에 맞부딪쳐서 그것
> 에 작용을 미치는 촉발이 아니라, 오히려 자신에게—스스로—관계함과
> 같은 어떤 것의 본질을 형성한다. 예를 들어서 자기에게 관계될 수 있음
> 이 유한한 주관의 본질에 속하는 한, 순수한 자기촉발로서의 시간은 주
> 관성의 본질 구조를 형성한다. 이러한 자기성을 근거로 해서만 유한자
> 는 자기 본래의 모습으로, 곧 수용에 의존하는 모습으로 존재할 수 있
> 다.(Heidegger, 1951, 34절 172)

아감벤은 자기촉발에서 상관적인 능동성-수동성의 측면이 부끄러움
과 유비적이라고 본다. 부끄러움은 주체성의 고유한 감정적 음조tonalità
로 나타난다. (주체성의 형식으로서의) 수동성은 순전히 수용적인 극—무
젤만—과 능동적으로 수동적인 극—증인—으로 파편화되지만 여기에서
두 극이 전적으로 분리되지는 않는다. 밀접함intimità을 지닌 채 수동성에
위임된 상태로 두 항이 '구별되면서도 분리될 수 없는' 것으로서 자신을
수동적으로 만들도록 한다.(QA, 102-3)[24]

언어적 존재와 살아 있는 인간의 차이, 말할 수 없는 인간

아감벤은 인간 경험이 언어적 형성물로 조건 지워지는 데 그치지 않고
그것에 의해서 구성된다고 본다. 이런 과정에서 언어는 주체화되면서
동시에 탈주체화되는 장소이다.

---

[24] 시간성의 경험, 부끄러움과 의식의 구조에 관해서는 QA, 117-120의 논의를 참조할 것. 그
는 기무라 빈Kimura Bin이 하이데거의 시간성에 관한 분석을 정신병의 근본 유형들에 연결
시키는 점에 주목한다. 각 시간성의 경험을 post festum, ante festum, intra festum에 대응시키
면서 이런 시간 경험이 어떻게 실존론적 분석과 상응하는지 살핀다.

아감벤은 언어학이 언어와 실제 발화discorso in atto가 분리된 질서라고 보는 점에 주목한다. 그것에 따르면, 양자 사이에 이행이나 소통은 있을 수 없다. 소쉬르는 만약 언어langue 자체가 일련의 기호들('하늘', '호수', '붉은', '슬픈', '다섯', '보다', '쪼개다' 등)로 구성된다면 이런 기호들이 어떻게 발화를 형성하도록 작용할지를 예견하고 이해시킬 수 없다고 지적한다.[25]

전환사인 '나', '너' 같은 대명사, '이것', 부사 '여기', '지금' 등은 자체의 어휘적 의미를 지니고 있지 않으므로 그것들이 사용되는 발화 사건을 참조해서만 그 의미가 마련될 수 있다. (Agamben, 1982/1997, 47-60 참조)

> '나'나 '너'가 어떤 현실을 지시하는가? 그것들은 단지 '발화적 현실 réalité du discours'일 뿐이고, 이것은 매우 이상한 것이다. '나'는 명목적인 기호로서 대상들이 아니라 발화locution와 관련되지 않고는 정의될 수 없다. '나'는 '나'가 포함된 발화의 현재 요구를 말하는 사람을 의미한다. (Benveniste, 1966, 252)

언표 행위l'enunciazione는 언급되고 있는 텍스트가 아니라 그것의 발생을 가리킨다. 곧 개인은 (그 안에서 말해지는 것이 아니라) 자신을 말하는 사건과 동일화한다는 조건에서만 언어가 작용하도록 할 수 있다. 그렇다면 그는 '언어를 자기 것으로 전유appropriarsi della lingua'하는 과정에서 어떻게 되는가? 아감벤은 언어에서 발화로 가는 과정에서 역설적으로 주체화-탈주체화가 발생한다고 지적한다. 한편으로 정신신체적인psicosomatico 개체는 언표행위의 주체가 되기 위해서 자신을 지우고 탈주체화해야 하

---

[25] 이에 덧붙여서 벤베니스트는 이율배반을 지적한다. "기호들의 세계는 닫혀 있다. 기호에서 구절까지 사이에 통사적 질서화나 다른 어떤 수단에 의해서도 이행이란 없고, 히아투스hiatan가 그것을 분리시킨다."(Benveniste, 1974, 65)

고 자신을 순수한 전환사인 '나―어떠한 실체성도 없고 발화 사건만을 지시할 뿐 다른 내용을 지니지 않은 것―와 동일화해야 한다. 주체는 모든 언어 외적인 의미를 제거해야만 언표 행위의 주체가 될 수 있다.(QA, 108)

아감벤은 이 과정에서 주체가 얻는 것이 (말할 가능성보다) 말할 수 없음impossibilità di parlare이라고 지적한다. 주체는 언표 작용의 형식적 수단을 전유함으로써 언어에 들어설 수 있는데 그가 발화로 이행하는 길은 막혀 있다. '나', '너', '지금', '이것'이라고 말할 때, 그는 모든 지시 대상적 현실realtà referenziale을 잃어버리고 오로지 자신을 오로지 발화 사건과 관련된 순수하고 공허한 관계로만 규정할 수 있을 뿐이다. 언표작용의 주체는 발화로 이루어져 있고 오직 발화로만 존재한다. 그런데 바로 이런 까닭에 주체가 발화 안에 있다면 그는 아무 것도 말할 수 없고 non può dire nulla 아예 말할 수 없다non può parlare.(QA, 108)[26]

이런 언어학적 논의가 증언 문제와 어떻게 연결되는가? 아감벤은 증언의 불가능성과 관련하여 이 문제를 다룬다. 그는 레비가 제시한 증언의 현상학에서 생존자와 무젤만, 가짜 증인과 '완전한 증인', 인간과 바인간 간의 불가능한 변증법을 재검토한다.

증언은 두 주체를 포함한다. 그 하나인 생존자는 말할 수 있지만 말할 만한 흥미로운 어떠한 것도 지니지 않은 자이다. 다른 하나인 '고르

---

[26] '나는 말한다Io parlo'는 모순된 명제에 지나지 않는다. "'나'는 목소리를 빌려 주는 개인과 관련해서 항상 이미 타자altro일 뿐만 아니라, 이런 나-타자io-altro가 말한다는 것도 무의미하다. 이는 (모든 의미로부터 독립된 순수한 언어적 사건puro evento di linguagio으로 지속되는 한에서) 이런 나-타자가 말하는 것이 불가능하고, 무엇인가를 말할 수 없기impossibilità di parlare, di dire qualcosa 때문이다. 발화 사건istanza di discorso 내의 절대적 현재에서 주체화와 탈주체화는 모든 지점에서 일치하고 살과 피를 지닌 개인과 언표 작용의 주체는 모두 침묵한다."(QA, 108-9)

곤을 본 자'는 말할 것이 많지만 말할 수 없는 자이다. 이 가운데 누가 증언할 것인가? 누가 증언의 주체인가?(QA, 111)

처음에는 인간, 생존자가 바-인간, 무젤만을 증언하는 것처럼 보인다. 하지만 생존자가 무젤만을 위해서 (기술적으로 '대신해서') 증언한다면 위임받은 자의 행위는 위임자에게 귀속되어야 한다는 법률적 원리에 따라서 증언하는 자는 사실상 무젤만이 된다. 그런데 이것은 인간을 증언하는 자가 비인간임을 의미한다. 그렇다면 인간은 비인간의 대리인 mandatario에 지나지 않으며, 비인간에게 목소리를 빌려 준 자에 지나지 않기 때문이다.[27]

증언은 말없는 자가 말하는 자를 말하게 하고, 말하는 자가 그 자신의 고유한 말에서 말할 수 없음을 떠맡은 곳에서 이루어진다. 그래서 침묵과 말함, 비인간과 인간이 구별되지 않는 영역una zona d'indistinzione에 들어서는데, 그곳에 주체의 자리를 세울 수도 없고, '나'의 '상상적인 실체 sostenza sognata'와 참된 증인을 동일시할 수도 없다.(QA, 112)

아감벤은 '증언의 주체'는 탈주체화를 증언하는 자라고 본다. 이는 모든 증언에 주체화와 탈주체화 과정이 혼재함을 의미한다.(같은 곳)[28]

아감벤은 언어적으로 구성되는 현실, 주체가 언어 구조에 들어갈 때

---

[27] 오히려 권리상 '증인'이란 명칭을 주장할 수 있는 자는 없다. 주체적인 그 무엇은 (그것에 고유한) 말할 만한 것도 없이 말한다면 말함parlare, 증언함testimoniare은 전적으로 탈 주체화되고 침묵하는 것이다.(QA, 111-2)

[28] 이렇게 볼 때 두 가지 상반된 것처럼 보이는 주장, 곧 "모든 인간들은 인간이다"라는 인간주의적 명제와 "단지 일부의 인간들만이 인간이다"라는 그 반대 명제는 불충분하다. 증인은 이와 반대로 말한다. "인간들은 그들이 인간이 아닌 한에서 인간이다." 또는 "인간들은 그들이 비인간을 증언하는 한에서만 인간이다."(QA, 112)

생기는 결과에 주목한다. 유아와 말할 수 없는 자가 '나'라고 말하거나 말하기 시작할 때 어떤 일이 일어나는가? '나'는 (개념이나 실제 개인을 가리킬 수 없고) 순전히 언표적인 현실una realtà puramente discorsiva 안에 자리 매김된다. 이런 '나'는 생생한 경험을 초월하는 통일체도, 의식의 영속성을 지닌 것도 아니다. 오히려 그것을 언어가 보증할 수 있기에 오로지 언어적인 등가물로 나타날 뿐이다.

벤베니스트에 따르면, '나'는 화자가 자신이 주체라고 주장하는 화자를 지시한다. 따라서 주체성의 바탕에는 언어의 실행이 있다.(Benveniste, 1971, 226) 언어학이 지적하듯이 주체가 언어 구조에 따른다면 '나'는 언어 안에서 구성된다. 이런 주체는 '나', 발화 사건상의 화자로서 자기 자신에게 현전하는presenza a se stesso 덕분에 생생한 경험과 행위를 시작할 수 있는 '단일한 중심' 같은 것―감각과 심리 상태들의 변화 바깥에 있는 확고한 지점―으로 여겨진다.[29] 하지만 의식은 언어 바깥에서는 어떠한 일관성consistenza도 갖지 않으며, 철학과 심리학이 상정하는 의식의 고유한 내용은 기껏해야 언어의 그림자un'ombra della lingua, '상상적인 실체'에 지나지 않는다. 아감벤은 (확고한 지반이라고 믿었던) 주체성과 의식은 언표 사건l'evento di parola이라는 세계에서 가장 위험하고 부서지기 쉬운 것에 근거를 둘 뿐이라고 지적한다.(QA, 113)

---

[29] 벤베니스트는 인간적 시간성이 어떻게 언표 행위가 가능하게 하는 자기 현전과 세계에 대한 현전을 통해서 생겨나는지, 인간이 '지금'을 경험하는 것이 어떻게 '나'와 '지금'이라고 말하는 세계 안에 언표를 삽입함으로써 가능한지 보여 준다. 바로 이처럼 발화 이외의 현실이란 없는 까닭에 '지금'은 환원할 수 없는 부정성으로 표시된다. 더욱이 '나'라고 말하면서 언표 행위에서 자신을 절대적으로 자신에게 현전하게 하는 생명체는 자신의 생생한 경험을 무한한 과거로 후퇴시키지만 더 이상 그것과 일치할 수 없다. 발화의 순수한 현전에서 언어 사건은 감각들과 경험들의 자기 현전을 단일한 중심을 참조하는 순간으로 분할된다. 의식이라는 연약한 텍스트는 끊임없이 부서지고 스스로를 지우며, 탈주체화가 그 주체화를 구성하는 것이다.(QA, 113-4)

언어적 현실과 비인간의 장소

인간에 관한 전통적인 정의는 '말하는 동물, 또는 언어를 지닌 동물zōon logon echōn'이다. 이런 형이상학적 전통은 생명체와 로고스를 연결시켰다. 아감벤은 여기에서 사고되지 않은 것이 echōn, 곧 소유의 양식이라고 본다. 어떻게 생명체가 언어를 '갖는가'avere il linguaggio? 곧 생명체가 말함은 무엇을 뜻하는가?(QA, 120)

아감벤은 말하기에서 주체가 언어를 소유할 수 없고, 오히려 언어 안에서 주체로 구성되는 까닭에 탈주체화되고 말할 수 없는 주체, 언어적 사건에서 침묵하는 주체에 주목한다.

말하기는 주체화와 탈주체화를 모두 포함하는 역설적인 행위이고, 말할 때 살아 있는 개인은 언어를 완전하게 탈전유하면서 전유하기appro-pria in un'espropriazione integrale 때문에, 침묵에 빠지는 조건에서만 말하는 존재가 될 수 있다.(같은 곳)[30] 아감벤은 이 문제를 증언의 불가능성과 연결시킨다. 그는 생명체와 언어, 목소리와 로고스, 비인간과 인간을 결합하는 것이 불가능하기에 '증언'이 허용된다고 본다. 증언은 분절의 비-장소에서nel non-luogo dell' articolazione 발생한다. 따라서 목소리의 바-장소에는 (데리다의 지적처럼 글쓰기가 아니라) 증언이 있다.[31]

아감벤은 수용소에서 살아남은 자il resto의 문제를 인간-비인간의 상관성으로 주제화하면서 모든 삶을 살아남기/생존sopravvivere으로 변형시

---

[30] 이러한 '나'의 존재 양태, 살아 있고-말하는 것의 실존적인 지위lo statuto esistenziale del vivente-parlante는 일종의 존재론적인 방언方言(glossolalia)이고, 말하는 존재와 살아 있는 존재, 주체화와 탈주체화가 일치할 수 없는 잡담diceria에 지나지 않는다.(QA, 120)

[31] 생명체와 말하는 존재간의 관계(혹은 비-관계)가 부끄러움의 형식을 취하므로 주체에 의해서 떠맡을 수 없는 것을 서로 떠맡기 때문에 이런 차이scarto의 에토스는 증언이 될 수밖에 없다. 이런 점에서 주체에게 떠맡겨질 수 없지만inassegnabile 주체의 유일한 거주 장소를 구성하는 것이 주체의 유일하게 가능한 일관성l'unica possibile consistenza di un soggetto이다.(QA, 121)

키는 단절cesces에 주목한다. 이런 생존은 부정적인 의미로 보다 참되고 인간적인 삶과 비교해서 자연 생명ncda vita의 단순한 지속을 가리키기도 한다. 또한 생존은 긍정적인 의미로 죽음과 맞서서 싸우면서 비-인간을 존속하게 하는sopravvivsscto all'inumano 것을 가리키기도 한다. (QA, 124)

아감벤은 살아남기와 관련해서 아우슈비츠의 교훈을 검토한다. '인간 은 인간을 생존할 수 있게 하는 자이다può sopravvivere all'uomo.'

먼저 이것은 무젤만을 가리킨다. 따라서 인간적인 것을 존속시키는 비인간적인 능력l'inumana capacità을 의미한다. 두 번째로 이것은 생존자를 가리킨다. 그것은 무젤만, 곧 비인간을 존속시키는 인간의 능력을 가리 킨다.(QA 124)

아감벤은 이 두 의미가 교차하는 곳에 무젤만이 있다고 지적한다. 비 인간이 인간을 존속시키고, 인간이 비인간을 존속시키는 까닭에, 바로 무젤만에서 가장 참되지만 모호한 의미가 드러난다. (레비가 지적하듯이) "그들, 무젤만들, 익사자들이 바로 완전한 증인이다."

이 역설은 만약 인간을 증언하는 유일한 자가 인간성이 전적으로 파 괴된 자라면, 인간적인 것을 파괴하는 것이 (참으로) 가능하지 않음, 무 엇인가가 남아 있음을 의미한다. 증인은 바로 그렇게 남아 있는 자이다 Il testimonie è quel resto.(QA, 125)

이와 관련하여 아감벤은 블랑쇼의 지적을 상기시킨다. "인간은 끊임 없이 파괴될 수 있는 파괴 불가능한 것l'indestructtibile이다."(Blanchot, 1969, 200) 이때 '파괴될 수 없는 것l'indistruttibile'은 그 자신의 무한한 파괴에 무 한하게 저항하는 어떤 본질, 인간관계 같은 것을 의미하지 않는다. 인 간이 존속할 수 있다면, 인간이 인간의 파괴 이후에도 남아 있는, 파괴 되거나 구원받을 수 있는 본질이 있기 때문에 그런 것이 아니다.

아감벤은 인간이 인간을 존속시킬 수 있다면, 인간의 자리가 이미 분할된 채로 있으며, 인간이 생명체와 말하는 존재, 인간과 비인간 사이의 단층frattura상에 존재하기 때문이라고 본다.

> 인간은 인간의 비-장소에 존재하고, 생명체와 로고스 사이의 결핍된 분절mancata articolazione상에 존재한다. 곧 인간은 자기 자신을 결여한 존재이고 오로지 이런 결핍으로, 방황erranza으로 이루어진다. …… 인간 본질이란 없다. 인간은 잠재적인 존재un essere di potenza이고, 인간이 그것이 무한한 파괴가능성에서 인간적인 것의 본질을 파악했다고 생각하는 순간에 나타나는 것은 "그것에 관해서 더 이상 인간적인 것이라곤 없는" 어떤 것이다.(QA, 125-6)

아감벤은 인간의 본질을 상정하는 태도, 그 불변적 본질로 모든 인간적 상황과 조건을 구축하는 틀에 이의를 제기한다. 인간은 고유한 자리가 아니라 항상 인간 너머나 그 이전에 어긋난 채로 있다. 따라서 인간과 비인간, 주체화와 탈주체화의 과정이 마주치고, 생명체가 말하는 것이 되고, 로고스가 살아 있는 존재가 되는 (중심적인) 문턱에 주목할 필요가 있다. 이런 문턱에 상이한 두 과정이 공존하고 서로 마주치지만, 그것들은 결코 일치할 수 없다. 아감벤은 이러한 불일치의 장소가 바로 증언이 이루어지는 곳이라고 본다.(QA, 126) 증언은 불가능성의 장소에서 불가능성을 말하는 것이다.

이런 논의의 끝에서 우리는 여전히 처음에 던진 질문 앞에 선다. (아우슈비츠 이후에) 증언은 가능한가? 그것에 대해서 아무 것도 말할 수 없는 것에 대해서 누가 무엇을 어떻게 말할 것인가? 이 불가능한 증언은 '불가능성의 증언'을 통해서 증언, 말하기, 인간의 언어학적이고 존재론적인 조건을 제시한다. 우리는 주체화와 동시에 탈주체화되면서 어떻게 말할 수 있는가? 왜 아우슈비츠의 증언은 중심 주제인가?

새로운 질문

1. 수용소에 남아 있는 자들

이 질문에 대해서 온전하고 증명 가능한 답을 찾을 수는 없을 것이다. 다만 아감벤이 그 불가능성의 가능성에서 어떻게 이 문제에 접근하는지 살펴볼 필요가 있을 것이다. 이런 아감벤의 제안은 아우슈비츠에 관한 가능한 주제화들 가운데 하나에 지나지 않겠지만 새로운 사고 가능성을 여는 점에서 주목할 가치가 있을 것이다.[32]

"무젤만은 완전한 증인"이라는 레비의 역설은 모순된 명제를 포함한다. ①무젤만은 바-인간, 증언할 수 없는 자이다. ②증언할 수 없는 자가 참된 증인, 절대적인 증인이다.(QA, 140-1)

이 역설에서 의미와 무의미가 겹친다. 곧 증언의 밀접한 이중적 구조, 말함의 불가능성과 가능성, 인간과 비인간, 살아 있는 존재와 말하는 존재의 차이와 통합이 맞물린다. 증언의 주체는 구성적으로 분열된 채로

---

[32] 아감벤은 증언의 문제를 랑그의 내부와 외부, 언어에서 말할 수 있는 것과 말할 수 없는 것, 발화 가능성과 그 불가능성 사이에서 생기는 관계들로 조명한다.(QA, 135) 그는 주체가 말할 가능성una possibilità di dire과 그것의 불가능성una impossibilità 사이의 차이에 자리매김 된다고 본다.(QA, 135) 증언은 말할 가능성과 그것의 발생 사이의 관계이고, 말할 수 없음과 관련해서만(곧 우연으로서, 존재하지 않는 능력un poter non essere으로서) 존재할 수 있기 때문이다. 이때 언어의 발생은 말할 능력poter avere lingua이나 말하지 않을 능력poter non avere lingua과 관련된다. 이는 주체 자신이 언어가 존재하지 않을 가능성을 통해서만 발생하고, 우연적이기 때문이다.(QA, 135) 증언은 말할 능력이 없음/말함의 비잠재성una impotenza di dire을 통해서 현실적이 되는 잠재성una potenza이다. 더구나 증언은 말할 수 있음possibilità di parlare를 통해서 자기 자신에 존재를 부여하는 불가능성una impossibilità이다. 이런 증언에서 가능성과 불가능성은 나눌 수 없을만큼 밀접하다indisgiugibile intimità.(QA, 136)

있다. 곧 그 항상성은 분열sconnessione과 차이scarto만을 지닐 뿐이다. 이것이 주체가 '탈주체화되는 것'의 의미이고, 증인인 윤리적 주체가 탈주체화를 증언하는 주체인 까닭이다.(QA, 141)

두 번째 역설인 "인간은 인간을 존속시킬/살아남게 할 수 있는 자이다."를 이해하려면, 무젤만과 증인, 비인간과 인간의 외연이 같고 coestensivi, 서로 분리할 수 없음을 파악해야 한다. 이러한 분리할 수 없는 구분indivisibile partizione, 곧 비인간이 인간을 존속시킬 수 있는 자이고, 인간이 비인간을 존속시킬 수 있는 자라는 점에 주목해야 한다.(QA, 141) 생존자와 무젤만은 분리시킬 수 없어서 그들의 단일함과 차이의 공존 unità-differenza이 증언을 구성한다.(QA, 138)

아감벤은 아우슈비츠를 말할 수 없다고 주장하는 이들에 대해서 반론을 제기하고자 한다. 이것이 가능할까?

수용소 수감자들에게 나치 친위대는 조롱 섞인 경고를 했다.(승리한 자의 역사를 믿는 그들은 패배한 자들에게는 역사를 증언하는 기회도 주어지지 않을 것이며, 그런 기회조차 무의미한 독백에 지나지 않을 것임을······.)

전쟁이 끝나더라도 우리는 너희들과 맞선 전쟁에서 이긴다. 너희들 가운데 아무도 증언하도록 남아 있지 않을 것이고, 비록 누군가가 살아남았다고 해도, 세상은 그를 믿지 않을 것이다. 의혹들, 토론들, 역사가들의 탐구가 있겠지만 그것들에는 어떠한 확실성도 없을 것인데, 이는 우리가 너희들과 함께하는 증거를 파괴할 것이기 때문이다. 비록 어떤 증거들이 남아 있고 너희들 가운데 몇몇이 살아남는다고 해도 사람들은 너희들이 기술하는 사건들이 너무 기괴하다고 말할 것이다. ······ 우리는 수용소의 역사를 받아 적도록 하는 자들이 될 것이다.(Levi, 1989, 11-2)(QA, 146)[33]

아감벤은 증언이 있을 수 있는 것은 비인간과 인간, 살아 있는 존재와 말하는 존재, 무젤만과 생존자 사이에 떼어 놓을 수 없는 분리 indisgiungibile divisione와 불일치가 있기 때문이라고 본다. 증언이 말하는 능력이 없음impotenza di dire을 통해서만 말하는 능력potenza di dire이 생겨난다고 증언하는 한에서, 그것의 권위가 마련된다. 그것은 말해진 것과 사실, 기억과 일어난 일을 상응하도록 하는 사실적 진리가 아니라, 말할 수 없는 것과 말할 수 있는 것, 언어의 외부와 내부 사이의 관계에 의존하기 때문이다.

"증인의 권위는 오로지 말할 수 없음un non poter dire의 이름으로만 말하는 그의 능력poter parlare, 곧 주체됨에 있다."(QA, 147)

따라서 증언은 문서고archive에서 보존될 수 있는 언표들의 사실적 진리가 아니라 문서고에 기록되지 않음inarchiviabilità, 그것 바깥에서 기억과 망각을 모두 회피하는 것들을 보증할 뿐이다. 이런 까닭에 말할 수 없음 una impossibilità di dire이 있는 곳에서만 증언이 있다. 탈주체화가 있는 곳에서만 증인이 있기 때문이다. 그래서 무젤만은 완전한 증인이고 생존자와 무젤만을 떼어 놓을 수 없다.(QA, 147)

아감벤은 이와 관련된 주체의 특수한 지위를 지적한다. 증언하는 주체는 '남아 있는 자resto'이다. 증인은 무엇을 증언할 수 있는가? 그는 그 어떤 특정한 내용도 증언하지 않는다. (그가 증언하는 것은 자료 집성 corpus에 기록될 수 있는 사실, 사건, 기억, 희망, 기쁨, 고뇌도, 문서고를 채우

---

[33] 만약 아우슈비츠를 말할 수 없다는 점이 아우슈비츠가 증인의 모든 말을 말할 수 없음의 테스트에 예속시켜야 한다는 점에서 '유일한 사건'이었다면 그들의 지적이 타당할 수 있다. 그러나 만약 그런 유일함을 말할 수 없음과 연결시켜서 아우슈비츠를 언어와 존재적으로 완전히 분리된 현실로 변형시킨다면, (무젤만에서 증언을 구성하는) 말할 수 없음과 말할 수 있음 사이의 연결점을 깨뜨린다면 그들은 (무의식적으로) 나치의 태도를 되풀이하는 것이고 은밀한 제국arcanum imperii과 은밀하게 연대하는 셈이다.(QA, 146)

는 언표 작용도 아니다.) 말할 수 없는 것inenunciable, 문서고에 기록할 수 없는 것inarchiviable은 말할 능력이 없음/말할 수 없음incapacità di parlare을 증언하는 언어이다.

아감벤은 이처럼 증언을 무젤만을 통해서 규정하는 한에서 레비의 역설이 학살 수용소의 존재를 부정하는 주장을 논박할 수 있다고 본다.

아우슈비츠가 그것을 증언하는 것이 불가능한 그런 곳이라면, 무젤만을 증언의 절대적인 불가능성assoliuta impossibilità di testimoniare이라고 할 수 있다. 만약 증인이 무젤만을 증언한다면, 말할 수 없음impossibilità di parlare을 말하는데 성공한다면 아우슈비츠를 부정하는 논리는 논박될 것이다.(QA, 153) 무젤만이 완전한 증인이어야만 아우슈비츠를 논박할 수 있다.

무젤만에게서 증언의 불가능성은 (단순한 결핍이 아니라) 그것 자체로 존재한다. 만약 생존자가 (가스실이나 아우슈비츠가 아니라) 무젤만을 증언한다면, 그가 말할 수 없음una impossibilità di parlare을 말한다면 그의 증언을 부정할 수 없을 것이다.(QA, 153)[34]

이런 아감벤의 지적은 증언의 불가능성을 '불가능성의 증언'으로 주제화하는 것으로서 아우슈비츠에 관한 또 하나의 문제 제기라고 할 수 있다. 아우슈비츠라는 불가능한 답을 현재의 문제와 연결시키려는, 그것의 불가능성과 함께 사고하려는 시도의 하나이다.

2. 아감벤은 증언이 '증언할 수 없음'에 대한 증언이고, 이런 증언의 구조가 인간

---

[34] "나는 무젤만을 증언한다", "무젤만은 완전한 증인testimone integrale이다."라는 구절은 확정적 판단도, 발화 수반적 행위도, (푸코적 의미의) 언표도 아니다. 오히려 그것들은 불가능성을 통해서만attraverso una impossibilità 말할 가능성una possibilità di dire을 분절하는 방식으로서 주체성의 사건evento di una soggetività으로서 언어적 발생l'aver luogo di una linguai을 표시할 뿐이다.(QA, 153)

경험의 심층에 자리 잡고 있다면, 어떻게 사고할 수 있는지를 질문한다.

그는 증언의 불가능성을 드러내는 무젤만의 존재와 그 지위, 그의 비가시성에 대해서 주제화한다. 무젤만은 인간과 바-인간을 구별할 수 없는 지점에 있으며, 삶과 죽음, 인간과 바-인간 사이의 문턱la soglia에 자리 잡은 'X'이다. 그러면 이런 미지의 존재를 아우슈비츠와 관련해서 어떻게 파악할 수 있는가? 분명한 것은 이 'X'가 기존의 사고와 가치에 의문을 제기한다는 점이다. 이와 관련하여 아감벤은 아리스토텔레스의 잠재성에 관한 사고를 비 잠재성과 결핍에 관한 사고로 재구성한다. 수용소에서 볼 수 없음을 보기, 인간적 가치와 존엄의 불가능성, 인간적 본질의 불가능성, (고유한 인간의 가능성인) 죽음의 불가능성에 관해서 질문하고 주제화한다. 이처럼 본질이 사라진 예외적인 공간에서, 인간과 비인간의 문턱에서 전통적인 가치들을 어떻게 재조명할 수 있는가?

또한 아감벤은 수용소에서 누구도 벗어날 수 없었던 부끄러움이 모든 주체성과 의식의 숨겨진 구조가 아닌지 질문한다. 그리고 언어 안에서 말할 수 없는 인간의 지위를 무젤만의 '증언할 수 없음'과 연결시킨다. 무젤만의 불가능한 증언과 언어 안에서 말하는 인간의 지위가 상관적이다. 살아 있는 존재로서 언어적 현실에서 탈주체화되는 인간의 자리에서 무젤만의 말할 수 없음, '침묵의 증언'을 통해서 말할 수 없음의 뚜렷한 모습이 드러난다. 그는 이처럼 증언이 말할 수 없음을 통해서만 말하는 것처럼 언어 안에서 말할 수 없음을 바탕으로 삼아서만 말할 가능성에 대해서 새롭게 사고할 것을 촉구한다.

3. 아우슈비츠에서 일어났던 그대로 모든 것을 재현해야 한다고 주장하고, 예외상황의 본질을 요구하고, 그것의 '이데아'에 비추어서 선/악을 구별하자고 주장하는 이가 있다면 그들을 철학자, 합리성의 대변자라고 부를 것인가? 아우슈비츠에서도 여전히 인간의 본질이 현존했고, 선악의 보편적인 기준이 유효하다고 말하

는 이가 있다면 그를 윤리적 가치의 대변자라고 부를 것인가?

아우슈비츠에서 남아 있는 자/남겨진 것이나 흔적들은 현존과 사건의 원-의미를 대신하지도, 그것으로 지워진 아우슈비츠를 재구성하거나 복원할 수 없다. 흔적에서 가능한 의미와 무의미는 겹쳐지면서 현존과 부재, 동일성과 차이, 경험과 언어의 불일치와 차이가 예외적-정상적인 질서와 규범을 낳는다.[35]

그런 흔적에서 생명정치에 의해서 지워진 '희생당하는 인간homo sacer'의 모습을 재조명함으로써 오늘의 문제, 다가올 사회의 가능성-불가능성을 살필 수 있다. 아감벤의 지적처럼 예외 상황의 논리에 의해서 정상적인 것이 설명될 수 있다면, 말할 수 있음은 말할 수 없음을 전제하고 그것과 맞물리면서 어긋난 상관성을 마련한다. 아우슈비츠에 대한 증언은 불가능하지만, 그런 불가능성을 증언하는 것은 아우슈비츠를 정당화하는 논리와 실천에 맞서는 시도이다.

---

[35] '살아남은 자l resto'는 신학적, 메시아적 개념이다. 아감벤은 아우슈비츠의 살아남은 자를 구약의 예언서에서 구원받는 자들이 '모든' 이스라엘인이 아닌 점과 연관 짓는다. 이스라엘의 남은 자들은 모든 사람들도, 그들 가운데 일부도 아니었고, 전체와 부분의 불일치이다. 또한 메시아적 시간은 역사적 시간도 영원성도 아니고 그것들을 나누는 차이scarto이다. 그래서 아우슈비츠의 살아남은 자—증인—는 죽은 자도 생존자도 아니며, 익사한 자도 구출된 자도 아니다. 그들 사이에서 남아 있는 자들이다.(QA, 152-3)

■ 참고문헌

양운덕, 「근대 주체의 신체와 생명을 관리하는 전략들 : 푸꼬의 권력분석틀과 아감벤의 생명정치를 중심으로」, 『철학연구 36집』, 고려대철학연구소, 2008.

Adorno, Th., W., Minima Moralia, Gesammelte Schriften, Bd, 4. Suhrkamp. 1979.

_____, Negative Dialektik, Frankfurt/M. 1975.

Agamben, G.(1978/2001), Infanzia e storia : Distruzione dell'esperienzia e origine della storia, Einaudi.

_____, (1982) Il linguaggio e la mort (tr. Le Langage et la Mort, Bourgois, 1997)

_____, (1995), Homo Sacer 1 : Il Potere sovrano e la nuda vita, Einaudi.

_____, (2003), Stato di eccezione (Etat d'exception (tr, J. Gayraud, 2003), Seuil.

_____, (1998), Quel che resta di Auschwitz : L'archivo e il testimone.

　　　　　　(QA.로 줄임) Bollati Boringhieri.

Améry, J. (1980), At the Mind's Limits, (tr) Rosenfeld. S. & Rosenfeld. P., Indiana Univ. Press.

Antelme, R. (1957), L'espéce humaine, Gallimard.

Arendt, H. (1979), The Origins of Totalitarianism, New York.

_____, (1963), On Revolution, New York.

_____, (1993), Essays in Understanding, New York.

Aristoteles, De Anima, in : The Loeb Classical Library, On The Soul, 1936/1964.

_____, Metaphysica, The Loeb Classical Library, Aristoteles, v. XVII Harvard, 1933/1968.

Benveniste, E., Problèms de linguistique générale, v. 1, 1966; v. 2, 1974.

Bettelheim, B. (1979), Surviving and Other Essays, N.Y. Knopf.

Blanchot, M. (1969), L'Entretien infini, Gallimard.

Carpi (1993), Diario di Gusen, Turin, Einaudi.

Felman, S. & Laub, D. (1992), Testimony : Crises of Witnessing in Literature, Psychoanalysis, and History, N. Y. Routledge.

Foucault, M. (1976), Histoire de la sexualité. I La volontè de savoir, Gallimard.

_____, (1994), Dits et Écrits (1954-1988) III. 1976-1977. Gallimard.

Frontisi-Ducroux, F. (1995), Du masque au visage, Flammarion.

Geulen, E., (2005), Gorgio Agamben : Zur Einfuerung, Junius.

Heidegger, Kant und das Problem der Metaphysik, Frankfurt, 1951.

Kant, I., Kritik der reinen Vernunft, in : Kant's gesammelte Schriften. (hrg) Königlich
Preußischen Akademie der Wissenschaften. Berlin.

Lamb, D. (1985), Death, Brain and Ethics, Albany.

Lanzman, C. Shoah, 1, 2, 3, 4.

Levi, P. (1958), SE QUESTO È UN UOMO (Si c'est un homme. (tr) M. Schruoffeneger.
Julliard. 1987).

_____, (1989), The Drowned and the Saved (tr : Rosenthal, R.) N.Y. Random
House.

Levinas, E. (1982), De l'évasion, Fata Morgana, Montpellier.

Norris, A (ed) (2005), Politics, Metaphysics, and Death : Essays on Giorgio Agamben's
⟨Homo Sacer⟩. Duke University Press.

Ryn & Klodzinski, An der Grenze zwischen Leben und Tod, Eine Studie ueber die
Erscheinung des "Muselmanns" im Konzentrazionslager. Auschwitz-Hefte. v.1, Weinheim
& Basel, 1987. pp. 89-154.

Sofsky, W. (1993), Die Ordnung des Terrors, Fischer Verlag, Frankfurt.

Vogt, E. (2005), S/Citing the Camp, in : Norris, A. 2005, pp. 74-106.

Zizek, S.(2001), Did Somebody Say Totalitarianism?, Verso.

10

갈색 아가미 붓

반 고흐의 죽음 곁을 생각하며

한순미

* 이 글은 조선대학교 인문학연구원, 『수행인문학』 제37집(2009년 2월)에 '갈색 아가미 붓 : 반 고흐의 죽음 곁을 생각하며'라는 제목으로 발표되었다.

어떤 몸

> 나의 생은 미친 듯이 사랑을 찾아 헤매었으나
> 단 한 번도 스스로를 사랑하지 않았노라.
> ―기형도, 「질투는 나의 힘」

이 글은 반 고흐Vincent van Gogh(의 죽음)에 관한 나의 생각들을 옮겨 적은 것이다. 그런데 반 고흐의 죽음 '곁'을 방황하는 나의 생각들은, 바르게 말해, 오직 나의 몸에서 생긴 것이라고 보긴 어렵다. 이 글의 주인은 내가 아니라 어떤 생각들이며, 더 쪼개서 말하면 "그 무엇이 생각한다(Es denkt).¹고 바꾸어 놓을 수 있다. '그 무엇'이 있을 수 있다면 그것은 여러 겹의 시공간과 여러 권의 책들 사이에서 묵묵하게 거주하고 있는 흔적기관들의 몫일 것이다. 또 이 글이 반 고흐의 죽음 '곁'에 머물 수밖에 없고 또 그러기를 고집하는 이유는 그 무엇으로도 결코 한 사람의 삶과 죽음의 진실에로 다다를 수 없다는 것을 증거하기 위해서이다. 그러므로 이 글은 다만 여기저기에 뒤섞인 날것들을〔生〕뒤늦게 알아차리고〔覺〕그것들을 하나의 생각으로 정돈하는 데에 충실하고자 한다. 언

---

¹ 프리드리히 니체, 김정현 옮김, 『선악의 저편』(책세상, 2007), 35쪽.

젠가는 모진 바람을 만나 산산이 흩어질 구름 같은 생각들이며, 구멍이 송송 뚫린 언어그물로 겨우 붙잡아 둔 물렁한 생각들에 불과할지라도.

나의 생각이 반 고흐 곁을 맴돌기 시작한 것은 그의 죽음에 관한 수많은 사람들의 규정들과 고독하게 싸우고 있는 아르토Antonin Artaud의 목소리를 만난 뒤부터였다.[2] 아르토는 반 고흐를 광기로 치닫게 하고 자살로까지 몰아 댄 장본인이 바로 우리가 살고 있는 이 '사회'라고 진단했다. 이 글은 이러한 아르토의 목소리를 껴안으면서 다른 한 가지를 더 고민하기 위해서 쓴 것이다. 우리는 곧잘 '예술가'라는 존재를 '천재와 광기'의 신화에 비추어 떠올릴 때가 많다.[3] 그것이 남다른 직관과 상상력의 힘을 온몸에서 끌어올리는 예술가들에게 부여할 수 있는 최고의 찬사라 할지라도, 그러한 언어적 이미지를 아무런 되새김 없이 받아들일 때 지극한 찬사는 권력적인 수사에 그치거나 맹목적인 믿음이 될 수 있다. "쉬운 믿음은 얼마나 평안한 산책과도 같은 것"(「이 겨울의 어두운

---

[2] 앙토냉 아르토, 조동신 옮김, 『나는 반 고흐의 자연을 다시 본다』(숲, 2003)(이하 『반 고흐의 자연』). 1947년 파리에서 반 고흐의 전시회가 개최되는 동안, 아르토는 정신과 의사인 베르와 르르와가 쓴 『반 고흐의 악마성』이라는 책을 접하게 된다. 반 고흐의 예술 작품이 정신질환에서 나왔다고 주장하면서 그를 광인으로 단정짓는 이 글을 읽은 뒤, 아르토는 단숨에 반박하는 글(Van Gogh le suicidé de la société)을 완성한다. 앞의 책은 이 글의 내용을 번역한 것이다.

[3] 이런 식의 평가는 반 고흐가 죽기 약 6개월 전에, 프랑스 비평가 알베르 오리에가 쓴 「고립된 사람들 : 빈센트 반 고흐」(1890년 1월)에서부터 시작된다. 오리에는 반 고흐의 '기질'을 분석한 뒤 예술가의 창작물과 성격 사이의 관련성에 대해 언급했다. 그의 눈에 비친 반 고흐의 모습은 과잉된 에너지, 지나친 신경과민, 표현 속의 폭력, 정신착란에 빠진 사람, 기괴하고 끔찍한 미친 천재, 과도한 탐미주의자 등 다양한 수사학적 언어로 묘사되었는데, 그 표현들은 반 고흐를 비롯하여 광기와 천재성을 지닌 예술가들을 지칭하는 원형적인 이미지로 자리 잡았다. 1903년 반 고흐의 친구였던 고갱이 그를 미친 사람으로 흥미롭게 서술하면서 반 고흐에 대한 이와 같은 평가는 하나의 전통으로 자리 잡은 듯하다. 멜리사 맥킬런, 이영주 옮김, 『천재 예술가의 신화와 진실 : 반 고흐』(시공아트, 2008), 7~21쪽 내용 참조(이하 『반 고흐』로 줄여 씀).

창문」), 그러나 "나는 기적을 믿지 않는다"(「오래된 書籍」)[4], 그러므로 우리는 신화적인 이미지로 치장된 예술가들의 겉옷을 무심코 걸치지 않도록 끝까지 경계하면서 그들의 '몸'이 살다간 자리를 차분한 마음으로 펼쳐 읽어 보아야 할 것이다. 어떤 몸이 스쳐간 '그 무엇'이 있었기에 그들이 살다 간 흔적은 소리 없는 소리가 되어 우리의 몸마저도 견딜 수 없게 하는가. ㅡ"오오, 모순이며, 오르기 위하여 떨어지는 그대. 어느 영혼이기에 이밤 새이도록 끝없는 기다림의 직립으로 매달린 꿈의 뼈가 되어 있는가."(「이 겨울의 어두운 창문」) 앞선 물음들에 대한 나름의 응답을 듣기 위해서 지금 나의 생각들은 반 고흐의 죽음 곁을 누비고 있다.

그러나 이 글이 할 수 있는 노력은 고작 어떤 몸이 겪어 온 역사 안으로 들어갔다가 그의 죽음 곁을 걸어 나오는 여정으로 그치게 될 줄 안다. 하므로 이 글에서 돌멩이나 낙엽 따위를 줍는다 해도 이 글은 그 결과를 책임질 방도를 알지 못한다. 하면서도 혹시 전사前史로서의 위대한 몸을 생각함이 없이 어떠한 찬사도 결정적인 찬사일 수 없다는 생각에 간결한 동의를 보내는 사람들이 어느 순간에 어느 곳에 항상 있(었)으리라는 위안과, 또 어떤 종류의 위안은 멀고 먼 곳에서 기대할 것이 아니라 자기 안에 거주하고 있는 불투명한 것들로부터 불현듯 만들어지기도 한다는 소박한 믿음을 가지고 있는 사람들이 있(었)으리라는 생각을 떠올려 본다. 망설임 없이 이 글의 여기저기에 여러 사람들의 목소리와 문자언어들이 파고든 것은 모두 다 그런 이유에서이다.

기억이란 달리 말해 몸[己]이 적은[記] 말[言]이다.[5] 어느 때 나를 스

---

[4] 기형도의 시들은 『기형도 전집』(문학과지성사, 1999)에서 가져왔다.

[5] 한자 '言'과 '己'는 본래 대나무와 끈의 매듭을 가리키는 것으로, 둘 다 문자를 갖기 전에 인간의 기억을 돕기 위한 보조 수단이었다. '記'자를 이렇게 파자해서 보면 '기록하다'이라는 말의 기원적 의미가 잘 드러난다.

쳐갔던 그 문자의 파편들은 몸 안으로 스며들어 문신紋身을 이루고, 가까운 미래에는 한 점의 토르소torso로 태어나길 바라는 덩어리[6]를 이루어 웅성거리고 있다. 이 글에서는 그러므로 '어떤 몸'을 말하기 위해 수많은 다른 몸들을 일부러 곁에 두고자 한다. 반 고흐가 남긴 침묵의 공간은 나의 몸이 기억하고 있는 기형도의 시들이 대신 채울 수 있도록. 무연無緣한 목소리들의 교란이 1890년 7월의 어떤 몸의 죽음과 1989년 3월의 어떤 몸의 죽음(또 수많은 몸들의 죽음) 사이에 놓인 '백년 동안의 고독'을 서로 어루만져 줄 것이다.

그(들)의 몸은 지나치게 외로웠으므로 처절했으므로, 한정 없이 머뭇거렸으므로 어설펐으므로, 이제부턴 다시 그것에 힘을 실어 주고자 한다. 그러기 위해 이 글은 반 고흐의 몸을 우선 빌려 쓰고 있으나 궁극적으로는 그에게서 '어떤 몸'을 완전히 떼어 놓길 더 원한다. 반 고흐와 '어떤 몸'이 영영 이별하게, 그래서 외려 '어떤 몸'의 떠남을 더 많은 그(들)에게 선물로 주기 위해. 자신의 몸을 단 한 번도 사랑한 적 없었던 그(들)에게.

갈색 아가미

아가미는 물고기가 세상과 직접 만나는 문門이다. 물속 이야기를 안고 뭍으로 올라온 물고기는 이 아가미로 처음 마음을 연다. 물고기는 뭍으로 올라와 대지에게 말을 걸고 그러자마자 아가미의 죽음을 산뜻하게

---

[6] "한 사람이 살아온 과거란 기껏해야 운반 도중 사지가 모두 잘려 나간, 그리하여 지금은 값비싼 덩어리밖에 남지 않은 아름다운 조상彫像과 같은 것으로 그는 그러한 덩어리로부터 자기의 미래의 상을 깎아 내야만 하기 때문이다." 발터 벤야민, 조형준 옮김, 『일방통행로』(새물결, 2007), 96쪽.

내놓아야 한다. 열어 만나고, 열자 죽어 가야 하는 것이 어린 아가미가 육지에서 해야 할 마지막 일이다. 짧고도 화려하다. 아가미는 세 가지 빛깔의 옷으로 바꾸어가면서 실낱같은 생을 종말한다. 아가미의 헐떡임이 완벽하게 그쳐야 물고기의 죽음이 완성된다. 붉은색의 아가미는, 갈색으로, 검은색으로 차츰 변해 간다.

대체로 어떤 몸의 살아감이 아가미의 죽음을 닮는 경우는 흔하지 않다. 어느 누가 그것도 죽음 직전의 그 짧은 순간에 세 벌의 살옷으로 고쳐 입겠으며, 혹 그게 쉬운 일이라 해도 미치광이가 아니고서는 불가능하다.(미치광이로 짐작되는 사람의 옷차림은 지나치게 자주 바뀌거나 단 한 번도 쉽사리 바뀌지 않는다는 점을 봐도, 그렇다.) 반 고흐는 물고기의 아가미처럼 너무 빨리 늙어갈 만큼 여리디여린 것이 문제였을 뿐, 차라리 건강한 광인狂人이었다. 그는 세상이 재촉하는 죽음의 한가운데에서 헐떡이는 아가미처럼 숨 가쁘게 살다 갔다. 어린 아가미 반 고흐는 동물성보다 물고기의 입에 물린 어린 해초를 본능적으로 탐했다.(나비, 게, 까마귀 등은 여기서 말하는 동물과 다른 것이다) 식물성 반 고흐는 갈색 살갗을 지닌 우체부, 의사, 농부, 노인, 여인들과 사이프러스 나무, 측백나무, 복숭아나무, 밀밭, 짚더미, 아이리스, 해바라기 따위를 즐겨 그렸다. 햇살과 별빛 사이를 자주 서성거렸던 그의 화폭은 검은빛을 띤 주황색, 다색茶色, 갈색褐色에서부터 적·황·청 삼색으로 된 상여의 삼색휘장三色揮帳의 빛깔에 이르기까지 다채롭다. 폭넓은 색계〔界〕와 같이, 반 고흐는 손을 촛불에 그을려 세상과 닮은 검정색이 되고자 했고, 한쪽 귀를 잘라 숨겨진 아가미의 붉은색을 되찾고자 했다. 벌건 촛불을 모자 위에 놓고 그림을 그렸던 반 고흐의 기행奇行은 그래 이상할 것 하나 없다. 그것은 살아감 속에서 언젠가 마주할 죽음을 향한 색들의 행렬이었다.

1888년 10월 20일, 고갱Paul Gauguin은 반 고흐의 초청으로 프랑스 아를에 도착한다. 고갱은 그와 기질적으로 비슷한 구석이 있었지만 본질적으로 추구하는 바가 달랐다.(랭보가 베를렌을 만나 초록빛 압생트 한 잔을 나눈 건 그래도 조화로운 편에 속한다.) 반 고흐는 렘브란트, 밀레, 도미에를 좋아했고, 고갱은 라파엘로, 앵그르, 드가를 좋아했다. 원시적인 신화의 세계에 관심이 있었던 고갱은 강한 색채로 본질적인 상징을 추구하고자 했던 반면, 반 고흐는 붓길이 뒤섞여서 나오는 우연의 감각으로 일상의 고통을 담고자 했다. 고갱이 해바라기를 그리고 있는 반 고흐의 초상을 그려 주었을 때, 반 고흐는 "바로 나로군. 하지만 마치 광인 같군." 이라고 벌컥 화를 냈다. 크리스마스가 가깝게 다가오던 날 밤, 반 고흐는 이별의 말을 전하는 대신 왼쪽 귀를 잘라 고갱에게(사실은 창부에게) 선물로 바쳤고 고갱은 한쪽 귀가 잘린 반 고흐를 떠나 이듬해 1889년 타히티로 갔다.

왜 하필 그는 중이中耳를 도려내었는가. 어쩌면 자신의 광기를 알아차려 준 고갱을 향한 극단적인 동조의 뜻을 담은 행위가 아니었을까, 혹 물살을 가르는 아가미의 흔적을 지우기 위한 몸부림이었을까. 몸속에 꿈틀대는 소용돌이치는 물결의 소리를 잊기 위해서. 소용돌이를 그리고 또 그려도, 쉽사리 깊고 푸른 소리의 원 흔적까지 지울 수는 없었을 것이다. 어떤 오랜 울음소리가 반 고흐의 몸을 줄곧 괴롭혔다. -"얘야, 그것은 네 속에서 울리는 소리란다. 네가 크면 너는 이 겨울을 그리워하기 위해 더 큰 소리로 울어야 한다."(「바람의 집-겨울 版畵 1」) 아마도 그가 고갱과 다툼을 하고 난 후 오른쪽 귀를 잘라 버린 건 바로 이 예민하게 헐떡이는 아가미-귀에서 나오는 울림 탓이었는지도 모른다. 살덩이를 마음의 증거로 내놓아야 후련한 사람에게 귀 한쪽을 자르는 일은 특별한 결단 없이도 행해질 수 있는 그런 사소한 것이었다.

크리스마스가 가깝게 다가오던 날 밤, 반 고흐는 이별의 말을 전하는 대신 왼쪽 귀를 잘라 고갱에게(사실은 창부에게) 선물로 바쳤고 고갱은 한쪽 귀가 잘린 반 고흐를 떠나 이듬해 1889년 타히티로 갔다.

붓길, 반음半音, 숨결

사람들은 그를 땅의 화가, 빛과 색의 화가라고 부른다. 그러나 그가 그
린 대지는 온통 물결로 출렁인다. 나는 그것을 두고, 아마도 그가 물길
을 따라 숨 쉬던 아가미의 흔적을 오랫동안 지니고 있었던 증거로 내놓
고 싶다. 아르토는 반 고흐의 붓길을 "i자와 쉼표"로 적고 있는데, 그것
은 달리 보면 반 고흐의 아가미가 거칠게 지나간 '숨결' 자국 같다. 그래
서인지 반 고흐의 그림 속에 등장하는 사물들의 형태와 그것을 두른 색
채는 분명한 이름을 붙이기도 어렵다. 짚더미, 해바라기, 별, 사이프러
스, 복숭아나무, 농부, 구두라고 개념화해서 받아들여서이지 반 고흐의
화폭 위에 등장하는 거의 모든 사물들은 어느 것 하나도 일상에 실재하
는 것들과 똑같은 것을 가리키지 않는다. 개념화해서 말할 때 갈색이지
반 고흐의 갈색은 어떤 갈색으로 규정할 수 없는 갈색이다. 그런 점에
서 반 고흐의 색은 다른 색과 분명하게 구별되는 색이 아니라 색의 언
어가 무한하게 겹치면서 차오를 수 있는 어떤 뉘앙스nuance에 가깝다.
그것이 그의 괴로움이었다. 때문에 그의 화폭은 사물과의 마주침을 통
해서 얻어지는 색채의 우발성이 어떤 우울한 어조를 두른 채 점령한다.
사물과 색채와의 만남, 그 우발적인 마주침을 온통 살려서 사물을 그리
자고 하는 붓길은, 거센 붓결을 따라 결코 분절될 수 없는 색의 스펙트
럼을 무언無言의 화폭 속에 그대로 옮겨놓는 수밖엔, 다른 도리가 있을
수 없었다. 그러니까 시적이라 할 만큼 운율에 가득 찬 그의 붓 찌름과
붓 올림의 반복 행위는 도와 레 사이에 있는 도#, 레와 미 사이에 있는
레#을 연주하려 애쓰는 연주자의 것이나 다름없다 하겠는데, 이러한 반
음半音적 기질로 인해 그의 화폭은 간결하게 정돈되지 않고 어지럽게 중
첩되어 흐른다.
　반 고흐의 고향 네덜란드는 바다보다 낮은 땅이 4분의 1을 차지하고,

마약을 다소 부드럽게 생각하는 곳이며, 세계 최초로 안락사를 인정한 나라이기도 하다. 바다, 마약, 죽음이 교차하는 나라, 네덜란드에서 화가 렘브란트, 반 고흐, 몬드리안이 태어났다. 이들 중에서 반 고흐가 네덜란드의 풍토에 가장 많은 빛을 진 화가라는 점은 그의 화폭을 잠깐 둘러봐도 쉽게 알 수 있다.

> 나는 향수병에 굴복하면서 나에게 말했다. 네 나라, 네 모국은 도처에 존재한다고. 그래서 절망에 무릎을 꿇는 대신 적극적인 멜랑콜리를 선택하기로 했다. 슬픔 때문에 방황하게 되는 절망적인 멜랑콜리 대신 희망을 갖고 노력하는 멜랑콜리를 택한 것이다. (1880년 7월, 『영혼의 편지』, 19쪽)[7]

한 마리의 물고기, 반 고흐는 그의 말대로 매 순간 도처에서 향수병을 앓았다. 그러나 그가 그리워한 고향은 그가 태어나고 자란 네덜란드만을 가리키지 않는다. 그가 욕망하는 도처가 향수병의 근원이었다. 그러므로 '희망을 갖고 노력하는 멜랑콜리'한 의식은 스스로 "어둡고 텅 빈 희망 속으로 걸어 들어가"(「먼지투성이의 푸른 종이」) "나는 곧 무너질 것들만 그리워했다"라고 탄식하고 때로는 "구름들은 길을 터주지 않으면 곧 사라진다"(「길 위에서 중얼거리다」)라고 위협하면서도 희망의 가능성을 놓지 않았다. "순간적으로 혹은 만성적으로 소위 말하는 흥분 상태의 편집증 단계와 매우 자주 번갈아 나타나는 억제와 기호 해독 불능증"[8]으로 괴로워하던 이 멜랑콜리한 의식은 자기 자신의 병증을 해독하

---

[7] 반 고흐, 신성림 편역, 『반 고흐, 영혼의 편지』(예담, 2008). 반 고흐가 쓴 편지들은 주로 이 책을 참고했다. 이하 『영혼의 편지』로 줄여 표기.

[8] 줄리아 크리스테바, 김인환 옮김, 『검은 태양-우울증과 멜랑콜리』(동문선, 2004), 20쪽.

기 위해 쉴 틈 없이 붓을 움직였으며 지상에서 더 이상 향수를 느낄 수 없을 때 별빛으로 옮겨 갈 준비를 했다.

표의문자

색과 사물 간에 놓인 간극과 불일치를 명증하게 인식하고자 노력한 그의 눈은 자기 자신을 더욱 외롭게 했다. 돌돌 말려 흘러내리는 별빛과 나무에서 느껴지는 투박한 질감은 사물 그 자체에 가장 충실하고자 하는 순진한 붓에서 나온 결과물이다. -"붓이 그의 영혼과 지성을 위해 존재한다."(1885년, 『영혼의 편지』, 134쪽) 그의 붓이 이르고자 하는 곳은 어디였을까.

> 색채를 통해서 무언가 보여줄 수 있기를 바라는 것이다. 서로 보완해주는 두 가지 색을 결합하여 연인의 사랑을 보여주는 일, 그 색을 혼합하거나 대조를 이루어서 마음의 신비로운 떨림을 표현하는 일, 얼굴을 어두운 배경에 대비되는 밝은 톤의 광채로 빛나게 해서 어떤 사상을 표현하는 일, 별을 그려서 희망을 표현하는 일, 석양을 통해 어떤 사람의 열정을 표현하는 일, 이런 건 결코 눈속임이라 할 수 없다. 실제로 존재하는 걸 표현하는 것이니까.(1888년 9월 3일, 『영혼의 편지』, 208쪽)

그래서 반 고흐의 붓길 속에서 어떠한 발음으로도 표현될 수 없는 소리를 듣고, "透明한 물위엔/어떤 붕어가 잃고 간/아가미 한 쪽."(「水彩畵」)을 본다. 이런 방식으로, 그는 색과 사물의 관계를 기의와 기표의 자의적인 관계를 따르도록 하면서 의도적으로 그 관계를 멀어지게 하고 중층적인 배치로 놓아 둠으로써 전혀 다른 '무엇'을 말하고자 했다. 다시 말해 그가 추구한 사랑, 떨림, 어떤 사상, 희망, 그리고 어떤 사람의 열정을 표현하는 "문자 체계는 언어의 의복이 아니라 하나의 변장"처럼 "발음되는 말의 그 어떠한 음도 자기 고유의 기호로 적혀 있질 않"[9]는 글자처럼, 달리 말해 그것은 "단어의 철자 속에 남아 있으나, 발음을 위해서는 필요가 없으며, 그러나 어원을 찾는 열쇠로서"[10]만 소용이 될 뿐인 퇴화된 흔적기관vestigial organ처럼, 화폭의 가장 깊숙한 곳에 자리해 있다.

따라서 그가 생각하는 붓은 단지 그림을 위한 도구로서가 아니라 자신의 영감, 정신, 영혼을 한꺼번에 말할 수 있는 목적 그 자체였다. 사물과 색채를 다루던 붓길에 대한 의식적 긴장이 극점에 달했을 때, 그는 물감을 입 속으로 쑤욱 넣어 보기도 했던 것이다. ―"어느 순간 단순한 모순 때문에 죽음을 택할 의식들이 있다. 그렇다고 미치광이, 점찍어 두고 분류된 미치광이만이 그러는 것은 아니다. 오히려 건강하고, 그가 옳다는 것만으로도 충분한 이유가 된다."(『반 고흐의 자연』, 113쪽) '건강한'

---

[9] 페르디낭 드 소쉬르, 최승언 옮김, 『일반언어학 강의』(민음사, 1990), 41쪽. 당시에 언어학자 소쉬르의 눈에는 발음되지 않는 문자언어가 대중들의 언어 생활에까지 심각한 영향을 미칠 수 있는 위험천만한 것으로 여겨졌던 모양이다. 다음과 같은 말 속에 잘 드러나 있다. "이러한 현상은 씌어진 문헌이 중요한 역할을 하는 매우 문학적인 고유 언어에서만 일어난다. 이 경우 시각적 영상이 잘못된 발음을 만들어 내게 된다. 이것이야말로 정말 병적인 현상이다."(같은 책, 43쪽) 열렬한 독서가인 반 고흐가 당시에 이 문장을 읽었다면, 무슨 생각을 했을까.

[10] 찰스 다윈, 박동현 옮김, 『종의 기원 2』(신원문화사, 2003), 407쪽. 다윈(1809~1882)은 이 책(1859)의 마지막 부분에서 '흔적적인 퇴화한 또는 발육을 정지한 기관들'을 다루고 있다. 여기에서 반 고흐의 붓길을 진화론의 근거 중의 하나인 '흔적기관'을 들어 비유한 것은 과학적이냐 비과학적이냐를 다투고자 하기 위한 것이 아니다. 그보다는 데리다가 말한 '흔적trace'이라는 개념을 연상하는 것이 더 좋을 것이다. 하이데거에게서 데리다가 차용한 이 개념은 '삭제했지만 완전히 지워지지 않는 상태(sous rature, 말소 상태)'를 표시(×)함으로써 단어 자체를 쓴 부분과 삭제된 부분을 동시에 인쇄해서 보여 주는 방법적 전략이다.

그의 붓길이 이르고자 하는 곳은 결코 분절될 수 없는 숨결이며 어떠한 음으로도 발음될 수 없는 흔적기관이며 여러 색과 대상들이 서로 어울렸을 때에만 읽을 수 있는 표의문자表意文字의 세계였기 때문이다.

여기에서 잠시 추리소설적인 시선을 취해, 반 고흐가 이러한 세계를 담아낼 수 있었던 까닭―의도했든 의도하지 않았든 간에―을 거슬러 올라가 볼 필요가 있다. 19세기 회화는 오랜 신화적, 종교적, 문학적 주제에서 벗어나 회화만의 고유성을 시도했다. 반 고흐도 마찬가지로 이러한 시대적 분위기를 긴장감 있게 흡수하면서, 그 자신만의 '독창적인 책 읽기'를 통해 회화언어의 새로운 지평을 모색한다.

> 셰익스피어 안에 렘브란트가 있고, 미슐레 안에 코레조가, 빅토르 위고 안에 들라크루아가 있다. 또 복음 속에 렘브란트가 있고, 렘브란트 안에 복음이 있다. 네가 올바르게 이해한다면 그것은 같은 것이다. 그것을 왜곡하지 말고 비교대상을 독창적인 사람들의 장점 속에서 찾아야 한다는 사실도 잊지 마라. (1880년 7월, 『영혼의 편지』, 21~22쪽)

고갱이 말라르메와 만나 서로의 언어를 나눈 적이 있었듯이, 또 보들레르가 도미에에게 시를 지어 바쳤듯이,[11] 반 고흐는 특히 프랑스 자연주의 소설가들과 직간접적으로 접촉하고 지냈다. 그는 문학언어의 전통을 두루 섭렵하면서 나름의 방식으로 회화언어의 가능성을 탐색했다. 그는 성경, 미슐레, 빅토르 위고, 셰익스피어, 졸라 등과 렘브란트, 밀

---

[11] 반 고흐 또한 사모했던 도미에의 고독한 모습은 보들레르의 「도미에의 초상에 바치는 시」에 잘 표현되어 있다. 보들레르의 눈에 비친 도미에는 섬세한 예술가였고, 웃음을 가르쳐 준 현인이자 예언자였다. "그의 무모한 익살은 오직 가면,/이를 악물고 참는 고통이요/그의 심장은 따뜻한 햇빛으로 빛난다네/천진난만하고 활달한 웃음 속에서". 박홍규, 『오노레 도미에』(소나무, 2000), 205~206쪽 재인용.

반 고흐의 〈펼쳐진 성서, 꺼진 촛불 그리고 소설책〉(1885)(위)과
〈파리 사람의 소설Oleanders〉(1888)(아래). 〈파리 사람의 소설〉
에 등장하는 책은 에밀 졸라의 책이다.

레, 들라크루아 등을 겹쳐 읽었다. 이런 시각으로 반 고흐의 〈펼쳐진 성서, 꺼진 촛불 그리고 소설책〉(1885)과 〈파리 사람의 소설〉(1888)을 보면, 화폭(안)의 책들은 문학적인 내용을 회화의 주제의식으로 가져온 것도 아니고, 책의 내용과도 아무런 상관이 없이 그저 있다. 따라서 그려진 '책'은 자신의 독서 이력을 보여 주는 사실적인 자료의 나열에 그치는 것이 아니라 그것들은 곧바로 주위에 놓인 성서와 촛불 쪽으로 시선을 옮기도록 유도하는 힘센 시니피앙으로 작동한다. 책상 위에 놓인 그 책들은 마치 바람이 불면 언제든지 그곳을 떠나 다른 사물들과 교접할 수 있는 가벼운 낱글자의 몸처럼 앉아 있다. 반 고흐는 그러한 책들의 배치를 통해 또 다른 색들의 화음을 연주하고자 했던 것은 아닐까. "그 이상한 연주를 들으면서 어떨 때는 내 몸의 전부가 어둠 속에서 가볍게 튕겨지는 때도 있다."(「먼지투성이의 푸른 종이」)

이런 반 고흐의 문학적인 태도로 인해 그가 그린 '자연'은 고갱의 상징적 세계, 졸라류의 자연주의 소설, 그리고 쿠르베의 사실주의 회화와는 다른 종류의 느낌을 준다. 반 고흐는 렘브란트의 극적인 서사와 자기 해부 능력이 들라크루아의 열정적인 가슴과 만나도록, 쿠르베의 사실주의적인 망막과 고갱의 강렬한 색채가 만나도록, 밀레의 농부들이 지닌 숭고함이 미슐레의 민중 철학과 도미에의 슬픈 웃음과 만나게 했다. 그는 그림 혹은 책들의 부딪침 속에서 어떤 시적인 것을 발견했던 것이다. 흘러넘치는 시적 잉여분으로 간혹 편지를 썼다.

그가 그리워한 남프랑스와 동양의 햇살은 어떤 구체적인 공간에 대한 갈망에서가 아니라 오랫동안 꿈꿔 왔던 빛의 이미지를 좀 더 확장하기 위해 채택된 우연한 장소였을 뿐이다. 그곳들은 책 속에서 읽은 환상적 이미지의 대리물이었다. 이 같은 그의 태도는 기존의 회화들을 대하는 방식과도 유사한 점이 있다. 반 고흐의 성실한 손은 죽음 직전까지도 들라크루아의 〈피에타〉와 렘브란트의 〈라자로의 부활〉 등 대가들의 작품을 자신만의 느낌으로 베끼고 자신만의 색으로 옷을 입히는 일에 열 중했다. 그 속에서 전통의 관례에 머물지 않고 전통을 새로운 방식으로 확장할 수 있는 방법을 찾고자 했던 것이다. 반 고흐의 부지런한 책 읽기와 창조적인 모사模寫 작업에서, 우리는 흩어진 이성의 파편을 찾을 수 없다. 몇 번의 고비가 있었으나, 그는 거의 대부분의 시간을 절도 있는 파토스로 일관했다.

반反자연, 반牛자연

다음의 세 사람은 신神이 사라진 시대, 19세기 중후반 다른 시기 다른 곳에서 태어났다. 세속화가 점진적으로 진행되는 이 시기에 태어난 니체(1844~1900), 반 고흐(1853~1890), 벤야민(1892~1940)은―목사의 아들이었거나 아니었거나―절대가 사라진 시대를 운명적으로 겪어야 했다.[12] 어떤 방식으로든 한번쯤 신적인 존재를 진지하게 사유해 본 사람들은 자신들의 죽음에 대해서도 축축한 반응을 가진다. 앞서 말한 그들은 열심히 죽음을 떠올리며 지냈다 하겠는데, 그들의 강렬한 눈빛은 간혹 프랑스에서 교차했다. 저마다 조금씩 다른 프랑스의 곳곳을 관찰했으나 그들의 눈빛은 다 같이 "저열한 방탕, 무정부, 무질서, 정신착란, 일탈, 만성적인 광기, 부르주아지의 무기력, 정신이상, 의도적인 거짓말, 어마

---

[12] 사실 그들은 서로 만난 적이 없다. 하지만 지금의 눈으로 그들을 바라봤을 때 하나의 별자리를 그린다. 반 고흐의 다음과 같은 말, "문명화된 사람들 대부분은 우울증과 비관론이라는 병에 걸려 있다. 나도 웃고 싶은 마음을 잃고 살아온 게 몇 년인지."(1887년 여름~가을, 『영혼의 편지』, 152쪽) 그런 웃음의 필요성 때문에 그는 모파상, 라블레, 볼테르의 〈캉디드〉를 읽는다고 했다. 이러한 반 고흐의 생각은 니체의 도덕생리학적 관점과 냉소주의, 벤야민의 묵시론적 세계관과 멜랑콜리 등과 흡사한 구석이 있다.

어마한 위선, 인종차별을 드러내는 때 묻은 모멸(『반 고흐의 자연』, 9-10쪽)"로 가득 찬 부조리한 시대의 중심을 본다.

반反자연의 시대는 자연을 파괴하고 소멸시킨 그 자리에서 싹텄다. 예민하게 살아가는 사람들은 이런 반자연의 흐름을 늦추고 대항할 나름의 방식을 고뇌한다. 그래서 이들은 반자연의 시대에 걸맞게 점진적인 자연의 흐름을 거역하는 급진적인 방식으로 미리 죽음을 선택하고 실천하려 한다. 반자연의 강도가 거셀수록 자연사死의 흐름을 스스로 거절하는, 광증이나 자살과 같은 극단적인 몸짓을 보인다. 아르토의 말대로 "자연에 반反하는 행동을 결심하기 위해서라면 나쁜 인간의 대무리가 먼저 있어야 한다." 스스로를 쓸쓸하고 장엄하게 여기는 의식들은 "상식으로 무장한 이 세상에서/새로 태어나는 것이 어디 있으며 새롭게 소멸하는 것이/무엇이냐,"(「쓸쓸하고 장엄한 노래여2」)라는 절망을 두려워하지 않는다. 그들은 오직 절망적인 방식으로 반자연의 시대가 앗아간 자연을 되찾기 위한 노래를 부르고 꿈을 꾼다.

지도에서 도시나 마을을 가리키는 검은 점을 보면 꿈을 꾸게 되는 것처럼, 별이 반짝이는 밤하늘은 늘 나를 꿈꾸게 한다. 그럴 때 묻곤 하지. 왜 프랑스 지도 위에 표시된 검은 점에게 가듯 창공에서 반짝이는 저 별에게 갈 수 없는 것일까? 타라스콩이나 루앙에 가려면 기차를 타야 하는 것처럼, 별까지 가기 위해서는 죽음을 맞이해야 한다. 죽으면 기차를 탈 수 없듯, 살아 있는 동안에는 별에 갈 수 없다. 증기선이나 합승마차, 철도 등이 지상의 운송 수단이라면 콜레라, 결석, 결핵, 암 등은 천상의 운송 수단인지도 모른다. 늙어서 평화롭게 죽는다는 건 별까지 걸어간다는 것이지. (1888년 6월, 『영혼의 편지』, 190~191쪽)

어느 날, 반 고흐는 사이프러스 나무 위에 걸린 별빛 한 조각에게로 달려갔다. 그는 그곳으로 평화롭게 걸어가지 못했다. 반 고흐에겐 지상에서의 몸이 천상의 별로 옮겨 갈 수 있는 운송 수단에 불과한 것이었다. 스스로의 몸을 지상에서 별빛으로 이르는 매개물로 생각했던 그리고 실천하려 했던 반 고흐의 몸은 그 자체로 '무표'의 형상을 재현하려 한다. 그의 몸은 "자연과 인간 사이의 통역"(레오나르도 다 빈치)[13]을 담당한다. 니체와 벤야민에게 별빛은 철학적인 성찰의 도구였으나, 반 고흐에게 그것은 오로지 하나밖에 없는 자신의 몸을 내놓아서라도 도달해야 할 유일한 꿈의 자리였다. 니체와 벤야민에게 철학적 사유의 밑그림이었던 별자리는 반 고흐가 마지막 순간에 안착할 수 있는 숨-쉼의 장소, 죽음의 자리였다. 끝내, 별빛을 살라 먹은 반 고흐.

반쯤은 인간의 몸으로 반쯤은 자연의 몸으로 살았던 반半자연의 몸, 반 고흐, 그가 그린 자연은 자연의 겉모습에 충실한 사실주의적인 자연이 아닌 자연의 깊숙한 곳에서 찾을 수 있는 문학적인 자연에 더 가까이 갔다. 매 순간 눈앞에 주어진 것들에 충실했던 반 고흐는 어느 해 가을엔 "결국 자신만의 독특한 색으로 조용히 창작을 하면 자연도 이에 동의하며 따라와."(1885년 가을, 『반 고흐』, 145쪽)라고 말하면서 색의 무한 놀이에 자연의 질서마저도 뒤따르게 한다. 마침내 그는 "죽지 않는 것은 오직/죽어 있는 것뿐"이고, "변화하지 않는 것은 변화뿐이"(「나무공」)라는 섬뜩한 자연의 진실을 발견한 것이다. 그것은 그가 주어진 대상을 향해 몰입하는 "약시弱視의 산책"(「포도밭 묘지 1」)과 같은 시선과 또 자기 앞에 주어진 대상을 좁혀 들어가 "코끝으로 바라보고 있는"[14] 몸짓을 취해 왔던 결과이다. 아르토의 과장에 따르면 이런 시선은 반 고흐 이전

---

[13] 미하엘 하우스 켈러, 김현희 옮김, 『예술 앞에 선 철학자』(이론과실천, 2003), 44쪽에서 재인용.

[14] 에두아르 푹스가 도미에에 관해 쓴 글 속에 있는 한 구절이다. 발터 벤야민, 반성완 옮김, 「수집가와 역사가로서의 푹스」, 『발터 벤야민의 문예이론』(민음사, 2000), 307쪽.

에 니체가 유일하게 지니고 있었다[15] 한다. 이 같은 점이 반_半자연의 몸, 반 고흐가 '자연'을 다루는 인상주의 화가와 이웃하였지만 한 가족이 될 수 없는 이유이며 쿠르베의 사실주의 회화와도 거리를 갖게 된 근본적인 이유이다.

촉촉_{觸觸}

그저 '떠돌이 사내'이며 그냥 '일꾼'이라고도 불렸을 집시 사내의 노래는 "모든 풍요의 아버지인 구름/모든 질서의 아버지인 햇빛" 그리고 "사냥해온 별/모든 사물들의 圖章/모든 정신들의 장식/랄라라, 기쁨들이여!/過誤들이여! 겸손한 친화력이여!"(「집시의 詩集」)라는 가사를 가지고 있었으리라. 이 모든 것을 노래하는 몸은, 단지 정신의 대립물로서의 육체가 아니라 정신의 육체성을 육체의 정신성을 동시에 오가는 물질적인 '살덩이'로 이루어져 있다. 아가미의 삶처럼 촉촉한 살덩이로 떠돌았던 집시 사내, 반 고흐의 몸은 "천 개의 다리와 천 개의 촉각을 지니도록 유혹받는 것을 두려워"[16]하는 학자들의 몸이 아니라 "魂은 主人 없는 바다에서 一萬갈래 물살로 흘"(「詩人 1」)러다니는 시인의 몸이다. 거침없이 항해하는 바람의 몸, 이 촉촉_{觸觸}[17]한 살덩이는 거리에서 느낀 고통과 그냥 마주할 뿐, 거기에서 한 걸음 더 나아가 무엇인가를 인식하고 구

---

[15] "정신의 속임수 없이 영혼에 입혀진 옷을 벗기고, 영혼의 굴레에서 육체를 해방시키고, 마침내 인간의 육체까지도 훌러덩 벗겨내는 시선." 『반 고흐의 자연』, 107쪽.

[16] 니체, 『선악의 저편』, 173쪽.

[17] 불교의 12인연설(무명, 행, 식, 명색, 육입, 촉, 수, 애, 취, 유, 생, 노사)의 중간 부분에 해당하는 '촉觸'은 인식을 촉발시키는 주요한 요소이다. "因於六觸故 即生於三受 以因三受故 而生於渴愛"(용수, 김성철 역주, "觀十二因緣品", 『중론中論』(경서원, 2005), 451~459쪽).

성하는 몸이 아니다. 살덩이는 그것 자체로 살 뿐, 어떤 받아들임〔受〕도 애착〔愛〕도 취함〔取〕도 없는 고독한 의식이다. 고흐의 몸이 꼭 그랬다. 자연과 화폭을 매개하는 살덩이, 반 고흐에게는 거리의 모든 것들이 표현되어야 할 그리움/그림이었다. 그러나 "오오, 그리운 생각들이란 얼마나 죽음의 편에 서 있는가"(「10월」), 그는 살아 있는 것들마저도 죽음의 곁으로 몰아간다, 심지어 자기 자신조차도.

그는 일생 동안 43번이나 고독했다. 그리고 43점의 자화상을 남겼다. 반 고흐의 촉촉한 시선은 지극히 소량의 독毒으로 세상의 '한가운데〔中〕' 를 찌르다가 어느새 그 방향을 바꾸어 자기 자신의 육체마저도 공격한다. "내 얼굴이 한 폭 낯선 풍경화로 보이기/시작한 이후, 나는 主語를 잃고 헤매이는/가지 잘린 늙은 나무"(「病」)가 되어 자신마저도 화폭 속의 풍경으로 옮겨 놓았던 것. 그때부터 그는 진화의 대서사시가 결말에 이르기도 전에 자신의 거친 손으로 진화의 흐름을 자주 절단하는 버릇을 가진다. ─그리고 나선, "나와 죽음은 서로를 지배하는 각자의 꿈이 되었네."(「포도밭 묘지 1」) 그칠 줄 모르는 열정의 화가 반 고흐는 이미 자신의 작업 속에서 미래에 다가올 죽음을 충분하게 예견하고 있었다. ─"그래. 내 그림, 나는 거기에 목숨을 걸고 있기 때문에 내 이성은 몹시 휘청거리곤 해"(『반 고흐』, 18쪽) 따라서 섣불리 그의 병적 상태와 자살 충동에 대해 '미친 사람'의 짓일 것이라는 단언을 내리지 않도록 조심해야 한다. 무리한 연결이 허용된다면, 반 고흐의 발작은 인간의 몸이 진화하는 과정에서 겪을 수 있는 "몸의 다양성을 보여주는 하나의 사례"일 뿐이고, 광기에 찬 자살은 "진화 적응의 부작용일 뿐 고장 난 몸이 아니다."[18] 우리는 다시 그의 죽음을 둘러싼 스캔들에 대해서 숙고해

---

[18] 이러한 설명은 현대의 진화의학(다윈의학)이 취하고 있는 관점 중의 하나이다. 강신익, 『몸의 역사·의학은 몸을 어떻게 바라보았나』(살림출판사, 2007), 82~89쪽. 그들은 몸을 기계로

봐야 한다.

중독

그러므로 우리는 반 고흐의 죽음을 둘러싼 숱한 진단들―생 레미의 한 정신병원에 자발적으로 입원한 일을 비롯하여 발작과 간질, 매독과 압생트로 인한 퇴행적 증상, 정신착란이나 정신분열 등―중에서 어느 것이 죽음의 직접적인 원인이 되었는지를 따지는 일을 일단 접어 둘 필요가 있다. 그런 일보다 차라리 그가 죽기 전까지 걸어 왔던 길의 한쪽 모퉁이 어딘가에 흩어 놓았을 그의 말과 행동들을 차분하게 발굴하는 편이 더 바람직할 것이다.

알다시피 반 고흐가 전업 화가로서 그림을 그린 시기는 27세부터 37세까지로, 불과 10년이다. 프랑스의 아를, 생 레미, 오베르에서의 3년은 그의 창작열이 가장 거세게 타올랐던 시기로 기록된다. 1890년 5월부터 7월까지 머물렀던 오베르에서 80여 점을 완성한다. 프랑스에서 그의 광기어린 중독은 극에 달한다. 그의 그림은 프랑스로 옮겨 가면서 더 두꺼운 물감으로 덧칠되어 갔는데, 가난한 그가 그토록 물감을 낭비할 수 있었던 것은 그의 중독이 건강한 상식으로 무장되어 있는 삶의 질서에서 한참 벗어난 것이었기 때문에 가능했다. 여기에서 다시 그토록 열정적이었던 그가 왜 자살했는지를 되물어야 한다. 그 이유는 말한 것처럼 반 고흐 자신 안에 도사리고 있던 그침 없는 요구 때문이었다. 중독. "자리

보는 근대 의학을 거부하고, 수천만 년에 이르는 진화의 관점에서 인간의 몸을 봐야 한다고 주장한다. 인간의 몸을 기계의 부품으로 다루지 않고 '시간과 관계의 연결망' 속에서 봄으로써 근대 의학의 흐름을 새롭게 전환시키고 있다.

를 바꾸던 늙은 구름의 말을 배우며 나는 없어질 듯 없어질 듯 生 속에 섞여들었네."(「植木祭」) 그의 중독 증세는 1885년 프랑스로 유입된 일본 차[茶]의 포장지에 그려진 우키요에[浮世繪]를 보고 자포니즘Japonism에 푹 빠졌던 사실에서도 일단 확인된다. 당시 그가 477점에 달하는 우키요에를 수집했던 사실로 미루어 보아, 그의 광증은 이 시기 인상주의 화가들보다 심하면 심했지 예외는 아니었던 모양이다.[19]

어떤 몸의 꾸준한 살아감은 중독中毒이라는 말로 대신할 수 있다. 중독자 반 고흐의 열정적이고 건강한 삶은 "닳고 닳은 病의 넘쳐남으로"(『반 고흐의 자연』, 90쪽) 채색되고, 그침이 없는 병적 요구는 과잉된 절망을 낳았다. 절망은 어떤 희망이 오랫동안 머물렀다가 떠나간 자리에만 남는다. 절실하게 원했던[望] 사람만이 그것으로부터 완전히 끊는[絶] 순간을 맛볼 수 있는 것이다. 그럼에도 반 고흐, 그는 생의 마지막 순간까지도 한 자락의 희망을 놓지 않았다. 그러나, "어떠한 슬픔도 그 끝에 이르면 짓궂은 변증의 쾌락으로 치우침을 네가 아느냐."(「포도밭 묘지 2」)

초기에 견지한 그의 사실주의적인 시선은 강한 색채에의 중독증과 어우러지면서 보이는 것보다 '보이지 않는 것'을 더 갈망하게 된다. 고갱에게 헌정한 〈자화상〉(1888)에서는 휘몰아치는 붓결을 절제하고 마치 "불멸의 부처를 섬기는 검소한 중[일본 승려] 같은 모습"을 그려보고 싶었다고 했고, 파리에서 열린 바그너의 음악회를 몇 차례 다녀가면서(바그너에 관한 책도 읽으면서) "우리의 색과 바그너의 음악 사이의 관계를 이미 아주 강하게 느끼고 있었"(1888년 9월, 『반 고흐』, 144쪽)노라고 고백했다. 그런 그가 자살 직전에 도달한 결론은 "고통은 광기보다 강한 법이다."(1890년 5월 4일, 『영혼의 편지』, 294쪽)라는 것.

---

[19] 〈일본 여자〉(1887), 〈이탈리아 여인〉(1887-1888), 〈탕기 아저씨 초상〉(1887-1888)에서 볼 수 있는 다양한 색채와 평면적인 배치 방식은 우키요에 목판화를 통해서 배운 것이다.

오직 수공업적인 의지로 살아온 자신의 삶을 붓다(Budda, 고통을 먼저 깨달은 자)의 가르침을 따르는 자의 것과 등치시켜 표현한 데에서 그가 느낀 고통의 강도가 어느 정도인지를 가늠해 볼 수 있다. 생의 정점에 이른 시기에, 광기보다 더 큰 그의 고통은 제자리를 이탈한 음표들이 흘러다니는 〈사이프러스나무가 있는 별이 반짝이는 밤〉(1890년 5월)과 헐떡이는 갈색 아가미가 하늘로 마구 솟구치는 〈까마귀가 나는 밀밭〉(1890년 7월)에서 한껏 연주되었다.

위대한 혼자

어떤 몸이 극단의 고통을 호소할 때 사회는 그들을 미친 사람이라 부른다. 그러나 어떻게 보면 '미친 사람'은 푸코의 비유처럼 분류 체계를 손질하는 정원사의 손에서 끝없이 미끄러지는 자, 그래서 "사회에서 전혀 귀 기울이지 않는 사람, 행동을 용인해 주지 않는 사람, 억눌러야 하는 사람"[20]이다. 이른 시기, 사회의 질서를 고민하던 동양의 공자도 광자狂者에 대해 관심을 가졌다. 그런데 공자의 눈에 비친 미친 사람이란, 지금 우리가 상상하는 것과 달리, 아주 이상한 사람들이 아니었다. 그들은 한쪽에 치우치고 한쪽에 집착하는 경향이 있으나 과감하고[狂者進取], 고집이 평소와 다르다는 것이 특징이고[狂之言疆也. 謂有疆力異於平日也.], 또 조급함을 가지고 있다[疾跳也. 一曰急也].[21] 즉 그들은 '중용中庸'의

---

[20] 손택의 이 말은 푸코의 생각을 그대로 잇고 있다. 수전 손택, 홍한별 옮김, 「아르토에 다가가기」, 『우울한 열정』(서울, 2006), 231쪽.

[21] 공자는 최고의 덕으로 지나침도 부족함도 없는 중용中庸을 중시하여, 한쪽에 치우치고 집착하는 사람들을 가리켜 중용의 덕을 갖추지 못한 광자狂者라고 정의했다. 그러나 중용의 길을 행하는 사람을 얻을 수 없다면, 그 차선책으로 그들을 선택할 수 있다고 생각했다. 「子

덕이 조금 모자란 사람들일 뿐이다.

이런 생각을 곁에 두고 보면, 반 고흐는 광인이 아니라 균질화된 무리동물의 세계와 결별한 자, 즉 "가장 고독한 자, 가장 은폐된 자, 가장 격리된 자, 선악의 저편에 있는 인간, 자신의 덕의 주인, 의지가 넘쳐나는 자가 될 수 있는 자"이다.[22] 달리 말해 그들은 이디오진크라시 Idiosynkrasie[23]적인 몸짓으로 교환가치로 동일화된 사회를 거부하고 '차이'를 생산하려는 충동에 사로잡힌 자들이며 그들 스스로, "우리는 世上과 타협하지 않은 최후의 무리였다."(「우리는 그 긴 겨울의 通路를 비집고 걸어갔다」)고 자부한다. 그들을 다르게 부를 있는 이름이 있다면 우리는 흔해 빠진 '천재'라는 말을 떠올릴 수 있을 것이다. 그러나 조증躁症의 몸을 가진 아르토[24]라면, "누가 떠나든 죽든/우리는 모두가 위대한 혼자였다. 살아 있으라, 누구든 살아 있으라."(「비가 2-붉은 달」)고 검붉은 바람의 언어로 울증鬱症의 몸인 반 고흐를 위로할 것이다.

들린 몸

휴일의 대부분은 죽은 자들에 대한 추억에 바쳐진다…

路」, 『論語』(최영찬·최남규·황갑연·박용진, ""狂과 狷』, 『동양철학과 문자학』(아카넷, 2003), 213~215쪽).

[22] 니체, 『선악의 저편』, 19쪽. 니체는 바로 다음 문장에서 "오늘날 위대성이라는 것이 가능한가?"라고 회의적인 물음을 던지고 있지만.

[23] 테오도르 아도르노는 문명화된 현대인에게 유일하게 남아 있는 원시적이고 동물적인 반응 양식을 '이디오진크라시'라고 했다. 그것은 생물학적인 원초 상태를 재현한다. 김유동, 『아도르노 사상』(문예출판사, 1993), 116쪽.

[24] 손택은 아르토의 미학을 "궁극적인 조증躁症의 헤겔주의"라고 표현했다. 수전 손택, 『우울한 열정』, 193쪽.

고갱에게 헌정한 〈자화상〉(1888).

때때로 죽은 자들에게 나를 빌려주고 싶을 때가 있다…

위대한 작가들이란 대부분 비슷한 삶을 살다 갔다, 그들이 선택할 삶
은 이제 없다

   ―기형도, 「흔해빠진 독서」

아르토는 반 고흐의 죽음을 1인칭의 언어로 읽고 썼다. 연금술, 타로,
카발라, 점성술 등 밀교적인 전통을 흡수한 그노시스주의자인 아르토는
고백의 대가 반 고흐의 그림에 들어 있는 소리 없는 소리들을 들었다.
아르토의 책 속에는, 반 고흐의 죽음을 말하는 아르토의 숨결이 팔딱거
리며 비산飛散한다. 반 고흐의 자연, 반半자연, 반反자연의 세계에 심하
게 감염된 아르토의 글자들은 그 자신 또한 세상에서 휘발되고 싶은 강
한 열망에 사로잡힌 듯, 곧 바깥으로 튀어나가 겨울밤의 눈처럼 날릴
것만 같다. 검게 그을린 아르토는 숨찬 반 고흐의 붓길에서 단斷─숨할
자신의 미래를 예감한다.(그는 고흐론을 쓰고 난 후 얼마 지나지 않아 운명
을 달리했다.) 그들에게 "죽음이란/假面을 벗은 삶인 것"을, 그래 그들은
"서로 닮은 아픔을 向하여/불을 지피었다."(「겨울·눈[雪]·나무·숲」) 반 고
흐의 한 점 한 점에 도무지 흡수되지 않는 휘발의 목소리를 지닌 아르
토가 한 글자 한 글자씩을 찍어 화답하면서 반 고흐와 그 자신의 넋을
다 함께 진혼鎭魂했다.

"아아, 사시나무 그림자 가득 찬 세상, 그 끝에 첫발을 디디고 죽음도
다가서지 못하는 온도로 또 다른 하늘을 너는 돌고 있어."(「밤 눈」) 어떤
몸, 이제 '너'는 쓸쓸한 밤, 소리 없이 내리는 눈[雪]이 되었을까. 그들
이 사용한 검푸른 종이에는 아마 이렇게 적혀 있었을지 모른다. "거리의
상상력은 고통이었고 나는 그 고통을 사랑하였다. 그러나 가장 위대한
잠언이 자연 속에 있음을 지금도 나는 믿는다. 그러한 믿음이 언젠가
나를 부를 것이다."[25]라고. 우리는 흩날리는 '어떤 몸'에 붙들려 매혹된

적이 있었는가. 이러한 물음을 앞에 던져 두고, 거기에 빠져든 사람들은 많았을 것이다. 그중에서 어떤 이들은 유년의 앳된 눈[眼]이 이유 없이 사로잡혔던 장면 하나를 천천히 되감아볼 것이다. "그림을 그리려 할 때 내가 사용한 색이 바로 나를 색칠하고 있지 않는가. 그 색깔로 무언가를 스케치하기도 전에, 그 색깔은 나를 변장시켰던 것이다. 색깔들이 팔레트에서 서로 혼합될 때, 나는 그것을 마치 용해된 구름처럼 생각하고 화폭에 묻혔다. …… 색채의 구름과 함께 나 자신은 내가 그린 도자기 그림 속으로 혼입되어버렸던 것이다."[26]

---

[25] 시 「밤 눈」의 시작 메모 중에서. 『기형도 전집』, 333쪽.
[26] 발터 벤야민, 박설호 편역, 「무메 레렌」, 『베를린의 유년시절』(솔, 1998), 76쪽.

몸 이미지 권력

2010년 2월 28일 초판 1쇄 발행

지은이 조선대학교 인문학연구원 이미지연구소
펴낸이 노경인

종이 화인페이퍼
인쇄 백왕인쇄
공급·반품 문화유통북스

펴낸곳 도서출판 앨피
주소 : ㈜121-842 서울시 마포구 서교동 478-22 벨메송 302호
　　　전화 335-0525, 팩스 0505-115-0525
　　　전자우편 nomio22@hanmail.net
　　　등록 2004년 11월 23일 제313-2004-272

ISBN 978-89-92151-31-3